# Les enfants du néant

*Du même auteur*
*aux Éditions J'ai lu*

L'ORDRE NOIR
*N° 8624*

LA LISTE INTERDITE
*N° 8888*

OLIVIER
DESCOSSE

# Les enfants du néant

J'AI LU

S'agissant d'un ouvrage de fiction, toute ressemblance avec des personnages existant ou ayant existé ne pourrait être que fortuite.

*Pour Céline, Julia, Alice et Téa,*
*les femmes de ma vie.*

# – I –
# Lucie

# 1

— Va te faire foutre !

La sentence était tombée. Une fin de non-recevoir, après trois heures de négociation serrée. Coincé devant les moniteurs, à l'intérieur de la fourgonnette du RAID, le commissaire François Marchand se contenta de serrer les dents.

— Georges... Écoutez-moi.

La voix traînante, déformée par l'alcool, vibra de nouveau dans les haut-parleurs.

— J'écoute plus rien, Ducon. Je vais lui éclater la tronche. Point barre. Et après... Boum !

François laissa filer. Certaines menaces s'apparentaient à des appels au secours. Elles devaient pouvoir se déployer sans rencontrer de résistance. Un mot de trop, une suggestion maladroite, et le forcené passait à l'acte.

Enfin, après un temps, il renoua le dialogue.

— Restez en ligne, Georges. Je vous reprends dans trente secondes.

Le policier coupa la communication. Il se tourna vers les trois mastodontes qui le surplombaient : des flics comme lui, mais pas de la même école. Armés lourd, équipés de la chasuble d'intervention et du gilet pare-balles, ils mâchaient des chewing-gums sans le quitter des yeux.

Le capitaine Gombert s'agita. Crâne rasé, bouc agressif, il tenait une VHF dans la main.

— Bon... On y va ?

— Donnez-moi encore quinze minutes.

— À quoi ça sert ?

— Je dois finir mon job.

— La femme est morte. Votre job est terminé.

— Vous en êtes vraiment sûr ?

Silence. Les caméras infrarouges placées autour du pavillon par les gendarmes d'élite cadraient une forme molle, attachée sur une chaise en plein milieu de la pièce principale. La tête pendait en arrière, inerte, mais rien n'indiquait que l'otage fût décédée.

Gombert rétorqua :

— Ce dingue a ouvert le gaz. Une allumette, et le quartier part en fumée.

— On a encore une chance de l'éviter.

Flottement. La concentration de butane dans l'atmosphère rendait impossible toute utilisation d'arme à feu. Il faudrait donc prendre le forcené par surprise, le ceinturer, ou se servir des arbalètes. Malgré la foule de données collectées depuis le début de l'après-midi, la mission restait aléatoire. Et très périlleuse.

Le capitaine croisa les bras en une posture martiale.

— Qu'est-ce que vous proposez ?

— J'y vais.

— Négatif.

— Je ne vous demande pas votre permission.

— Me cassez pas les couilles, Marchand. Le secteur est sous ma responsabilité.

François savait ce que dissimulait ce refus. Il rassura le guerrier.

— Vous en êtes déchargé. Si ça foire, ce sera pour moi.

Gombert hésita. D'un mouvement de tête, il interrogea ses hommes. Les types avaient déjà remis cagoule et casque. Ils haussèrent les épaules en un mouvement synchrone.

— Après tout, c'est votre cul. Mais on garde le contact radio et je vous veux en visuel.

François opina. Il rebrancha la communication pendant que les policiers du RAID sortaient de l'estafette.

— Georges... Vous êtes toujours là ?

— Où vous voulez que je sois ?

— J'ai eu le préfet au téléphone.

— Qu'est-ce que j'en ai à battre ?

— Écoutez-moi quand même. C'est important.

— J'vois pas ce que...

— On arrête tout.

Un blanc.

— Comment ça on arrête tout ?

— Vous avez décidé de tuer votre femme et de vous foutre en l'air dans la foulée. C'est votre choix. Nous ne voulons pas qu'en plus, vous fassiez exploser le quartier.

Un nouveau blanc. Puis un déferlement de haine.

— Et pourquoi que je ferais pas tout péter, hein ? Qu'est-ce qui m'en empêcherait ?

— Ce n'est pas ce que vous voulez.

— Vous savez quoi de ce que je veux ?

— C'est une histoire entre Cathie et vous. Les autres ne sont pas concernés.

La voix du forcené se fit soudain moins assurée. Sur l'échiquier des sentiments, les pièces faisaient mouvement.

— Alors vous la laissez tomber, c'est ça ?

— Désolé. Je ne peux pas faire autrement. Il y a eu discussion. La perte a été jugée acceptable.

En présentant les choses de cette façon, François prenait son interlocuteur à contre-pied. Il n'essayait plus de le convaincre de libérer l'otage, encore moins d'épargner sa propre vie. Mieux, il entérinait l'issue fatale.

La stratégie fit mouche :

— Bande d'enfoirés...

— Attendez... C'est bien ce que vous vouliez, non ?

Un ricanement. Le policier y perçut une forme de dépit. Il laissa filer une poignée de secondes avant de reprendre l'initiative.

— Georges, j'ai encore une faveur à vous demander. Je souhaiterais parler une dernière fois à Cathie.

— Pour quoi faire ?

— Je dois lui expliquer.

Un silence, plus long. Puis la voix du type racla dans les haut-parleurs, lointaine à présent.

— Quittez pas... Je vous la passe.

Soulagement. La femme était toujours en vie. Mais il fallait faire vite.

— Non. Je dois venir.

Aussitôt, la chape de méfiance revint en force.

— Venir ?

— J'ai aussi quelque chose à lui remettre. De la part de Thomas.

Marchand jouait son va-tout. Il savait que Georges aimait le fils de son ancienne compagne, un adolescent qu'il avait élevé comme son propre enfant. Les difficultés rencontrées dans son couple, la rupture, trois mois plus tôt, n'avaient pas modifié cet attachement. Il voulait faire payer la mère, pas le gosse.

L'homme resta sur ses gardes.

— Vous voulez me baiser, hein ? J'ouvre la porte, et les Rambo me tombent dessus...

— Tout le monde est parti, Georges. Regardez par la fenêtre. Il n'y a plus que vous et moi.

Nouveau silence. Le policier scruta les écrans de contrôle. Il crut apercevoir une ombre qui passait dans le champ. Après un temps, le timbre atone grésilla.

— C'est quoi le truc pour cette salope ?

— Une lettre.

— Vous pouvez pas la lire au téléphone ?

— C'est personnel. Je dois la lui remettre.

Le type hésita encore. François sortit son ultime argument.

— Je crois que ce mot est aussi pour vous. En fait, il vous concerne tous les trois...

Cette fois, les digues cédèrent. En recréant l'image d'un bonheur disparu, d'une cellule familiale unie, le flic avait touché le forcené au cœur. Sa vie s'était brisée net quand sa femme l'avait quitté. Il préférait la voir morte plutôt que de l'imaginer sans lui.

— OK. Venez. Mais pas d'embrouille. Sinon c'est le feu d'artifice.

François coupa la communication et se massa les yeux. La pression des dernières heures commençait à lui vriller le cerveau. Il tira de sa poche une bonbonnière en métal argenté. À l'intérieur, des comprimés de Xanax, un anxiolytique légèrement dosé.

Il en glissa deux sous sa langue. Saveur amère. Sensation de sucer un morceau de craie. Il attendit une minute, le temps que les molécules d'Alprazolam se répandent dans son sang. Sa tête se vida peu à peu. La vague reflua.

Il posa son arme sur une tablette et glissa le radioémetteur dans son oreille. Après l'avoir testé, il sortit dans la rue.

La nuit était tombée sur Montrouge, froide, humide, plombée par un brouillard crémeux. Les forces d'intervention s'étaient repliées au-delà du périmètre de sécurité, tout le quartier avait été évacué. Seuls les snipers, placés à bonne distance, pouvaient suivre sa progression dans leur lunette à visée nocturne.

Il releva le col de son trois-quarts et marcha vers le pavillon. Un crachin vicieux lui fouettait le visage, s'accrochait à ses cheveux et coulait dans son cou. Il ne le sentait pas. Sa mission prenait toute la place.

Comme à chaque fois.

En poussant la grille en fer forgé, il se demandait encore comment il allait s'y prendre. Il n'avait aucune lettre, son histoire était montée de toutes pièces. Seule l'expérience lui tenait lieu de stratégie. Il savait que le contact, le face à face, créait des émotions nouvelles. Lesquelles ? Tout le problème était là. Mais perdu pour perdu...

La porte d'entrée était entrebâillée.

— Georges, c'est moi. Je vais entrer.

Pas de réponse. Le policier poussa le battant de bois en continuant à parler.

— J'entre.

À cet instant, son émetteur crépita.

« Marchand, vous m'entendez ? »

La voix de Gombert, tendue, brutale.

— Cinq sur cinq, chuchota le commissaire.

« Ne vous éloignez pas de l'otage. On n'a pas toute la zone en visuel. »

— Reçu.

Il avança. L'odeur de gaz était insupportable. Il traversa un vestibule plongé dans l'ombre. Attenante, une pièce au confort bon marché, éclairée par une unique lampe basse. Au centre, maintenue sur une chaise par du câble électrique, l'otage. Paupières closes, faibles mouvements de la cage thoracique. Elle respirait.

Marchand suivit les instructions du RAID. Il se plaça juste à côté de la femme, mains levées en signe de paix.

— Georges ? Où êtes-vous ?

— Ici.

La voix avait résonné sur la gauche. Le flic tourna la tête. Devant lui, une poche de nuit.

— Je ne suis pas armé, affirma-t-il. Vous n'avez rien à craindre.

Tel un spectre émergeant de son linceul, le visage du forcené entra dans la lumière. La cinquantaine usée, un teint de cancéreux et des valises sous les yeux. La pression qu'il subissait depuis des heures avait achevé de le détruire. Il pointait vers le commissaire un fusil de chasse à canon double.

— Vous avez la lettre ?

Gagner des secondes.

— Cathie va bien ?

— Donnez-moi la lettre.

Tout allait trop vite. Pas le temps de réfléchir. François improvisa, au plus près de la vérité.

— Je ne l'ai pas.

Une étincelle de haine passa dans le regard de Georges. Il fit un pas en avant et agita son arme.

— Enfoiré...

Marchand garda son calme et parla d'une voix douce.

— Je suis avec vous, Georges. Je veux seulement vous éviter de tout foutre en l'air.

— J'ai déjà tout perdu. Cette pute mérite pas de vivre.

— Si vous tirez, le gaz explosera. Il y a un hôpital à côté. Nous n'aurons pas le temps de le faire évacuer. Il y aura d'autres morts.

— J'en ai rien à cirer.

— C'est faux. Vous n'êtes pas un meurtrier.

Les yeux du type trahirent une faiblesse. Le dialogue était noué. On progressait. Les arguments du policier, dénués d'impact jusqu'à présent, prenaient dans ce contexte un poids supplémentaire.

Marchand profita de son avantage.

— Pensez à Thomas. Vous voulez qu'il garde l'image d'un assassin ?

— Il avait qu'à lui dire de rester.

— Il vous aime. Vous êtes le père qu'il s'est choisi.

Les épaules de l'homme s'affaissèrent.

— Il n'est pas trop tard, insista Marchand. Ensemble, on va remonter la pente.

Tout en parlant, il s'avança. Deux mètres. Un mètre. À cette distance, le policier pouvait distinguer les perles de sueur mouillant le front buté.

— Faites-moi confiance. Je vais...

La voix de Gombert grésilla dans l'oreillette.

« Reculez, Marchand. On l'a en visuel. »

François comprit dans la seconde.

— Attendez !

Le trait surgit de nulle part, brisant une vitre. Il s'enfonça dans le cou du forcené, le traversa comme du beurre et vint se ficher dans le mur.

Georges porta la main à sa gorge, surpris. Entre ses doigts, un filet pourpre. Avant que le flic n'ait eu le temps de réagir, il s'écroulait.

# 2

Trois heures plus tard, François franchissait au pas de charge les grilles de la Direction centrale de la police judiciaire, à Nanterre. Le bâtiment moderne, éclairé aux néons, baignait dans une torpeur de plomb. Peu de monde ce soir, comme dans un hall de gare après le passage du dernier train.

L'esprit encore à cent à l'heure, le policier était à contretemps de ce climat paisible. Les balourds du RAID avaient tiré trop vite, sans réfléchir. Georges était mort. Tout le boulot de l'après-midi n'avait servi à rien. Un fiasco total...

Il salua à peine le planton et prit l'ascenseur. Coup d'œil machinal dans le miroir, il eut l'impression de contempler un spectre. Il s'approcha de la glace, comme pour se rassurer sur sa propre existence. Un visage doux et pâle, à peine dissimulé par une barbe de trois jours, des cheveux bruns, coupés très court, des lèvres pleines autour desquelles se devinait déjà l'atteinte du temps.

Confronté quotidiennement à un monde de violence, François durcissait son apparence en s'habillant de noir. Un noir tendance, souvenir d'une époque où il fréquentait encore les beaux quartiers de la capitale. Dans un autre contexte, il aurait pu passer pour un artiste. Un créateur déjanté, carburant aux amphéts et s'agitant la nuit.

Septième étage. Vingt-deux heures et des poussières. En ce milieu de soirée, les services de l'OCRVP – Office central de répression de la violence faite aux personnes – étaient déserts. Seuls quelques ronronnements informatiques brisaient le silence, attestant malgré les apparences que la police était toujours sur le qui-vive.

Le commissaire passa devant son bureau, sans s'arrêter. Son rapport pouvait attendre et de toute façon, il n'était pas en état de consigner objectivement les faits. Ce qu'il souhaitait en priorité, c'était déverser sa colère.

Il parcourut une vingtaine de mètres, le long d'un couloir terne, et s'immobilisa devant une porte entrebâillée. Après avoir frappé deux coups polis, il entra sans attendre.

— Salut, Roger.

Courbé sur un ordinateur portable, le commissaire divisionnaire Roger Hénon travaillait encore. Il leva le menton et marmonna d'une voix éteinte :

— Tu tombes bien. J'allais t'appeler.

François s'assit face à lui. Dans la petite lueur de la lampe basse tension, le visage du patron de l'OCRVP reflétait la fatigue.

— Jolie, ta chemise. Faudra que tu me donnes l'adresse un de ces quatre.

Marchand était trop tendu pour bavarder. Le regard de Georges, quand le trait avait perforé sa jugulaire, l'obsédait.

— J'imagine que tu es au courant pour Montrouge ?

— Gombert m'a raconté. Il paraît que t'as encore fait des tiennes.

— Des miennes ? On ne t'a pas dit que j'étais sur le point de régler l'affaire ?

— Tu as surtout pris des risques énormes.

— Calculés.

— Vraiment ?

Le policier dévisagea son supérieur.

— Qu'est-ce que je dois comprendre ?

Hénon soupira.

— Bordel, François ! Redescends sur terre ! Ton type avait un fusil de chasse. Le pavillon puait le gaz. Tu voulais qu'il fasse exploser le quartier ?

Marchand ne répondit pas. En guise de soupape, son regard dériva vers la fenêtre. Au loin, sous la lueur pâlotte des réverbères, on distinguait les façades sinistres des cités de la banlieue.

La voix du divisionnaire s'éleva à nouveau dans la pénombre, amicale à présent.

— On ne maîtrise pas tout, François. Tu dois accepter tes limites. Comme tout le monde.

Sourire ironique :

— C'est tout ce que tu as en magasin ?

— Je le dis pour ton bien.

— En attendant un homme est mort. Et ça, j'étais censé l'empêcher.

Un silence s'installa, chargé de rancœur. Hénon le respecta. Humain, solide, il évoquait un roc, au cou de taureau, au menton volontaire. Son physique d'haltérophile, un peu avachi par les années, suscitait la confiance et imposait le respect.

Enfin, il laissa tomber :

— Fais ton rapport et oublie ça. J'ai autre chose à te proposer.

Marchand fixa son supérieur. Ton grave, mine d'enterrement. Il pressentit que c'était du lourd.

— Je t'écoute.

— Ça s'est passé en tout début d'après-midi. On a trouvé des restes humains dans une bicoque à l'abandon. Bras, jambes, thorax et tête. En pièces détachées.

— Où, la baraque ?

— Près de Roussillon, dans le Vaucluse. Le « Sentier des ocres », t'en as pas entendu parler ?

— Non. Mais continue.

— D'après la fiche de levée de corps, les morceaux étaient relativement frais. Pas plus de vingt-quatre heures.

— Un homme ou une femme ?

— Une femme. Jeune. On ne l'a pas encore identifiée.

— Elle a été violée ?

— On n'en sait rien...

Un court silence, comme les prémices d'un malaise. François creva l'abcès.

— Roger, tu ne m'as pas tout dit...

Le divisionnaire baissa la tête.

— Elle n'avait plus de visage.

— Quoi ?

— Tu as bien entendu. Le meurtrier l'a prélevé.

Tension. Marchand laissa filer quelques secondes avant de demander :

— Comment l'a-t-il tuée ?

— On n'a pas encore de certitude. Le corps était saigné à blanc. Ce qui peut signifier qu'elle était encore vivante quand il l'a découpée.

Nouveau silence. Hénon tripotait nerveusement une agrafe. François demanda encore :

— Il y avait un message, une revendication ?

— Que dalle.

— Tu as consulté le SALVAC[1] ?

— Aucun résultat.

Ça démarrait bien. François se massa les yeux et relança :

— Qu'est-ce qu'ils en pensent, sur place ?

— Ils sont un peu paumés. Le juge d'instruction s'est concerté avec le procureur et ils ont décidé de cosaisir le SRPJ d'Avignon et la section de recherche de la gendarmerie. Compte tenu du caractère particulier de cette affaire, il m'a aussi appelé en

1. Système d'analyse de liens de la violence associée aux crimes.

renfort. J'ai pensé que tu serais le mieux placé pour t'occuper du dossier.

Marchand acquiesça. Le souvenir des dernières heures s'effaçait. Colère, rancœur, frustration : face à ces sentiments négatifs, l'action était le meilleur des antidotes.

— J'ai reçu la fiche de levée de corps par fax, poursuivait Hénon. Il y a aussi le procès-verbal de première constatation.

La main épaisse, couverte de poils, tira une enveloppe kraft du bureau.

— Il va falloir faire vite. La presse a déjà relayé l'information. C'est l'hystérie, là-bas.

— Comment s'appelle le juge ?

— Bruno Faure. Il est au courant de ton arrivée. Je me suis permis de...

François l'interrompit.

— Tu as bien fait. J'y serai demain matin.

# 3

La pluie avait redoublé d'intensité. Des lances froides tombaient du ciel, percutant le pare-brise dans un tonnerre de mitraille.

François s'engagea dans le tunnel. Bruit sourd des pneumatiques vibrant sur le bitume. Clarté soudaine, artificielle. Impression d'être aspiré dans un siphon géant. Devant, derrière, à peine quelques voitures. Elles fuyaient la colère de l'orage, protégées par le tube de béton passant sous La Défense.

Trois minutes plus tard, le commissaire retrouvait la ville. Périph fermé, Maréchaux chargés à bloc. Il était bon pour un détour.

Il laissa la porte Maillot dans son dos et remonta vers la place de l'Étoile. Avenue de la Grande-Armée. Champs-Élysées. Avenue George-V. Des limousines étaient garées en double file, des cars de touristes patientaient devant le Crazy Horse. Plus bas, le Bar des théâtres affichait complet.

Malgré le froid, les trombes d'eau, François se prit à sourire. Cette ville ne s'arrêtait jamais. Elle semblait branchée sur une pile atomique, un cœur d'uranium dont les battements pulsaient dans le moindre éclairage.

Il traversa le pont de l'Alma et s'engagea sur le quai Branly. Au bout d'une centaine de mètres, il tourna avenue de La Bourdonnais. Bouffée soudaine de nostalgie. C'est là qu'il avait grandi, derrière les murs épais d'un immeuble haussmannien, dans le confort un peu étriqué d'une grande famille bourgeoise. Malgré le temps, les changements de cap et la réalité présente, il gardait de ce passé une empreinte forte. Une marque de fabrique qui le définissait toujours.

Chez les Marchand, on était médecin de père en fils. Bon garçon, mais sans projet arrêté, François avait accepté ce destin et intégré la filière. Après l'internat, obtenu de justesse, il n'avait pu prétendre qu'à deux spécialités : pédiatrie ou psychiatrie. Peu passionné par les enfants, il ne lui restait que les fous.

Il avait d'abord obtenu un poste à l'hôpital Sainte-Anne, dans un service où l'on soignait des psychotiques. Très vite, la violence de ce monde parallèle lui avait sauté à la gorge. Des vies brisées, des esprits en miettes, une souffrance permanente. En d'autres termes, un quotidien de désespoir que rien ne venait sauver.

C'est là, contre toute attente, qu'avait éclos sa vocation. Devant les gouffres de la démence, il s'était découvert une empathie qu'il ne soupçonnait pas. Lui, l'enfant gâté, choyé, dont les désirs avaient toujours été devancés au point d'être annihilés, trouvait soudain dans la douleur psychique des autres un écho. Celui, sans doute, de ses propres fêlures, ouvertes par des parents trop protecteurs, et refoulées jusque-là.

Mais son parcours initiatique ne faisait que commencer. Dans ces temples du tout-chimique, la folie, plus ou moins douce, était soignée à grands coups de molécules. À ses yeux, ses confrères ne réglaient rien. Ils différaient l'explosion de la maladie, la contrôlaient par le biais des camisoles neuroleptiques. Pour lui, il fallait prendre le mal à la racine. Non pas soigner les cellules, mais guérir l'âme.

François avait choisi son camp. Une approche différente, fondée sur l'écoute, l'empathie, et une parole appropriée. La psychanalyse répondait à ses attentes. Il s'inscrivit dans plusieurs séminaires et entama aussitôt une cure didactique, préalable indispensable à l'exercice de cette profession.

C'est pendant cette période qu'il rencontra Diane. Sa femme. Sa moitié. Un concentré de douceur, avec qui il passait des heures à discuter. Ils avaient vingt-cinq ans, l'âge auquel on espère encore donner un sens à sa vie. Médecin également, elle avait choisi l'obstétrique. La magie de l'enfantement, le don, le visage extatique des parturientes la comblaient. Elle voyait dans ces moments de plénitude une vérité universelle, la seule définissant l'espèce.

Charlotte était venue très vite. Un beau bébé à la peau mate, aux cheveux blonds, avec des yeux d'un vert abysse qu'elle devait à sa mère. Mariage aussitôt après, appartement près de la Bastille, et projets à la pelle. Un bonheur de leur âge porté par un amour sans faille.

Cinq ans plus tard, dans les premières foulées de la trentaine, François démissionnait de l'hôpital et posait sa plaque dans un immeuble cossu du seizième arrondissement, square d'Alboni. Une période passionnante s'amorçait. Chaque jour, à chaque séance, il développait son intuition. Il saisissait très vite ce que ses patients s'évertuaient à refouler. Puis, peu à peu, il les mettait sur la voie. Au détour d'une phrase, d'un simple mot ou d'un silence appuyé, le psy pointait du doigt les douleurs innommables. Il aidait l'autre à s'en emparer, l'accompagnant ensuite sur le chemin de la guérison.

Sa route professionnelle semblait tracée. Côté vie privée, son couple le comblait et Charlotte poussait comme une fleur de bonheur.

Pourtant, un soir de juin, un événement inattendu devait redéfinir sa vie.

L'homme fréquentait son cabinet depuis six mois. Long, sec, toujours tiré à quatre épingles, il souffrait soi-disant d'une dépression chronique. François avait tout de suite deviné la personnalité perverse. Celle d'un manipulateur, le genre à se payer des psys pour éprouver sa toute-puissance. Derrière ce tableau clinique, le thérapeute avait aussi pressenti le terreau de violence. Une violence maîtrisée, dissimulée sous un discours policé. La pire des configurations...

Le médecin avait quand même décidé de relever le défi. Sans doute par orgueil. Ou parce que, au fond, il estimait que chaque névrosé devait avoir sa chance.

La cure démarra. Un parcours périlleux, qui l'obligeait sans cesse à la prudence. Son patient le testait en permanence, jouait au chat et à la souris, éprouvait sa résistance. Les séances devenaient de véritables épreuves de force. Rien n'avançait.

Peu à peu le pervers avait fait monter les enchères. D'abord en l'interpellant directement à propos de sa compétence, de son éthique, du sens qu'il donnait à son métier. Jusqu'où allait son engagement ? Que serait-il capable de faire pour ses patients ? Quelle part de lui-même accepterait-il de sacrifier au succès de la cure ?

François était resté de marbre. Il signifiait par son silence qu'il n'était pas décidé à se laisser embarquer sur ce terrain. L'homme n'avait pas abandonné pour autant, poussant le bouchon toujours plus loin.

— Dites-moi, docteur. Que feriez-vous si je vous annonçais que j'allais assassiner quelqu'un ?

Pas de réponse.

— Vous essaieriez de m'en dissuader ou vous me dénonceriez à la police ?

Toujours pas de réponse.

— Vous n'êtes pas très réactif... Dois-je en déduire que vous êtes indifférent au sort de vos semblables ?

François avait fini par lâcher :

— C'est de vous qu'il s'agit ici. Pas de moi.

— Bien sûr. Et si je vous disais que j'allais tuer un de vos proches... Il s'agirait toujours de moi ?

François ne s'était pas démonté, répondant à l'agression par un pas de côté.

— À votre avis, qui souhaitez-vous vraiment tuer ? Moi ? Ou vous ?

L'homme s'était contenté de ricaner. Il n'était pas revenu à la séance suivante. Ni à celle d'après. Quinze jours plus tard, on avait retrouvé le corps d'une femme sur les berges de la Seine, près de Puteaux. Étranglée avec une corde à piano. Le meurtrier avait serré tellement fort que le filin était rentré dans les chairs, sectionnant le cou jusqu'à la colonne vertébrale.

La police avait tout de suite identifié la victime, grâce aux papiers découverts dans son sac à main. Il s'agissait d'une gynécologue, âgée de trente-quatre ans, qui travaillait au service d'obstétrique de l'Hôtel-Dieu.

Son nom : Diane Marchand.

Quand les flics étaient venus le réveiller en pleine nuit, François croyait encore que Diane assurait sa garde à l'hôpital. Brisé par la nouvelle, il s'était effondré. Puis, dans un semi-brouillard, les propos tenus par son patient lui étaient revenus en mémoire. Des propos dont il n'avait pas pris la mesure. Pour lui, il s'agissait d'une énième tentative de manipulation, d'un autre test, comme en comportaient toutes les cures impliquant des pervers narcissiques.

Au bord de l'implosion, il avait quand même réussi à fournir ces éléments aux enquêteurs. Les hommes de la brigade criminelle n'avaient pas commenté. Ils s'étaient contentés de le fusiller du regard avant de l'abandonner à son sort.

Interpellé peu après, le dingue avait avoué facilement. Dans sa déclaration, il faisait porter le chapeau à son médecin. Il l'avait prévenu. Maintenant, le thérapeute saurait ce qu'il en coûtait d'avoir voulu jouer au plus malin.

François délaissa cette nouvelle provocation pour se concentrer sur les formalités. Choix du cercueil, enterrement, condoléances. Le rituel de la mort permet de tenir la souffrance à distance. Tout au moins pendant un temps. Puis, quand tout est terminé, le boomerang vous revient en pleine figure.

Le choc fut violent. L'absence, soudain palpable, qui explose dans chaque repère du quotidien. Une photo, un objet, la trace d'un parfum dans la salle de bains... Tout le renvoyait à elle. Son deuil commençait, long chemin jalonné de regrets, de remords et de peine.

Car au-delà de la perte de Diane, il sentait confusément qu'il s'était perdu aussi. Il s'était trompé. Et son erreur avait eu des conséquences dramatiques. Soudain, tout se remettait en perspective. Il appréhendait de façon brutale les limites d'une profession à haut risque, où le moindre silence pouvait se transformer en grenade offensive.

Une grenade qui avait aussi détruit Charlotte.

À l'annonce du drame, elle s'était réfugiée dans un mutisme inquiétant. Malgré ses neuf ans, elle n'avait pas versé une larme, ni manifesté un quelconque signe de souffrance. Elle s'était contentée de débrancher les câbles la reliant au monde des hommes.

François confia sa fille à ses parents. Il se retira quelque temps dans la maison de campagne familiale, une propriété dont Diane avait hérité en

Sologne. Un repli sur lui-même pour essayer de panser ses plaies, dans l'endroit que sa femme aimait le plus au monde. Sans succès. Jour et nuit, à chaque seconde, l'acide des questions rongeait son esprit.

À quel moment avait-il dérapé ?

Aurait-il pu gérer son patient autrement ?

Éviter le pire ?

Les réponses le fuyaient. Seul un profond sentiment de culpabilité le submergeait. L'idée que, par sa faute, la femme de sa vie était morte. Et que Charlotte serait brisée à jamais.

Il rentra à Paris la mort dans l'âme et reprit ses consultations. Sa fille ne parlait toujours pas. Choc réactionnel, avec aphasie transitoire. Le traitement serait long, sans garantie de résultat.

Au bord du vide, François s'accrocha au seul repère qui lui restait : sa douleur. Une volonté irrépressible de réparer monta alors en lui. Il se mit en tête de rembourser la dette dont il se sentait redevable. Mais comment faire ? Dans son métier, les cas aussi extrêmes que celui de son patient ne couraient pas les rues. Il n'aurait pas l'occasion d'en croiser un avant longtemps.

Il lui fallait autre chose.

Un autre angle.

Une prise directe avec la mort.

Une idée folle le traversa. À l'occasion d'une conférence, François avait entendu parler de ce métier qui défrayait la chronique, de l'autre côté de l'Atlantique. Les Américains lui avaient donné un nom vulgarisé par le cinéma et la télévision : *profiler*.

Comme la plupart des gens, il connaissait peu le sujet. Dans son esprit, il s'agissait d'un art plutôt que d'un métier à proprement parler. Une savante combinaison de techniques psychologiques, d'intuition et de raisonnement intellectuel, dont la finalité était d'identifier les assassins.

Il passa une semaine à récolter de l'information sur Internet, la meilleure façon de confronter son désir à la réalité. Il découvrit que le terme « *profiler* » pouvait se traduire par « profileur », un néologisme révélant l'immensité du retard dont souffrait la France en la matière. Pour différentes raisons, la police judiciaire n'avait jamais misé sur cette spécialité. D'abord parce qu'elle était apparue avec les tueurs en série, une spécificité américaine liée à la violence de ce pays et favorisée par son étendue. Ensuite, parce que les flics français se méfiaient tout simplement des psys, des « charlatans » auxquels ils préféraient leurs bonnes vieilles méthodes d'investigation.

Pourtant, les choses évoluaient. L'apparition des Guy Georges, Francis Heaulme ou Émile Louis révélait que les *serial killers* pouvaient aussi sévir dans l'Hexagone. Le ministère de l'Intérieur réfléchissait sur des programmes de centralisation de données, tels que le VICAP américain, et l'apparition du FNAEG – Fichier national automatisé des empreintes génétiques – permettait maintenant de croiser les preuves laissées sur le terrain avec le génome d'un millier de délinquants sexuels répertoriés. Depuis peu, la gendarmerie avait même mis au point un programme de formation interne destiné à fournir des « analystes de scènes de crime ».

Mais en dépit de ces maigres avancées, tout restait à faire. On était en juin 2001, la police n'avait pas encore pris la décision d'intégrer des psys dans ses effectifs, de leur donner une carte tricolore et les pouvoirs qui vont avec. Ils restaient cantonnés aux expertises, dans le cadre de procédures balisées, une fois les criminels sous les verrous.

La déception de François avait été à la hauteur de ses attentes. Plus il en apprenait, plus les portes se fermaient. Comment, dans ce contexte, parvenir à forcer le barrage ?

C'est alors qu'il prit la décision la plus honnête de son existence. Et la plus folle aussi. S'il fallait entrer dans la police pour parvenir à ses fins, pourquoi pas ? Il venait de fêter ses trente-cinq ans, le concours de commissaire lui était encore ouvert. Certes, il allait falloir se remettre aux études. Mais le principe ne l'effrayait pas. Pour se tenir à jour dans la sphère psy, il avait dû sans cesse actualiser ses connaissances. Si tout se passait bien, avec les équivalences dont il pouvait bénéficier, il serait très vite dans la place.

Il démissionna de la Société psychanalytique, ferma son cabinet et s'inscrivit en licence de droit, à la faculté d'Assas. Deux années surréalistes, au milieu de gamins qui le regardaient comme une bête curieuse.

Et d'une certaine façon, il l'était. La journée à la fac, complètement décalé, les fins d'après-midi auprès de Charlotte qui venait juste d'entrer en sixième, et les soirées à potasser ses cours. Une vie de moine, tendue vers un unique objectif : réparer.

Maîtrise en poche, il poussa avec succès les portes de l'ENCP, l'école nationale des commissaires de police située à Mantes-la-Jolie. Pendant deux ans, stage inclus, il apprit les rudiments de ce nouveau métier. Procédure pénale, maniement des armes, techniques de commandement... Puis, sans transition, on le lança sur le terrain.

Première affectation à la PJ, antenne de La Courneuve, dans une cité dortoir oubliée au fin fond de la Seine-Saint-Denis. Il découvrit la banlieue. Un monde agressif, vicieux, où des populations mises sur la touche tentaient plus ou moins de survivre. Touché par cette détresse, il fut néanmoins contraint de s'endurcir. Il mit progressivement de côté ses bonnes manières et apprit à jouer de la menace, de l'intimidation. Jour après jour, conflit après conflit, il s'adaptait. Son expérience de psy l'aidait encore dans cette démarche. Elle lui permettait de mieux maîtriser les fauves qu'il côtoyait au quotidien.

Peu à peu, il parvint à se fondre dans le décor. Il en adopta le langage, les rites, les codes. Sa seule limite était l'emploi de la violence. Contrairement à la plupart de ses collègues, il évitait autant que possible d'utiliser ce moyen.

Deux ans passèrent. Immergé dans l'arène, François n'en oubliait pas pour autant son but : rejoindre la brigade criminelle, mettre en pratique ce pour quoi il avait intégré la police. Il bombarda sa hiérarchie de demandes. Chaque fois, par des lettres de motivation soignées, il mettait en avant son expérience de psy. Aucun retour. L'inertie de la Grande Maison semblait insurmontable.

Puis, un matin, l'espoir. Un appel du commissaire divisionnaire Roger Hénon, grand manitou de l'OCRVP, un office central créé tout récemment pour coordonner sur le plan national la lutte contre les infractions violentes faites aux personnes.

L'entretien eut lieu à Nanterre, dans le bâtiment de la Direction centrale de la police judiciaire. D'une intelligence visionnaire, Hénon avait compris tout l'intérêt que François pouvait représenter pour la police. Il connaissait son dossier par cœur – parcours professionnel et vie privée – et voulait jauger l'homme.

Au bout de dix minutes, il lui proposa l'inespéré. Un détachement auprès de son service, au rang de commissaire hors cadre. Aucun poste de profileur n'étant en passe d'être créé, il deviendrait une sorte de conseiller technique, intervenant à la demande sur des dossiers spécifiques. Seule condition, il devrait s'exiler six mois à Quantico, au siège du FBI, afin de se spécialiser dans l'analyse des scènes de crime. Si François lui faisait confiance, il aurait l'occasion d'exploiter ses acquis.

Cette dernière pensée le ramena au présent. Deux ans déjà qu'il travaillait avec Roger et rien ne s'était passé comme prévu. On le sollicitait à l'occasion de prises d'otage, il épaulait des collègues sur de banales affaires de meurtre ou décortiquait des profils criminels sur le papier. Jamais, pour l'instant, on ne l'avait mis en face d'un scénario de ce type.

Ses yeux fixèrent l'enveloppe, posée sur le siège passager. Cette fois, à en croire les premiers éléments, la roue venait de tourner.

# 4

Une ambiance dépouillée.

Sol blanc, équipements rutilants, lampes halogènes. La cuisine, résolument moderne, donnait dans le fonctionnel. Comme le reste du trois-pièces que François habitait depuis sept ans. Un grand salon en demi-lune prenait les deux tiers de la surface, le reste étant distribué en une belle salle de bains et deux chambres minuscules : une pour lui, une pour Charlotte.

Il avait acheté l'appartement après la mort de Diane, délaissant son loft de la Bastille pour un petit immeuble de quatre étages dans le quinzième arrondissement. Plantée face à la Seine, à deux pas du paquebot de France Télévisions, cette construction standardisée jouissait d'une vue imprenable. Mais son atout majeur était ailleurs, dans la proximité géographique d'une femme sans qui la suite aurait été très compliquée : sa mère.

D'apparence froide, Gabrielle Marchand n'était qu'un concentré d'amour. Elle avait soutenu son fils dans les épreuves, présence parfois envahissante mais toujours chaleureuse dont la solidité ne s'était jamais démentie. Sans elle, François n'aurait pas pu s'occuper de Charlotte après le drame. Pas plus que maintenant d'ailleurs, compte tenu des horaires à rallonge de son nouveau métier.

Ce soir, d'après le message laissé sur sa boîte vocale, Charlotte avait une fois de plus trouvé refuge chez sa grand-mère. Huit ans après l'assassinat de sa mère, l'adolescente était encore fragile. Elle avait besoin d'un cadre stable, rassurant, a fortiori l'année du bac.

Le profileur se prépara une assiette froide, prit une canette de thé vert et retourna dans le salon. Quinze minutes après avoir poussé la porte de son refuge, il n'avait toujours pas ouvert l'enveloppe. Il en retardait le moment, cherchant d'abord à faire le vide en lui afin d'être concentré au maximum.

Une femme découpée vive.

Un visage prélevé.

Du pur délire.

Il s'installa dans le canapé, pieds en éventail sur la table, et se mit au travail. Avant toute chose, le procès-verbal de premières constatations, les impressions recueillies à chaud qui définissent l'orientation de l'enquête. Sa teinte.

Les gendarmes avaient été prévenus par un couple qui pique-niquait dans le coin. Leur fils était tombé par hasard sur les restes de la victime, après une escapade dans les sous-bois qui l'avait conduit jusqu'à une vieille bâtisse en ruine. Au vu de la configuration des lieux, le meurtrier n'avait pas cherché à dissimuler le cadavre. Pas vraiment. L'endroit, bien qu'un peu en retrait, était à deux pas d'un site touristique ultra connu : le « Sentier des ocres ». Quant à la baraque, elle était couverte de graffitis et jonchée de détritus. Donc accessible. Le sang qui éclaboussait le périmètre démontrait que le meurtre avait été commis sur place.

Le policier picora un morceau de saumon, sans cesser de lire. Les gendarmes avaient pris des photos, fait des croquis, des plans, et relevé les indices apparents. En d'autres termes : figé la scène de crime avant l'intervention des experts de l'unité technique et scientifique. Au rang de ces constatations basiques, il observa que des dizaines d'empreintes marquaient le sol, traces plus ou moins récentes laissées par les semelles des promeneurs. Compte tenu de leur nombre, il serait sans doute difficile d'isoler une piste nette...

François poursuivit sa lecture. Auditions des premiers témoins, de l'enfant qui avait trouvé les restes, de ses parents. Des éléments sans intérêt. Il tomba sur les photos, une série de gros plans en noir et blanc. Malgré la mauvaise qualité du fax, elles lui coupèrent l'appétit. Des morceaux de viande, sectionnés grossièrement par des entailles dans la région des articulations. Certaines parties du corps étaient déchiquetées, laissant penser qu'un animal était passé par là. La présence des vêtements, loin d'atténuer l'horreur, lui donnait au contraire une réalité insoutenable. À la place du visage, il n'y avait plus que des chairs à vif. Pas de lèvres, pas de nez, ni de paupières. Uniquement la denture, mise à nu jusqu'au sommet des maxillaires.

Le cœur au bord des lèvres, François avala une gorgée de thé et passa à la fiche de levée de corps. Identité présumée de la victime : à déterminer. Les cases annexes avaient quand même été cochées au stylo à bille. Individu de sexe féminin, yeux noirs et cheveux blonds. Les renseignements sur la femme se réduisaient à ces données de base.

Sur l'aspect extérieur du cadavre, le formulaire donnait les précisions habituelles. Taille, corpulence, tatouages, état d'hygiène... Rien de bien passionnant. Un astérisque renvoyait à une note manuscrite. François s'y reporta, découvrant une succession de pattes de mouche tracées sur papier libre d'une main fébrile.

D'après le légiste, on n'avait retrouvé de la victime que des morceaux épars. Bras, jambes, thorax et tête, tout y était. Mais démembré...

Il tourna la page et plongea vers la dernière rubrique : forme médico-légale supposée du décès. Là encore, rien de neuf. Hormis la certitude qu'il s'agissait d'une mort violente par homicide, le médecin ne s'était pas prononcé sur sa cause. Il avait seulement remarqué la pâleur de la peau et conclu à une absence de sang dans le réseau veineux. Comme l'avait dit Hénon, la femme avait été saignée à blanc...

Le commissaire reposa les documents et tenta de réfléchir. Qui était cette femme ? Le tueur la connaissait-il ? Pourquoi avoir prélevé son visage et découpé son corps ?

Deux hypothèses, seulement, semblaient dignes d'intérêt. D'abord, celle d'une sordide histoire de règlement de comptes. Le mode opératoire pouvait s'apparenter à une punition. Certains macs n'hésitaient pas à mutiler leurs filles quand elles envisageaient de dénoncer le contrat. L'aspect spectaculaire était destiné à impressionner les autres prostituées. Au cas où l'une d'entre elles aurait des velléités de liberté. Ce qui expliquait qu'on ait retrouvé les morceaux si facilement...

Mais au fond de lui, François croyait peu à cette piste. Si l'utilisation d'une scie collait avec les méthodes du milieu, le prélèvement du visage, lui, ne cadrait pas. Trop raffiné, trop subtil. Il possédait aussi une dimension symbolique qui l'éloignait de cet univers. L'ancien psy y voyait plus une volonté de s'approprier l'identité de la victime que celle de l'effacer. Pour ça, un flacon de vitriol aurait suffi.

La deuxième option, l'acte d'un déséquilibré, semblait donc plus appropriée. Un crime ignoble, ritualisé, répondant à une pulsion perverse et savamment orchestré par un cerveau malade.

Plongé dans le silence de son appartement, François médita cette intuition. Hénon ne lui avait pas confié l'affaire par hasard. Il avait de l'expérience, le flair d'un flic habitué aux pires horreurs. Les quelques éléments portés à sa connaissance l'avaient convaincu de mettre son joker sur le coup. C'est donc qu'il avait suivi le même cheminement.

Marchand quitta son canapé et passa dans sa chambre. Une douche rapide, un costume propre, pas de cravate. Jamais. Après avoir sélectionné quelques affaires de rechange, il attrapa deux chargeurs pleins pour son Glock 23 et fourra le tout dans sa valise.

Minuit.

En roulant bien, il serait dans les temps.

# 5

Sept heures d'autoroute, pleins phares, sans se soucier des limitations de vitesse. François était sorti à Avignon dans l'aube naissante, direction Apt par la nationale 100. À hauteur d'une zone artisanale, le GPS l'avait orienté sur la D149.

Changement d'univers. Des champs à perte de vue, figés dans une gangue de givre. La vie au ralenti. Une cape minérale recouvrait la campagne d'un halo blanc. De temps à autre, une ferme émergeait de ce néant, bâtisse austère et grise surgie d'une faille de passé.

François profita de ce calme pour appeler sa fille. La boîte vocale s'enclencha aussitôt, lui arrachant une grimace. Il laissa un message, informant Charlotte de son départ précipité, lui dit qu'il l'aimait et raccrocha.

Il traversait maintenant une zone viticole. La route serpentait entre les vignes, des milliers de ceps s'alignant en file indienne dans un brouillard de lait. Leur taille, l'ordonnancement des plantations laissaient penser à un immense champ de croix. Un mémorial oublié, sous lequel reposait une forêt de cadavres.

Le policier roula un bon quart d'heure sans croiser âme qui vive. Le dernier panneau indicateur, planté au milieu de nulle part, lui avait confirmé qu'il suivait la bonne route.

Depuis, plus rien.

Cinq kilomètres plus loin, le paysage se transforma encore. Des arbres sortirent de terre, les vastes étendues cédèrent la place à un relief plus chaotique où s'étendaient des bois. Partout, le sol se plissait. Il ressemblait à une peau pétrie par une main monstrueuse. Enfin, planté en haut d'une butte, François aperçut Roussillon.

Il ralentit en pénétrant dans le village. Ici, la couleur dominante était le rouge. Un rouge teinté d'orange, de jaune, de fauve. Illuminées par un soleil glacial, pierres, maisons et rues semblaient avoir pris feu.

Il suivit les flèches. L'itinéraire, largement balisé à l'intention des touristes, le conduisit directement dans un parking. Au fond, une plaque de bois indiquait le départ du « Sentier des ocres ». Ce matin, un barrage de gendarmerie en interdisait l'accès.

Le flic gara son 4 × 4, un Volkswagen Touareg noir agrémenté de vitres fumées, et marcha vers le planton. Il présenta sa carte, lança un vague sourire et s'engagea sur un chemin étroit. Après une forte descente – caillasse et nids-de-poule sous une voûte de pins parasols – on débouchait sur un petit vallon entièrement dégagé.

Il s'immobilisa quelques secondes, surpris par l'originalité du site. Il se trouvait dans un cirque naturel, surplombé par des falaises aux formes arrondies d'où surgissaient parfois des flèches de pierre. D'anciennes carrières à ciel ouvert, d'après le dépliant touristique acheté sur l'autoroute. À dominante ocre, l'image évoquait les paysages arides du Colorado, en miniature.

Le commissaire reprit sa marche. Ses chaussures avaient maintenant la couleur pourpre de la poussière ambiante. Cent mètres plus bas, il aperçut un couple qui discutait. Brassards rouges, postures nonchalantes : des flics.

Il les rejoignit et présenta à nouveau sa carte.

— Commissaire François Marchand. J'arrive de Paris.

— Paris ?

L'homme qui l'avait apostrophé n'était qu'un bloc de muscles. Coupe en brosse, blouson de cuir, baskets. Il affichait l'air suspicieux du type qui craint pour sa gamelle.

Avant que François ne réagisse, la femme s'avança.

— Lieutenant Julia Drouot. SRPJ d'Avignon. On m'a prévenue de votre arrivée.

À peine trente ans, regard direct, poignée de main ferme. Elle avait des cheveux courts, châtain clair, un visage aux angles nets et des yeux pétillants. Sous l'anorak orange – style haute montagne – on devinait une silhouette alerte, un corps de sportive qui respirait la vie au grand air.

— Enchanté, répondit le commissaire.

La jeune femme adressa un signe de tête à son collègue. Pendant qu'il tournait les talons, elle revint vers François.

— Vous êtes de l'OCRVP ?

— Exact.

— Expert en sciences du comportement, d'après les bruits qui courent.

— Encore exact.

— Vous avez donc dû noter que vous n'êtes pas le bienvenu.

Difficile de savoir si elle partageait les craintes du musculeux. Marchand se contenta de répondre.

— J'ai l'habitude... Et vous ?

— Quoi, moi ?

— Vous avez l'air de diriger l'enquête.

Elle secoua la tête.

— Pas tout à fait, non... Mon patron m'a seulement demandé de revenir sur place pour vérifier deux ou trois trucs.

— Et vous avez terminé ?

— On peut dire ça.

Le commissaire enfonça ses mains dans ses poches et proposa :

— Alors on peut peut-être aller jeter un œil ?

— Je vous accompagne.

Elle tourna les talons et l'entraîna vers un petit sentier qui fuyait sous les arbres. Au bout d'une cinquantaine de mètres, elle coupa à travers les futaies. Ils s'enfoncèrent dans les sous-bois qui entouraient le site. Végétation fournie, aiguilles de pins, odeurs de résine. Après dix minutes de marche, François aperçut la maison. Une ruine datant de Mathusalem, ouverte aux quatre vents, dont le toit s'effondrait par endroits. Une bande de plastique jaune fluo encerclait le terrain, posée à même la clôture. Inscrite en lettres noires, la formule consacrée : GENDARMERIE NATIONALE – ZONE INTERDITE.

Le commissaire suivit sa collègue à l'intérieur. Odeur de rat crevé. Pénombre. Puis, sans transition, un torrent de lumière. Il jaillissait d'une batterie de projecteurs, alimentée par un groupe électrogène que venait de lancer la jeune femme.

François découvrit l'endroit. À l'abandon, sale, chargé de graffitis. Sous l'éclairage électrique, les pierres se délavaient en une teinte incertaine.

Il demanda :

— Vous avez trouvé quelque chose ?

— Non. L'unité technique et scientifique de la gendarmerie a passé la baraque au peigne fin. On en a remis une couche ce matin, sans résultat.

— Le corps était ici ?

La jeune femme désigna un passage, ouvert dans le mur.

— À côté.

Le policier dut se baisser pour pénétrer dans le corridor. Trois mètres, épaules voûtées, cou tordu.

Au bout, une autre pièce, plus vaste, jonchée de détritus. L'enquêtrice pointa son doigt vers le fond.

— Le thorax et la tête se trouvaient là. Le reste était éparpillé un peu partout.

François était au courant. Ce qu'il voulait, c'était visualiser la scène, s'en imprégner, essayer de se mettre à la place du tueur. Comment avait-il transporté les morceaux ? Avait-il positionné le corps de façon spécifique ? Et pourquoi l'avoir déposé là, précisément ?

Il arpenta les lieux, à la recherche d'un détail. En vain. Il contemplait un taudis sans spécificité, souillé par des semelles anonymes et des dizaines de canettes vides. Seule trace du meurtre, des flaques de sang séché couvraient le sol à différents endroits.

Il demanda, sans interrompre son exploration :

— Il y a un autre accès ?

— On peut venir depuis la route. Mais c'est une heure et demie de marche.

— Vous avez eu le temps de fouiller les environs ?

— Les gendarmes de la SR s'en sont occupés. Ils ont quadrillé le site jusqu'à la nuit.

— Et ?

— Rien.

Il revint vers sa jeune collègue.

— Qu'en pensez-vous ?

— Ce n'est pas moi la spécialiste.

— J'aimerais quand même avoir votre analyse.

Elle le fixa. Elle paraissait se demander s'il était opportun de répondre. Enfin, elle se décida.

— Le lieu n'est pas facile d'accès. Le tueur est forcément venu de nuit, pour éviter les touristes. C'est donc quelqu'un qui connaissait l'endroit.

— Continuez...

— Il aurait pu commettre son meurtre ailleurs. Mais il a quand même pris la peine d'amener sa victime jusqu'ici. Pour lui, cette maison doit signifier quelque chose.

Bonne déduction. La jeune femme réfléchissait vite, et bien. François se dit qu'en cas de besoin, elle pourrait le seconder efficacement.

Il la sonda encore.

— À votre avis, pourquoi l'a-t-il découpée en morceaux ?

— Je n'en ai pas la moindre idée.

— Et le visage ?

— Encore moins.

Elle jouait la prudence, c'était tout à son honneur. Le commissaire suggéra :

— On sort ?

Ils retrouvèrent l'air libre. Après l'agression des lampes halogènes, la lumière naturelle donnait la sensation d'une caresse. François inspira une grande bouffée d'air froid et proposa :

— Si vous me présentiez votre chef ?

L'enquêtrice remonta la fermeture Éclair de son anorak en frissonnant.

— Je vous préviens, il n'est pas du genre commode.

— Un peu comme votre collègue...

Pour la première fois, elle lui adressa un sourire.

— Pire.

# 6

— Asseyez-vous.

Le ton du commissaire Richard Devaux, patron du SRPJ d'Avignon, ne souffrait pas de contestation. Grand, fort, des yeux très clairs, son visage cubique lui donnait des allures de centurion romain. Il portait une chemise blanche, un jean Levi's 501, et une paire de bottes texanes en simili croco. La tenue du play-boy des années quatre-vingt, quand il avait trente ans et devait arpenter les rues chaudes à la recherche d'un flag.

François prit place. À côté de lui, Julia Drouot. Debout derrière, le flic musculeux qui accompagnait la jeune femme deux heures plus tôt. Enfin, appuyé contre un mur où s'étalaient des posters de corrida, un personnage étrange : une sorte de barde aux cheveux brushés, vêtu d'une veste à col Mao et d'un pantalon moulant en acrylique bordeaux. Dans le petit bureau situé au premier étage du commissariat central d'Avignon, la tension était palpable.

— Je vais être clair, attaqua Devaux. Ce n'est pas moi qui vous ai fait venir. On a les ressources pour gérer cette affaire de A à Z. Mais la décision vient de plus haut et je n'ai pas les moyens de m'y opposer.

Marchand avait déjà affronté des situations de ce genre. Son parachutage sur des enquêtes faisait souvent grincer les dents, l'horreur du crime n'arrangeait pas les choses. Il adopta un profil bas.

— Je comprends...

— Je ne crois pas. Vous êtes sans doute un cador à Paris mais ici, le boss c'est moi. Vous opérerez sous mon autorité.

— Je suis là pour aider. Rien d'autre.

Un flottement. Le calme du profileur devait déstabiliser Devaux. Le cow-boy se racla la gorge avant de reprendre.

— Très bien. Alors faisons les présentations. Vous connaissez déjà Julia, je crois. L'officier qui est derrière vous, c'est Gomez. Vous l'avez croisé ce matin. Et enfin – il désigna le barde – Hermann.

— Avec vous, ça ne fait que quatre OPJ ? releva François d'un air innocent.

— C'est suffisant. On travaille avec le capitaine Carrioux du SR d'Avignon. Il dispose d'une trentaine d'hommes. C'est moi qui coordonne tout le monde.

Il s'interrompit, comme en attente d'une réaction. Marchand resta impassible. Après quelques secondes d'un silence lourd, Devaux reprit :

— Les premières investigations n'ont rien donné. Pas d'indices matériels dans la baraque ni dans son périmètre.

— Vous avez identifié la victime ?

— Je viens de recevoir le rapport. L'empreinte dentaire correspond à celle d'une jeune femme du nom de Lucie Barmont. Dix-sept ans. Pas de déclaration de disparition.

Il tendit une chemise rouge, fermée par un élastique. À l'intérieur, une fiche et un cliché d'assez mauvaise qualité. L'adolescente regardait l'objectif, sans doute celui de l'appareil Photomaton qui l'immortalisait. Elle avait des traits fins, une belle chevelure blonde et un regard effronté. Un physique agréable, encore nimbé de fraîcheur.

François reposa le document.

— Une mineure ?

— Émancipée depuis l'année dernière.

— Pour quelle raison ?

— Aucune idée.

— Qu'est-ce qu'on sait d'elle ?

— Coiffeuse dans un salon du centre d'Avignon. Célibataire, sans enfant. Pas de fiche au casier judiciaire, aucun signalement auprès de nos services. Elle vivait seule dans un studio, à deux pas de son travail.

En d'autres termes, une anonyme sans histoire. Cette information éliminait définitivement l'hypothèse d'une punition infligée par un mac à une prostituée.

François croisa les jambes. On progressait.

— Sa famille est prévenue ?

— Pas encore.

— Vous avez perquisitionné à son domicile ?

Réponse au lance-pierre :

— Je vous ai dit qu'on venait de recevoir le rapport. On s'en occupera cet après-midi, si on a le temps.

— Et l'autopsie ? Elle est prévue pour quand ?

— À onze heures.

Le profileur enregistra l'info, réfléchissant à la meilleure façon de poursuivre. Inutile de froisser son collègue à ce stade de l'enquête. Les véritables pommes de discorde tomberaient bien assez vite.

Il continua donc sur le même ton docile :

— Comment voyez-vous les prochaines étapes ?

— On va ratisser large. Voisinage, péages, stations-service, restaurants et hôtels. Tout. Notre homme a dû amener sa victime jusqu'au Sentier des ocres. Il était forcément en voiture.

— Il a sûrement volé un véhicule.

— On vérifie aussi.

— Vous comptez lancer des demandes d'informations ?

Sourire satisfait.

— C'est déjà fait. STIC, ministère de la Justice, FNEG et Renseignements généraux. D'ici deux heures, j'aurai la liste complète des criminels violents recensés dans la région, libres ou détenus.

— J'imagine que vous avez aussi pensé aux établissements psychiatriques du département ?

— Naturellement. Ils m'adressent le CV du moindre dingue qui est passé chez eux.

Une pause, à nouveau, remplie d'autosatisfaction. Soudée derrière son chef, l'équipe entière approuvait en silence.

François opina par pure forme. Cette démonstration de compétence le laissait froid. Pour lui, ces lignes lancées tous azimuts avaient peu de chances d'accrocher un poisson de ce calibre.

Il relança en douceur :

— Je pense qu'il faudrait se procurer la liste des magasins de bricolage. Les entailles sont grossières, probablement réalisées à l'aide d'une scie. Il faudra également chercher du côté des fabricants de matériel médical. À cause du scalpel qui a très certainement permis le prélèvement du visage. On ciblera la recherche sur trois départements : Vaucluse, Gard, Bouches-du-Rhône.

Devaux le toisa d'un air mauvais.

— On peut aussi interroger les jardiniers, les charpentiers et tous les bricolos qui pullulent dans le coin. Sans oublier les chirurgiens et les bouchers. Vous réalisez le nombre de suspects que ça représente ?

— Parfaitement. C'est pour cette raison qu'on va se cantonner aux fournisseurs. Pour l'instant en tout cas.

Première passe d'armes. À la mine de Devaux, François comprit qu'il n'appréciait pas l'initiative.

Le cow-boy prit son temps pour évaluer l'argument. Une façon de dire que c'était lui qui décidait. Enfin, d'un signe de tête, il déclencha Hermann. Le barde sortit un petit calepin et nota les directives. Pendant qu'il s'activait, Devaux s'adressa de nouveau à François.

— Et vous ? On peut connaître vos conclusions ?

Le profileur commençait à se faire une petite idée de la personnalité du tueur. De son organisation psychique. Le prélèvement du visage, surtout, l'interpellait. Mais il n'était encore sûr de rien et n'avait de toute façon pas envie d'en faire part à ce beauf. Il tirerait aussitôt la couverture à lui et risquerait de le parasiter.

— C'est trop tôt. J'ai encore besoin de réfléchir.

L'Avignonnais ricana.

— Dépêchez-vous quand même d'avoir une illumination. Au cas où vous ne l'auriez pas remarqué, il y a six camions de télévision qui campent dehors. Dans l'intérêt de tout le monde, il vaudrait mieux qu'on trouve une piste fissa.

Marchand fit semblant d'acquiescer. La médiatisation de l'affaire ne l'inquiétait pas. Dans moins d'une semaine, et quelles que soient les avancées de l'enquête, une autre actualité brûlante viendrait se substituer à celle-là.

Il regarda sa montre.

— L'autopsie va bientôt démarrer. Je souhaiterais voir le corps avant.

Pas de réaction. Devaux n'était pas disposé à coopérer et le signifiait.

Ce fut Julia Drouot qui arrondit les angles.

— Moi, je peux l'accompagner.

Son patron la dévisagea, comme si elle avait parlé chinois.

— Vous ?

— J'étais censée me rendre au médico-légal. C'est vous qui me l'avez demandé.

Une demi-seconde d'embarras. Devaux était coincé. À contrecœur, il donna son feu vert.

— Très bien. Allez-y ensemble. Mais vous avez intérêt à me tenir informé.

# 7

On avait reconstitué le corps.

Jambes, bras, tronc et tête : les morceaux avaient été placés sur une table en inox, en position anatomique, de façon à se donner l'illusion qu'on allait autopsier un être humain.

Mais l'artifice n'avait trompé personne. L'absence d'homogénéité déséquilibrait les pièces de ce puzzle macabre, créant des ruptures de niveau entre les différents segments. Un peu comme ces ossements découverts à l'occasion de fouilles, que l'on accole pour se donner une vue d'ensemble. À chaque extrémité, on devinait la froide pâleur d'une articulation, mise à nu par la scie.

L'examen externe, auquel les policiers avaient assisté, ne mettait en évidence aucune trace de coups ou de sévices. Pas de blessure par balle, ni de lacérations non plus, hormis les morsures. À première vue, il s'agissait d'un chien. Et il s'était acharné. La partie supérieure de la cuisse gauche n'était plus qu'un entrelacs de muscles, de graisse et de tendons à vif. Sur le thorax, des traces de crocs perforaient la peau trop blanche. Le bas du ventre avait été dévoré, de même que le vagin et l'utérus. Devant cette bouillie de viscères, le légiste avait indiqué qu'il serait difficile de savoir s'il y avait eu viol.

Quant au visage... Impossible de faire le rapprochement avec la photo présentée par Devaux. François avait eu l'impression de contempler une planche anatomique, l'« écorché », sur lequel on inculque les rudiments de la médecine aux étudiants de première année.

En quittant l'institut médico-légal, le profileur avait quand même appris deux ou trois choses. D'abord, la cause de la mort. Elle découlait d'une hémorragie massive, occasionnée par un sectionnement des artères fémorales et brachiales. L'aspect régulier, linéaire, des blessures ne laissait plus penser à l'utilisation d'une scie. Plutôt à celle d'une tronçonneuse à bois. Les marques de liens relevées sur les poignets et les chevilles attestaient que Lucie avait été attachée au préalable.

François connaissait aussi le moment précis du décès. Une heure du matin, dans la nuit de dimanche à lundi. La datation par les lividités, couplée à l'analyse thermique ainsi qu'à celle des rigidités cadavériques, ne laissait aucun doute.

Enfin, mais ce n'était pour l'instant qu'une déduction, on pouvait imaginer que le visage avait été prélevé en tout dernier lieu. L'incision, pour grossière qu'elle fût, impliquait une immobilité totale de la victime. Hormis une injection de drogue, à laquelle François ne croyait pas dans ce contexte d'ultraviolence, la mort seule pouvait fournir une telle passivité.

Ils avaient retrouvé le Touareg et mis le chauffage à fond. La température extérieure flirtait avec les cinq degrés, encore moins élevée qu'à la morgue. À peine assise, Julia posa la question qui lui brûlait les lèvres.

— Vous en pensez quoi ?

Elle venait à la pêche. Sur ordre de son patron ? Fidèle à sa ligne de conduite, Marchand répondit :

— Rien.

Léger sourire.

— Ne me dites pas que l'hypothèse d'un tueur en série ne vous a pas effleuré...

— Je ne réfute jamais aucune hypothèse.

— Mais vous ne la confirmez pas non plus.

— Non. En matière criminelle, rien n'est jamais évident.

Soupir, cette fois.

— Épargnez-moi les phrases bateau, commissaire. Vous êtes trop intelligent pour ça. Et si vous avez peur que je cafte, rassurez-vous. Je peux pas saquer Devaux, moi non plus.

François croisa son regard. Déterminé, franc, sincère. Il éprouvait la même sensation qu'à leur première rencontre et décida de lui faire confiance.

— Il est prématuré d'affirmer que nous avons affaire à un tueur en série. Un meurtre, c'est insuffisant. Mais je vous l'accorde. Vu le mode opératoire, cette hypothèse est à considérer.

— Ce qui signifie qu'il va recommencer ?

— Tout est possible. Il a aussi pu agir par le passé, en toute impunité. En France, plus d'une centaine de personnes disparaissent chaque année. Majeurs et mineurs confondus. Et il faut également envisager qu'il ait sévi ailleurs.

— Génial...

— Il va falloir étendre notre champ de recherche. Ce qui veut dire sortir tous les dossiers d'affaires non résolues, dresser un état des personnes disparues depuis trois ans sur le territoire et contacter Interpol.

Julia lui lança un regard sceptique.

— C'est pas un peu... exagéré ?

— On peut aussi attendre qu'il remette le couvert.

Elle se tassa dans son siège. La réponse de François, un peu brutale, l'avait visiblement vexée.

Il enclencha la première et quitta le parking du médico-légal. En s'engageant dans le trafic, il se demanda comment rattraper le coup. Julia était sa seule alliée, pas la peine de se la mettre à dos.

Il décida de l'aborder de biais.

— On dirait que c'est votre première affaire de meurtre ?

— Vous avez remarqué ?

— Au début, c'est toujours un peu...

— Laissez tomber. J'aurais mieux fait de fermer ma gueule et d'écouter le grand chef.

Fermée comme une huître. Un caractère entier que le commissaire perçut plutôt comme une carapace. Il ne lâcha pas l'affaire.

— Vous êtes au SRPJ d'Avignon depuis longtemps ?

Elle le regarda par en dessous, comme si la question la dérangeait. Puis elle laissa tomber :

— En quoi ça vous intéresse ?

— J'aime bien savoir avec qui je travaille.

Julia se détendit un peu.

— Deux ans.

— Ça n'a pas l'air d'être la grande joie.

— Je fais avec.

— Vous étiez où, avant ?

— Dans le Nord.

— Vous devriez être contente. Les gens font des pieds et des mains pour être mutés dans le Sud.

— Je ne suis pas les gens. Et je suis née à Mons-en-Barœul, une petite ville à côté de Lille. Toute ma famille est de là-bas.

François acquiesça, intégrant malgré lui ce qu'induisaient ces réponses arrachées aux forceps. Sous ses airs affirmés, Julia était encore une petite fille. Ses parents devaient lui manquer, et plus généralement la cellule familiale. Elle avait subi le déracinement, comme les trois quarts des fonctionnaires sur les tout premiers postes. Travailler avec Devaux n'avait pas dû l'aider à accepter son sort.

— Et vous ? relança-t-elle. Comment devient-on profileur ?

Chacun son tour. François s'était dérobé une première fois, il devait à présent se découvrir un peu.

— Il n'y a pas de filière en France. C'est une conjonction de facteurs.

— Du genre ?

— Compliqué. J'étais psychanalyste avant de bifurquer dans la police.

— Psy ?

— Médecin à la base. Interne en psychiatrie.

— Et l'OCRVP ? Vous êtes bien jeune pour un tel poste.

— J'ai eu de la chance.

Elle eut un petit sourire.

— À d'autres. Vous aviez du piston, avouez-le.

— Non. Seulement une grosse motivation.

L'explication ne parut la satisfaire qu'à moitié. Un silence s'installa, que personne ne rompit. Ils s'évaluaient par petites touches, aussi prudents l'un que l'autre. Malgré cette retenue, ou peut-être à cause d'elle, une sorte de courant passait maintenant entre eux.

Soudain, au détour d'un rond-point, les remparts de la cité des papes apparurent. Julia s'étonna.

— Vous allez où, là ?

Concentré sur la conversation, François roulait depuis un quart d'heure sans se préoccuper de la direction. Inconsciemment, il avait suivi les panneaux qui le ramenaient vers le centre-ville.

Il répondit sans détour :

— Au salon de coiffure.

— Celui de la victime ?

— Tout juste.

— On ne prévient pas Devaux ?

— Non.

Elle eut un petit sourire en coin.
— Y va pas être content.
— J'en fais mon affaire.
— C'est vous qui voyez. Mais je vous préviens : si ça gueule, je dirai que vous m'avez forcée.

# 8

Ils marchaient maintenant dans la vieille ville.

François voulait se faire une idée sur la victime, ses habitudes, ses centres d'intérêt. Une fois sur deux, le tueur choisissait sa proie dans son propre univers : amis, connaissances, voisins...

Pour cette première approche, le commissaire avait décidé d'interroger les collègues de travail de Lucie. Il se disait qu'à dix-sept ans, on se confiait plus facilement à eux qu'à ses parents.

Succédant à l'ambiance clinique de l'institut médico-légal, les couleurs de la cité touristique lui firent du bien. Une pause, dans une enquête qui s'annonçait difficile.

À l'abri de ses remparts, Avignon gardait la nostalgie d'un Moyen Âge rugueux, fait de murailles imposantes, d'arcades ajourées, de constructions en pierre de taille. Dans cette cité historique, l'émerveillement était partout. Fontaines lovées au coin des rues piétonnes, péristyles ornant les portes cochères, frontons aux airs de monstres mythologiques. La ville entière était un monument, placé sous la haute protection du colossal palais des Papes.

Julia les entraîna dans un dédale de ruelles. Peu d'espace. De l'ombre, partout. Les façades des immeubles se regardaient en chiens de faïence, si proches qu'elles donnaient l'impression qu'on pouvait passer de l'une à l'autre en enjambant les toits.

Enfin, ils débouchèrent sur une placette ensoleillée, peuplée de restaurants et de commerces. Le salon de coiffure était facilement repérable : une sorte d'aquarium bardé de métal, à l'intérieur duquel virevoltaient des silhouettes en polo blanc.

Julia poussa la porte. Odeurs d'après-shampoing, de crèmes, de laque. Chaleur électrique des sèche-cheveux. Musique douce et écrans plasma. Les clientes profitaient de l'heure du déjeuner pour se faire dorloter.

Faisant le pied de grue derrière un comptoir en verre, une petite boule coiffée en pétard leur sourit.

— Bonjour, vous avez pris rendez-vous ?

L'enquêtrice présenta sa carte.

— Lieutenant Drouot. Police judiciaire. On voudrait vous poser quelques questions, à propos de Lucie Barmont.

Changement de mine.

— La pauvre... C'est horrible ce qui lui est arrivé.

— Horrible, oui...

— Vous voulez que j'appelle monsieur Marc ?

— Qui ?

— Mon patron. Il est dans le bureau, juste au-dessus.

François intervint.

— On verra plus tard. Vous connaissiez bien la victime ?

— Pas vraiment... Elle était pas là depuis longtemps et on n'a pas trop la possibilité de faire la causette. Il faut s'occuper des clientes... Mais demandez à Stephen, je crois qu'ils se voyaient un peu après le travail.

Elle désigna un échalas au fond de la salle. Il se tenait de dos, derrière une chevelure bleu-gris recouverte en partie de papillotes d'aluminium.

— Allez le chercher.

La fille s'exécuta. Après un court conciliabule, ponctué de coups d'œil inquiets, le coiffeur arriva.

— Vous voulez me voir ?

Voix empruntée, catogan blond noué par un ruban et mascara sur les cils.

Le commissaire lui tendit la main.

— Bonjour, vous êtes Stephen ?

— C'est moi, oui...

— Je m'appelle François Marchand. Avec ma collègue, nous enquêtons sur la mort de Lucie. Vous étiez liés, je crois ?

Le jeune homme hocha la tête en expirant profondément. Sa peine était sincère, mais s'exprimait de façon théâtrale. Naturellement surjouée, à la façon des divas auxquelles il devait s'identifier.

François le ramena sur terre.

— Vous pouvez vous absenter cinq minutes ? On voudrait bavarder un peu avec vous.

Ils allèrent s'installer en terrasse, dans un café situé de l'autre côté de la place. Des clients déjeunaient au soleil, emmitouflés dans leurs manteaux. Au-dessus des têtes, des braseros en forme de champignon diffusaient une chaleur électrique. Après avoir commandé les boissons, Marchand attaqua :

— Vous fréquentiez Lucie depuis longtemps ?

— Depuis qu'elle travaillait au salon. Ça doit faire six mois.

— Parlez-nous d'elle.

— Un amour. Gentille, généreuse... Fallait juste savoir la prendre.

— Que voulez-vous dire ?

— Elle avait du caractère. Et elle se gênait pas pour l'exprimer. Mais nous, ça collait bien.

Il battit des cils, comme s'il cherchait à retenir ses larmes. Puis il rajouta, dans un filet de voix :

— Pourquoi elle ? Je ne comprends pas...

Pas le temps pour une explication de texte. François enchaîna :

— Elle se confiait à vous ?

— Un peu, oui.

— Du genre ?

— Sa vie, ses problèmes : des trucs persos, quoi...

— Essayez d'être concret. Avait-elle des amis, par exemple ?

— Pas à ma connaissance. On travaille douze heures par jour. Ça laisse peu de temps pour le reste.

— Alors un petit copain, peut-être ?

— Je crois pas.

— Vous ne croyez pas ou vous êtes sûr ?

Il fit mine de se souvenir.

— Sûr. Elle me l'aurait dit.

Le flic enregistra l'information pendant que les consommations arrivaient. Pas de relation stable, pas de cercle amical : un désert relationnel que seul Stephen semblait meubler. Cette solitude n'était pas anodine dans le contexte. Une proie isolée est beaucoup plus vulnérable.

Une idée lui vint, qu'il transforma en question.

— Célibataire, pas d'amis. On ne peut pas dire que Lucie était du genre sociable. Mais elle avait dix-sept ans et elle était plutôt jolie. Elle devait bien sortir un peu, non ? Aller danser ?

— Pas vraiment. J'ai essayé de la traîner une ou deux fois en boîte. Un vrai bide.

Décidément... On avait affaire à une ermite, une stakhanoviste du brushing qui partageait sa vie entre son nid et le salon de coiffure. Les deux étant situés dans le même quartier, piétonnier de surcroît, François avait du mal à imaginer que l'assassin ait pu l'enlever en plein milieu de la rue. Comment s'y était-il pris ?

Il se servit une tasse de thé, avec le sentiment de faire du sur-place. Julia avait déjà bu son café. Elle monta au créneau :

— Elle surfait sur Internet ?

Un blanc. Comme si la question avait pris le coiffeur au dépourvu. Puis une réponse en demi-teinte.

— J'imagine, oui. Tout le monde le fait.

Elle précisa sa pensée :

— Des *chatts*, des sites spécialisés ? Quand on n'a pas trop le temps, c'est un bon moyen pour faire des rencontres.

— Je ne sais pas...

Marchand s'étonna.

— Elle n'en parlait pas avec vous ?

— Non.

— Je croyais que vous étiez son confident.

Une gêne, palpable cette fois. Le coiffeur répondit avec un temps de retard :

— Elle ne me racontait pas tout. Je le respectais.

François lança un regard à Julia. La jeune femme haussa les sourcils. Elle non plus ne croyait pas un mot de ce bobard.

Le policier insista :

— Stephen... Je sais que vous voulez protéger la mémoire de Lucie. Les secrets qu'elle vous a confiés. Mais votre copine est morte. Elle a été assassinée par un fou qui lui a tronçonné les membres et arraché le visage. Tout ce que vous pourrez nous apprendre est essentiel.

François avait été abrupt. Volontairement. Le jeune homme accusa le coup. Il prit un morceau de sucre, le croqua nerveusement et détailla la terrasse. Enfin, il reconnut à voix basse :

— Je lui avais dit que c'était pas une bonne idée. Avec tous les malades qui se promènent... Mais elle voulait le faire. Et pas moyen de la faire changer d'avis.

— De quoi parlez-vous ?

Il fixa le commissaire avec intensité. Ses yeux de biche effarouchée cherchaient à lire en lui.

— Jurez-moi que vous garderez ça pour vous. Si mon patron l'apprenait, ça pourrait me retomber dessus.

— Ne vous inquiétez pas.

— On est très mal payés au salon. Même avec les pourboires, les fins de mois sont plutôt difficiles. Chacun se débrouille comme il peut.

— Mais encore ?

— On a tous une clientèle personnelle. Avec le temps, ça vient forcément. Lucie était nouvelle et elle connaissait pas grand monde. Elle a essayé le web pour se faire des extra.

— Et ça marchait ?

Le coiffeur baissa la tête et murmura presque :

— Pas vraiment.

— Alors pourquoi vous me racontez cette histoire ?

— Parce qu'elle a aussi essayé autre chose.

— Quoi ?

— Elle proposait des soins du corps.

François n'était pas certain de comprendre.

— Quel genre de soins ?

— Relaxation, épilation, massages...

— Hommes ou femmes ?

— Les deux.

— En gros, vous êtes en train de me dire qu'elle se prostituait ?

L'autre prit un air horrifié.

– Non ! Pas jusque-là.

Le policier sourit. Massages ou passes, la frontière était souvent ténue. Deux fois sur trois, les premiers n'étaient que le prélude aux secondes.

Il avala une gorgée de thé et tenta de réfléchir. Lucie n'était probablement qu'une occasionnelle. Ce qui expliquait qu'elle n'ait été fichée nulle part. Par ailleurs, elle offrait ses services très charnels sur le Net. L'anonymat du web avait donc pu permettre au tueur d'approcher sa proie en toute discrétion. Une stratégie, en tout cas, qui collait à l'idée que le profileur se faisait de lui.

Il reposa sa tasse et questionna encore.

— Donc, elle trouvait des clients sur Internet ?

— C'est ça, oui.

— Comment ? Par petites annonces ?

— Probablement...

— Depuis combien de temps ?

Haussement d'épaules. Le flou des réponses commençait à agacer le policier. Il devint plus ferme.

— Enfin, c'est pas croyable ! Vous ne lui avez pas posé de questions ?

— Pourquoi je l'aurais fait ?

— Au moins par curiosité.

— Je ne suis pas une concierge.

La sincérité de Stephen était désarmante. François laissa tomber cette voie pour dérouler le fil.

— Elle faisait ça où ?

— Chez les clients. C'est le principe.

— Elle les a déjà évoqués avec vous ?

— Non.

— Elle n'a jamais fait mention d'une difficulté, d'un problème ?

— Rien, je vous jure. Si je savais quoi que ce soit, je vous le dirais.

Stephen avait pris un air de chien battu. Le soleil commençait à passer derrière les immeubles, la terrasse se vidait. Il regarda sa montre :

— Dites, va falloir que j'y retourne.

Marchand acquiesça. Il sortit une carte de visite de son manteau et la tendit au jeune homme.

— Le numéro de mon portable. Appelez-moi s'il vous revient un détail.

# 9

Le studio de la victime n'était qu'à cinq minutes de marche.

Si Lucie recrutait ses clients sur Internet, il y avait de grandes chances pour que son appartement soit équipé d'un ordinateur. En fouillant le disque dur, les policiers pourraient sans doute apprendre des choses intéressantes.

L'immeuble devait dater du XVe siècle. Un petit bijou en pierre de taille, rénové, dont le hall d'entrée était strié de poutres apparentes. En grimpant l'escalier, François eut l'impression de faire un bond dans le passé. Les volumes minuscules, l'arrondi des murs, les galettes de roches affleurant çà et là au hasard du crépi, et surtout l'odeur... Un parfum de craie, de poussière et de rêve, de ceux qui planaient à l'époque dans l'atelier des marbriers.

Cinquième et dernier étage. Sous les toits. Froid polaire et cœur à cent à l'heure. Malgré son hygiène alimentaire stricte – il se nourrissait essentiellement de poisson et de thé –, François ressentait avec une pointe de honte les conséquences de sa vie sédentaire. Depuis son affectation à l'OCRVP, il avait abandonné toute forme d'activité physique. Pas le temps. Ou plus vraiment l'envie. Il bossait comme un fou et consacrait ses rares heures de liberté à Charlotte. À quarante ans et des poussières, ce genre d'impasse ne pardonnait pas.

Julia n'avait pas ce problème. Fraîche, rose, pas le moindre essoufflement. Elle débordait de santé et de vie, comme un bourgeon sur le point d'éclore. En voyant l'état de son collègue, elle eut un petit sourire. Sans faire de commentaire, elle enfila des gants de latex et lui en tendit une paire. Puis, avec un naturel déconcertant, elle fit jaillir un passe et crocheta la serrure.

Une pression sur l'interrupteur, la pièce s'illumina. Intérieur coquet, meublé avec soin et rangé au millimètre. Il s'avança. Alignées sur le meuble télé, quelques photos intimes. Un couple dans la cinquantaine – sans doute les parents de la victime – posant fièrement devant une piscine un peu kitsch ; Lucie, tête renversée dans une attitude de femme fatale ; et plusieurs clichés d'un chat énorme, blanc, qui semblait s'ennuyer à mourir.

Le commissaire remarqua tout de suite l'ordinateur, un iMac un peu lourd posé sur un petit bureau. Il s'assit et l'alluma, pendant que Julia se lançait dans une fouille en règle du studio.

L'écran d'accueil apparut. Pas de mot de passe. Des icônes bleues couvrirent l'écran, dossiers domestiques allant des courriers administratifs aux photos de vacances. Une série de clichés était consacrée au chat blanc, apparemment prénommé Roxane.

François cliqua sur la boussole du navigateur Safari pour ouvrir Internet. Orange en page d'accueil. Il se dirigea d'abord vers la boîte mail, avec l'espoir d'y pêcher des indices. En vain. Seulement de la publicité, des commandes de fringues en promotion et une quantité impressionnante de spams. À croire vraiment que Lucie n'avait aucun ami, ni même de relations.

Il essaya ensuite l'historique. À peine cinq jours d'antériorité, des dates courant jusqu'à la veille du meurtre. Pas un seul site de petites annonces en ligne. En désespoir de cause, il ouvrit les favoris, la dernière des manipulations que lui permettait sa connaissance minimale de l'outil informatique. Même résultat. La liste ne comportait que des adresses sans intérêt, liées à des sites d'achat.

Il releva les yeux. Pour l'heure, aucune trace de l'activité extraprofessionnelle de la victime. En désespoir de cause, il demanda à Julia :

— Vous avez trouvé quelque chose ?

— Des factures.

— Il y a celles de son téléphone portable ?

— Oui.

— Donnez-m'en une. On vérifiera les appels.

— Vous ne préférez pas qu'on laisse Devaux s'en occuper ?

— On n'est jamais mieux servi que par soi-même.

La jeune femme soupira. Elle prit une des factures au hasard et la tendit au profileur. Puis elle s'approcha de l'écran.

— Instructif ?

— Le désert.

— C'est pas logique. Si elle offrait ses services sur Internet, il y a forcément une trace dans la bécane. Vous avez ouvert l'historique ?

— Historique et favoris. J'ai fait les deux.

Elle croisa les bras sans détourner ses yeux de l'ordinateur. On aurait dit qu'elle cherchait à communiquer mentalement avec lui. Enfin son regard s'alluma.

— Je peux ?

— Je vous en prie...

Marchand lui céda sa place. Elle fit défiler les dernières connexions, démontrant de façon implicite qu'elle n'accordait aucun crédit aux recherches du commissaire. Très vite, elle s'arrêta sur une adresse.

— Bingo !

François plissa les paupières pour distinguer le nom. Déjà, la page d'accueil du site « Meetic » se téléchargeait.

— Elle est passée par là, affirma Julia. J'en mets ma main à couper.

Le profileur avait bien sûr entendu parler du numéro un de la rencontre en ligne. Le champion de la nouvelle drague, celle du troisième millénaire. Anonyme, désincarnée, elle permettait de multiplier les opportunités sans prendre le moindre risque. Cinq minutes plus tôt, il avait vu passer le logo sur l'écran. Mais n'étant pas client, l'idée de remonter cette piste ne l'avait pas effleuré.

Il s'étonna quand même :

— Pourquoi Meetic ?

— Parce que c'est le plus fréquenté.

— Aux dernières nouvelles, il n'y a pas de propositions de massages sur ce site.

— Qui vous a dit qu'elle faisait ça ouvertement ?

Personne, en effet. Quand François avait posé la question, Stephen n'avait pas su répondre. Le flic avait anticipé cette conclusion tout seul. Sans doute parce que, dans son esprit, c'était le moyen le plus évident d'offrir ses services. Probablement une affaire de génération...

Julia expliqua :

— Les sites de petites annonces en ligne demandent toujours des justifications d'identité et de domicile. Je ne la vois pas fournir ces renseignements et balancer ses offres en direct. Elle vivait dans une petite ville, elle aurait eu trop peur de se faire repérer.

— Donc ?

— Avec Meetic, pas la peine de se découvrir tout de suite. On discute, on se renifle, et ensuite on se voit. En plus, une adresse mail suffit. En d'autres termes : anonymat garanti.

Bluffé. Julia avait l'air de maîtriser le sujet et de savoir où elle allait.

— Il ne manque plus que le mot de passe, affirma-t-elle

— Essayez « Roxane ».

Regard étonné.

— Pourquoi « Roxane » ?

— C'est le nom du chat. Je l'ai trouvé dans son album.

Elle entra les lettres. Une nouvelle page apparut.

— Ça démarre bien ! lâcha Julia, enthousiaste.

Marchand n'entendait plus. Il détaillait l'image. Surchargée, remplie à ras bord de teasers, de pubs, de photos minuscules où se vendaient sans pudeur des visages pris en gros plan. « Ils sont *online* » ; « Nouveaux inscrits » ; « Les témoignages ». Une foire d'empoigne pour cœurs en mal d'amour. Mais aussi un formidable terrain de chasse pour les prédateurs de tout poil. Le filtre de l'écran permettait de se cacher derrière un nom d'emprunt, de s'inventer un physique, une personnalité. En bref, de raconter et de faire croire n'importe quoi.

Il remarqua, au centre de ce foutoir et à proximité d'un horoscope gratuit, le cadre minuscule réservé à Lucie. À gauche, un petit cliché où elle offrait son plus beau sourire, suivi de son pseudo, son âge et son département. À droite, une série de thèmes.

Julia enfonça le clou.

— Qu'est-ce que je disais... C'était couru d'avance.

Sans attendre les commentaires, elle s'orienta vers l'annonce. Nouvelle page. Toujours le même capharnaüm d'indications disparates, de portraits valorisants. Au cœur d'un encart rectangulaire, un texte court :

*Bonjour, je m'appelle Nina. J'ai dix-huit ans, je suis plutôt jolie (regarde ma photo, tu verras que je ne te mens pas) et je suis toujours célibataire. Il paraît aussi que je suis la reine du massage... J'en ai assez des petits frimeurs qui n'ont qu'une idée en tête, si tu vois ce que je veux dire... J'aimerais rencontrer un homme plus âgé que moi (pas trop quand même, lol), qui me rassure et qui me donne envie de croire en l'avenir. Bien sûr, je n'attends pas un conte de fées. Seulement une histoire sincère, et plus si affinités. Alors n'hésite pas si tu es dans ce trip. J'attends de tes nouvelles...*

— Malin, sourit Julia. Non seulement elle ment sur son âge afin de ne pas effrayer le poisson, mais en plus, elle s'adresse à des hommes mûrs. Les proies les plus faciles...

La pique n'était pas destinée à François. Pourtant, cette remarque l'atteignit. Il avait franchi la ligne symbolique de la moitié de vie et prenait conscience, en observant sa jeune collègue surfer sur Meetic, du gouffre qui les séparait. Était-il lui aussi une proie facile ? Depuis la mort de Diane, il ne s'était pas posé la question. Sa vie amoureuse flirtait avec le néant absolu. Charlotte et sa quête de rédemption lui tenaient lieu de seules compagnes.

Julia ne semblait pas s'être aperçue de son trouble.

— Elle devait les appâter de cette façon. Puis elle proposait une rencontre. Café, bar, resto... Le premier rendez-vous a toujours lieu dans un endroit public. Là, elle dévoilait son jeu.

Elle marqua une pause avant d'ajouter :

— Je parie qu'un type sur deux devait se frotter les mains. Une petite séance de body-body avec une jeunette, c'est toujours ça de pris. Même si ça coûte quelques euros.

Une pointe d'aigreur avait percé dans la tirade. Un tempérament de chienne de garde ou bien les restes d'une vieille blessure ? François dégagea ces interrogations d'un revers de pensée et se concentra sur le sujet.

— Bien. On fait quoi, maintenant ?

Elle avait déjà dirigé la flèche vers l'icône des contacts. Une liste apparut, des pseudos aussi débiles qu'incohérents : « judokaa6 » ; « lorenzok » ; « zarabi » ; « aragorn »... Au bas mot, une centaine de pistes potentielles.

Julia cliqua sur l'une des occurrences, au hasard. Une page se chargea. Celle d'un soupirant qui se faisait appeler « nonor ». Trente-sept ans, visage sympa, lunettes rondes d'intello. Localisation : Cazan, Bouches-du-Rhône. Dernière connexion, 12 novembre 2008.

— Qu'en pensez-vous ? interrogea-t-elle avec un demi-sourire. Il n'a pas vraiment une tête de tueur.

François ne répondit pas. Il apparaissait de plus en plus qu'ils allaient tourner en rond au milieu d'une forêt de leurres. Personne, sur ce site, ne jouait à découvert. Les visages, les noms, les lieux mêmes ne présentaient aucune garantie.

— On perd notre temps. Même s'il est là, on ne le trouvera pas.

Julia continuait à détailler les fiches. Elle rétorqua sans s'interrompre :

— Je ne le cherche pas.

— Vous jouez à quoi, alors ?

Elle releva la tête et s'adossa à sa chaise.

— Si l'assassin a tendu son piège sur Internet, il est évident qu'il a menti sur son identité et qu'il a fourni une photo bidon. Et pas la peine de relever les adresses IP, il est certainement passé par un cybercafé.

Le profileur partageait cette analyse. Se demandant où elle voulait aller, il la laissa poursuivre.

— Il a quand même bien fallu qu'il se dévoile à un moment ou à un autre. Au plus tard, le jour de la première rencontre. Et comme je vous l'ai dit, la règle non écrite de ce petit jeu virtuel impose qu'elle ait lieu dans un endroit public. Si elle y a retrouvé notre homme, quelqu'un se souviendra peut-être de lui.

Cette fois, le commissaire s'insurgea :

— Vous faites fausse route.

— Pourquoi ?

— À cause de la photo. En le rencontrant, elle aurait su qu'il lui mentait depuis le début. Elle se serait méfiée.

Sourire amusé.

— La photo n'est pas un problème. Les internautes sont habitués. Ils savent que sur la toile, il faut s'attendre à tout. La preuve... Les types ne pouvaient pas imaginer que Lucie allait leur vendre des massages.

Marchand était vraiment dépassé. Les acteurs de cette farce acceptaient que la partie soit truquée. Ils attendaient de juger sur pièces. Au fond, Internet n'avait qu'un objectif : briser la barrière dressée par une société fondée sur l'individualisme. Une fois le contact établi, le jeu de la séduction reprenait ses droits. Et avec lui, son cortège de mensonges...

Il se rangea à son explication.

— Admettons. Comment va-t-on trouver l'endroit ?

— En fouillant dans ses *chatts*. Si c'est ce que je pense, elle y aura donné ses rancards.

— À condition que ce soit toujours le même lieu.

— Vous avez une meilleure idée ?

La jeune femme s'activa. Elle passa en revue les soupirants, sélectionnant ceux dont la conversation électronique avait été enregistrée par la victime. François songeait pour sa part aux procédés classiques d'écoutes téléphoniques, se disant avec une pointe de nostalgie qu'ils seraient bientôt dépassés.

Après vingt minutes d'effort, Julia en avait repéré neuf. Elle accomplit ensuite une série de manipulations dont la finalité échappa au commissaire. Au bout du compte, des pages de texte apparurent.

François lut en même temps qu'elle. Une logorrhée de bons sentiments, mal écrite et mièvre, où les prétendants cherchaient par tous les moyens à se présenter comme la perle rare. Lucie jouait les petites filles perdues avec brio, faisant monter la pression pour jauger son interlocuteur. Puis, quand le type était mûr et qu'elle devait le juger capable de souscrire à ses propositions, elle passait à l'action. Elle acceptait un face à face, qui signait également la fin de l'échange virtuel. Au terme de cette étape, seuls cinq pigeons restaient en lice. Quelle que soit l'issue de cette drague, la suite se passait en direct.

Démentant les craintes de François, le lieu du rendez-vous ne variait pas. Un bar, à Châteaurenard, une petite ville située de l'autre côté de la Durance, à une dizaine de kilomètres.

Au fond, pas de réelle surprise. Comme toutes les occasionnelles, Lucie affrontait une situation difficile. Elle devait donc se créer des repères afin d'atténuer l'angoisse.

Marchand releva avec une pointe d'intérêt la date de la dernière rencontre. Dimanche 13 janvier, 17 heures, l'après-midi qui précédait le meurtre. La victime devait retrouver un certain Léo, sourire bonhomme et tête de père tranquille, avec qui elle chattait depuis plusieurs semaines.

Julia nota l'adresse et afficha une mine triomphale.

— Ça sent plutôt bon, non ?

Malgré une avancée incontestable, le commissaire ne parvenait pas à partager son enthousiasme.

L'approche lui paraissait trop évidente pour aboutir à une arrestation. Anonymat du web, pseudo, photo bidon, le tueur s'était entouré de précautions. Toute cette énergie dépensée pour s'afficher ensuite avec Lucie dans un endroit public. Absurde... Mais ils avaient une piste et Julia s'y accrochait. De son côté, François n'avait rien de mieux à proposer.

Elle demanda :

— Je sors les fiches ?

— Pourquoi pas ?

L'imprimante se mit en branle, crachant ses documents à la vitesse d'un escargot. Des portraits disparates d'hommes qui frôlaient la cinquantaine. Parmi eux, Léo. Un suspect virtuel, comme un hologramme prêt à se dissoudre dans le brouillard informatique.

— Ensuite ?

François savait pertinemment ce qu'elle attendait de lui.

— J'ai toujours eu envie de visiter Châteaurenard. Il paraît que c'est une jolie petite ville.

# 10

Trente bonnes minutes pour s'extirper d'Avignon.

Quelques kilomètres à peine mais des feux rouges tous les cent mètres. Le parcours du combattant, dans une zone industrielle qui n'en finissait pas de s'étendre. Puis, après un pont enjambant un lit de cailloux, la nationale se transforma en départementale. Champs d'oliviers, de lavande, collines à peine bombées et vallons boisés. Une vue de carte postale aux marches des Alpilles.

L'interlude fut de courte durée. Très vite, les bâtiments de tôle et les enseignes criardes réapparurent. Derrière un hall de la moquette et une exposition de baignoires, un panneau rutilant leur indiqua qu'ils étaient de nouveau en ville.

En fait de ville, Châteaurenard était plutôt un gros bourg. Un village historique, comme la plupart des patelins de la région, qui exhibait son patrimoine avec ostentation. Église hésitant entre gothique et roman, fontaines de pierre, et l'inévitable château médiéval planté en haut d'une butte. Le minimum syndical. Aux dires de Julia, cette ancienne forteresse des comtes de Provence avait même abrité le pape Benoît XIII...

François se dirigea vers le centre. Il fallait le reconnaître, le cœur de la cité était un petit bijou. Des rues pavées, des maisons à encorbellement, et même un minuscule canal qui serpentait sous les platanes. La mairie avait rénové le tout à grand renfort de bacs à fleurs, ce qui donnait parfois le sentiment de se promener dans une crèche.

Julia connaissait l'endroit comme sa poche. La compétence territoriale du SRPJ d'Avignon s'étendant jusqu'à Châteaurenard, elle avait souvent eu l'occasion d'y intervenir. Drogue, racket, vols aggravés : ici aussi, dans cette enclave du bout du monde, la délinquance grimpait en flèche.

La jeune femme leur fit prendre une série de sens uniques et de ronds-points refaits à neuf avant de les conduire à bon port. Une avenue un peu plus large, aux vastes espaces piétons protégés par des garde-fous en bronze noir.

Le café Carnot, du nom du cours où il trônait, était situé en face du bâtiment de la police municipale. Pas moyen de se garer. Et pas de parking à l'horizon. François laissa le Touareg en double file, derrière un véhicule de patrouille. Afin d'éviter les foudres des fonctionnaires de garde, il aimanta le gyrophare sur le toit.

En entrant dans le bar, le flic parisien ne fut pas dépaysé. L'établissement évoquait une brasserie bas de gamme, avec tabac et PMU incorporé. Longues banquettes de velours bordeaux, rampes en zinc dorées, bois verni sur les murs. Quelques clients à peine en ce milieu d'après-midi, des vieux essentiellement, qui passaient le temps en fixant le vide.

Les policiers marchèrent vers le comptoir, resucée d'Art déco version Roche-Bobois. Un homme épais, chemise de gardian et cinquantaine blasée, lisait le journal derrière la caisse enregistreuse. Lunettes demi-lune sur le nez, air concentré, posture sereine du type qui est à la maison. Le patron sans aucun doute...

François présenta sa carte.

— Commissaire Marchand. Police judiciaire. On peut vous parler ?

Le type leva les yeux. Deux olives noires en partie recouvertes par des paupières tombantes. Il passa rapidement sur François et s'attarda un peu plus sur Julia. À la lueur qui s'alluma dans ses prunelles, on pouvait en déduire qu'elle était à son goût.

Enfin, il répondit :

— De quoi ?

Accent du Sud. Les mots traînaient sous sa langue, comme s'ils se refusaient à franchir la barrière des lèvres.

— L'affaire du Sentier des ocres. Vous êtes au courant ?

Il replia le quotidien, sans se presser.

— Difficile de passer à côté. Y en a plein *La Provence*.

— Nous enquêtons dessus.

— Vous avez le moral... Ils disent qu'on sait même pas qui est la fille.

Une pointe d'ironie, enrobée de mépris. Ce gros plein de soupe n'avait pas l'air d'aimer les flics. François sentit Julia qui frémissait. Il posa sa main sur son bras, lui signifiant qu'il valait mieux laisser courir.

— Nous avons identifié la victime ce matin, reprit le commissaire.

— Et elle s'appelait comment ?

— Lucie Barmont.

— Connais pas.

— Vous êtes sûr ?

Le gros fixa François d'un air mauvais.

— Ça veut dire quoi ?

— Nous avons découvert qu'elle fréquentait votre établissement.

Le tenancier ricana.

— Vous avez une idée du nombre de clients qui passent chez moi chaque jour ?

— Aucune. Ce dont je suis certain, c'est que vous l'avez certainement repérée.

— Pourquoi ? Vous êtes devin ?

— Observateur. C'était une jolie fille et vous aimez les jolies filles.

L'affirmation le déstabilisa. Mais d'une certaine façon, elle devait également le valoriser. Il finit par se trémousser.

— C'est pas faux...

— Bien... Regardez, s'il vous plaît.

Marchand lui tendit une photo de la victime. L'autre la saisit entre ses gros doigts, l'observa quatre secondes puis hocha la tête.

— Ben on peut dire que vous êtes vernis.

— Vous la remettez ?

— Ouais... Un joli petit lot. Et pas farouche à mon avis. Elle rappliquait chaque fois avec un mec différent.

— C'est justement ce qui nous intéresse. Les hommes qui l'accompagnaient.

Le patron prit un air entendu.

— Je vous vois venir. Vous pensez que c'est l'un des types ?

— Vous avez tout compris. On voudrait que vous nous aidiez à l'identifier.

— Y a peu de chances.

— Pourquoi ?

— Les mecs, c'est pas mon truc. J'imprime pas.

— Aucun ne vous a marqué ?

— Aucun. La seule chose que je peux vous dire, c'est que c'était pas des premières mains. Je me suis même dit que j'aurais peut-être ma chance si je tentais le coup...

Il gloussa en regardant Julia. Elle le fixa d'un air mauvais. Avant qu'elle ne l'envoie bouler, François sortit les fiches imprimées à partir du site.

— Vous voulez bien jeter un coup d'œil ?

Le gros fit une moue et rajusta ses lunettes. Les photos défilèrent, sans un haussement de sourcils. Puis le verdict :

— Non. Vraiment pas.

L'impasse. Le cerveau de ce bœuf ne percutait même pas sur les photos. Il aurait encore plus de mal à parler d'un type qui n'était pas dessus.

Marchand le remercia pour la forme, fit un signe à Julia et prit la direction de la sortie. Ses craintes se concrétisaient. Cette piste ne les mènerait nulle part.

Il allait pousser la porte lorsqu'une cliente retint son attention. Une petite mamie, chapeau à fleurs et caban gris, qui sirotait une tisane en regardant la rue. Elle paraissait très différente du reste de la clientèle. Droite dans ses bottes, encore alerte, à l'affût du moindre mouvement. Elle avait l'air d'être une habituée.

Le policier tenta le tout pour le tout.

— Bonjour, madame. Excusez-moi de vous déranger. Nous sommes de la police.

Le regard de chouette s'alluma.

— Oui ?

— Nous aimerions vous poser quelques questions. Vous pouvez nous accorder quelques minutes ?

— Faites donc, jeune homme. J'ai tout mon temps.

François s'assit face à elle pendant que Julia tirait une chaise. Il remarqua, posée sur la table, une grille de mots croisés.

— Vous faites une enquête ?

La vieille dame avait posé la question avec une pointe d'excitation. Marchand répondit en souriant :

— Je voudrais d'abord savoir si vous venez ici souvent ?

— Tous les jours.

— Depuis combien de temps ?

— Cinq ans. Avant, avec mon mari, nous allions nous promener en voiture. C'était notre distraction favorite. Mais je n'ai pas le permis et Claude n'est plus là. Alors j'ai pris pension ici...

Elle ponctua sa phrase d'un petit rire aigu. Derrière la façade enjouée, on percevait des tombereaux de solitude.

François réprima un pincement au cœur et montra la photo de Lucie.

— Vous vous souvenez de cette jeune fille ?

Elle sortit une paire de lunettes d'un étui en cuir noir et prit le cliché. La réponse fut instantanée.

— Elle est venue cinq ou six fois. Et pas plus tard que dimanche dernier.

Le policier présenta les portraits des internautes.

— Ces visages vous disent quelque chose ?

Elle prit les tirages, les détailla un par un, et affirma d'un ton pincé :

— Ces messieurs accompagnaient la jeune personne. Ils arrivaient toujours séparément et repartaient ensemble. Je ne suis pas née de la dernière pluie, vous savez. Je sais très bien ce qu'ils allaient faire.

— Vous les reconnaissez tous ?

— Pas tous, non. Lui, je ne l'ai jamais vu.

Accélération. Elle venait de désigner Léo, le suspect numéro un. Celui qui avait donné rendez-vous à Lucie, une poignée d'heures avant le meurtre.

— Très bien. Maintenant, je vais vous demander d'être encore plus attentive.

Elle se trémoussa sur son siège, sans quitter Marchand des yeux. Il parla lentement, pesant chaque mot.

— Il se peut qu'un autre homme soit également venu. Dimanche justement. Un homme qui ne serait pas sur les photos.

— Non. Je m'en souviendrais.

— Vous en êtes sûre ?

— Certaine.

Cul-de-sac. Ce que François pressentait arrivait. Même si le boucher avait utilisé Internet, ce qui paraissait de plus en plus probable, il ne s'était pas affiché avec Lucie. Il était trop malin pour commettre ce genre de bourde. Un regard à Julia lui confirma qu'elle partageait cette conclusion. Visage fermé, elle avalait l'échec avec difficulté.

Le commissaire se leva, mettant un terme à l'entretien. La vieille dame parut déçue.

— C'est tout ?

— J'en ai peur.

— Vous ne me demandez pas si j'ai remarqué autre chose ?

— Pourquoi ? C'est le cas ?

— Je ne sais pas si ça peut vous intéresser...

Elle souriait, contente de son effet.

— Je vous écoute.

— Asseyez-vous, jeune homme.

Les policiers reprirent leurs places pendant qu'elle se servait une nouvelle tasse de verveine. Elle minauda un peu avant de se lancer.

— Ça s'est passé dimanche. La dernière fois que j'ai vu cette demoiselle. Elle s'est assise là-bas, comme d'habitude, a commandé un Perrier menthe, et commencé à lire un magazine. Mais cette fois, personne ne l'a rejointe. Au bout d'une heure, elle est partie.

Silence. Petite lampée de tisane. Marchand attendait la suite, sur des charbons ardents.

Elle reprit :

— D'ici, j'ai une vue magnifique sur la rue. Quand on n'a pas grand-chose à faire, c'est une façon de passer le temps...

Le poste d'observation était à un emplacement stratégique. D'un seul coup d'œil, on embrassait l'ensemble du périmètre.

Elle poursuivit :

— Dès que la jeune fille est sortie, une voiture s'est arrêtée à sa hauteur. On aurait dit qu'elle l'attendait. La fenêtre s'est ouverte et elle a discuté un peu avec le conducteur. Elle semblait hésiter, mais finalement elle est montée.

Changement de rythme. La théorie de Julia regagnait du terrain. Léo était bien venu. Il avait guetté Lucie depuis l'extérieur, sans prendre le moindre risque. Puis, François ignorait comment, il était parvenu à la convaincre de le suivre. Il tenta de se calmer et reprit l'interrogatoire.

— La voiture, vous vous en souvenez ?

— Une Renault Mégane break. Toute neuve. Je n'ai pas de mérite, mon mari avait la même.

— La couleur ?

— Blanche.

— Vous avez vu le conducteur ?

— La nuit était tombée. Je n'ai aperçu qu'une silhouette. Mais je peux vous dire qu'il était chauve. Pas un poil sur le caillou. Et très fort.

Le portrait de Léo prenait forme. Rien à voir avec la photo chargée sur Internet. Le commissaire acheva l'investigation par la question à mille euros :

— La plaque d'immatriculation, peut-être ?

Super mamy se concentra.

— Difficile. Malgré les mots croisés, ma mémoire commence à me jouer des tours.

— Essayez.

Deux, trois secondes de suspens. Puis elle reprit son air assuré.

— C'était un 84. J'en suis certaine. Pour le reste...

Tant pis. François en savait déjà pas mal. Une Renault Mégane blanche, modèle break, immatriculée depuis peu dans le département. On allait éplucher le fichier des cartes grises et vérifier celui des véhicules volés. La recherche serait fastidieuse, mais on finirait par retrouver cette caisse.

La voix de la vieille dame le tira de ses calculs :

— Par contre, je me souviens très bien du nom du garage.

— Pardon ?

— Le garage qui a vendu la voiture, vous savez. Ils mettent toujours un autocollant sur la lunette arrière. Avec leur numéro de téléphone.

Le profileur était médusé.

— C'est quoi, le nom ?

— Bouvian, à Avignon. Je m'en souviens bien. On avait acheté notre Mégane chez eux.

François se tourna vers Julia.

Elle était déjà debout.

# 11

Retour sur Avignon avec un commencement de piste.

Celle d'un véhicule dont s'était peut-être servi le tueur. François n'espérait pas que le break soit à lui mais c'était une accroche. On allait le retrouver, le passer au scanner, et lancer des appels à témoins. Avec un peu de chance, il en sortirait quelque chose.

Le garage Bouvian était au cœur de la zone artisanale. Une quatre-voies truffée de radars la tronçonnait de part en part, comme un fleuve de goudron charriant des carcasses de métal.

Dix-sept heures. Le trafic devenait dense. François suivait à la lettre les indications de Julia, enroulant un nombre incalculable de ronds-points, longeant des magasins aux allures d'entrepôts et plongeant même dans les entrailles d'un souterrain. Au bout de ce jeu de piste, ils débouchèrent sur un parking où s'alignaient des centaines de véhicules. Des modèles plus ou moins récents, de marque Renault exclusivement.

Le commissaire se gara devant la concession, un bâtiment en verre dont les vitrines exposaient des voitures flambant neuves. Illuminées par des éclairages savants, elles s'offraient au chaland comme une promesse d'extase.

Plongée dans l'aquarium. Température agréable, musique d'ambiance, odeurs de plastique neuf. L'open space faisait à la fois office de showroom et de salle des ventes. Des commerciaux étaient assis derrière de petits bureaux, installés en plein milieu de la salle. Quelques clients rôdaient entre les voitures, regards gourmands d'enfants lorgnant sur un plateau de friandises.

Les policiers se dirigèrent vers un jeune type qui travaillait sur un ordinateur. « Franck Chagneau », indiquait le panneau en Plexi posé devant lui. Il leva la tête pour les accueillir. Visage long, sourire étudié. Il portait un costume noir, mal coupé, une chemise blanche et une cravate trop voyante.

— Je suis à vous dans une seconde.

Marchand lui colla sa carte sous le nez.

— C'est urgent.

Léger mouvement de recul. Puis la phrase habituelle :

— Qu'est-ce qui se passe ?

— Nous cherchons une voiture. Un break Mégane blanc. Il a été acheté chez vous récemment.

— C'est pour une enquête ?

— Tout à fait.

— Un vol ?

— Un meurtre.

Il prit un air grave.

— Ah...

— Vous avez accès aux listings de vente ?

— Bien sûr.

Le commercial se pencha sur l'écran.

— Un break Mégane blanc, vous avez dit ?

— Oui.

— Neuf ou d'occasion ?

— Neuf.

— J'imagine que vous n'avez pas l'immatriculation. Sinon vous seriez passé par la préfecture.

— La plaque se termine par 84. C'est tout ce qu'on a.

— Pas de problème. On fera avec.

Il pianota avec application. La machine moulina pendant qu'il essayait de garder une contenance. Enfin, il se redressa.

— J'ai trois possibilités sur les douze derniers mois. La Mégane marche fort, mais le blanc n'est pas une couleur très demandée.

— Vous pourriez nous sortir les fiches ?

Il s'activa. Des feuilles jaillirent d'une imprimante, chargée de tableaux et de chiffres. Franck prit un Stabilo et surligna les lignes intéressantes en rose fluo.

— Modèle, caractéristiques techniques et immat'. Vous avez tout.

François parcourut rapidement les documents.

— Il n'y a pas les noms des acquéreurs ?

— Pas sur ces relevés. C'est de l'info commerciale, pour nos stat'.

— Vous pouvez me les trouver ?

— Facile. On va demander à Josie.

Il décrocha son téléphone. Deux phrases embarrassées, pleines de circonvolutions, avant d'exposer le but de sa démarche. Puis il pointa son doigt vers le fond de l'open space.

— Derrière l'espace détente. Allez-y. Elle vous attend.

Les deux flics traversèrent la salle. Moquette épaisse, sensation de confort et de sécurité. Un coin était aménagé avec de larges fauteuils, une table basse, des magazines. À côté, un distributeur automatique de boissons permettait de patienter en se désaltérant. Tout était fait pour alpaguer le client.

Inscrit sur la porte : « Cartes grises ». Mieux qu'à la préfecture, songea François. Et certainement plus rapide.

Il frappa trois coups et entra.

— Commissaire Marchand.

— On vient de me prévenir. Excusez-moi pour le désordre, c'est un peu la panique aujourd'hui.

Josie devait avoir quarante ans, mais en paraissait dix de plus. Cheveux en bataille, mine froissée, vêtements dépenaillés. Ses traits indécis dégageaient un sentiment de lassitude et de vie en surchauffe.

Le désordre qui régnait dans son antre allait de pair avec son allure incertaine. Des chemises de couleurs l'envahissaient, éparpillées sans logique apparente. François remarqua des colonnes de papiers qui s'entassaient sur le sol, tenues par des élastiques.

— Asseyez-vous, proposa-t-elle. Vous avez les immat' ?

François fournit le listing. Elle y jeta un bref coup d'œil et annonça d'un air professionnel :

— Je vais vous trouver ça tout de suite.

Courbée sur le bureau, elle passa son bordel en revue. Les feuilles volaient dans tous les sens, elle marmonnait en retournant les piles.

— Je les ai vues ce matin. J'en suis certaine. J'avais classé les breaks ensemble...

Elle poursuivit son manège pendant que les flics se regardaient d'un air inquiet. Enfin, et contre toute attente, elle exhuma une pile.

— Ah... Je savais bien qu'ils étaient là.

Elle se laissa choir dans son siège et fit défiler les dossiers. Elle en sélectionna trois qu'elle tendit avec fierté.

— Mégane blanche, modèle « Estate ». Toutes immatriculées à la préfecture du Vaucluse dans les douze derniers mois

François hocha la tête, déjà à l'œuvre. Le premier véhicule avait été acheté par une femme. Employée de mairie, acquisition financée par un crédit. Pas vraiment le profil. Le second était une voiture de société et ne me semblait pas non plus correspondre. Restait le troisième. Le client s'appelait Gérard Galthier, cinquante-deux ans, cadre dans une grosse entreprise d'informatique, demeurant à Avignon : 12, rue du Petit-Rhône. Il avait payé cash pour un modèle commandé en juin 2008 et livré trois semaines plus tard.

Le commissaire se prit à rêver. Si c'était lui, Léo ? Ça paraissait soudain trop simple. Il demanda à Josie de lui faire des copies et prit Julia à part.

— Il faut vérifier deux points. Le fichier des véhicules volés et celui des cessions enregistrées auprès de la préfecture. Vous pouvez vous en occuper ?

— J'appelle tout de suite.

Elle sortit du bureau. Le commissaire se tourna vers l'administrative et essaya de glaner encore un peu d'infos.

— Gérard Galthier. Carte grise établie en juillet 2008. Vous vous souvenez de lui ?

— J'aurais du mal. Je ne vois pas les clients. On me transmet la paperasse et je régularise les cartes grises. Pour le relationnel, faut voir avec les commerciaux.

— Qui a vendu cette voiture ?

Elle farfouilla un peu dans le dossier.

— Michel.

— Il est là ?

Nouvel appel interne. Impression d'être une boule de flipper qui rebondit d'un ressort à un autre. Josie raccrocha, sans avoir prononcé un mot.

— Sa ligne est occupée.

— Où est son bureau ?

— Devant le comptoir atelier. Vous le reconnaîtrez facilement. Il ressemble à Al Pacino.

François prit les photocopies et remercia. Retour dans l'aquarium. Il aperçut Julia, téléphone vissé à l'oreille, assise sur un des canapés de l'espace détente. Il lui fit un petit signe et traça vers le prénommé Michel.

Le vendeur discutait avec un jeune couple, affichant un sourire de concours. Brun, vaguement typé, tiré à quatre épingles dans un costume rayé. Le Pacino du pauvre...

— Je peux vous parler ?

— C'est que...

François lui glissa à l'oreille :

— Police... Ce ne sera pas long.

Le commercial baratina une excuse et se leva vite fait. Les clients détaillèrent le policier, sans trop savoir. Vu son ton directif, ils devaient se douter qu'il était prioritaire.

— Vous allez me faire louper la vente avec vos histoires.

— Ils reviendront. Maintenant écoutez-moi et tâchez de vous souvenir. Vous avez vendu une Mégane Estate blanche au mois de juin de l'année dernière. Votre client s'appelle Galthier. Il a une cinquantaine d'années et...

— Oui. Je me rappelle très bien.

— Décrivez-le-moi.

— Un grand type, crâne rasé. Genre dur en affaires. Il m'a gratté quatre points de remise et un radio-CD Blaupunkt.

La description correspondait. Chauve, costaud. La vieille dame avait vu la même chose. Plus la peine de chercher à savoir si le véhicule était volé ou revendu. On tenait son occupant.

François récupéra Julia par la manche et l'entraîna vers la sortie.

— Laissez tomber les recherches. Je l'ai.

— Quoi ?

— Le propriétaire de la Mégane. C'est bien l'homme qui a abordé Lucie devant le café.

Elle referma son portable.

— Vous êtes sûr ?

— Certain.

— Qu'est-ce qu'on fait ?

— On va aller le cueillir.

Regard entendu, comme si elle avait déjà compris la stratégie.

— Vous ne comptez pas prévenir Devaux, n'est-ce pas ?

— Non.

— Jusqu'à preuve du contraire, il paraît qu'il dirige l'enquête.

— Ah bon ?

— Et il pourrait obtenir le soutien du RAID.

François coupa court aux suggestions.

— On est deux et le suspect ne nous attend pas. C'est suffisant pour procéder à une interpellation.

# 12

Tout semblait trop facile.

Une enquête bouclée en moins de quarante-huit heures, des témoins opportuns, un meurtrier identifié à cause de sa voiture. Depuis les révélations de Stephen, il avait suffi de tirer le fil.

Un jour, Hénon avait affirmé que les solutions les plus simples étaient souvent les bonnes. François n'y croyait pas. De plus, cette théorie ne cadrait pas dans le contexte. L'homme avait pris une foule de précautions. Il avait utilisé Internet, mis au point une stratégie complexe, s'était arrangé pour rester invisible. Au regard de ce tableau, son faux pas dans la dernière ligne droite semblait incohérent.

Mais quelles que soient ses réticences, François n'avait que cette piste. Et le comportement du propriétaire de la Mégane était de toute façon suspect. Il avait donné rendez-vous à Lucie sous le pseudonyme de Léo, n'était pas entré dans le café, se contentant de l'aborder à l'instant où elle en sortait. Coupable ou pas, il allait devoir s'en justifier.

Le Touareg quitta la zone artisanale et s'engagea sur la nationale. La nuit était tombée, froide, presque minérale. Des lampadaires plantés tous les cent mètres illuminaient le bitume d'une pâleur irréelle. Julia faisait toujours le guide, avalée par la pénombre. François n'entendait que sa voix, un peu rauque, propice aux confessions. Soudain, elle posa une question qui le prit au dépourvu :

— Comment le voyez-vous ?

Il laissa filer quelques secondes avant de répondre.

— Je pense qu'il s'agit d'un pervers.

— Sexuel ?

— C'est ça, oui.

Elle s'étonna :

— On ne sait même pas si la victime a été violée.

— Ce n'est pas indispensable.

— Non, mais ça aide...

François sentit l'ironie et décida de la remettre à sa place.

— Je ne crois pas que vous sachiez précisément ce que recouvre ce terme.

— Expliquez-moi. Je suis tout ouïe.

— La perversion, au sens clinique du terme, est un mécanisme de défense élaboré par un sujet afin de trouver une issue à sa crise œdipienne. Le pervers s'est fixé inconsciemment au stade infantile de la différenciation des sexes. Pour lui, cette différence est insupportable et il préfère la nier. Il ne peut donc trouver sa jouissance que dans un accommodement de la réalité, en orientant sa pulsion vers un objet, un but, ou une zone érogène qui lui permet de maintenir cette illusion. Fétichisme, homosexualité, voyeurisme ou exhibitionnisme sont autant de formes que prend cette déviation psychique.

— Ouahou ! Vous pouvez la refaire en français ?

— Ce que je veux dire, c'est que la perversion est un trouble pathologique bien plus complexe que ce que le langage courant présuppose. Quand on pense perversion, surtout en matière criminelle, on pense pédophilie, viol, agressions sexuelles. Mais c'est ignorer que la jouissance, même si elle a une assise pulsionnelle, ne se matérialise pas forcément par un coït.

— Comment, alors ?

Julia s'était tournée vers le commissaire. La petite démonstration de force l'avait accrochée.

— Elle peut être de nature plus cérébrale. Comme chez les travestis. Et dans une plus grande mesure, les transsexuels.

— Ce serait un transsexuel ?

Au ton, François sentit que la conclusion avait désorienté la jeune femme.

— Je n'ai pas dit ça.

— En tout cas, si on se fie aux témoignages, il n'en a pas l'allure.

Comment lui expliquer ? Le profileur n'était encore sûr de rien et le processus menant à l'ablation irréversible était long et complexe. Il y avait plusieurs stades, certains sujets ne les franchissant pas tous. Il décida de botter en touche.

— Pour l'instant, je n'ai qu'une conviction : il s'agit d'un homme qui doute de son identité. Il a prélevé le visage de la victime. Un visage de femme. Ce n'est pas anodin.

— Qu'en déduisez-vous ?

— Ce geste m'évoque le concept du faux self auquel sont associés la plupart des passages à l'acte de type violent.

— Du faux quoi ?

— Le terme « self » est la traduction anglaise du mot « soi ». En gros, et d'un point de vue psychanalytique, il désigne l'ensemble des constituants psychiques, bien au-delà de ce qu'une personne peut percevoir d'elle-même. Une totalité, consciente et inconsciente, que certains ont comparée à l'âme... À partir de là, on a pu distinguer le vrai self du faux self. Le premier permet au sujet de se représenter et de se vivre tel qu'il est vraiment. L'image, en d'autres termes, correspond à la réalité. Le second, au contraire, désigne une représentation tronquée, créée pour répondre à une demande extérieure. Le sujet joue un rôle, sans en avoir conscience. Il s'est « fabriqué » une personnalité.

François s'interrompit, laissant à Julia le temps de digérer cette avalanche d'informations. Puis il reprit :

— Beaucoup de gens « normaux » développent cette organisation psychique. Elle permet de fonctionner en société le plus souvent. Mais si le fossé entre la représentation et le réel se creuse un peu trop, ces personnes peuvent en arriver à se détruire.

— Ou à détruire les autres...

— L'autre importe peu dans notre cas. C'est un objet. Ses désirs, sa vie n'ont aucune valeur. Ce qui compte, c'est la satisfaction qu'en retire le pervers. S'il a volé le visage de Lucie, c'est pour s'approprier son identité. Il fantasme sans doute de pouvoir la substituer à la sienne qu'il doit considérer comme fausse.

Julia changea de position. Froissement de son anorak sur le cuir des sièges. Elle prit la parole, reformulant l'analyse à sa façon.

— En clair, notre tueur ne sait pas où il a mal. Il joue un rôle, depuis très longtemps, mais au fond de lui, il se sent différent. Une âme de jeune fille dans une carcasse de camionneur. À la longue, ce grand écart lui a vrillé le cerveau. Alors il passe à l'acte, enlève Lucie et vole son visage. Il utilise ensuite son trophée comme un masque qui lui permet de se sentir femme.

— Le raccourci est un peu rapide, mais il y a de ça. Une féminité latente, refoulée, le dévore de l'intérieur. Sans doute depuis son enfance. Pour des raisons diverses, il n'a pas pu l'exprimer. La pression est montée et la Cocotte-minute a explosé.

Julia resta songeuse. François la laissa à ses pensées et plongea dans les siennes. Son analyse n'était pas cent pour cent garantie, mais le seul fait de l'exprimer lui avait permis d'y voir un peu plus clair. Depuis le début, quand Hénon lui avait parlé de l'affaire, il s'était interrogé sur ce vol de visage. Un acte barbare et subtil à la fois, qui révélait une certaine forme de sensibilité. Il avait tourné autour de la question de l'identité, sans la relier à une pathologie précise. Il pressentait maintenant que la clef était là. Dans ce questionnement fondamental auquel devait faire face le tueur : être un homme, une femme, ou les deux à la fois ?

Ils arrivèrent en vue du fleuve. Une longue artère suivait son cours, bordée de platanes. Une autre partait à angle droit vers des rangées d'immeubles.

— Je vais où ?

— Continuez tout droit. On y est presque.

Un son sec claqua dans l'habitacle. Julia avait sorti son arme et vérifiait le chargeur. Comme la plupart des flics, elle utilisait le Sig Sauer P 2022, un 9 mm Para de facture suisse-allemande qui avait remplacé depuis peu le fameux, mais obsolète, Manurhin MR 73. François, lui, préférait le Glock. Un calibre 40 en polymère, compact, léger et esthétique, dont il ne sentait pratiquement pas le poids.

— Encore une question, lança Julia d'un ton anodin.

— Oui ?

— Pourquoi l'avoir découpée en morceaux ?

Pour François, plusieurs explications possibles. Le morcellement, renvoyant à la déstructuration psychique du tueur ; le déni, afin de ne plus affronter la vision d'un être humain à l'instant symbolique où il avait volé son visage ; ou plus prosaïquement la colère, conséquence d'une culpabilité impossible à assumer devant l'émergence de ses pulsions et dirigée sur la victime.

Le psy se décida pour une réponse bâtarde.

— Certainement pas pour la transporter en tout cas. Sinon, il l'aurait fait. Il voulait la détruire avant de voler ses traits, la seule chose qui l'intéressait.

— Il aurait pu se contenter de la tuer.

— Non. Il devait effacer l'image de son corps. L'image sexuée. Cette représentation devait être insupportable.

Julia ne parut pas entendre la dernière phrase. Elle s'était soudain tendue, une chasseresse à l'instant de la passée.

— Tournez à droite.

François se dégagea du flot pour rejoindre une rue plus étroite. Ils approchaient. Cent mètres. De moins en moins de monde.

— Prochaine à gauche.

Une ruelle. Des pavillons, des petits immeubles, un quartier résidentiel.

— On y est. Doucement...

Il roula en première, maintenant concentré sur les minutes à venir. Julia scrutait les numéros.

— Là.

Elle désignait une Mégane blanche, modèle break, garée devant un portillon en bois. Derrière, une jolie maison cerclée d'un jardinet. Toutes les fenêtres étaient éclairées.

Marchand passa devant, sans s'arrêter, trouva une place un peu plus loin et éteignit les phares. Par habitude, il vérifia le chargeur de son Glock.

— Vous avez un plan ? demanda Julia.

— On va faire le tour et s'assurer qu'il n'y a pas d'autres entrées.

— Ensuite ?

— On avisera.

— Et s'il n'est pas seul ?

— Vous pensez peut-être qu'il a une famille ?

— Pourquoi pas ?

— Alors ce sera encore plus simple.

La réponse n'eut pas l'air de la rassurer. François resta directif, afin de lui éviter de trop gamberger.

— Vous avez éteint votre portable ?

Elle vérifia.

— Oui.

Il sortit le sien et le coupa également. Une impression bizarre le tenaillait, celle de marcher sur des œufs, de ne pas être à sa place.

Malgré ses efforts, il n'arrivait toujours pas à se convaincre qu'ils étaient sur les bons rails.

# 13

Un vent glacial s'était levé.

François remonta le col de son manteau pendant que Julia fermait son anorak. Deux ombres, glacées jusqu'aux os, perdues dans le blizzard d'une nuit sans lune...

Le pavillon, de belle taille, était une construction récente à un étage, entourée d'un jardin abîmé par l'hiver. Le portail n'était pas fermé à clef. Ils traversèrent une pelouse rabougrie avant de contourner la maison. Sur l'arrière, toutes les fenêtres étaient closes. À première vue, pas de sortie de secours.

Le commissaire improvisa une tactique.

— Vous allez sonner. Prenez un air perdu, comme si vous cherchiez votre chemin. Une femme jeune, il ne se méfiera pas. Je serai sur le côté. Quand il ouvre, je le braque.

— Et s'il est armé ?

— Il n'a aucune raison de l'être. Il ne se sent pas en danger. De toute façon, ça ira vite.

Elle rengaina son arme et respira un grand coup. Marchand la suivit jusqu'à l'entrée et se positionna sur sa droite, masqué à la vue du judas. Pendant qu'elle appuyait sur la sonnette, il releva son Glock en position d'assaut.

Une poignée de secondes. Un bruit de verrous. Puis une voix grave, un peu surprise.

— Oui ?

François ne voyait que le profil de sa collègue. Elle s'excusait de son intrusion, jouant la comédie à la perfection. Au ton de l'homme, le flic sentit qu'il n'éprouvait aucune crainte.

Il n'attendit pas plus. En moins d'une seconde, il était dans son champ.

— Police. Mains sur la tête. Tout de suite.

Le type ne parut pas comprendre.

— Qu'est-ce que...

Le commissaire haussa le ton.

— MAINS SUR LA TÊTE !

Le chauve releva lentement les coudes et plaqua ses paumes sur sa nuque. Julia le poussa dans la maison pendant que François balayait les lieux d'un regard circulaire. Un hall d'entrée spacieux, des meubles en bois clair, un salon-salle à manger dans la perspective. À sa gauche, un escalier en colimaçon.

La jeune femme sortit une paire de menottes. Dans un enchaînement précis, elle attrapa les bras du suspect, les fit passer dans son dos et le verrouilla. Marchand gardait toujours son arme pointée sur lui.

— Vous êtes seul ?

— Mon fils est dans sa chambre. Mais merde, c'est quoi ce bordel ?

Ton assuré. Pas le moindre soupçon de peur. Pour la première fois, François détaillait son visage. Des traits volontaires, un genre de baroudeur au cou puissant et aux yeux noirs. Pas un poil sur le caillou. Il portait un pull en laine crème, à même la peau. Sous le tissu, on devinait des pectoraux de sportif.

— Vous êtes Gérard Galthier ?

— Qu'est-ce que vous me voulez ?

— Lucie Barmont. Vous situez ?

Changement de tête.

— Oui...

— On l'a retrouvée hier après-midi près du Sentier des ocres. Découpée en morceaux.

— Quoi ?
— Vous comprenez pourquoi nous sommes là, maintenant ?
La panique, brutale, soudaine.
— C'est pas moi. J'y suis pour rien.
Le commissaire fouilla le regard de Galthier, cherchant à analyser ses réactions. Impossible d'y voir clair. Il baissa son automatique et commanda à Julia :
— Amenez-le à côté.
Le chauve se rebiffa.
— Mon fils. Il est là-haut.
— Et après ?
— Il ne va pas comprendre.
— Fallait y penser avant.
— Je vous ai dit que je n'y étais pour rien.
— On verra ça.
Une voix d'adolescent parvint de l'étage.
— Papa ?
Galthier répondit aussitôt, d'un ton autoritaire.
— C'est pour moi, Maxime.
— Tout va bien ?
— Reste dans ta chambre.
Une porte claqua. François croisa le regard de Julia. Puis celui du suspect. Il l'implorait de laisser son gamin hors du coup. Coupant court aux hésitations de son supérieur, la jeune femme saisit le biceps du sportif et le conduisit sans ménagement dans le salon.

La pièce était spacieuse. Des lampes halogènes incrustées dans le plafond répandaient une lumière électrique. Tout semblait neuf, standardisé et léché à la fois. François le fit asseoir dans un canapé de cuir fauve et se planta devant lui. Julia le contourna et se plaça dans son dos.
— On vous écoute, lança le commissaire.
L'homme avait la tête baissée. Il n'en menait pas large.

— J'ai pas tué cette fille.

— Vous l'avez déjà dit. Expliquez-moi plutôt ce que vous faisiez avec elle dimanche dernier.

Regard fuyant. La peur cédait la place à un malaise tangible.

— Je suis divorcé... J'ai cinquante-deux ans. À mon âge, c'est pas évident de faire des rencontres.

— Venez-en au fait.

— Je me suis inscrit sur Meetic. Je voulais essayer.

François comprit dans la seconde.

— Et vous êtes tombé sur Lucie.

— Oui... Enfin...

— Quoi ?

— Un ami m'avait refilé le plan. Une fille pas trop farouche. Jeune. Jolie. Elle habitait le coin et proposait des massages. Il suffisait de la dédommager un peu si on voulait pousser plus loin.

Le policier sortit aussitôt les fiches « clients » de la victime.

— C'est un de ceux-là ?

Galthier les regarda. Il s'arrêta très vite sur un visage jovial, celui d'un type de son âge.

— Fabien Perez. On travaille dans la même boîte. C'est lui qui m'a conseillé de m'inscrire.

— Et de vous connecter sur Lucie ?

— C'est ça...

Jusque-là, l'explication se tenait. Un homme mûr, un plan simple, du plaisir facile. La suite restait opaque.

— Votre pseudo, c'était Léo ?

— Oui.

— La photo mise en ligne n'était pas la vôtre. Comment l'expliquez-vous ?

— Je ne me suis pas servi de ma photo.

François présenta le portrait fantôme.

— Vous avez utilisé celle-là ?

Hochement de tête, résigné. Le policier demanda :

— C'est qui ?
— Aucune idée. Je l'ai récupérée sur Internet.
— Ça se fait, ça ?
— J'ai une formation d'ingénieur en informatique. La manip' n'est pas très compliquée.
— Pourquoi vous êtes-vous caché ?
— Je ne voulais pas qu'elle me reconnaisse.
— Comment ça ?
Galthier avala sa salive.
— Je ne pouvais pas prévoir... Quand je l'ai vue, j'ai...
— Abrégez, je vous en prie.
— C'est une copine de mon fils. Je sais que je n'aurais pas dû. Mais c'était plus fort que moi. Elle m'a tapé dans l'œil.
La gêne s'expliquait à présent. Cette révélation signait aussi le caractère secret de Lucie. Elle avait d'autres amis que Stephen, et probablement d'autres centres d'intérêt que son travail. Le coiffeur ne connaissait de sa vie que ce qu'elle avait bien voulu lui révéler.
François tiqua néanmoins.
— Vous avez pu l'approcher en toute discrétion grâce à Meetic. Jusque-là, je suis. Mais après ? Elle allait forcément savoir qui vous étiez.
— Elle n'aurait pas parlé.
— Vraiment ?
— Je... J'avais prévu de lui proposer un arrangement.
— Un arrangement ?
— Par rapport à ses parents. Il aurait mieux valu qu'ils ne soient pas au courant de ce que faisait leur fille.
De mieux en mieux. Le quinqua comptait la faire chanter. L'explication, pour glauque qu'elle fût, restait cohérente. Le commissaire allait fouiller encore quand Julia intervint :

— Pauvre mec. J'imagine que tu comptais pas la payer non plus.

— Si ! Bien sûr que si.

— Tu mens. Tu voulais te taper de la chair fraîche à l'œil. Elle s'est rebiffée. Alors tu l'as tuée.

L'homme s'affola :

— Non ! Elle avait fixé le rendez-vous au café Carnot, à Châteaurenard. J'étais pas trop à l'aise alors j'ai attendu dehors, dans ma voiture. Quand elle est sortie, je l'ai abordée. C'était pas compliqué de la faire monter, elle me connaissait.

Les mots étaient sortis à la vitesse d'un fleuve en crue. François l'encouragea à poursuivre

— Ensuite ?

— Elle a été un peu surprise quand je lui ai expliqué. Mais elle s'est vite adaptée, la petite pute.

Julia frémit. Le profileur pressentit qu'elle aller déraper et reprit les rênes.

— Que s'est-il passé après ?

— On est allés à l'hôtel.

— Où ?

— Un Ibis, dans la zone industrielle.

— Et ?

— Ben rien. J'ai fait mon affaire. Et je peux vous dire qu'elle a aimé. Je me suis même demandé si elle faisait ça pour le fric. Je l'ai quand même payée et je me suis barré.

— Avec elle ?

— Seul. Elle a pris un taxi.

— Quelle heure était-il ?

— Vingt heures. Dans ces eaux-là.

Soit une éternité avant la boucherie. Il suffirait, pour vérifier ses dires, de contacter l'Ibis et de rechercher le taxi. Mais après ? Avait-il suivi Lucie ? L'avait-il piégée en lui proposant de remettre le couvert ?

François gratta encore.

— Qu'avez-vous fait ensuite ?

— Je suis rentré chez moi.

— Directement ?

— Oui. Mon fils avait préparé le dîner. On a mangé et on a regardé la télé. Je me suis même endormi sur le canapé. Vous pouvez lui demander si vous voulez.

Galthier avait parlé mécaniquement, comme un homme abattu. Son attitude, ses réponses, rien dans le personnage ne renvoyait le profileur à sa propre vision du tueur.

Marchand s'adressa à Julia.

— Appelez une voiture et accompagnez-le au commissariat. La garde à vue démarre maintenant.

Le chauve blêmit.

— Vous me croyez pas ?

— On va vous entendre encore, vérifier ce que vous nous avez dit et consigner votre déposition. Si c'est net, on vous relâchera vite.

— Et... Maxime ?

— Ne vous inquiétez pas. Je vais le prévenir.

— Vous allez tout lui raconter ?

— Seulement ce qui est nécessaire.

Galthier baissa la tête. Il ressemblait à un condamné en partance pour l'échafaud. Pendant que Julia l'emmenait, le commissaire leva les yeux en direction de l'escalier.

Maxime.

Une occasion inespérée.

La dernière carte de la journée.

En l'entendant, il aurait la possibilité de faire d'une pierre deux coups : contrôler l'alibi de Galthier et tenter d'en savoir un peu plus sur la victime.

La vie de Lucie comportait des zones d'ombre.

François en avait éclairé une, il en restait peut-être d'autres.

# 14

— Salut !

Malgré la fenêtre grande ouverte, une odeur de tabac froid planait dans la chambre. Vautré sur son lit, Maxime feuilletait un magazine. Avant qu'il ne le referme, le flic eut le temps d'apercevoir une fille bronzée, cuisses écartées sur une toison fournie.

— Qui vous êtes ?

— Commissaire François Marchand. Police judiciaire.

L'adolescent se leva aussitôt. Grand, maigre, épaules voûtées d'un corps qui avait poussé trop vite. Son visage en lame de couteau, encore couvert de traces d'acné, évoquait un faciès de belette. Il était vêtu d'un jean trop large, d'une paire de baskets neuves et d'un tee-shirt rouge usé jusqu'à la trame. À vue de nez, on lui donnait à peine seize ans.

— Où est mon père ?

— Assieds-toi, ordonna le policier.

Maxime obéit. François prit une chaise et se plaça face à lui.

— Ton père est allé au commissariat.

— Qu'est-ce qu'il a fait ?

— On a seulement besoin de vérifier deux ou trois trucs.

Marchand avait pris le parti de ne pas lui révéler les frasques du paternel. Du moins pour le moment.

— Tu connaissais Lucie Barmont ?

Maxime plissa les sourcils comme s'il cherchait à se souvenir. Enfin, il opina :

— Oui... Elle est coiffeuse, non ?

— C'est ça... Tu sais ce qui lui est arrivé ?

— Non...

Le commissaire marqua un temps et énonça d'une voix grave :

— Elle a été assassinée.

— Assassinée ?

— Son corps a été tronçonné. On lui a aussi prélevé le visage.

Silence d'abord. Le contrecoup de l'inconcevable. Puis le jeune homme risqua :

— Y a un rapport avec mon père ?

— J'espère que non...

Nouveau silence. La situation dépassait l'adolescent. Assis en tailleur sur son lit, il prit une cigarette. Pendant qu'il l'allumait, François détailla sa chambre. Un rectangle minuscule, étouffant, surchargé de modèles réduits et de posters de voitures. Des carrosseries maculées par la boue, saisies en pleine accélération sur des pistes défoncées. Un appareil photo énorme traînait sur la table, à côté d'un ordinateur et d'un téléobjectif.

— Tu fais de la photo ?

— Comme ça...

— C'est toi qui as pris les 4 × 4 ?

— Ouais...

— J'ai un Touareg.

— Cool.

Maxime se relaxait un peu. François en profita pour tendre un pont vers lui.

— Tu fais quoi dans la vie ?

— J'suis au lycée.

— Quelle classe ?

— Terminale S.

— Ça marche ?

— Pas mal.

Le policier approuva d'un sourire.

— Et Lucie ?

— Quoi, Lucie ?

— Tu l'as connue comment ?

— L'année dernière. On s'est rencontrés sur un forum du Net.

— Raconte.

Il aspira une grande goulée de tabac. Dans ce visage encore en gestation, la cigarette semblait comme déplacée.

— Elle cherchait un coloc'. Elle s'était inscrite sur un site et moi aussi. J'entre à la fac l'année prochaine. Vu le prix des loyers, vaut mieux s'y prendre à l'avance.

— C'est quoi le site ?

— J'sais plus... J'peux le retrouver si vous voulez.

François eut un geste de la main.

— Laisse tomber. Qu'est-ce qui s'est passé ensuite ?

— On s'est vus.

— Et ?

— Elle était sympa. On a bien accroché.

— Vous vous êtes vus ici ?

— Elle est venue une fois, oui.

— Ton père l'a rencontrée ?

— Je me souviens pas. Peut-être...

Il se méfiait. Il ne voulait rien dire qui puisse mettre Galthier en difficulté.

— Tu disais que ça marchait bien entre vous. Pourquoi vous n'êtes pas devenus colocataires ?

— Elle changeait tout le temps d'avis. Elle savait pas où elle avait mal. J'ai été obligé de laisser tomber.

Le policier perçut une sorte de dépit dans le ton. Il demanda :

— Vous êtes sortis ensemble ?

Petit sourire.

— Vous me demandez si je l'ai baisée ?

— Si tu préfères.

Il haussa les épaules.

— J'étais pas son genre.

— Comment ça ?

— Trop jeune.

— Elle te l'a dit ?

— Pas aussi clairement. Mais bon... J'avais compris qu'elle était branchée « vieux ».

— Qu'est-ce qui te l'a fait penser ?

— La façon dont elle parlait de son père. Elle avait la haine. C'est pour ça qu'elle voulait se barrer. Et en même temps, c'est bizarre. On aurait dit qu'elle l'adorait. On appelle ça le complexe d'Œdipe. Vous connaissez ?

François se retint de sourire.

— Tu peux me préciser leur relation ?

— Je connais pas tous les détails. Elle s'était fait émanciper d'après ce que j'ai compris. Je trouvais ça débile, vu que ses parents sont blindés et qu'ils continuaient à lui filer de la thune.

Les ressorts de Lucie devenaient plus transparents. Elle se prostituait, mais l'argent n'avait rien à voir avec l'histoire. Il s'agissait d'une blessure, qu'elle tentait de réparer en se vendant à des hommes plus âgés. Des hommes représentant un père dont elle avait probablement manqué.

Le policier revint à Maxime.

— Et Stephen ? Tu le connais ?

— Qui ?

— Son pote coiffeur, au salon.

— Jamais entendu parler.

Lucie avait tout cloisonné. Sa vie ressemblait à une forteresse dont chaque pièce était protégée par une muraille de fer. Pourtant, le profileur en avait à présent la conviction, le tueur était caché dans l'une d'entre elles. Il décida de vérifier l'alibi de Galthier.

— Ton père m'a dit qu'il était rentré vers vingt heures trente dimanche soir. Tu confirmes ?

— Je confirme. On a mangé un morceau et on s'est plantés devant la télé. Il s'est endormi vers vingt-deux heures.

Réponse rapide. Trop complète. Récitait-il une leçon pour protéger Galthier ?

François fit diversion.

— Tes parents sont séparés depuis longtemps ?

— Six ans.

— T'es pas avec ta mère ?

Le jeune tira sur sa clope.

— Je préférais pas.

— Ah bon ?

— Elle est un peu spéciale...

François ne relança pas, laissant au silence le temps de faire son œuvre. Au bout de quelques secondes, le garçon se sentit obligé d'expliquer :

— Elle s'est barrée avec une femme. Une gouine, genre camionneuse.

Aucune colère. La situation semblait assumée. Il l'exposait.

— Et ton père ?

Nouvelle goulée de tabac.

— Dépression.

— Il s'est fait soigner ?

— Plus ou moins. Il voyait un psy à une époque.

— Et aujourd'hui ?

— Je crois pas. Il continue juste à prendre ses médocs.

Incroyable. Maxime survolait le drame de ses parents avec une distance hallucinante. François revint à ses moutons.

— Donc, tu me jures que vous êtes restés à la maison dimanche soir ?

— Pourquoi je mentirais ?

Le ton sentait la vérité. Cette fois le policier était sûr. Maxime ne dissimulait rien. Avant de partir,

François précisa au jeune homme qu'il devrait passer au commissariat faire sa déposition.

Retour dans la nuit. Le vent s'était levé, sec, mauvais. Impression de débarquer en Sibérie. François profita du froid pour s'éclaircir les idées. La version de Maxime semblait tenir la route. Elle corroborait l'alibi de Galthier et allait dans le sens de sa propre intuition. Cette piste n'avait jamais collé, à part dans l'esprit de Julia.

Conséquence : il faudrait tout reprendre de zéro.

Il fit quelques pas en direction de sa voiture. La pensée du tueur l'obsédait. Il imaginait une ombre malfaisante, au visage flou, rôdant autour de Lucie. Prudent, organisé, le boucher n'avait pour l'instant commis aucune faute.

Le profileur déverrouilla les portières et s'engouffra dans l'habitacle. Vingt et une heures. Crevé. Sale. Son seul désir se résumait à un bain chaud dans un petit hôtel sympa.

Il prit son téléphone. Il fallait quand même prévenir Julia. Après ce qu'avait lâché Maxime, plus la peine de s'énerver. Devaux pouvait cuisiner Galthier jusqu'à la gauche. De toute façon, ça n'irait nulle part.

Avant de démarrer, François réinitialisa son Nokia. Petite musique, un message l'attendait.

Heure de l'appel : 19 h 37. Pendant l'interpellation.

La voix d'Hénon, grave :

— François, c'est Roger. Rappelle-moi vite. Je crois qu'on a un autre meurtre.

# 15

— Roger ?

— Ah, François... T'es où, là ?

— À Avignon.

— Je t'ai appelé y a plus d'une heure. Qu'est-ce que tu foutais, bordel ?

— J'étais sur une piste.

Silence.

— Déjà ?

— Je t'expliquerai. Et toi ? C'est quoi cette histoire ?

— Ça s'est passé près de Grenoble. On a trouvé le corps ce matin, dans une usine d'incinération désaffectée. L'information est remontée en fin d'après-midi, par le canal interne.

— Quel rapport avec mon affaire ?

— Aucun, peut-être. Mais la sauvagerie du mode opératoire...

— Explique.

Pendant que François parlait, une buée blanche s'échappait de ses lèvres. Il alluma le moteur et poussa le chauffage à fond.

— Trente-six coups de couteau, détailla Hénon. Des lacérations un peu partout. Plus une seule goutte de sang dans les veines.

Saigné à blanc. Comme Lucie.

— Une femme ou un homme ? demanda aussitôt Marchand.

— Un homme.

Mauvais départ. Le sexe ne cadrait pas.

— Et le visage ? Il lui a prélevé le visage ?

— Non.

— Alors ça ne colle pas.

— Attends... C'est pas tout.

— Grouille, Roger. Je suis naze.

— Il lui a foutu le feu.

— Quoi ?

— La peau est brûlée au quatrième degré. Sur quatre-vingt-quinze pour cent de la surface corporelle.

François se massa les paupières. Une nouvelle boucherie, cette fois suivie d'une crémation. On allait où, là ?

— Tu dis que ça s'est passé quand ?

— C'est pas encore sûr. Mais très probablement la nuit dernière.

Vingt-quatre heures à peine séparaient les deux meurtres. L'unité de temps plaidait aussi dans le sens d'un rapprochement.

— Tu veux que j'aille voir ?

— Ce serait pas mal, oui. Et toi, où t'en es ?

— J'avais une touche mais c'est tombé à l'eau.

— Comment ça se passe avec les autochtones ?

— Pas terrible. Le pacha du coin n'est pas très coopératif.

— Ça te ralentit ?

— Non. J'ai trouvé une solution de secours.

En prononçant ces mots, François pensait bien sûr à Julia. Sa jeune collègue était tombée à pic. Une alliée inespérée dans cet environnement hostile.

— Bon... reprit Hénon. Tu peux être sur place dans combien de temps ?

— Faut d'abord que je dorme.

— Pars demain matin, à la première heure. Je vais prévenir les autorités de ton arrivée.

— Essaie de faire en sorte que je sois un peu mieux accueilli. J'en ai marre d'être le vilain petit canard.

Marchand entendit presque le sourire de son supérieur.

— Tu ne devrais pas avoir de problèmes, cette fois. Le patron du SRPJ est un ancien collègue de promo.

— Son nom ?

— Jean Kellermann. Tu verras, c'est un chic type.

— Enfin une bonne nouvelle.

Le profileur allait raccrocher quand Hénon le rattrapa au vol.

— Un dernier truc, François...

— Quoi ?

— Tu gardes tout ça pour toi. Si c'est le même tueur, pas la peine de lui donner des billes. Il saura bien assez tôt qu'on soupçonne un lien entre les deux affaires.

Marchand songea à Julia. Il n'avait pas envie de lui mentir et encore moins de la laisser sur la touche. Il s'en ouvrit à son supérieur :

— J'aimerais conserver l'OPJ qui m'a accompagné toute la journée.

— Je ne suis pas sûr que ce soit une bonne idée.

— Elle peut me servir. Et elle n'aura pas à se demander pourquoi je me casse si rapidement.

Un soupir. Puis la voix d'Hénon.

— C'est quoi son nom ?

— Julia Drouot.

— Elle est mignonne ?

Absurde, mais le sous-entendu mit François mal à l'aise. Il répondit d'un ton un peu trop sec.

— Intuitive.

— Tu parles...

— Bon, Roger. C'est oui ou c'est non ?

— Vas-y. Mais reste quand même concentré, on n'est pas là pour rigoler.

# – II –
# PIERRE

# 16

Des filins de soie.

Ils forment une pelote compacte, comme les circonvolutions diaphanes d'un encéphale. Peu à peu, ils se déploient. Les lianes serpentent dans le vide, dessinent des arabesques, semblent danser.

Ces excroissances l'hypnotisent. Une lumière blanche les entoure, aussi scintillante que l'auréole d'un saint. Elles s'approchent, effleurent son visage, plus douces que la caresse d'une plume.

La chaleur l'envahit.

Son cœur s'apaise.

Soudain, il se remet à battre plus vite. Les lianes se changent en câbles. Rigides, hérissés de pointes, plus acérés que des fils barbelés. François contemple à présent une sorte de fléau qui palpite, grandit, respire. Une force mauvaise l'habite. Ses mouvements sont saccadés, nerveux. Les tentacules s'accrochent à son cou. Des lames s'enfoncent dans sa chair. Il sent la morsure froide de l'acier. Elles serrent. Il cherche sa respiration. L'angoisse déferle. Il voudrait hurler. Aucun son ne sort de sa gorge.

Il entend pourtant ce râle. Inhumain. Il paraît monter de nulle part, mais François prend peu à peu conscience que c'est le sien. Il ouvre les yeux. Le noir. Son nez est enfoncé dans l'oreiller. Sa bouche aussi. Il est en train de s'asphyxier.

Marchand se redressa dans un ultime mouvement de survie. Sensation d'oppression. Impossible de se repérer. Puis les formes s'ordonnèrent. Le mur, la table, la fenêtre. Son sac posé sur la chaise, à côté du lit...

Avignon.

L'hôtel conseillé par Julia.

L'enquête.

Le profileur alluma la lampe de chevet. Il était en sueur. Il attrapa la bonbonnière sur la table de nuit. Ses mains tremblèrent en cherchant les comprimés de Xanax. Il en avala deux et se rallongea. Lentement, comme dans un fondu enchaîné, l'excès d'adrénaline se dissipa.

Combien de fois avait-il fait ce cauchemar ?

Il était apparu après la mort de Diane et pas moyen de s'en défaire. Chaque crime le ravivait. Comme une piqûre de rappel lui signalant qu'il n'avait pas achevé son deuil. Et encore moins soldé sa dette.

Il attendit encore un peu avant de se lever. Son esprit avait besoin de se rebrancher sur le réel.

Un second meurtre.

À deux cents kilomètres de distance.

Un mode opératoire différent mais une barbarie semblable.

Hénon pressentait un lien. La traque redémarrait.

Il regarda sa montre. 8 h 30. Ensuqué par le somnifère avalé en se couchant, François avait dormi dix heures. Une plongée dans le néant dont il avait émergé en hurlant. Maintenant, il était en retard.

Il attrapa son portable et composa le numéro de Julia. Deux sonneries, puis la voix de la jeune femme, pétillante d'énergie.

— Bien dormi ?

— Un peu trop. Vous êtes où ?

— En bas. Je bois un café.

— Donnez-moi un quart d'heure. Je vous rejoins.

Il quitta le lit et passa sous la douche. Puis il composa le numéro de Charlotte. Sa fille ne l'avait pas rappelé depuis la veille, confirmant par ce silence la distance qu'elle prenait avec lui depuis quelque temps. La messagerie, tout de suite. Vu l'heure, elle devait déjà être en cours. Déçu, François laissa un message et s'habilla.

Cinq minutes plus tard, il débarquait au bar, rasé de près, de nouveau combatif.

Julia l'accueillit d'un sourire. Elle était assise sur un tabouret haut, enveloppée dans sa parka, lunettes de soleil dans les cheveux.

— Panne de paupières ?

— J'avais besoin de récupérer.

— Café ?

— Thé.

Le commissaire attrapa un croissant et y mordit à pleines dents. Sa jeune collègue l'observait du coin de l'œil.

— Alors ? C'est quoi cette nouvelle mystérieuse ?

François n'avait rien dévoilé la veille. L'affaire n'était plus de la compétence du SRPJ d'Avignon, inutile d'avoir cette équipe de bourrins sur le dos. Il s'était contenté de donner rendez-vous à Julia à son hôtel, lui indiquant qu'il possédait des éléments nouveaux. Avant de l'éclairer, il demanda :

— Vous avez vu Devaux ?

— Bien obligée.

— Quelle est la température ?

— Brûlante. Il était furax.

— Rien d'autre ?

— Il a appelé votre patron, à Paris.

— Grand bien lui fasse. Où on en est avec Galthier ?

— Nulle part. Il nie tout en bloc. Une perquise est programmée pour ce matin.

— On a retrouvé le taxi ?

— Oui. Il a chargé Lucie devant l'Ibis aux environs de vingt heures dix et l'a déposée vingt minutes plus tard en bas de son domicile. Sur ce point, Galthier n'a pas menti. Elle était bien seule.

Sans surprise. À son tour, François raconta ses propres avancées.

— Maxime confirme que son père est rentré pour dîner avant de s'endormir devant la télé.

— Vous y croyez ?

— A priori, oui.

— Fin de la partie, donc ?

— Pour Galthier, en tout cas. Mais il reste trois bonnes heures entre le moment où Lucie est rentrée à son studio et celui où elle a été tuée.

— Super. Elle a pu faire un million de choses pendant ce laps de temps.

Le thé arriva. François y trempa les lèvres en méditant cette conclusion. On était un dimanche soir. Quoi que prétende Galthier, Lucie venait de subir un rapport sexuel probablement désagréable. Il faisait froid. La ville était déserte. Qu'est-ce qui l'avait poussée à ressortir ?

Au bout de quelques secondes, Julia relança :

— Vous n'aviez pas autre chose à me raconter ?

Le profileur se lança dans un bref résumé de l'histoire. L'appel de son supérieur. Le corps d'un homme brûlé au quatrième degré, lacéré, poignardé, saigné à blanc. Le visage intact, cette fois. L'usine d'incinération désaffectée dans la banlieue de Grenoble.

Quand il eut terminé, elle s'étonna :

— Ça ne colle pas vraiment avec le profil psychologique dont vous m'avez parlé.

— Je sais...

— Et puis c'est pas la porte à côté.

— On va quand même aller voir.

— On ?

— Je souhaite que vous m'accompagniez.

— Moi ? Pourquoi ?

François répondit d'une phrase toute faite :

— Disons que je vous fais confiance.

Elle fouilla son regard, sans trop savoir. Puis elle eut un air embarrassé.

— Devaux aura du mal à avaler la couleuvre. Si c'est un tueur en série...

— Il ne s'agit pas encore d'un tueur en série. On va juste prendre la température et on le fait discrètement.

— On ne va rien lui dire ?

— Ni à lui, ni à personne. Cette hypothèse ne doit pas être soulevée trop tôt. Ça risquerait de compliquer les choses.

— C'est bien gentil... Mais comment je vais justifier mon absence ?

— Ce ne sera pas long. Dites simplement que j'ai besoin de vous.

En bon petit soldat, elle acquiesça sans faire de commentaire. François termina son petit déjeuner pendant qu'elle appelait son patron. Puis ils quittèrent l'hôtel dans la foulée. Pas la peine de traîner, il y avait de la route à faire.

# 17

Un visage cramé.

Aucun maquilleur spécialisé en effets spéciaux n'est capable d'en restituer l'exacte densité.

Plus de cils, plus de sourcils, plus de cheveux. Des lambeaux de chair vive, comme une orange pelée. Des crevasses, des boursouflures, des cloques. À la place des lèvres, une pulpe rose, tendue à l'extrême, prête à exploser.

François détourna les yeux. Un drap blanc recouvrait le reste de la victime, lui épargnant pour l'instant la suite de ce supplice. Il regarda sa montre. Vingt minutes qu'il poireautait près de ce cadavre et toujours pas l'ombre d'un flic.

Une heure plus tôt, il avait appelé Kellermann de la voiture. Le patron de la PJ de Grenoble l'avait accueilli à bras ouverts. Ici, pas de rivalités. Tout le monde se mettait à sa disposition. Il n'avait qu'à demander.

Ils s'étaient donné rendez-vous à la morgue, au sous-sol de l'hôpital Michalon, un agrégat de béton blanc situé au nord de l'agglomération. L'autopsie avait déjà eu lieu, ils pourraient également discuter avec le légiste.

Sur ce coup, Julia avait préféré attendre dans le hall. La perspective d'un cadavre mutilé ne la motivait pas. Elle avait déjà eu son compte, le commissaire la comprenait.

La porte du sas s'ouvrit à la volée. Un petit mec en col roulé et veste à chevrons beige s'avança en tendant la main.

— Vous êtes François Marchand ?

— Oui.

— Jean Kellermann. Désolé pour le retard. La rocade est en travaux.

La chaleur de l'accueil faisait écho à celle de son visage. Des traits polis par le soleil, un regard de montagnard, limpide et bon. De petites boucles grises se battaient sur son front, soulignant un léger hâle.

— Vous arrivez de Paris ?

Fidèle aux directives d'Hénon, Marchand mentit avec aplomb.

— J'ai roulé une bonne partie de la nuit.

— Roger m'a appelé ce matin. J'avais cru comprendre que vous seriez deux...

— Le lieutenant Drouot a préféré m'attendre dehors.

Surprise, sincère.

— Pourquoi ? Il ne supporte pas les cadavres ?

— Drouot est une collègue. Elle n'apprécie pas particulièrement ce genre de spectacle, sauf en cas d'absolue nécessité.

— Je vois...

Il n'y avait dans sa conclusion aucun jugement. Familier de l'horreur, Kellermann savait qu'on ne s'y habituait jamais. Pour certains enquêteurs, c'était parfois un handicap.

François demanda :

— On connaît l'identité de la victime ?

— Pierre Jacquet. Un lycéen. Déclaré disparu depuis lundi soir. Ses parents l'ont identifié grâce à sa montre.

Un ado. Encore. Marchand s'approcha du cadavre.

— Qui a découvert le corps ?

— Un vigile. Il faisait sa ronde et...

— Où en est-on avec la scène de crime ?

— On y travaille.

— Vous n'avez pas encore les résultats ?

— La police scientifique n'a pu être réquisitionnée qu'en début de matinée. Pas assez d'effectifs...

Kellermann tourna la tête. Une femme austère, fond de teint épais et blondeur artificielle, venait de pénétrer dans la salle. Elle portait une blouse blanche et un pantalon noir. Le Grenoblois la présenta :

— Docteur Marie-Hélène Meurteau. Notre spécialiste des causes perdues.

Pas un sourire. On ressentait chez cette légiste une lassitude intense, le stade à partir duquel on ne fait même plus semblant. Elle tendit un rapport, quelques feuillets retenus par une agrafe.

— N'hésitez pas à m'interrompre si vous avez des questions.

Sans plus de préambule, elle entama la lecture.

« Sujet de sexe masculin. Type européen. Âgé de dix-sept ans. Brûlé au quatrième degré sur la quasi-totalité de la surface corporelle. Probablement par aspersion d'essence. La peau présente des dermabrasions de niveau 6 et des nécroses de nature irréversible... »

Elle avait chaussé une paire de lunettes et lisait d'une voix mécanique. Aucune trace d'émotion.

« L'examen externe révèle des marques d'entrave au niveau des poignets et des chevilles. Probablement des menottes car le plastique ou la corde n'auraient pas résisté au feu. Il y a également de nombreuses lacérations. Elles ont été effectuées à l'aide d'un instrument tranchant, sans doute un couteau. Les entailles sont concentrées au niveau des cuisses, des bras et du bas-ventre. Elles ont occasionné des saignements importants et les plaies sont craquelées... »

Marchand intervint :

— Vous pouvez me préciser ce point ?

Meurteau leva les yeux.

— Cela signifie que la victime a été immolée *avant* d'avoir été tailladée. Dans le cas contraire les blessures auraient été cautérisées.

Impensable. Contrairement à ce qu'avait laissé entendre Hénon, le tueur avait d'abord brûlé sa proie. Ensuite seulement, il s'était acharné sur le corps. Un vrai maniaque. Un détail intriguait le profileur.

— Vous avez parlé de saignements importants. Le gamin n'était donc pas mort quand le tueur l'a lacéré ?

— Non. Inconscient probablement, mais toujours en vie.

— Le feu ne l'a pas tué ?

— La crémation n'a pas été suffisamment longue. Elle a détruit le derme et l'épiderme, sans pour autant que ces lésions soient fatales.

— Vous pensez qu'il a « éteint » l'incendie ?

— Ou qu'il n'avait pas assez d'essence. Le résultat est le même.

François opina. Elle poursuivit sa lecture :

« On relève trente-six coups de couteau. Des blessures profondes, douze centimètres, essentiellement sur la face antérieure du thorax. La largeur des entailles est d'un centimètre et demi, ce qui laisse imaginer une lame de cuisine. On va étudier le profil des plaies... »

Regard vers Kellermann. Visage grave et bras croisés, il paraissait porter le deuil.

« Huit coups sont mortels. Le cœur a été perforé en plusieurs endroits, de même que les poumons, l'estomac et les reins. Il y a eu une hémorragie interne massive... »

— Vous confirmez le caractère récent du décès ?

— D'après moi, la mort se situe dans la nuit de lundi à mardi. Entre minuit et deux heures du matin.

Le même créneau horaire que la première fois. Simple coïncidence ou passerelle reliant les deux crimes ? François verrait plus tard. Pour l'instant, il préférait se concentrer sur le seul point commun semblant digne d'intérêt.

— Docteur, pensez-vous qu'il y ait eu une volonté de saigner la victime ?

— Que voulez-vous dire ?

— Faire en sorte qu'elle n'ait plus aucune goutte de sang dans les veines. Comme pour une sorte de rituel.

Meurteau fronça les sourcils.

— J'aurais du mal à l'affirmer. Si on veut que quelqu'un soit exsangue, il vaut mieux s'attaquer aux artères. C'est plus efficace que des perforations aléatoires. Pour moi, il s'agit plutôt d'une crise de colère. Sans doute la conséquence d'une frustration.

Mauvaise pioche. Cette interprétation renvoyait à la case départ. La légiste allait reprendre, mais François l'interrompit :

— Vous avez autre chose qui pourrait nous éclairer ?

Meurteau feuilleta rapidement son rapport.

— Non. Le reste est sans intérêt.

— Pas de viol ?

— Aucune trace.

Marchand tourna la tête vers la victime. Étendue sous le drap, elle paraissait dormir.

— Je peux jeter un œil ?

— Faites.

Il s'approcha du corps. Kellermann lui emboîta le pas. Passant outre à son dégoût, le profileur souleva le drap.

Pierre Jacquet était nu. Les flammes l'avaient rongé jusqu'à la moelle, comme un méchoui à peine sorti du feu. François se concentra sur les blessures par arme blanche. Les lacérations semblaient superficielles. Elles ouvraient sur les membres des lèvres pleines, mettant au jour une chair noircie. Au niveau du thorax, une multitude de petites entailles, là où le poignard s'était enfoncé en profondeur. Inutile de les compter, le commissaire en connaissait le nombre. Trente-six. La manœuvre avait dû prendre plus d'une minute. Quel genre de malade pouvait s'acharner si longtemps ?

Soudain, François crut remarquer quelque chose.

— Vous avez mesuré l'écart ?

Meurteau répondit d'une voix sèche :

— Un centimètre et demi. Il me semblait vous l'avoir dit...

— Je veux parler de l'écart entre les blessures.

Froissement de feuilles. Recherche fébrile.

— Non... Ce qui compte c'est...

— Vous avez une règle ?

— Je ne vois pas où vous voulez en venir.

— Donnez-moi une règle, s'il vous plaît.

La légiste eut l'air agacé. Elle se dirigea vers un meuble en inox. Kellermann assistait à la scène sans prendre parti.

Elle farfouilla un peu avant de revenir avec un mètre de couturier et une paire de gants en latex.

— Enfilez ça, je vous prie.

François la remercia d'un sourire et se mit au travail. Contact étrange des plaies à vif. Mou et dur à la fois, comme un morceau de gras grillé. Très vite ce qu'il avait pressenti se confirma.

— Il y a une symétrie.

Kellermann sortit de sa réserve.

— C'est-à-dire ?

— Les blessures sont ordonnées par groupe. Il y a chaque fois quatre entailles, séparées de deux centimètres.

Les Grenoblois échangèrent un regard incrédule. Kellermann se pencha vers le corps.

— Effectivement...

— Il ne s'agit pas d'un couteau, affirma le profileur.

Le docteur Meurteau répliqua avec une pointe d'aigreur :

— Que voulez-vous que ce soit ?

— Une fourche peut-être. Les pointes sont reliées par un socle en tout cas. Vous avez trouvé des résidus de métal dans les plaies ?

— Nous n'avons pas encore cherché...

— Alors faites-le. Le métal utilisé pour ce type de matériel est plus mou que celui des lames de couteau. Il est possible que vous trouviez des particules.

Marchand s'adressa à Kellermann :

— De combien d'hommes disposez-vous ?

— Trois ou quatre. Pas plus.

— Il va falloir en trouver d'autres.

— Vous déclenchez une opération d'envergure ?

Impossible de lui parler du rapprochement qui venait de s'opérer. Pas sans le feu vert d'Hénon. Mais pour François, une passerelle se tendait. Le tueur du Sentier des ocres avait utilisé une tronçonneuse à bois. Celui de Grenoble une fourche. Il s'agissait encore une fois d'une arme par destination, acquise dans un magasin de jardinage.

— Je voudrais que vous fassiez le tour de toutes les grandes surfaces de bricolage. Il faut aussi aller visiter les pépiniéristes. Notre homme aime la nature, les arbres, les plantes. Et peut-être même les fleurs...

— Un genre de tueur écolo ? plaisanta Kellermann.

François n'avait pas le cœur à rire.

— Il suit un rite. Chacun de ses actes a une signification. Le feu d'abord, puis cet acharnement. Il ne s'agit pas de colère mais d'un processus réfléchi, symbolique. Peut-être une volonté de purification. De retour aux origines. Il n'a pas poignardé la victime. Il l'a labourée. Comme on laboure la terre...

Un silence enserra ses paroles. Dans cette pièce froide, en compagnie de ce cadavre, il résonnait à la façon d'un cri muet. Celui d'un jeune homme mutilé, dont la fin avait dû être un calvaire.

Kellermann soupira :

— Un psychopathe. Et faut que ça tombe sur nous...

François recouvrit le corps et demanda en guise de conclusion :

— La presse est au courant ?

— Oui. On n'a pas pu...

— Alors on se met au boulot. Tout de suite.

# 18

Julia battait le pavé devant l'entrée du bâtiment. Elle fumait une cigarette, ce que François ne l'avait jamais vue faire jusqu'à présent. Le geste lui donnait un charme supplémentaire, à la fois sensuel et nerveux, qui le troubla de façon inattendue.

Il lui présenta Kellermann et résuma brièvement les résultats de l'autopsie. Elle écouta sans faire de commentaire. La présence d'un tiers l'incitant à la prudence, elle suivait tout bonnement le plan.

Ils décidèrent de la répartition des tâches. Kellermann lançait l'enquête de voisinage et s'occupait de la piste jardinage, en collaboration avec la BR de la gendarmerie de Grenoble. François et Julia iraient faire un tour du côté de l'usine d'incinération désaffectée, là où on avait découvert les restes carbonisés de Pierre Jacquet.

Retour dans la voiture. Marchand appela tout de suite Hénon. Le divisionnaire était en pleine bourre, une réunion au sommet avec les huiles de la PJ de Paris. Devant l'insistance de son flic, il accepta de s'éclipser quelques minutes.

— T'as du nouveau ?

— On peut dire ça.

— Explique !

— Je sors de la morgue. C'est encore un ado.

— Merde...

— Il y a mieux.

— Accouche.
— Le tueur n'a pas utilisé un couteau.
— Non ?
— Il s'est probablement servi d'une fourche. C'est une arme par destination, comme la tronçonneuse à bois. Du matériel de jardinage dans les deux cas.
Un soupir d'aise, à l'autre bout de la ligne.
— Bien joué. C'est quoi la suite ?
— J'ai lancé une recherche du côté des revendeurs. Grandes surfaces, pépiniéristes, tout ce qu'on peut trouver dans le coin. En attendant, je fais un saut jusqu'à la scène de crime.
— OK. Tiens-moi au courant.
— Attends...
— Quoi ?
— Qu'est-ce que je fais avec Kellermann ?
— Il coopère ?
— À la lettre.
— Alors tu dis rien.
— C'est pas un peu moyen ?
— T'occupe. J'arrondirai les angles plus tard. Pour l'instant, personne ne doit faire le lien avec l'affaire de Roussillon. Je ne veux pas que notre homme apprenne par les journaux qu'on a un commencement de piste.
— Comme tu voudras. C'est toi le patron.
François raccrocha. Cette façon de procéder ne l'enchantait pas. Kellermann était un type fiable, il ne voyait aucune raison de le laisser sur la touche.
— Donc, vous avez trouvé un point commun entre les deux crimes ?
Julia. François l'avait presque oubliée. Il tourna la clef de contact et démarra.
— On y va. Promis, je vous raconte tout en chemin.
Le Touareg quitta l'hôpital et rejoignit une large avenue. Midi. La circulation étouffait dans les

vapeurs des gaz d'échappement. Cernée par des pics enneigés, l'agglomération s'asphyxiait sous un ciel bleu métal.

Suivant les indications de Kellermann, François prit la direction de la rocade sud. Le site se trouvait à Jarrie, une petite commune limitrophe, plantée sur les berges de l'Isère. Une fois sur les rails, il entama le récit des derniers événements. Julia écouta jusqu'au bout, sans poser de questions. Elle ressemblait à une élève bien sage, qui attendait la fin du cours pour réagir. Enfin, quand le profileur eut terminé, elle prit la parole :

— Donc, c'est bien un tueur en série...

— Il y a de grandes chances.

— Même si on n'a pas encore trois meurtres avérés ?

Depuis l'autopsie, la perception du commissaire avait encore évolué. Il expliqua :

— Les points communs sont un critère d'appréciation déterminant. Et il y en a plusieurs.

— Redites-les-moi.

Il enclencha son clignotant et prit la sortie Gap, par la route Napoléon.

— J'en vois trois. Un : les victimes ont le même âge. Deux : les armes utilisées appartiennent à la même famille. Trois : le créneau horaire des meurtres est identique.

— Vous ne retenez pas le fait qu'elles aient été saignées à blanc ?

— Plus maintenant. Ce n'est qu'une conséquence.

— C'était pourtant la seule similitude...

— Oui et non... Il s'agit toujours d'une attaque très brutale, sauvage même. Dans les deux cas, il utilise un outil de jardin. Des lames spécifiques, techniques, qui nous renvoient à la nature et au pouvoir que l'homme possède sur elle.

— Et le feu ? C'est carrément autre chose.

— Peut-être pas. Le feu est aussi un outil. Un outil naturel. Les paysans brûlent parfois leur terre pendant les périodes de jachère. Ils purifient avant de labourer. Mais d'abord, ils font place nette. Ils abattent les arbres, les tronçonnent. Tous ces éléments s'inscrivent dans une continuité, répondent à la même logique.

— Le visage ? Qu'en faites-vous ? Toute votre théorie sur le faux self, le transsexualisme ?

C'était l'aspect le plus délicat. Pourtant le profileur y croyait toujours.

— La crémation a un aspect symbolique. Je vous l'ai dit, le feu purifie. Or la seconde victime est un sujet de sexe masculin. On peut imaginer que le tueur a voulu détruire sa part masculine avant de planter les graines de sa nouvelle identité.

— Une purification ?

— Plutôt une sorte de catharsis. De nombreuses croyances attribuent ces vertus imaginaires au bûcher. On jette le corps dans les flammes, et l'âme peut s'envoler vers sa destinée.

— À condition que la crémation soit totale. Ce qui n'est pas le cas ici.

François avait noté ce point, sans le trouver handicapant.

— Il n'y a aucune incohérence. Il s'agit d'un rituel où chaque étape possède son importance, sa signification. Le feu ne devait pas tuer Pierre Jacquet, seulement le nettoyer. Il fallait qu'il soit vivant, comme une terre neuve prête à être labourée.

Il marqua une pause et énonça sa conclusion :

— Les deux meurtres doivent probablement former un bloc. L'ensemble du processus pourrait alors s'analyser comme une progression. Une route symbolique menant à la renaissance.

— Il manque encore une pièce. Pour l'instant, il n'a pas encore « semé ».

— Je sais... Ce qui conforte la probabilité qu'il tue encore.

— Et cette fois, on ne coupera pas au viol.

— Sans doute que non. C'est triste à dire, mais ce serait sans doute la meilleure façon qu'aurait le tueur d'ensemencer l'objet de son fantasme et de boucler son rituel.

Julia approuva. La démonstration l'avait convaincue, ce qui d'une certaine façon conforta également le commissaire. Dans ce domaine d'activité, rien n'était jamais sûr. On travaillait sur de l'abstrait. Les ressorts de l'esprit, surtout quand ils étaient déglingués, pouvaient réserver des surprises.

Ils passèrent une série d'échangeurs. La ville s'éloignait, des champs apparaissaient. Des plaques de neige mouchetaient ces étendues jaunâtres, rappelant qu'on était en altitude.

— Vous avez également rapproché l'heure des meurtres. J'imagine que vous avez une thèse ?

Julia n'était pas au bout de ses questions. François avait parlé de plusieurs similitudes, elle voulait tout comprendre. L'analyse avait néanmoins des limites.

— Là, je cale.

— Et les victimes ?

Pour l'heure, une seule explication envisageable.

— Elles sont jeunes. À peu près le même âge. On peut y voir une attirance vers des êtres en devenir. Encore transformables. Perfectibles.

— Comme pour les pédophiles ?

Une pointe de rage s'était glissée dans le ton. La même que chez Lucie, quand Julia avait découvert que la gamine vendait son corps à des hommes plus âgés. Difficile à présent de faire l'impasse. Que lui était-il arrivé ? Quel drame cachait-elle dans les tiroirs de son passé ?

Par pudeur, Marchand décida de ne pas approfondir.

— Pas dans notre cas. Il s'agit plutôt d'un besoin d'identification. L'adolescence est une période pendant laquelle l'individu se cherche. Son identité sexuelle n'est pas toujours affirmée. Elle est encore indécise, comme celle de notre tueur.

Elle ouvrit la bouche pour répondre, puis se ravisa. Avait-elle lu dans l'esprit de François ? Senti aux vibrations de sa voix qu'il avait entendu sa souffrance ? Une fois encore, le commissaire laissa filer.

Ils roulaient à présent dans une vallée étroite. Au fil des kilomètres, la montagne se rapprochait. Ses hautes murailles de schiste les observaient d'un œil éteint, donnant la sensation de géants endormis.

À la sortie d'un village, un panneau annonça la zone industrielle de la Basse-Jarrie. Une longue ligne droite fuyait devant les roues, bordée de bâtiments à l'abandon. Anciennes manufactures, friches industrielles, cubes de briques percés de fenêtres à carreaux, cassés pour la plupart.

La voiture ralentit. D'après les indications de Kellermann, l'usine ne devait plus être loin.

# 19

Des tubulures énormes, comme un réseau veineux connecté à un cœur de métal. Des blocs de fonte, échoués sur la terre dure et fendillés par le gel. Une cheminée immense, dont la pointe égratignait le ciel à la façon d'un doigt tendu vers le néant. Protégée par des grilles et des rouleaux de barbelés, l'usine d'incinération évoquait une araignée mutante, figée dans sa cage par un hiver soudain.

François aperçut un long portail dont le faîte se hérissait de pointes. Pendant près de la serrure, une chaîne et un cadenas. L'endroit était plus protégé qu'un château fort. Sans doute pour des raisons de sécurité. Le commissaire se demanda comment le tueur avait réussi à s'y introduire. Surtout avec sa victime dans les pattes...

Deux voitures de police interdisaient l'entrée. Marchand fit coulisser la vitre et présenta sa carte. Le barrage s'évapora. Au ralenti, le Touareg pénétra sur le site.

Il leur fallut moins de dix secondes pour se repérer. Au bout d'une allée de goudron, un attroupement se découpait sous le soleil glacial. Des flics en uniforme, quelques civils, et trois ou quatre silhouettes penchées vers un sol de ciment. Mouvements lents, réfléchis, comme en apesanteur. Sur leurs gilets de plastique blanc, les lettres noires de la police technique et scientifique.

François se gara à quelques mètres. Il claqua la portière et se dirigea vers eux. Julia lui emboîta le pas, recroquevillée dans son anorak. Immédiatement, une brune se dépêcha à leur rencontre. Sous la casquette réglementaire, on devinait une queue-de-cheval.

— Qu'est-ce que vous faites là ?

— Commissaire François Marchand.

Elle bredouilla :

— Excusez-moi, commissaire... Je ne savais pas.

— Où est l'OPJ ?

— Là-bas. Près du four.

Elle désigna un grand type un peu maigre, emmitouflé dans un Bombers à col de fourrure. Le profileur la remercia d'un signe de tête et s'avança vers l'officier.

— Marchand. OCRVP. Il paraît que c'est vous le responsable ?

Mal rasé, cheveux trop longs et cigarette aux lèvres. Une vraie tête de junkie, idéale pour zoner dans les endroits les plus pourris. Il écrasa sa clope et tendit la main.

— Lieutenant Aubert. Content de vous voir, commissaire. Kellermann m'a prévenu de votre arrivée.

François présenta Julia rapidement et entra dans le vif du sujet.

— On en est où ?

— On récolte.

Marchand embrassa la scène d'un regard. Les techniciens s'affairaient, concentrés sur leur tâche. Ils scrutaient la terre froide, plantaient parfois de petits drapeaux marqués d'un chiffre, prélevaient des particules dans des sacs de plastique. Aucun n'avait levé la tête.

— Ça s'est passé ici ?

— À l'intérieur.

— On peut voir ?

Aubert ouvrit une porte en acier dépoli, barrée par une affichette représentant une tête de mort. Au-dessus, en lettres rouges : ACCÈS TECHNIQUE.

— Pas la peine de faire attention, cette partie a déjà été traitée. Et je vous rassure, on n'a rien trouvé.

Un four.

Le feu.

Comme un clin d'œil symbolique.

Le policier grenoblois alluma une torche électrique et s'avança. François lui emboîta le pas, suivi de Julia. Odeur de vieilles poubelles. Pénombre. Ils marchaient sur une passerelle métallique, étroite, qui s'enfonçait dans les entrailles du monstre. Des vitres couvertes de peinture noire laissaient filtrer une pâle clarté. Difficile d'apprécier l'ensemble, mais on sentait la proximité d'une architecture complexe, faite de tuyaux, de câbles, de gaines.

Très vite, le guide s'arrêta. Ils étaient sur une plate-forme confortable, un cercle d'environ trois mètres de diamètre, protégé par une solide rambarde.

— C'est là ?

— En dessous.

François se pencha. Le vide. Un trou de plus de vingt mètres, sorte de fosse creusée dans les fondations du complexe.

— Qu'est-ce que c'est ?

— Le compartiment de stockage, précisa Aubert. Les déchets étaient entreposés à cet endroit. Un système de vérin hydraulique permettait de...

— On peut descendre ?

— Naturellement.

Il déverrouilla un loquet. Une partie de la barrière pivota, libérant un passage. Puis la lampe trouva des barreaux métalliques. Étroits, fichés dans le béton, ils formaient une échelle rudimentaire qui disparaissait dans la nuit.

— C'est un peu casse-gueule. Attendez que je sois en bas. Je vous éclairerai.

Aubert coinça sa torche entre ses dents et plongea dans le gouffre. François le suivit des yeux, scrutant l'obscurité dans laquelle vacillait la lumière de la lampe. Une minute plus tard, la voix de l'OPJ monta des profondeurs du trou.

— ALLEZ-Y !

François passa le premier. Malgré le faisceau braqué sur lui, il avait du mal à distinguer les barreaux. À tâtons, il parvint à prendre appui sur l'un d'entre eux et se lança. Deux mètres. Trois. Julia était déjà sur ses talons. Il sentait qu'elle attendait, retenant son allure pour ne pas lui écraser les doigts.

La progression fut pénible. Une mousse glissante recouvrait l'échelle. On n'y voyait quasiment rien. Enfin, le profileur prit pied sur un sol dur. Au son produit par ses talons, il sut que c'était du métal.

— Tout va bien, commissaire ?

Aubert le réceptionnait comme un colis fragile. Il avait dû remarquer son manque d'aisance à l'occasion de cette acrobatie improvisée. Un peu vexé, Marchand joua l'ironie.

— Un jeu d'enfant.

Julia les rejoignit. Dopée par l'exercice, elle souriait.

Le Grenoblois balaya l'espace de sa torche. Ils étaient à l'intérieur d'un cylindre de béton brut, dont la base était constituée d'une plaque de métal plein, similaire à celle qui protège les coffres-forts. Le rai de lumière s'arrêta sur une tache grise qui rappelait vaguement une forme humaine. Un trait de craie l'entourait, comme tracé par la main d'un enfant.

— Le corps était ici.

Julia s'accroupit, passa ses doigts sur le fer brûlé. Elle les porta à ses narines et eut une moue de dégoût.

— Essence et viande grillée...

— Il y a aussi du sang, compléta Aubert.

Il braqua sa lampe vers le centre du dessin, là où avait dû reposer le thorax du jeune Pierre. Un éclat noir scintilla.

— Les coups de couteau ont été portés après la crémation. Le métal était chaud et le sang a bouilli. Mais il n'a pas brûlé.

— Pas d'empreintes, évidemment...

— Rien.

Aucun indice matériel. Pas l'ombre d'une erreur. Comme dans les bois, près du Sentier des ocres. La première fois, le boucher avait choisi un endroit fréquenté, sachant pertinemment que ses pas se noieraient dans ceux des autres. Là, il avait opté pour un univers béton-métal. Un environnement stérile où rien ne marquait. Ce dingue savait parfaitement ce qu'il fallait faire, quels étaient les risques, comment les maîtriser.

Marchand demanda au faux junkie :

— Vous pouvez me passer votre torche ?

D'un mouvement circulaire, il détailla les lieux. Lisses, vides, à l'image des indices que laissait le tueur. François restitua la lampe à Aubert en essayant de contenir sa frustration.

— Merci. J'en ai assez vu.

En file indienne, ils regagnèrent l'air libre. Les chasseurs de preuves s'affairaient toujours, positionnés maintenant près de la clôture. En les voyant sortir, l'un d'eux leva une main.

— Lieutenant !

Ils accoururent. Le type, un binoclard qui commençait à se déplumer, était agenouillé sur une fine bande d'herbes folles. Il désigna une zone en affichant un large sourire.

— Regardez.

François ne vit que de la verdure. Julia, par contre, avait compris.

— Il est passé par là ?

Le technicien opina.

— C'est le seul endroit où il n'y a pas de barbelés. Il a dû entrer ici, en escaladant la grille. Les herbes se sont pliées sous son poids. On voit nettement la différence avec les autres.

Effectivement. En y regardant de plus près, on remarquait des écrasements. La question qui travaillait Marchand depuis son arrivée trouvait sa réponse. Du moins pour partie. Il savait à présent comment ce malade avait pénétré sur le site. Mais dans ce scénario, un détail restait encore à éclaircir.

— La victime ? Elle a sauté aussi ?

— Il n'y a qu'une trace. Vu l'enfoncement, je dirai plutôt qu'il la portait sur ses épaules.

— Ou dans son dos, proposa Julia. Maintenue par des sangles et un baudrier.

Le commissaire posa ses yeux sur la grille, perplexe. Deux mètres de hauteur. Peu de prises. Quel que soit le système, il fallait être sacrément fort pour réaliser un tel exploit.

— Vous pouvez nous sortir une empreinte ?

Le type ajusta ses lunettes. Il sortit un petit drapeau de sa poche et le planta dans l'herbe.

— On va essayer.

# 20

L'air pur de la montagne...

Un cliché à deux balles qui ne concernait en rien Grenoble. Cernée par des massifs neigeux, la ville mijotait dans les vapeurs d'oxyde de carbone et de rejets industriels. Dans certaines rues, la concentration de gaz d'échappement était telle que François avait dû obturer le circuit de ventilation de sa voiture.

L'artère sur laquelle ils avançaient au pas était saturée de véhicules. Quatre voies, bordées par deux contre-allées et des alignements de platanes. De part et d'autre, des façades travaillées, de styles disparates mais toutes de facture cossue. Cours Jean-Jaurès, indiquait la plaque bleu marine posée par la municipalité. Le profileur savait ce que dissimulaient ces murs : un fric discret, accumulé depuis plusieurs générations et protégé comme un trésor honteux.

Coup d'œil au GPS. Distance restant à parcourir : huit cents mètres. Temps estimé : trois minutes. Mais à ce rythme, il fallait plutôt tabler sur une heure.

En quittant l'usine, François avait décidé d'aller interroger les parents du lycéen. Un meurtre s'apparentait à un labyrinthe dont les portes d'entrée n'étaient pas si nombreuses. L'environnement de la victime en faisait partie, au même titre que l'autopsie, le mode opératoire ou l'analyse de la scène de crime. Ces axes bien définis se rejoignaient peu à peu pour décrire un ensemble, un système au cœur duquel on découvrait parfois le coupable.

— Vous n'utilisez jamais le pin-pon ? lança soudain Julia.

— Rarement.

— C'est contraire à votre religion ?

— Je n'aime pas me faire remarquer.

Elle soupira.

— Je peux mettre la radio ?

Sans attendre le feu vert, elle alluma le poste. Programmé sur France Musique. Les notes douloureuses d'une symphonie de Mahler emplirent les haut-parleurs.

Elle prit un air maussade.

— Vous écoutez ce genre de trucs ?

— Vous n'aimez pas ?

— C'est carrément mou.

Les goûts et les couleurs... Le classique détendait le commissaire, lui permettait de rentrer en lui-même. Il avait découvert ce répertoire pendant son internat, à Sainte-Anne. On l'utilisait comme thérapie pour calmer certaines crises d'angoisse chez des patients psychotiques. Sur lui aussi, le remède fonctionnait.

— Changez, si vous voulez.

Elle chercha une station. Après quelques tentatives infructueuses, elle s'arrêta sur Skyrock. Un vacarme inaudible se déversa dans l'habitacle.

François tenta d'y échapper en faisant un point sur son enquête. Deux crimes, en moins de vingt-quatre heures. Des boucheries pour être exact, perpétrées en début de nuit sur des adolescents. Pas ou peu d'indices matériels. Hormis peut-être une vague empreinte de pas...

En l'état de ces découvertes, le portrait du tueur restait flou. Le profileur imaginait un homme puissant, assez pour escalader une grille et descendre dans une fosse avec un poids conséquent sur les épaules. Il devait être de race blanche – les prédateurs chassaient le plus souvent dans leur propre groupe ethnique – et avoir entre vingt-cinq et quarante-cinq ans. Au-delà de cet âge, les pulsions perverses de ce type décroissaient rapidement, diminuant les probabilités de passage à l'acte.

Le laps de temps séparant les meurtres, de même que la configuration des lieux et leur éloignement, impliquaient la nécessité d'une préparation minutieuse, de repérages. Autant de circonstances qui révélaient une personnalité organisée, capable de tuer de sang-froid en appliquant un plan prémédité.

Dans l'esprit du policier, ce plan n'avait pas d'autre finalité que de permettre l'exécution d'un rituel. Une interprétation de sa petite musique intime. Celle qui, mentalement tout au moins, devait filer la trique à ce malade.

La tronçonneuse, le feu, la fourche. Des outils, avant d'être des armes. La panoplie du parfait petit agriculteur, soucieux de la terre et de ses cycles. Il avait d'abord élagué, avant de brûler et de labourer. Si on suivait cette logique, il manquait les semailles. Ensuite seulement, il pourrait récolter. Ce qui dans son esprit, signifiait renaître à lui-même. Le visage de Lucie lui servirait alors de traits.

De preuve pour sa nouvelle identité...

La voix synthétique du GPS tira Marchand de ses pensées : « Dans deux cents mètres, tournez à gauche. »

Le flot s'était fluidifié. En moins de quinze secondes, ils couvrirent la distance et bifurquèrent dans la rue de Turenne. La famille Jacquet résidait au numéro 3.

Ils y étaient.

# 21

L'immeuble avait de la gueule.

Un beau morceau de six étages, en pierre de taille, au sommet duquel on apercevait deux paires de colonnes doriques. Ce détail, ajouté à une décoration un peu lourde, était typique des années vingt.

François actionna l'ouvre-porte. Hall spacieux, carrelages briqués à mort, lustre d'époque. Des plaques en cuivre annonçaient la présence d'une étude notariale au deuxième étage, et celle d'un cabinet de radiologie au troisième. La victime appartenait à un milieu aisé. Pas le même genre que celui de Lucie, mais le profileur y voyait tout de même un point commun. Les parents de la petite coiffeuse, de gros commerçants, n'étaient pas non plus dans le besoin.

Ascenseur minuscule. Proximité obligée. Pour la première fois, François se trouvait à quelques centimètres à peine de Julia. Dans sa zone réservée. Il respirait son odeur, celle d'une crème hydratante à la fois fraîche et sucrée. Il découvrait le grain de sa peau, serré, soyeux, dardant des reflets de miel. Il releva la petite taille de ses oreilles, parfaitement ourlées, comme deux coquillages nacrés.

Elle dut sentir que son collègue la détaillait et se tassa un peu. Leurs regards se croisèrent, gênés. François arrangea ça d'un sourire qu'il essaya de rendre aussi neutre que possible. Elle répondit sur le même mode, ajoutant encore au trouble.

Après une ascension interminable, la cage s'immobilisa brutalement au cinquième. Les battants de sécurité se déplièrent, mettant un terme à cet échange muet. Marchand laissa Julia sortir la première. Elle se dirigea vers une belle porte en chêne verni et sonna aussitôt, comme pressée de renouer avec l'action.

Le battant s'ouvrit sur un spectre. Un homme d'environ quarante-cinq ans, de taille moyenne, portant un pantalon en velours côtelé et un pull de grosse laine. Traits fins, raie sur le côté, lunettes d'écaille. Un début de barbe courait sur son visage, accentuant sa mine de papier mâché. À la rougeur de ses yeux, on comprenait qu'il avait dû pleurer.

— Monsieur Jacquet ?

— Oui ?

— Lieutenant Julia Drouot. Police judiciaire.

L'homme ne réagit même pas. Il fit un pas de côté pour les laisser entrer. François se présenta, gêné par l'intrusion qu'imposait leur enquête. En passant devant le témoin, il renifla une vague odeur d'alcool.

Sans prononcer un mot, Jacquet les conduisit jusqu'au salon. La pièce, spacieuse et haute de plafond, sentait la cire. Des meubles d'époque la décoraient, de style rustique, taillés dans un bois sombre. Le profileur remarqua, discrète mais bien présente, une représentation du Christ en croix sur un des murs. Juste en dessous, sur un guéridon, la photo d'un ado barrée d'un ruban noir. Pierre. Blond, sagement peigné, petites lunettes, il avait la tête d'un premier communiant.

Jacquet se laissa choir dans un profond canapé beige. Sans qu'il l'ait proposé, les policiers prirent place en face de lui. Une table basse les séparait, où traînaient des exemplaires du *Figaro Magazine*.

Posé sur l'un d'eux, un verre et une bouteille de Glennfidich bien entamée.

François marchait sur des œufs. Ce genre de situation était sans doute la pire qu'on puisse croiser dans le métier. Interroger la famille d'une victime. Remuer le couteau dans la plaie. Forcer les portes d'une douleur encore vive. Par un effet de miroir, il ressentait doublement cette souffrance. Elle réveillait en lui une scène similaire, quand un moustachu aux yeux vagues lui avait annoncé la mort de Diane.

Après quelques secondes de silence, il se força à faire son job.

— Monsieur Jacquet... Je sais que c'est pénible mais nous devons néanmoins vous poser quelques questions.

L'homme leva la tête. Il semblait flotter sur un nuage d'éther.

— J'ai déjà répondu à vos collègues. Ils ont pris ma déposition ce matin, quand je suis venu reconnaître...

Le mot resta en suspens. Impossible pour lui de verbaliser le prénom de son fils. De l'accoler à cette folie.

— Ce ne sera pas long...

Marchand s'interrompit à son tour. Il aurait préféré être n'importe où, mais sûrement pas ici. Jambes croisées, Julia était dans ses petits souliers.

Enfin, le commissaire démarra par une question anodine :

— Votre femme n'est pas là ?

— Elle est dans sa chambre. Elle n'est pas très bien...

Nouvelle césure. La voix avait déraillé sur la fin.

— Bien sûr...

— Vous voulez que j'aille la chercher ?

Une forme d'inquiétude avait percé dans le ton. François affirma sans détour :

— Votre témoignage nous suffira.

Jacquet parut rassuré. Deux trois secondes passèrent, pendant lesquelles il se servit un verre. Il but une petite gorgée et déclama d'une voix vide :

— Le Seigneur nous donne, le Seigneur nous reprend. Telle est Sa volonté.

Ce discours plaqué lui servait de refuge. Un bouclier contre l'inacceptable. Le policier utilisa la religion comme porte d'entrée.

— Vous êtes croyants, n'est-ce pas ?

— Nous sommes catholiques... Catholiques pratiquants.

— Pierre partageait-il votre foi ?

— Il vivait dans l'amour du Seigneur. Dieu l'a accueilli à sa droite. C'est notre seule consolation.

— J'en suis certain...

François laissa filer quelques secondes, une pause qui permit à Jacquet de s'alcooliser un peu plus. Puis il reprit, allant maintenant à l'essentiel :

— Est-ce que vous pourriez nous éclairer un peu sur ses habitudes ?

— Ses habitudes ?

— L'école, les loisirs, ses amis...

— Pierre est un très bon élève. Nous l'avons placé à Saint-Joseph, un lycée privé dirigé par des pères jésuites.

Jacquet parlait de son fils au présent. Il ne parvenait pas à franchir la barrière symbolique d'un discours au passé.

— J'aurais souhaité qu'il reprenne mon entreprise. Je suis dans le matériel ménager. Mais il veut devenir médecin. S'orienter vers l'humanitaire. C'est bien aussi, non ?

Le commissaire acquiesça d'un simple mouvement de tête. Le désespoir de ce père était tel que ses propres certitudes vacillaient.

— Où se trouve le lycée ?

— Pas loin d'ici. Boulevard Gambetta.

— Il s'y rendait comment ?

— À pied.

— Il a terminé à quelle heure, lundi ?

Regard las.

— On m'a déjà posé ces questions, commissaire.

— Je sais. Mais je n'ai pas encore eu le temps de lire votre témoignage.

— La classe finissait à dix-sept heures. Il avait une réunion aux MJC et il devait rentrer après.

— Les MJC. Vous voulez parler des jeunesses catholiques ?

— Oui. Pierre est très impliqué dans cette démarche. Il anime un groupe de prière, s'occupe de personnes âgées et passe ses vacances à Lourdes. Tout son temps libre est consacré à servir la parole du Christ.

Un fils modèle. Selon les critères en vigueur chez cette famille catho, tout au moins. Marchand laissa Jacquet vider son verre avant d'approfondir.

— Où est l'association ?

— À la paroisse Jean-XXIII, rue Charles-Lory. L'église leur fournit un local dans le presbytère.

— C'est dans le quartier ?

— De l'autre côté du cours Jean-Jaurès.

École, activité extrascolaire, domicile. Tout était concentré dans un mouchoir de poche. Une configuration serrée, qui laissait peu de latitude au tueur.

— Vous êtes certain qu'il est allé à cette réunion ?

— Certain. Le père Jean-Luc nous l'a confirmé.

— À quelle heure s'est-elle terminée ?

— Aux alentours de dix-neuf heures trente. Vu la proximité, il aurait dû être à la maison en moins de dix minutes.

Court. Très court. Comment s'y était pris l'assassin ? Le nid familial était trop proche. Malgré le froid, la nuit, il n'y avait aucune raison pour que l'adolescent grimpe dans une voiture inconnue.

À moins que...

Une idée venait de jaillir. Presque une évidence.

Pierre connaissait le boucher.

Il l'attendait, posté en embuscade au coin d'une rue. Il avait surgi au bon moment, simulant la surprise, et lui avait proposé de le déposer chez lui. Le garçon ne s'était pas méfié...

Le profileur poussa son raisonnement. Lucie avait-elle été piégée de la même façon ? Parce qu'elle aussi se sentait en confiance ? Après ses galipettes avec Galthier, elle avait regagné son studio. Très certainement sur les rotules. François n'avait pour l'instant trouvé aucune raison valable justifiant qu'elle ressorte en pleine nuit, surtout un dimanche.

À présent, il en voyait une. Quelqu'un l'avait appelée. Quelqu'un voulait la voir. Tout de suite. Une personne suffisamment familière pour qu'elle ne puisse pas refuser. Si on suivait cette logique, il se pouvait très bien que ce soit leur homme.

— Vous avez d'autres questions ?

— Pardon ?

Absorbé par ses réflexions, Marchand avait oublié où il était. Le père de Pierre s'était servi un nouveau verre et le fixait avec un air de bête blessée. Dos raide et bras croisés dans une posture d'attente, Julia était trop mal à l'aise pour intervenir.

— Il faut que je m'occupe de mon épouse, se justifia Jacquet. Tout ça est tellement...

— Naturellement, répondit le profileur.

En se levant, il demanda encore :

— Une dernière chose...

— Oui ?

— Pierre avait-il un téléphone portable ?

— Non. Nous n'en avons jamais vu l'utilité.

François hocha la tête.

— Excusez-nous encore.

Il aurait voulu trouver autre chose. Rien ne venait. Face à l'inconcevable, quels mots pouvaient avoir un sens ?

Avant de partir, il obtint quand même une photo de la victime. Un portrait pris au lycée, au cas où. Il le mit dans sa poche rapidement, incapable d'affronter ce visage qui souriait à l'objectif.

Julia le précéda dans l'ascenseur. Pendant toute la descente, elle garda le silence. Cette fois, il ne s'agissait pas d'eux. Elle faisait l'expérience de l'horreur, de l'impuissance, d'une souffrance dont elle n'avait pas mesuré jusqu'ici l'étendue.

Une flamme s'était éteinte.

Toute une famille était plongée dans le néant.

Quelle que soit la suite, rien n'effacerait ce drame.

# 22

— Le Seigneur soit avec vous.

« Et avec votre esprit. »

— Que Dieu tout-puissant vous bénisse. Le Père, le Fils et le Saint-Esprit.

« Amen. »

— Allez dans la paix du Christ.

« Nous rendons grâces à Dieu. »

Les notes du *Stabat Mater* de Haydn emplirent l'église. Une musique grandiose, sacrée. La musique de Dieu. Elle provenait d'un orgue dont les canaux démesurés couvraient tout un pan de mur, à la façon d'une flûte de Pan géante.

François attendit. Agenouillé devant l'autel, le père Jean-Luc communiquait avec les anges. Il avait été proche de Pierre, forcément. Il éclairerait les policiers mieux que personne.

En quittant le domicile de la victime, le commissaire avait exposé son hypothèse à Julia. Le jour du crime, l'adolescent s'était rendu à l'église. Le meurtrier le savait puisqu'il l'attendait à la sortie de sa réunion. Pierre n'ayant d'autres activités que religieuses, il fallait donc envisager que le tueur fasse partie de ce cercle.

François observa la jeune femme. Tête baissée, yeux clos, elle paraissait prier. Il ignorait à qui elle s'adressait, mais il la trouvait touchante. Son visage laissait transparaître une émotion sincère, comme habité par une lumière divine. Elle lui fit penser à Jeanne d'Arc. Ou plus précisément à Milla Jovovich, la comédienne qui avait incarné le personnage dans le film de Luc Besson. À cet instant, il y avait chez Julia la même beauté, la même force, la même pureté.

Les yeux du flic dérivèrent sur les quelques personnes qui se recueillaient autour d'eux. Des gens âgés pour la plupart, probablement abonnés à la messe quotidienne. Ils écoutaient les voix célestes avec ferveur, rassemblées dans une communion marquant la fin de l'eucharistie.

Pour sa part, et bien qu'il fût baptisé, les bondieuseries laissaient François de marbre. Il ne croyait qu'en l'homme, en sa capacité à devenir plus libre par un travail approfondi sur sa psyché. Depuis ses premières séances d'analyse, le « Connais-toi toi-même » de Socrate lui tenait lieu de fil rouge. Personne ne ferait le boulot à sa place. Ni Dieu, ni le diable. Il ne servait à rien de se réfugier dans la main d'une entité surnaturelle pour essayer de dépasser sa condition. Seules la sagesse, l'acceptation, et une certaine forme d'honnêteté, pouvaient sauver l'homme de lui-même. Le faire progresser. François était bien placé pour le savoir...

Il était entré dans la police pour se guérir d'un sentiment de culpabilité. Pour réparer sa faute. Celle tout au moins qu'il croyait avoir commise. Il se sentait responsable de la mort de Diane. Mais plus le temps passait, plus il réalisait qu'il s'était peut-être trompé. Il n'y avait pas de rédemption sur cette route, pas de pardon. Seulement l'horreur. Pour le comprendre, il avait dû s'y plonger. Faire ce chemin que lui seul pouvait faire. Celui d'un deuil qu'aucun Dieu n'aurait pu lui épargner.

La musique s'arrêta, le ramenant au concret. Les fidèles se retiraient sur la pointe des pieds pendant que le prêtre enlevait ses ornements. Un regard vers Julia lui confirma qu'elle était de nouveau avec lui.

Ils rejoignirent l'allée centrale et marchèrent vers l'autel. Leurs pas résonnaient sur le carrelage, ajoutant encore à l'ambiance compassée de ce lieu hors du temps. Perchées dans des niches, des statues de plâtre les observaient d'un œil mort. Très loin au-dessus de leurs têtes, des fresques bibliques tendaient un plafond de couleurs.

— Père Jean-Luc ?

L'ecclésiastique se retourna. Il avait la trentaine, des cheveux courts, noirs, plantés très bas sur un visage aux angles vifs. Une lueur extatique brillait dans ses yeux pâles, dérangeante de bonté.

— Que puis-je pour vous ?

Marchand présenta sa carte.

— Nous souhaiterions vous parler.

— C'est au sujet de Pierre, n'est-ce pas ?

— Oui.

Il ferma les paupières. Toute la douleur du monde semblait s'être abattue sur lui. Lorsqu'il les rouvrit, François eut l'impression de croiser le regard d'un martyr.

— Venez avec moi.

Ils traversèrent le chœur jusqu'à une petite porte dissimulée par un rideau de velours pourpre. Le père Jean-Luc les fit entrer dans une pièce minuscule, aveugle, qui ressemblait à une sorte de débarras. Des calices s'alignaient sur une table, à côté d'écharpes sacerdotales et de sacs en plastique bourrés d'hosties. Il ouvrit un placard, retira sa chasuble et la posa sur un cintre. François fut surpris de constater qu'il était vêtu d'un jean noir, d'une chemise blanche et d'un pull gris. Il s'attendait sans doute à une soutane, comme à l'époque où sa mère l'avait inscrit chez les scouts.

Sans prononcer un mot, le prêtre ouvrit une autre porte. Elle donnait sur un jardin au fond duquel s'élevait une maisonnette. D'un pas alerte, il entraîna les policiers vers ce qui devait être le presbytère.

La demeure du curé était simple. Pour ce que François en vit en tout cas. L'Église avait des comptes planqués en Suisse, mais ses soldats vivaient à la dure. L'ecclésiastique les fit entrer dans une pièce claire, meublée de quelques chaises et d'un bureau. Des affiches punaisées sur les murs servaient de décoration : groupes de prière, associations catholiques, campagnes de dons, pèlerinages...

Le père Jean-Luc s'assit dans son fauteuil. Un crucifix le surplombait, sculpté dans un bois rouge.

— Excusez-moi, mais... Je n'ai pas l'habitude. Comment va se dérouler l'interrogatoire ?

Ce fut Julia qui expliqua.

— Il ne s'agit pas d'un interrogatoire, mon père.

— Ah...

— Nous recueillons votre témoignage, rien de plus.

— Très bien...

Elle esquissa un sourire rassurant. François eut le sentiment qu'elle y mettait aussi de la déférence.

Il embraya :

— Pierre est venu ici lundi, pour assister à une réunion des MJC. Il a sans doute été enlevé après, sur le trajet de son domicile.

— Peut-être, oui...

— Il habite à dix minutes de votre église. Ce qui, hormis un rapt aveugle auquel je ne crois pas, implique que quelqu'un l'attendait.

— Je... Je ne vois pas où vous voulez en venir.

— C'est très simple. Qui, à part ses parents, pouvait savoir qu'il sortirait du presbytère aux alentours de dix-neuf heures trente ?

Le père Jean-Luc prit un air grave.

— Vous pensez que le meurtrier a un lien avec notre paroisse ?

— Ce n'est pas exclu.

— Vous vous rendez compte de ce que vous dites, mon fils ?

— Oui. Et croyez-moi, j'en suis navré.

Le prêtre joignit les mains et murmura une courte phrase, comme s'il priait. Quand il leva la tête, il avait pris un regard de fanatique.

— C'est impossible.

— Je dois quand même...

— Vous faites fausse route, je vous dis.

La situation échappait à François. Le curé ne pouvait pas envisager un tel scénario. Dans le jargon analytique, on appelait ça un déni. L'esprit se bloquait, refusant malgré lui de regarder la vérité en face.

Julia avait capté le malaise. Elle monta au créneau.

— Mon père... Je crois en Dieu. Je ne peux pas imaginer qu'un homme qui partage ma foi puisse tuer son prochain. Mais un adolescent a été assassiné. C'est un fait et je n'y peux rien. Comme je ne peux rien non plus au fait que le meurtrier connaissait son emploi du temps. Alors je vous en prie. Aidez-nous.

Elle avait parlé d'une voix habitée. L'impression de Marchand, quand elle se recueillait dans l'église, se confirmait. Elle allait dans le sens de son association sur Jeanne d'Arc. Julia était croyante. Pratiquante, probablement. Sa retenue chez le père de la victime signait une compassion profonde. Sa déférence à l'égard du prêtre démontrait un respect évident pour le sacré.

Le père Jean-Luc la jaugea. Progressivement, ses traits se détendirent. Enfin, il se mit à parler.

— Vous avez raison, ma fille. Le Malin est ingénieux. Il peut aussi forcer les portes de la maison de Dieu. Si tel était le cas, je demanderais au Seigneur de prier pour cette brebis égarée.

— Merci, mon père.

— Ne me remerciez pas encore. Je ne suis malheureusement pas certain de pouvoir vous être d'une grande utilité.

— Nous verrons bien...

Le prêtre s'adossa à son siège. Ses yeux fixes accrochèrent le commissaire une seconde puis revinrent sur Julia.

— La section MJC de notre paroisse est très active. Elle compte une vingtaine de jeunes entre quinze et vingt-cinq ans, tous très motivés. Ils organisent diverses activités ayant pour but la sanctification personnelle par une certaine forme d'apostolat. Deux fois par semaine, les lundi et jeudi, se tient une réunion de formation. J'imagine que c'est ce qui vous intéresse ?

— En effet.

— L'objet de ces réunions est de mener à bien une réflexion sur les principes fondamentaux de l'Église catholique. La foi, la liturgie, les sacrements passent bien sûr en priorité. Mais nous favorisons également des thèmes qui concernent de plus près nos enfants, comme l'euthanasie, l'avortement ou la contraception. Nous sommes aidés en cela par des parents chrétiens qui prennent sur leur temps libre pour animer les débats.

— Ce n'est pas vous qui...

— Je supervise seulement. La tâche qui m'incombe est lourde. Je ne peux pas être partout.

— Donc, vous n'étiez pas là lundi ?

— Non.

Julia se tourna vers François. D'un signe de tête, il l'encouragea à poursuivre.

— Qui conduisait le groupe ? reprit-elle.

— Je ne sais pas. Il faudrait consulter le planning auprès de mon secrétariat.

— Les réunions sont planifiées ?

— Le programme est distribué en début d'année. Chaque famille en reçoit un exemplaire.

Intéressant. Cette vision à long terme avait pu permettre au boucher de s'organiser.

— Combien de parents sont impliqués dans cette démarche ? continua Julia.

— Une dizaine de couples. Je les connais tous personnellement. Ils sont irréprochables.

François songea : répression égale perversion. L'abus de bons sentiments conduit parfois au pétage de plombs. Il vola la parole à sa collègue.

— Vous avez leurs coordonnées ?

Le père Jean-Luc lui décocha un regard noir. Il avait dû comprendre que le commissaire était un mécréant.

— Elles sont sur le planning.

Fin de la transmission. L'échange fonctionnait mieux quand Julia le conduisait. Elle dut le sentir et reprit les rênes.

— Vous pourriez peut-être nous le donner ?

Le curé lui sourit, quitta son siège et disparut derrière une porte. Après quelques minutes, il revint avec un petit livret bleu ciel, un assemblage de photocopies pliées en deux et retenues par des agrafes.

— Vous avez de la chance. La secrétaire n'est là que le matin, mais c'est une ayatollah du rangement.

Julia prit le document.

— Merci, mon père.

— Vous avez besoin d'autre chose ?

Ce fut François qui répondit.

— On va se contenter de ça. Pour le moment...

# 23

Dix familles.

Des gens au-dessus de tout soupçon, vivant jour et nuit dans la lumière du Christ.

La crème de l'Église, son fer de lance.

François avait appris avec le temps à ne pas faire confiance aux apparences. Les exemples de curés pédophiles ou de pompiers pyromanes ne manquaient pas. C'était même un classique. Certains engagements n'étaient en réalité qu'une tentative désespérée pour contrôler la Bête.

Mais la pulsion gagnait toujours. Peu importaient les stratagèmes.

Dix familles.

Par où commencer ?

Il avait d'abord évacué le couple qui avait animé la dernière réunion. Trop évident. Trop repérable. Puis, à force de relire le planning, il avait fini par dégager un angle : les thèmes des séances. Chacun était résumé d'une phrase qui aurait déprimé n'importe quel étudiant de philo : « Le véritable sens de Pâques » ; « Dieu existe, ou invention des hommes ? » ; « Les bases de la morale chrétienne » ; « L'âme »...

Un sujet, plus particulièrement, avait retenu son attention : « La Résurrection, continuité ou rupture ? » Du point de vue de l'Église, la Résurrection était une mutation, un processus au terme duquel l'enveloppe terrestre corruptible cédait la place à une âme purifiée. N'était-ce pas ce que cherchait le tueur ? Abandonner le corps qui le tourmentait pour renaître à sa véritable nature ?

Le débat était proposé par Guy et Armelle Boiron, demeurant place Victor-Hugo. Un coup d'œil sur le GPS avait indiqué au profileur que l'adresse était proche. Probablement comme toutes celles des parents qui venaient prêter main-forte au père Jean-Luc.

Avant d'y aller, François avait demandé à Julia d'appeler. Par chance on était mercredi. Le jour des enfants. Monsieur et madame s'en occupaient à leur domicile, les policiers auraient une vue d'ensemble.

L'appartement était un rez-de-jardin. Vaste, moderne, illuminé par de grandes baies vitrées. Il y régnait une sorte de paix tranquille, comme un avant-goût des Cieux éternels.

La maîtresse de maison avait ouvert elle-même. Une belle femme au physique éthéré, la quarantaine, dont la blondeur naturelle s'accordait parfaitement à la pâleur de ses iris. Elle portait la tenue de travail des mères au foyer catholiques : chemisier blanc à collerette, collier de perles et pantalon de flanelle grise. Impeccable, en toutes circonstances. Dans ses bras, un bambin aux allures d'angelot qui braillait à s'en arracher les cordes vocales.

Elle cria presque, pour couvrir le bruit :

— Entrez ! Mon mari est au salon.

Sans lâcher son marmot, elle tourna les talons. En passant devant la cuisine, François aperçut cinq ou six autres têtes blondes, sagement attablées devant un paquet de BN.

— Vous tombez mal. C'est l'heure du goûter.

Le ton contrastait avec la fragilité apparente du personnage. Autoritaire, directif. La gestion d'une portée si nombreuse devait sans doute imposer cette fermeté.

Assis dans un canapé d'angle, un homme était plongé dans un ouvrage des éditions de la Pléiade. Malgré l'ambiance survoltée de la maison, il semblait paisible, concentré.

Il se leva pour accueillir les visiteurs. Grand, dégingandé, à peu près le même âge que sa femme si on se fiait aux rides et au gris des cheveux. Pourtant, l'allure générale différait. Un pull sans manches sur une chemise à carreaux, un jean informe, des baskets. Il affichait ce genre de physique dérangeant, impossible à dater, de ces adolescents qui vieillissent sans devenir des hommes.

— Guy Boiron.

Poignée de main molle. Contact hérissant, d'autant que Marchand gardait en tête qu'il pouvait bien s'agir de l'assassin. Le commissaire s'installa à côté de Julia, avec la sensation très nette de faire bloc avec elle. Face à eux, le couple Boiron. Elle, énergique, limite agitée. Lui, effacé.

Pendant que madame enfournait la tétine dans le gosier avide, François détailla rapidement la pièce. Une table basse où traînaient des jeux de société, une bibliothèque surchargée, un piano à queue. Pas de télévision. Il imagina les longues soirées d'hiver, pendant lesquelles la famille réunie s'élevait autant l'esprit que l'âme. Il pariait aussi que les chérubins devaient donner un petit concert privé à l'occasion de Noël.

— C'est abominable ce qui s'est passé. Vous avez une piste ?

Armelle Boiron était partie sur les chapeaux de roues. Accroché au biberon, le bébé avait trouvé sa vitesse de croisière.

— Pas pour l'instant, répondit Julia.

Ils étaient convenus qu'elle conduirait l'audition.

Dans cet environnement très spécifique, François la sentait mieux armée que lui.

— Nous avons constaté que votre nom, ainsi que celui de votre époux, figurait sur le planning de débat des MJC.

— C'est exact. Nous avons animé une réunion au mois d'octobre.

— Je crois que le thème tournait autour de la Résurrection. C'est bien ça ?

— Tout à fait.

— Qui a choisi ce thème ?

Elle se tourna vers son mari.

— C'est toi ou c'est moi ?

Pour la première fois, il desserra les lèvres.

— Moi, je pense.

Julia pivota légèrement pour s'adresser à lui.

— Pourquoi la Résurrection ?

— C'est un pilier de notre foi. L'acte décisif qui révèle le mystère de la Sainte Trinité.

— Et nous permet d'accéder au Salut éternel, compléta Julia.

Il parut surpris de la réponse.

— Vous êtes catholique ?

— Oui.

— Pratiquante ?

— J'essaie.

Il opina d'un air satisfait. On était entre gens de bonne compagnie. Julia en profita pour l'attirer doucement vers l'enquête.

— Au-delà du dogme, en quoi pensiez-vous que ce sujet pouvait intéresser des adolescents ?

François ne lâchait pas Boiron des yeux, à l'affût du moindre battement de cils. Ce fut sa femme qui répondit à sa place :

— Je ne comprends pas le sens de vos questions, mademoiselle. Vous n'étiez pas venue nous parler du jeune Pierre ?

— C'est ce que je fais.

— Vraiment ? Je n'en avais pas l'impression.

Le ton était devenu défiant. Julia ne releva pas et s'adressa de nouveau au mari.

— Alors ?

Il prit son temps avant de livrer son interprétation

— La Résurrection ne caractérise pas seulement l'œuvre de foi. C'est également un symbole qui a été utilisé dans de nombreuses croyances. Pensez au mythe du phénix, par exemple. L'oiseau qui renaît de ses cendres. Pour des jeunes, c'est une image forte qui doit leur faire comprendre que la vie est une succession de deuils. Nous mourons chaque jour à nous-mêmes, pour renaître différents et, il faut tout au moins le souhaiter, meilleurs.

Les mots, l'angle, François ne put s'empêcher d'intervenir.

— Pardonnez-moi, mais quelle est votre profession ?

— Je suis psychanalyste. Pourquoi ?

— Pour rien. Je vous en prie, continuez.

Il entama une exégèse sur le travail de deuil, la symbolique de la mort. Marchand n'écoutait plus. Depuis son changement de cap, c'était la première fois qu'il se retrouvait en face d'un confrère. Cette proximité ravivait des souvenirs enfouis, des sensations qu'il croyait remisées pour toujours dans les archives de sa mémoire. Les débats, les colloques, les échanges de points de vue sur des cas difficiles : sa liturgie à lui, celle dans laquelle il avait si longtemps communié avec ses pairs.

— Que pensez-vous de la réincarnation ?

Mine de rien, Julia suivait son chemin. Elle se rapprochait du but. François reprit le train en marche, curieux de cette nouvelle approche.

— C'est très différent, expliqua Boiron. La réincarnation implique une succession d'enveloppes charnelles, à l'intérieur desquelles retourne l'âme.

La Résurrection est celle de la chair. Il n'y a qu'un corps dans ce cas, un seul, et il vit à jamais.

Le profileur opina. En associant le rituel du tueur à celui d'une renaissance biblique, il avait commis un contresens. Le cheminement n'avait rien de christique. Il s'agissait plutôt d'une approche païenne, où les références à la terre prenaient maintenant tout leur sens. L'homme voulait changer de peau, se débarrasser d'une enveloppe inadaptée. Surtout pas y rester enfermé pour l'éternité.

François regarda Boiron. Ce psy croyait en Dieu, pas en la métempsycose. Ses certitudes l'innocentaient. Il fallait changer d'approche.

— Quelle était la nature de vos relations avec Pierre Jacquet ? demanda-t-il.

— Je ne l'ai vu qu'une fois. À l'occasion de cette réunion.

— Qu'en avez-vous pensé ?

— Un garçon intelligent. Croyant. Mais perturbé.

— Perturbé ?

— Je n'ai pas eu le temps de pousser très loin mon analyse. Et ce n'était pas le lieu. J'ai seulement senti qu'il dissimulait quelque chose.

L'ouverture était trop belle.

— Vous êtes psychanalyste. Je suis certain que vous pouvez être plus précis.

Boiron prit un air grave. Marchand faisait appel à son expérience de praticien. À cette capacité de poser un diagnostic dans les premières minutes d'un entretien. Il savait qu'il réagirait.

— C'est délicat. Je n'ai pas assez de recul.

— Votre impression me suffira.

— Il m'a semblé que Pierre souffrait du syndrome de « l'enfant sage ». Jamais un mot plus haut que l'autre, toujours d'accord avec les adultes, toujours parfait.

Le profileur connaissait, mais le laissa continuer.

— Ce genre de personnalité se construit en réaction à une image de soi dévalorisée. Le sujet ne se pense pas à la hauteur et met tout en œuvre pour que l'Autre, en l'occurrence ses parents ou tout ce qui est investi d'une quelconque forme d'autorité, le reconnaisse comme bon. Il en tire des bénéfices immédiats, en termes de réassurance, mais il le fait souvent au prix de sa santé psychique. En d'autres termes, à force de prendre sur lui en permanence, il se fragilise.

— Concrètement, qu'est-ce que ça aurait pu induire chez Pierre ?

— Là, vous m'en demandez trop. J'ai seulement noté deux ou trois réactions décalées pendant notre discussion. Une exaspération contenue, des absences. Mais il était sous contrôle.

— Vous envisagez une forme de dépression latente ?

Boiron lui lança un regard pénétrant. François en connaissait trop la charge pour ne pas savoir qu'il s'interrogeait sur lui.

— C'est le diagnostic qui en découle le plus souvent. Si cette personnalité tronquée ne trouve pas un moyen de se rétablir, la maladie fait son apparition.

— Donc repli sur soi, angoisses, inhibitions...

Cette fois, le psychanalyste eut un sourire entendu. Les déductions du profileur lui confirmaient qu'il était bien de la partie.

— Entre autres... Mais Pierre n'en était pas encore là.

Un silence ponctua ses paroles. De ceux que François avait mille fois éprouvés dans la bulle de son cabinet. Le sas indispensable pour ouvrir la porte aux associations mentales. Malgré lui, une théorie monta à l'assaut de son esprit.

Pierre. Lucie. Deux ados en souffrance. Deux personnalités à la recherche d'elles-mêmes. Le fils modèle était sans doute plus mal que ce que l'imaginait Boiron. Les parties de jambes en l'air de la jeune fille étaient une réaction contre son père et attestaient de son déséquilibre. Un point commun inattendu, une fragilité que le tueur avait captée. François imaginait soudain un thérapeute malsain, un gourou dont les victimes auraient croisé la route. Personne, à part elles, n'était au courant d'une telle relation. Elle leur appartenait en propre, comme la seule perle de vérité dans une existence de faussaire.

Un hurlement le ramena dans le salon. Bébé avait lâché sa tétine et le faisait savoir. François en profita pour se lever.

— Merci, docteur. Nous vous contacterons en cas de besoin.

— Mais de rien. J'espère seulement que vous arrêterez le meurtrier.

Poignée de main. Ébauche de sourire. Il raccompagna les enquêteurs jusqu'à l'entrée pendant que son épouse calmait le bambin. Avant de les laisser partir, il ajouta à l'intention du commissaire :

— Dans la théorie freudienne, les limitations fonctionnelles du Moi ont pour seul but d'éviter un conflit avec le Ça.

— Que voulez-vous dire ?

— Vous le savez très bien. Si vous cherchez à mieux connaître Pierre, interrogez-vous sur son inconscient. Ce n'est pas à vous que je vais l'apprendre.

# 24

La souffrance.

Tel était le nouveau point commun qui reliait les victimes.

François fit part de cette conclusion à Julia. En préambule, il lui exposa les raisons pour lesquelles Lucie se prostituait avec des hommes mûrs. D'après son copain Maxime, il s'agissait d'un complexe d'Œdipe mal réglé. Rien à voir avec des besoins d'argent comme l'avait prétendu Stephen.

La jeune femme fit un peu la grimace. Elle aurait apprécié de connaître cet élément plus tôt. Mais si le profileur ne s'était pas étendu sur ce point, c'est qu'il lui semblait alors secondaire. Depuis les révélations du docteur Boiron, il prenait une tout autre importance.

Pierre était dans le même cas que Lucie. Ils partageaient – pour des raisons différentes – le même mal-être. Le jeune homme buvait, mangeait, respirait catho. Sa vie s'apparentait à un sacerdoce, une existence réglée au millimètre et bénie par le Seigneur.

Pourtant, à en croire le psychiatre, ce système prenait l'eau. À force de suivre des voies tracées par d'autres, l'adolescent se déglinguait. Pour tenir le coup, François était convaincu que Pierre avait dû lâcher un peu de lest.

Tout comme Lucie.

La question, à présent, était : comment ? Et avec qui ?

Là se cachait probablement la porte d'entrée qui conduirait à l'assassin.

Julia approuva la thèse. Mais où frapper ? Personne, dans l'entourage officiel du jeune homme, n'était en mesure de lui apporter la dose de liberté dont il avait sûrement besoin. Ce circuit fermé l'étouffait, plus sûrement qu'un boa enroulant ses anneaux sur sa proie.

Il fallait chercher ailleurs. Un monde parallèle, une bouffée d'air pur, hors de portée du contrôle parental et du regard de Dieu.

Pour démarrer, François avait déjà sa petite idée.

Le lycée Saint-Joseph n'était qu'à un quart d'heure de marche, en bas du boulevard Gambetta. Les policiers s'y rendirent à pied. Ce nid de curés semblait être le seul endroit où l'on pouvait tirer un fil. Un copain de classe, moins endoctriné que les autres, ou bien un bar, fréquenté par les adolescents... Autant d'occasions à la portée de Pierre qu'il aurait pu exploiter en secret.

Le commissaire s'arrêta devant un grand portail vert d'eau. Sur sa droite, une petite porte en bois agrémentée d'un Hygiaphone. Il sonna. Une voix répondit presque aussitôt :

— Oui ?

— Police.

Un claquement. Ils pénétrèrent dans une guérite améliorée, composée d'une salle d'attente et d'un bureau minuscule qu'on devinait derrière une vitre en verre. Peinture bleu pâle, plante verte et banc de chêne. Un crucifix accroché au mur donnait le ton.

— Que se passe-t-il ?

Un homme les attendait. Une tige plutôt, longue et fine, flottant dans un costume défraîchi. Sa peau jaunâtre révélait le fumeur au long cours.

François se renseigna :

— Vous êtes le gardien ?

— Oui.

— Nous enquêtons sur le meurtre de Pierre Jacquet.

Mine contrite.

— Bien sûr... C'est terrible.

— Quelqu'un pourrait nous recevoir ?

— C'est que... Il est dix-huit heures. Les cours sont terminés.

— Il doit bien y avoir un responsable, non ?

— Le père Charles. C'est le préfet des études. Mais je crois qu'il est déjà parti.

— Alors trouvez-en un autre.

Le gardien acquiesça, servile, et fila dans son trou. Pendant qu'il passait des appels, Marchand prit conscience d'avoir été un peu dur. Son ton reflétait la tension qu'il subissait depuis quarante-huit heures.

Discrètement, il glissa sa main dans la poche intérieure de sa veste. La bonbonnière était là, chargée à bloc de Xanax. Son contact le détendit un peu. Autant se l'avouer, cette enquête remuait des peurs toujours présentes. Parce que les victimes étaient des adolescents. Parce que sa fille avait le même âge. Malgré lui, il ne pouvait éviter de faire l'association, de projeter sur elle toutes ces horreurs. Il avait déjà perdu Diane. Il ne lui restait qu'elle.

Le concierge réapparut.

— Le père Édouard va vous recevoir.

— Qui est le père Édouard ?

— Le surveillant général. Si vous voulez bien me suivre...

Ils traversèrent une cour déserte où des platanes déplumés semblaient monter la garde. Des corps de bâtiments l'entouraient, présence massive plongée dans la pénombre.

Ils accédèrent à l'un d'entre eux par une volée de marches. Plafond de six mètres, arcades de pierre, murs nus, à l'exception d'une immense croix de bois placée à mi-hauteur. L'édifice exprimait par son architecture l'idée d'un Dieu tout-puissant, une force devant laquelle il n'y avait d'autre choix que de se soumettre.

Large escalier, enroulé sur lui-même autour d'un puits profond. Pas d'ascenseur. Au quatrième étage, un long couloir percé de portes. La cinquième était la bonne. Le gardien frappa trois coups discrets et tourna les talons.

— Entrez !

La voix, fluette, possédait pourtant une autorité indéniable. Elle s'accordait à la perfection avec l'homme que François découvrit en pénétrant dans le bureau. Menu, sec, amidonné dans une soutane étroite. Pas plus de trente-cinq ans, mais d'une certaine façon intemporel. Comme la discipline qu'il incarnait. Debout au milieu de la pièce, il semblait les attendre.

— Vous êtes de la police ?

— Commissaire François Marchand, de l'OCRVP. Et lieutenant Julia Drouot, de la PJ de...

— Je peux vous demander votre carte ?

L'entrée en matière avait de quoi refroidir. Julia déféra à la demande sans renâcler. Le commissaire fit semblant de trouver ça normal.

Le curé passa les documents officiels à la loupe. Comme il devait sans doute le faire quand il voulait coincer un élève. Puis il leva les yeux.

— Que voulez-vous ?

Le ton plaisait de moins en moins au profileur. Déjà à cran, il prit sur lui pour rester poli.

— Vous connaissiez Pierre Jacquet ?

— Naturellement.

— Vous êtes au courant de ce qui s'est passé ?

— Qui ne l'est pas ?

Les réponses étaient neutres, chargées d'une pointe d'impatience. Marchand n'y releva aucune trace de compassion.

— Nous essayons de mieux cerner son caractère. Nous nous sommes dit que...

— Vous pensez sans doute qu'il n'a pas été tué par hasard ?

— Je crois que...

— Et vous vous dites qu'il y a peut-être un lien avec notre établissement ?

On y était. La défiance, les phrases fielleuses, les questions en forme d'affirmation. Le prêtre ne voyait pas la venue de deux flics d'un bon œil. L'enquête pouvait jeter le discrédit sur son lycée, l'entraîner dans une spirale infernale. François aurait pu le rassurer, mais il n'en avait pas envie.

— Écoutez-moi bien, mon père. Nous opérons dans le cadre d'une enquête criminelle et c'est nous qui posons les questions. Alors soit vous jouez le jeu, soit je vous entends au commissariat.

L'ecclésiastique se raidit. D'habitude, c'était lui qui donnait les coups de règle. Il réagit de façon sanguine.

— Vous cherchez à m'intimider ?

— Prenez-le comme vous voulez.

Un court silence, chargé de calculs. Puis le père Édouard siffla avec assurance :

— Je ne crois pas que vous soyez en position d'exiger quoi que ce soit, commissaire Marchand. Vous êtes ici dans une propriété privée et que je sache, vous n'avez aucun mandat. Comme nous sommes dans le cadre d'une enquête de flagrance, vous avez donc deux options : soit vous me suspectez d'avoir assassiné le jeune Pierre Jacquet et vous me placez en garde à vue, soit vous quittez les lieux immédiatement.

François n'en revenait pas. Ce renard avait dû faire des études de droit ou potasser des manuels de procédure pendant le séminaire.

Une soudaine envie de lui passer les bracelets titilla le commissaire. Julia dut le sentir et s'interposa.

— Votre lycée n'est pas en cause, mon père. Nous cherchons seulement à savoir qui était Pierre. Votre audition ne sera pas consignée sur un procès-verbal et tout ceci restera entre nous.

Le surveillant général la toisa. Il paraissait seulement s'apercevoir de sa présence. Elle lui lança un regard doux et ajouta :

— Faites-moi confiance. Ce que vous souhaitez par-dessus tout, c'est éviter la publicité. Je vous jure qu'il n'y en aura pas.

L'ecclésiastique eut un sourire aigre. Ses mains disparurent dans les manches de sa soutane, comme s'il se repliait sur lui-même.

— Ne jurez pas, ma fille. De toute façon, le mal est fait. Le concierge vous a vus et il doit déjà s'interroger.

— Ne vous inquiétez pas. Je lui parlerai. Maintenant je vous le demande : répondez à nos questions et nous disparaissons.

Il baissa la tête, comme s'il demandait conseil à Dieu lui-même. Puis il chuchota presque :

— Que voulez-vous savoir ?

Julia lança un rapide coup d'œil à François. D'un battement de cils, il lui donna son feu vert.

— Pierre avait de bons résultats, n'est-ce pas ?

— Excellents.

— Et sa foi était grande.

— Immense.

— Un élève idéal, quoi ?

Le père Édouard la fixa.

— Que cherchez-vous à démontrer ?

— Je ne crois pas en l'homme parfait. Chacun a sa part d'ombre.

— Le Seigneur nous aide à la combattre.

— À votre avis, quelle était celle de Pierre ?

— Je l'ignore.

— Réfléchissez. Pensez à un détail qui aurait pu vous mettre sur la voie. Des petits problèmes de discipline ? Des absences injustifiées ? Ou de mauvaises fréquentations ?

— Rien de tout ça. Au contraire. Non seulement Jacquet était irréprochable, mais en plus il s'occupait des autres.

Marchand rebondit aussitôt.

— Vous pouvez préciser ?

— Nous avons un système de soutien à l'intérieur de chaque classe. Les forts prennent les faibles en charge. Jacquet aidait un autre élève pour les cours de russe. Et il n'avait pas hérité du plus facile.

— Qu'entendez-vous par là ?

— Rémi Cazenove. Feignant, arrogant, incontrôlable et mal élevé. Une plaie. Si ça ne tenait qu'à moi, il aurait été viré depuis longtemps. Mais ses parents le protègent. Et vu le montant de leurs dons, le conseil d'administration ne peut rien leur refuser.

Un cancre. Une occasion inespérée de relâcher la pression. Pierre n'avait même pas eu besoin d'aller la chercher. On la lui avait apportée sur un plateau.

— Vous avez son adresse ?

— Pourquoi ? Vous pensez que ce petit con aurait pu s'en prendre à Jacquet ?

— Je ne...

— Vous faite fausse route. Il faut du cran pour tuer son prochain. Cazenove n'en a pas.

François soupira, essayant de garder son calme.

— L'adresse, mon père.

— Vous perdez votre temps. Il ne sera pas chez lui.

— Non ?

L'ecclésiastique regarda sa montre.

— Il est dix-neuf heures quinze. Vous aurez toutes les chances de le coincer au bar.

— Quel bar ?

— Le Balto. Rue Dode.

— On y va comment ?

— Deuxième à gauche, en descendant le boulevard Gambetta. Vous trouverez l'endroit facilement. Il est assez... typique.

# 25

La devanture était pourrie.

Des vitres sales, une porte en verre étroite, constellée d'autocollants, une enseigne vert et blanc dégueulant une lumière au néon. De l'extérieur, le bar évoquait un PMU de quartier. Mais de quartier populaire. Même planqué au fin fond d'une ruelle, il jurait dans cet environnement bourgeois.

En y entrant, François s'attendait à trouver l'habituel ramassis de poivrots qu'attire ce genre d'endroit. Au lieu de ça, il tomba sur une clientèle jeune, plutôt bien mise, qui discutait autour de tables en bois posées sur un sol de sciure. La moyenne d'âge tournait autour de la vingtaine. Pas de cigarettes – on respectait l'interdiction – mais tout le monde carburait à la bière. Couvrant le brouhaha des conversations, une sono invisible crachait de la musique sud-américaine.

Le commissaire fouilla la salle du regard. Le père Édouard avait donné une description succincte de l'ado : un grand brun baraqué, plutôt beau gosse, qui portait un blouson en cuir noir. En l'occurrence un Perfecto, avec un écusson sur le rabat gauche, représentant une tête de mort ailée.

François le vit tout de suite. Avachi sur une banquette en Skaï, une chope dans la main droite, il contait fleurette à une rouquine qui buvait ses paroles.

Les policiers se frayèrent un chemin jusqu'à lui. Marchand cria presque pour couvrir le vacarme :

— Rémi Cazenove ?

L'adolescent ne tourna même pas la tête. Il adressa un signe de main signifiant qu'il était occupé. Julia lui colla sa carte sous le nez.

— Dis ? On t'a pas appris à répondre aux grandes personnes ?

Il leva les yeux vers les flics, sans se presser, sans manifester la moindre inquiétude. Ses traits portaient encore des traces d'enfance mais son visage était celui d'un homme. Une ossature carrée, mal rasé, un nez droit. Le style Boss ou Armani. Avec en prime, un sourire provocateur...

— J'ai fait quelque chose ?

— On va t'expliquer, lui répondit Julia.

Elle s'adressa à sa copine :

— Tu nous laisses ?

La fille hocha la tête et décampa dans la seconde. François s'assit à sa place pendant que sa collègue s'installait face à Cazenove.

— Tu bois quoi, là ? demanda la jeune femme.

— Ça se voit pas ?

— T'as l'âge au moins ?

— Dix-huit ans et toutes mes dents. Vous voulez voir mes papiers ?

Julia croisa les bras sur sa poitrine et s'adossa à la chaise.

— T'es un comique, hein ?

L'autre ricana. Cette définition semblait lui plaire.

— Qu'est-ce que vous me voulez ?

— Te parler de Pierre Jacquet.

L'assurance du jeune homme s'écorna.

— Sale histoire.

— Tu l'as dit.

— En quoi ça me concerne ?

— On arrive du lycée. Le père Édouard nous a expliqué votre petit système d'entraide. Les bons qui s'occupent des nuls. Tu vois où je veux en venir ?

— Non.

— T'es vraiment bête ou tu le fais exprès ? Jacquet t'as fait bosser le russe. On voudrait que tu nous racontes un peu comment ça se passait.

Il haussa les épaules en avalant une gorgée de bière.

— On révisait ensemble pendant l'étude du soir.

— Tous les jours ?

— Presque.

— Et à part ça ?

— Ben rien.

— Tu le fréquentais pas en dehors ?

Sourire dédaigneux.

— On était pas vraiment branchés sur les mêmes plans.

— Et c'était quoi ses plans ?

— Genre religion à donf. Un vrai cul-bénit.

On faisait du surplace. Sortis de l'école, les deux adolescents n'avaient pas grand-chose en commun. Pourtant François était certain que le blouson doré avait dû fasciner le jeune catho. Il représentait cette part de liberté rebelle sur laquelle Pierre fantasmait en secret.

Il s'incrusta dans la conversation.

— Ici, t'es chez toi, hein ?

L'autre lui lança un regard narquois.

— On peut le dire.

— Et j'imagine que tu connais tout le monde.

— À peu près, ouais.

— Les filles sont plutôt pas mal. Elles viennent d'où ?

— De Charles-Péguy.

— Un lycée ?

— Le paradis.

— Pourquoi tu dis ça ?

— Parce que c'est mixte. À Saint-Jo, c'est la lose. Y a que des mecs.

— Jacquet aimait les filles ?

Un rire secoua le beau brun.

— Vous pensez qu'il était gay ?

— Réponds à ma question.

— Il était encore puceau. Mais il aurait bien aimé s'en taper une.

— Il t'en a parlé ?

— Ouais. Il m'a même supplié de l'amener ici.

— Et t'as fait quoi ?

— J'avais un peu la honte, mais bon... J'ai accepté. Une seule fois. Histoire qu'y me les casse plus.

Une petite brune surgit sans crier gare. Lookée de la tête aux pieds, maquillée à la truelle, empestant le parfum. Elle fit la bise à Rémi, du bout des joues, lança aux flics une œillade curieuse et disparut comme elle était venue.

Marchand reprit le fil.

— Donc, tu as fait venir Jacquet.

— Ouais...

— Comment ça s'est passé ?

— Franchement pas terrible. Je savais plus où me mettre.

— Je ne te demande pas ce qui t'est arrivé. C'est ton pote qui m'intéresse.

— Je vous ai dit que c'était pas mon pote.

— D'accord. Raconte quand même.

Rémi soupira en regardant autour de lui. La présence des policiers l'embarrassait.

— C'était un peu après la rentrée. On s'est d'abord envoyé une mousse ou deux. Il était plutôt nerveux. Faut dire que pour lui, ça devait pas être évident de se retrouver là.

— Tu lui as pas présenté tes copines ?

Cazenove prit un air amusé.

— J'ai attendu qu'il soit un peu pété. Puis j'l'ai branché sur Karine. Elle aime bien rendre service.

— Et après ?

— J'ai pas l'habitude de tenir la chandelle. Je les ai laissés se démerder.

— Qu'est-ce que ça a donné ?

— Vous avez qu'à lui demander, elle est là-bas.

Il désigna une fille accoudée en bout de comptoir. Cheveux noir corbeau, remontés en choucroute sur la tête, trait de crayon prolongeant les paupières, rouge à lèvres en quantité. Vulgaire à souhait, elle avait l'air de se prendre pour Amy Winehouse.

— OK. On va la voir et on revient. Toi, tu bouges pas.

La traversée fut plus pénible. La densité d'ados au mètre carré était montée en flèche. Les flics durent jouer des coudes pour atteindre l'objectif.

— Karine ?

Elle était seule, plongée dans la lecture du magazine *Voici*.

— Oui ?

— Police. On peut te dire un mot ?

— C'est une blague ?

Le patron avait repéré le manège. Il continua à nettoyer ses verres sans broncher. François s'approcha de Karine et lui parla à l'oreille :

— On peut sortir si tu veux. Ce sera plus discret.

Elle le dévisagea. Puis elle regarda Julia. Sa présence parut la rassurer.

— D'accord. De toute façon j'avais envie d'en fumer une.

Dehors, la pluie s'était mise à tomber. Des clous glacés qui perforaient la peau. Karine ouvrit un parapluie et alluma une cigarette.

— Alors ? On parle de quoi ?

Le commissaire attaqua sans détour.

— Pierre Jacquet.

— Qui ?

— Un blond. Coincé. Rémi Cazenove te l'a présenté le mois dernier.

Elle aspira une goulée de tabac et parla en recrachant la fumée.

— Ah oui... J'ai pas compris pourquoi Rémi me l'avait collé dans les pattes.

Elle n'avait pas l'air d'être au courant des événements. Il est vrai que dans *Voici*, on relatait peu de ce genre d'infos.

— Tu peux nous raconter ?

— Y a pas grand-chose à dire. J'avais l'impression de lui faire peur. Seul truc positif, il était galant. C'est suffisamment rare pour que ça se remarque.

La belle affaire. Ce n'était pas le genre d'infos qui ferait avancer les choses. François frissonna. La pluie lui coulait dans le cou. Julia dansait d'un pied sur l'autre en essayant de se réchauffer. Il fallait en finir.

— T'as couché avec lui ?

— Quoi ?

— Il paraît que tu aimes bien rendre service.

— Peut-être, oui. Mais y a des limites. Je fais pas dans les handicapés.

— T'exagères pas un peu, là ?

— À peine. Il osait pas me regarder. J'imagine mal le reste.

Elle tira sur sa clope et la jeta par terre.

— C'est bon ? On a fini ? Parce que moi je me les gèle.

L'impasse. Cette bande de petits frimeurs n'avait pas frayé avec Pierre et on revenait à la case départ. François lança une dernière sonde, à l'aveuglette.

— À part toi, Cazenove lui a présenté d'autres gens ?

— J'en sais rien, moi. Je passe pas mon temps à le surveiller.

— Pourtant, t'as l'air d'être là souvent. Tu aurais pu remarquer quelque chose.

— J'ai vu son pote qu'une fois. On a discuté dix minutes et je me suis barrée.

— T'es pas persévérante.

— Franchement, c'était relou. Vous avez déjà essayé de taper la discute avec un autiste ?

— Non. Jamais. Qu'est-ce qu'il a fait ?

— Il est resté comme un con, à faire semblant de siroter sa bière.

— Cazenove n'est pas venu ?

Elle eut un demi-sourire.

— Rémi est une enflure. Il pense qu'à sa gueule.

François avait cerné le personnage. Un enfant gâté, beau de surcroît, qui se prenait pour le roi du monde. Karine, par contre, avait du cœur. Et on avait dû le lui briser pas mal de fois.

— Heureusement que Marcel était là, ajouta-t-elle. Il lui a un peu remonté le moral.

Un nouveau pion sur l'échiquier. Son arrivée inattendue électrisa le profileur.

— Qui est Marcel ?

— Un curé.

— Du lycée Saint-Joseph ?

Karine réprima un fou rire.

— Non... Il a pas vraiment le profil.

— Alors d'où il sort ?

— On sait pas trop. C'est le genre indépendant. Cheveux longs, grosse bécane et look biker. Il traîne un peu partout. Bars, boîtes de nuit, squats... Là où il y a des âmes en perdition.

Elle avait pris un ton ironique. Comme si le sacerdoce de cet ecclésiastique hors norme la dérangeait.

Julia intervint.

— Un prêtre loubard ?

— Ouais... On peut dire ça.

— Quel âge ?

— Cinquante, cinquante-cinq...

— Tu lui as déjà parlé ?

— Non. Les curetons, c'est pas mon trip.

Pas plus que celui de François. Mais cette fois, on n'était pas dans le schéma classique. Ce type de curé pouvait sentir le soufre. Jusqu'à quel point ?

— Tu sais où on peut le trouver ?

— Non. Il bouge tout le temps.

Tant pis. Il allait falloir se débrouiller. Marchand libéra Karine et remonta le col de son manteau.

Un père en blouson de cuir.

Les voies du Seigneur étaient vraiment impénétrables.

# 26

Le curé habitait dans un quartier sensible.

La Villeneuve, au sud de Grenoble, un grand ensemble truffé de logements sociaux et regroupant pas mal d'exclus.

Julia avait obtenu l'adresse en appelant le diocèse. Là-bas, tout le monde connaissait le père Marcel. Ses idées, ses méthodes, son allure : le style biker ne laissait pas indifférent. Il était rattaché à la paroisse de la Sainte-Trinité, mais se comportait comme un électron libre. Hormis la célébration d'une messe par semaine, on ne le voyait jamais.

Le coin n'était pas idyllique. Des immeubles élevés, mi-tours, mi-barres, construits autour d'un parc plongé dans la pénombre. À en juger par les façades, l'architecture devait dater des années soixante-dix. Le projet pilote type, regroupant autour d'un « lieu de vie » toutes les commodités nécessaires : équipements sportifs, culturels, administrations, écoles et tous commerces. Du bonheur bétonné dans un cadre de vie pratique et bon marché.

François connaissait trop ces arnaques. La Seine-Saint-Denis en était remplie. Passé l'euphorie, le rêve faisait long feu. Les parties communes se délabraient les premières, sans que la mairie trouve le moindre budget pour les réhabiliter. Très vite, les appartements perdaient de la valeur, attirant des familles de plus en plus déshéritées. Greffée sur ce terreau de misère, la mixité ethnique n'arrangeait pas les choses. Les frustrations, les haines, les peurs fleurissaient dans le silence des cœurs et le refus de l'autre. Au bout du compte, les jeunes prenaient le pouvoir. Drogue, racket, cambriolages, dégradations : ils dominaient ces territoires sans loi en y faisant régner la terreur. À la tombée de la nuit, tout le monde se barricadait.

Coup d'œil au GPS. L'avenue La Bruyère n'était plus très loin. Le père Marcel occupait un studio dans un ensemble appelé Résidence 2000.

Bloc 5, entrée C, leur avait précisé le diocèse.

Après un virage, la voix synthétique vibra dans l'habitacle : « Vous êtes arrivé. » Marchand scruta la nuit. Une longue ligne droite, bordée d'arbres immenses derrière lesquels on devinait des structures rectangulaires. Aucun accès.

Il roula une trentaine de mètres avant d'apercevoir un passage, une allée de goudron faiblement éclairée par des réverbères. Mauvaise surprise. Une chaîne, tendue en travers, réservait l'entrée aux piétons.

François gara le Touareg derrière une vieille BM à la peinture passée. L'idée de laisser son 4 × 4 à la merci des désosseurs ne l'emballait pas. Mais pas moyen de faire autrement. Puisqu'on était dans l'ambiance, il demanderait à Dieu d'avoir un œil dessus.

Ils empruntèrent le chemin. Une pluie glaçante tombait toujours, lustrant le goudron pour lui donner la teinte d'une peau d'ébène. Julia marchait à côté de François, silencieuse. La configuration ne l'enchantait pas. Seuls dans cette cité inconnue, ils constituaient deux cibles de choix.

Cinquante mètres. Un coude. Ils débouchèrent sur une place. Fontaine, escaliers, arcades, du cent pour cent béton. Les immeubles les encerclaient, comme les murs d'une prison de haute sécurité.

Après avoir rôdé un peu, ils finirent par trouver le bon bloc. Dès le hall d'entrée, ils furent dans l'ambiance. Des murs lépreux, des boîtes aux lettres éventrées, une forte odeur d'urine. Cinq ou six jeunes étaient vautrés par terre – Blacks, Blancs, Beurs – unis pour la circonstance autour d'un joint énorme.

L'un d'eux interpella les policiers, un genre de costaud à la peau de charbon, emmitouflé dans une parka fourrée.

— Yo ! Y sont perdus les bouffons ?

Rires bêtes de la bande. François laissa sa carte de flic dans sa poche et la joua benêt.

— On cherche le père Marcel.

— T'es un curé ?

— Une sorte, oui.

— Et elle, c'est une nonne ?

— Pareil.

— Putain, comme elles sont bonnes, les nonnes !

Rires gras, cette fois. Le commissaire resta de glace, priant pour que Julia ne réagisse pas. Voyant que rien ne bougeait, il reposa sa question :

— Alors ? Vous savez où il habite, le père Marcel ?

Le Noir se leva. Une bête, qui lui rendait dix centimètres. Ses yeux explosés par la came se plantèrent dans ceux du profileur.

— Sérieux, t'as une tronche de keuf.

Les autres se redressèrent comme un seul homme. Marchand fit un pas de côté et s'interposa devant Julia.

— On se calme. On veut juste voir le père Marcel.

— J'le connais pas ton putain de père. Y a pas de père aux 2000. Et toi, fils de pute, j'vais t'niquer ta race.

Le type s'avança. Instinctivement, François recula.

— Laisse béton, Mouloud.

L'ordre était monté sur la droite. À peine un filet de voix, posé, glacé. Marchand tourna la tête et vit une forme assise contre le mur. Son visage était masqué par une capuche en cuir, donnant le sentiment de contempler un moine.

Le grand Black se rebiffa :

— Zarma, c'est des schmitts, j'te dis.

— Qu'est-ce qu'on en a à foutre ?

— C'est propriété privée, ici. Interdit aux bâtards.

— Arrête tes conneries.

L'excité affronta le regard de François. Il se contorsionna un peu, à la façon d'un rappeur, marmonna des insultes et finit par retourner à sa place.

— Quatrième droite, fit la capuche. Au bout du palier. Et oublie l'ascenseur, cousin. Il est naze.

Le commissaire remercia et entraîna Julia. La cage d'escalier était derrière une porte coupe-feu. Son état en disait long sur le mental des résidents. Une démission totale. On y trouvait des sacs plastique remplis d'ordures, des pièces de moteur, des excréments séchés et même une carcasse de scooter à moitié consumée. Les murs disparaissaient sous les tags. Le sol poissait. Mais le pire était sans doute l'odeur : un mélange explosif, indéfinissable, qui collait la gerbe.

Une fois en haut, ils tombèrent sur une immense coursive construite en arc de cercle. François ouvrit la route, suivant la direction indiquée. Tous les dix mètres, une porte, un peu comme dans un hôtel. Au fond, celle du père Marcel, une des rares sur lesquelles on n'avait pas arraché le nom.

François sonna. Un type ouvrit : jean et tee-shirt noirs, bottes de motard à bouts carrés et bagues en argent à plusieurs doigts. Pas très grand, mais trapu. Suffisamment costaud, en tout cas, pour trimballer un adolescent sur son dos. Son visage portait les stigmates de la galère. Rides profondes, valises sous les yeux, peau constellée de crevasses. Des cheveux filasse caressaient ses épaules. Sur sa poitrine, comme seule lumière dans ce crépuscule, une petite croix aux reflets de mercure.

— Père Marcel ?

— Oui ?

— Nous sommes de la police.

— Encore ! Putain, ça fait quatre fois cette semaine. Si c'est pour les gamins qui traînent dans le hall, faut m'oublier. J'peux plus rien faire.

La voix était cassée mais impérieuse. Le type avait roulé sa bosse.

— Non. C'est vous qu'on voulait voir.

Le curé marqua un temps d'arrêt.

— Moi ?

— On peut entrer ?

Il s'effaça sans faire d'histoire, ouvrant le bras en signe d'invite.

L'intérieur avait plus fière allure que les parties communes. Un studio propret, des peintures fraîches, peu de meubles mais d'une facture correcte. Et l'inévitable crucifix. L'endroit faisait songer à un lieu de passage, un refuge anonyme pour prêtre itinérant.

Il proposa aux policiers de s'asseoir. François attaqua sans préambule.

— Pierre Jacquet. Vous êtes au courant ?

Hochement de tête, empli de gravité.

— J'ai entendu ça.

— Il paraît que vous le connaissiez ?

— Oui.

— Racontez-nous.

— Que je vous raconte quoi ?

— Tout ce que vous savez sur lui. On fera le tri.

Le prêtre tira un paquet de Marlboro d'une des poches de son jean. De l'autre il extirpa un Zippo et en alluma une. Gestes lents, mesurés, il était parfaitement à l'aise.

— Je l'ai rencontré au Balto, un bar près de son lycée. Il avait l'air paumé. Je l'ai abordé et on a discuté.

— De quoi ?

— Des raisons pour lesquelles il était là.

— C'est-à-dire ?

— Les filles, la baise, les trucs de son âge, quoi.

— Il vous a dit qu'il était catholique pratiquant ?

— Oui.

— Et les MJC, il vous en a parlé ?

— Aussi.

Le père Marcel était transparent. François ne repérait chez lui aucun des signes habituels du mensonge.

— Vous saviez qu'il se rendait à sa paroisse deux fois par semaine ?

— Je le savais. Nous avons eu plusieurs fois l'occasion d'évoquer son engagement religieux.

— Et vous savez peut-être que le meurtrier l'a enlevé juste après.

— Non. Ça, je l'ignorais.

Une pointe de méfiance avait affleuré dans le ton. Le biker du Christ venait de comprendre qu'il était sur la sellette. Le commissaire profita de son avantage.

— Que faisiez-vous lundi dernier, entre dix-neuf heures trente et une heure du matin ?

Réaction immédiate.

— Pourquoi ? Vous pensez que je l'ai tué ?

— Répondez.

— J'étais chez moi.

— Seul ?

— Je ne suis jamais seul. Le Seigneur est avec moi.

Pas d'alibi. Mais pas de preuves non plus. Marchand regarda les bottes du motard et songea aux empreintes laissées devant l'usine. Dommage qu'on n'ait pas encore les résultats du labo...

— Et dimanche soir ? Où étiez-vous ?

Julia eut l'air étonné. Depuis leur arrivée à Grenoble, François n'avait jamais évoqué le premier meurtre pendant ses interrogatoires. Mais ce curé était leur piste la plus sérieuse. Mobile, charismatique, en prise directe avec les jeunes.

Pour la première fois, le père Marcel parut embarrassé.

— C'est important ?

— Très.

— Je vois pas en quoi.

Le policier abattit ses cartes en le fixant droit dans les yeux :

— Une adolescente a été tuée près d'Avignon. Probablement par le même fou. Un homme qui connaissait bien ses victimes. En qui elles avaient confiance.

Le religieux écrasa son mégot.

— Un peu comme moi...

— Exactement.

— Mon témoignage sera consigné dans un procès-verbal ?

— Tout dépend...

Il prit une grande inspiration et avoua :

— J'étais avec une femme. J'ai passé la nuit avec elle.

Sans commentaire.

— Elle peut le confirmer ?

— Si c'est indispensable...

Ça ne l'était plus. Un silence gêné s'abattit sur la pièce, renvoyant chacun à ses propres errances. Celles de François concernaient l'enquête. Seulement l'enquête. Exit le motard en soutane. Sa part obscure n'avait rien de répréhensible. Pas pour la justice des hommes en tout cas.

Julia prit la parole.

— Nous sommes tous des pécheurs, mon père. Le Seigneur nous éprouve et il est seul à pouvoir nous juger.

— Épargnez-moi les sermons. Je n'ai pas besoin de votre compassion.

— Il ne s'agit pas de ça. Vous avez dit tout à l'heure avoir évoqué avec la victime son engagement religieux. Je voudrais savoir si elle doutait de sa foi.

L'ecclésiastique alluma une nouvelle cigarette. Son geste, maintenant, était nerveux.

— Où voulez-vous en venir ?

— Pierre était un petit garçon bien sage. Trop sans doute. Il devait avoir besoin de respirer. Nous pensons que c'est en cherchant à se libérer qu'il a croisé la route d'un prédateur.

— Et ?

— Vous l'avez rencontré plusieurs fois. Votre état d'esprit devait lui plaire, le rassurer sans doute. Alors parlez-nous de lui. Dites-nous ce qui le tourmentait. Ce qu'il avait envisagé de faire pour s'en sortir.

Le père Marcel baissa les yeux.

— Ce que vous me demandez est délicat.

— Pourquoi ?

— J'ai entendu Pierre sous le sceau de la confession.

— Je comprends, approuva Julia. Mais pensez à ce qui s'est passé. Dieu ne vous en voudra pas.

François était bluffé. Julia amenait le curé à renier ses vœux, par la seule force de sa sincérité. L'ecclésiastique tourna la tête vers le crucifix. Il ferma les yeux, comme s'il cherchait d'avance l'absolution. Puis il expliqua :

— Ce jeune était rongé de l'intérieur. Le Mal l'attirait, plus fort qu'un aimant. J'ai essayé de le ramener à la raison. Sans succès.

— Il ne croyait donc plus ? demanda Julia.

— Sa foi était une coquille vide. Une peau morte. Il n'attendait qu'une occasion pour s'en débarrasser.

— Il l'a trouvée ?

Un flottement. Puis une réponse trop sèche :

— Allez savoir.

Il y avait dans le ton une trace de culpabilité. Le routard n'avait pas tout livré, loin de là. Protégeait-il quelqu'un ? Marchand reprit les commandes.

— Qu'avez-vous fait pour le convaincre d'abandonner cette voie ?

— Je lui ai parlé.

— C'est tout ?

Nouvelle hésitation. Il attrapa la croix qui pendait sur son torse et la serra entre ses doigts.

— Non...

Cette fois, le profileur laissa le silence faire son œuvre. Le père Marcel semblait déchiré par un conflit intérieur. Au bout de quelques secondes, il libéra sa conscience.

— J'ai voulu provoquer un électrochoc. Le mettre en face de ce qui l'attendrait sur la voie des ténèbres.

— Comment ?

— Je l'ai amené aux Sablons, un squat pas loin de l'île Verte. Il y a de tout là-bas. Clodos, camés, voleurs... Un bel échantillon de la misère humaine.

— Sa réaction ?

Le père Marcel contracta les mâchoires.

— Il a aimé...

— Vous pensez qu'il a pu s'y rendre sans vous ?

— Je ne sais pas...

Le curé n'osait pas affronter la vérité. En amenant Pierre là-bas, il n'avait fait qu'accélérer son cheminement. Quand on est sur le point de se noyer, la moindre goulée d'air est bonne à prendre. L'adolescent avait trouvé une poche d'oxygène. Pourrie à souhait, comme il en rêvait.

Il était retourné au squat.

François en était convaincu.

# 27

L'antre du diable.

S'il avait dû nommer l'endroit, c'est le terme auquel François aurait pensé. Mais la réalité se situait bien au-delà. Elle saisissait les sens jusqu'au vertige, rendant absurde toute tentative de qualification.

Le squat démarrait sur les berges du fleuve. Un ramassis de cahutes, construites à base de cartons et de tôles, agglomérées avec du chatterton. Des Caddies de supermarché traînaient autour, remplis de canettes vides, d'objets de récupération, et d'immenses sacs-poubelles chargés à bloc de chiffons. Plus loin, quelques clodos tentaient de se réchauffer les os autour d'un brasero artisanal. Dos courbés, hardes miteuses, éclats de voix. L'avant-garde des exclus. Ceux, sans doute, qui préféraient vivre au grand air. Quels que soient les risques.

Il fallut traverser ce dépotoir pour accéder au bâtiment. Un entrepôt désaffecté, brique et métal, dont aucune vitre n'était entière. La structure, énorme, se dressait dans la nuit comme un cargo échoué. Pas de lumière. Autour, seulement des terrains vagues.

En pénétrant dans l'enceinte, François dégrafa la patte de sécurité du holster et libéra son arme. Julia l'imita, sans demander son reste. De l'autre main, le policier vérifia que la photo de la victime était toujours dans sa poche.

Il alluma sa lampe torche et avança.

« Le Pitbull ». C'est lui qu'il fallait trouver. D'après le père Marcel, c'était une sorte d'autorité qui régnait sur le squat. Si Pierre était revenu traîner ses guêtres dans le coin, il le saurait. Comme il saurait aussi avec qui il s'était acoquiné.

Rez-de-chaussée. Immense, vide, glacial. Quelques abris de fortune, ici et là, comme des cabanes d'enfants. Les policiers s'approchèrent de l'une d'elles.

— Oh ! Y a quelqu'un ?

Un grognement monta vers eux.

— Barre-toi.

— Je cherche le Pitbull.

— Barre-toi, j'te dis !

François s'agenouilla et écarta le pan de laine qui servait d'ouverture. Une odeur infernale lui sauta aux narines. Pisse, vinasse et merde. Lové dans la pénombre, un corps recroquevillé, enveloppé dans plusieurs couches de papier journal.

Le commissaire braqua sa torche sur les yeux de l'épave et insista, plus fermement :

— Bon, tu me dis où il est ou faut que je t'embarque ?

Le type se protégea de la lumière avec son avant-bras. Marchand distingua seulement des lèvres fines, crevassées par le froid, un menton mal rasé et un nez éclaté de varices.

— Putain, ta lampe ! Baisse-la !

— Réponds d'abord.

— T'es un poulet ?

— Ça se pourrait bien.

— Charogne...

— Dépêche-toi. J'ai pas que ça à foutre.

— J'sais pas où il est, ton Pitbull. T'as qu'à aller voir là-haut.

François dévia le faisceau et demanda d'une voix plus douce :

— Où, là-haut ?

Un mouvement lent, laborieux. Le type rampait pour lui tourner le dos. Il répéta.

— Où ?

Un silence, ponctué de raclements de gorge. Puis le clochard marmonna :

— Dans le Fort. C'est là qu'y sont tous. Tous les gros enculés.

— Comment on y va ?

— Au fond. T'as un escalier.

Le flic se releva. Julia avait déjà sorti son arme.

— Non, lui intima François. Pas encore.

— Vous rigolez ? Vous avez vu où on est ?

— On vient juste glaner de l'info.

— Et eux, ils vont juste se faire une paire de flics.

Elle n'avait pas tort. La configuration n'était pas idéale. Un lieu protégé, de toute évidence, avec une bande de mauvais qui se serraient les coudes. Mais les policiers possédaient un sésame : le père Marcel.

— Soyez vigilante, ça ira.

Julia rengaina son Sig Sauer de mauvaise grâce. Sans lui laisser le temps de réfléchir, Marchand se dirigea vers l'extrémité de l'entrepôt.

Une spirale métallique s'agrippait au mur. Elle fuyait vers le plafond, pour disparaître dix mètres plus haut dans une poche d'ombre. Torche en main, le commissaire empoigna la rambarde et attaqua l'ascension.

Il leur fallut deux bonnes minutes pour rejoindre l'étage. L'escalier bringuebalait, François eut plusieurs fois la sensation qu'il allait se décrocher. En haut se profilait un long couloir. Une lumière diffuse, probablement répandue par des bougies, faisait danser des ombres.

Ils avancèrent. Des portes un peu partout. Peut-être d'anciens bureaux. La première s'ouvrait sur une pièce minuscule dans laquelle s'entassaient des matelas. Une femme était affalée dans un coin, les yeux dans le vague. Posés entre ses jambes, une seringue et un garrot de caoutchouc. Dormant un peu plus loin, un gosse d'à peine cinq ans et un bébé de six mois environ.

Les autres salles offraient le même spectacle sordide. Junkies défoncés, poivrots baignant dans leur vomi, autant de morts vivants glissant lentement vers les ténèbres. Dans l'une d'entre elles, un type aux allures de squelette sculptait le mur avec un Opinel. De temps en temps, il s'arrêtait, contemplait son œuvre, puis se tapait le front contre le béton. Des traces de sang marquaient l'emplacement de chaque impact, formant une sorte de peinture abstraite. Crack, songea François. Plus de sensibilité, aucune douleur, seulement la violence, tournée contre soi-même.

Au bout de cette galerie des horreurs, un nouvel escalier. À peine quelques marches, toujours le même principe de structure en colimaçon. Un gros était planté devant, somnolant sur une chaise. Impossible de passer.

Du bout du pied, le commissaire le secoua.

— Allez ! On se réveille !

L'homme sursauta.

— Hein ?

— Le Pitbull est là-haut ?

— Qui vous êtes ?

François lui colla sa carte sous le nez.

— Police.

— Qu'est-ce que...

— Relax. On est des amis du père Marcel. On veut juste parler à ton boss.

La boule se leva. Un bon quintal de graisse, plus impressionnant que le policier ne l'imaginait. Il jaugea les arrivants d'un air méfiant et sortit un portable.

— Une seconde.

Il passa un appel. Deux phrases, expliquant la raison de cette intrusion, puis un silence. Enfin il raccrocha, plus détendu.

— C'est bon. Montez.

# 28

Le Fort.

Une pièce aveugle, deux voies d'accès. Celle par laquelle ils étaient arrivés, et une autre au fond, ouvrant probablement sur l'extérieur en cas d'urgence. Un mobilier sommaire l'habillait, qui en comparaison des étages inférieurs offrait une sensation de luxe.

— Marcel ? Qu'est-ce qu'il branle avec vous ?

— Il a fait son boulot de citoyen.

— De balance, tu veux dire ?

Le Pitbull méritait bien son nom. Crâne rasé, face aplatie et collier de chien autour du cou. Il ne parlait pas. Il aboyait. Malgré le froid, il portait un débardeur découvrant deux bras secs et musclés. Un tatouage complexe partait de l'épaule gauche et descendait jusqu'au poignet. Assis dans un fauteuil d'époque, il se curait les ongles avec un couteau de chasse à lame crantée. Cinq ou six faces de rat l'entouraient, l'air méchant.

Le type n'avait rien d'une loque. C'était un voyou. Il utilisait le squat pour ses trafics et devait terroriser ses occupants. Le clodo du rez-de-chaussée n'avait pas l'air de le porter aux nues. François comprenait mieux pourquoi, maintenant.

— On parlera du père Marcel une autre fois. Tu es au courant pour Pierre Jacquet ?

— Qui ?

— L'adolescent qui s'est fait charcuter lundi soir.

— Je lis pas les journaux.

— Tu devrais. Il a reçu trente-six coups de lame. Une vraie boucherie.

— Qu'est-ce que tu veux que ça me foute ?

— J'enquête sur sa mort. Et d'après le curé, il paraît qu'il est venu traîner ses mocassins chez toi.

Le ton était donné. Avec ce genre de numéro, pas la peine de faire des ronds de jambes. Il ne respectait que la force. François devait le convaincre qu'il ne lui faisait pas peur.

Le Pitbull se massa le crâne.

— Attends... T'es pas en train de me dire que c'est moi qui l'ai buté ?

— Pourquoi ? Ça te ferait de la peine ?

Silence. Il fixa le policier quelques secondes, donnant la sensation qu'il allait disjoncter. Puis, il éclata de rire. Comme un seul homme, la bande s'esclaffa à son tour.

— T'es un comique, lança-t-il enfin.

— Il en faut.

— Ouais... Paraît... Y a même des putes qui se baladent avec des matraques de flic. Tu crois qu'elles se les carrent dans le cul ?

Il souriait toujours en détaillant Julia. C'était de la provoc. Un simple test.

— Tu sais ce qu'elle te dit la pute ?

La réaction avait flambé trop vite. François n'avait pas eu le temps de la contrôler.

— Oh, oh ! s'esclaffa le chauve. C'est qu'elle mordrait, la salope !

La bande se gondolait de plus en plus. Il y avait néanmoins un changement de densité dans leurs rires. Comme chez les enfants, quand ils s'excitent un peu trop. En une seconde, tout pouvait basculer.

Le Pitbull leva une main. La rigolade cessa d'un coup. Ses petits yeux vicieux n'avaient pas lâché le commissaire.

— T'as fait un pari ou quoi ? On t'a pas dit qui j'étais ?

François ne répondit pas. Ce charognard était doublé d'un mégalo. Il avait besoin de se positionner.

— J'vais t'mettre au jus, lança-t-il d'un ton hystérique. Ici, je suis Dieu. Tout m'appartient. Tout, tu m'entends ! Cet entrepôt est à moi. Ceux qui y vivent sont à moi. Et ceux qui passent la porte sont aussi à moi.

Il quitta son siège et vint se planter face aux flics. Petit, cubique, il dégageait une puissance animale.

— *Capito*, poulet ?

Deux, trois secondes, l'affrontement se déroula sous les crânes. Puis François répliqua :

— Ça me va. On va gagner du temps.

La réaction surprit le tondu. Il s'approcha encore, à portée de souffle.

— Joue pas au con. Flic ou pas flic, j'm'en carre. J'ai trente loques prêtes à te percer le bide pour un sachet d'héro.

— J'en doute pas. Mais tu aurais tort.

— Ah oui ?

— Oui.

— Et pourquoi ?

— Parce que si tu nous fais buter, ce sera le début des vraies emmerdes.

— T'en fais pas. J'ai pas l'habitude de porter le chapeau.

— On est venus pour Pierre Jacquet. Avec ou sans nous, l'enquête continuera. Et quand nos collègues auront fait le rapprochement, tu seras vraiment en première ligne.

— Tu dérailles. J'ai rien à voir avec cette histoire.

— Il était chez toi et nous aussi. Crois-moi, ça suffira.

Le Pitbull fixa François. Il commençait à douter.
— J'sais même pas qui c'est, ton type.
— Regarde.
Le commissaire lui montra la photo.
— Jamais vu.
— T'es sûr ?
— Tu me traites de menteur ?
Mégalo et parano. La totale. Mais une chose était sûre. Il n'avait pas le profil d'un tueur en série.
— Un de tes amis l'a peut-être croisé ?
— T'as qu'à leur demander.
Marchand se tourna vers les affreux.
— Allez les filles. Un petit effort.
Le portrait circula. Le profileur scrutait les visages, guettait les réactions. Soudain, un grand au look de Hell's s'anima.
— C'est lui, ouais.... Un blondinet. Mignon tout plein.
— Raconte.
Le type lança un regard au Pitbull. D'un hochement de tête, l'autre lui donna sa bénédiction.
— Il s'est pointé un soir. Y a deux ou trois mois. Soi-disant qu'y connaissait Marcel. Même qu'ils étaient déjà venus ensemble.
— Tu le savais pas ?
— Non. Marcel, y traînait là souvent. Y faisait comme qui dirait partie des meubles. On le surveillait pas.
L'ignorance du Pitbull s'expliquait. Le prêtre avait voulu montrer le squat à la victime. Il n'avait pas poussé l'épreuve jusqu'à lui présenter cette bande de fous furieux.
— Vas-y. Continue. Pourquoi il était là ?
— Y cherchait de la came.
— Tu lui en as refilé ?
— Ouais. Et gratos en plus. Les petits minets, moi ça m'excite.

Le Hell's se passa la langue sur les lèvres. Visage long, triangulaire, les yeux enfoncés. François eut la vision d'un serpent prêt à fondre sur sa proie. Provoc pour provoc, il décida de surenchérir :

— Tu te l'es tapé ?

— Ça te défriserait, hein ?

— Réponds-moi.

— J'aurais pas craché dessus, si tu veux savoir. Mais il était trop défoncé et y gerbait toutes les cinq minutes. Une vraie fontaine.

Marchand aussi avait envie de vomir. Et il sentait que Julia se contenait de plus en plus difficilement. Il fallait conclure avant que ça ne vire au drame.

— T'as fait quoi ?

— Je l'ai monté au Fort. Y avait personne ce soir-là. Je m'étais dit que si j'attendais un peu, y finirait bien par devenir comestible.

Les hommes du Pitbull ricanèrent. On nageait dans le sordide pur.

— Ensuite ?

— Pas grand-chose. J'ai essayé de le perfuser avec un peu de Metal, histoire de le faire sortir du coma.

Le policier fit préciser :

— Du rock Metal ?

— Ouais... De la bonne médecine pour réveiller les morts. Mais rien à faire. J'me la suis quand même mise sous le bras.

Nouvelle salve de rires. Le profileur n'y prêta pas attention.

— Et après ?

— Après quoi ?

— Qu'est-ce qui s'est passé ?

— Au bout d'une demi-heure, j'en ai eu marre. J'ai mis les voiles.

— Tu l'as laissé comme ça ?

— Tu voulais que je le borde ?

Le profileur capta une forme de colère dans le ton.

— T'as l'air d'avoir les boules. C'est parce que tu l'as pas baisé ?

— Rien à carrer de son petit cul de bourgeois. Il a de la chance d'avoir claqué. Sinon, j'te garantis qu'il aurait mangé.

— Ah oui ? Pourquoi ?

— Quand me suis repointé, ce petit enfoiré s'était barré. Et tiens-toi bien, il m'avait tapé deux CD. Putain, y a plus de respect...

Malgré le contexte, Marchand esquissa un sourire.

— Ça veut au moins dire qu'il a aimé ta sérénade.

L'autre grogna :

— Tu parles... Des imports d'Iron Beast. J'aurai du mal à les retrouver.

François n'écoutait plus vraiment. La piste qui l'avait mené jusqu'au squat ne donnait pas grand-chose. Hormis un simili Hell's qui n'avait rien d'un tueur complexe. Son univers était trop fruste et son cerveau devait avoir la forme d'une queue.

Le Pitbull dut sentir le flottement.

— T'as terminé ?

Le policier réfléchit. Pierre avait flashé sur le rock Metal. Jusqu'à voler un disque. Pour un garçon comme lui, cette musique agressive pouvait constituer une porte d'entrée vers des contrées obscures. C'était mince, mais il y avait peut-être quelque chose à creuser de ce côté-là.

Il répondit :

— Une dernière chose...

— Magne-toi.

François se tourna vers le Hell's.

— Il te reste des CD d'Iron Beast ?

— Quelques-uns.

— On peut voir ?

Le mélomane alla farfouiller dans un tas de vieux débris et revint avec trois albums. Les jaquettes se ressemblaient, des dessins remplis de pointes, de casques et de têtes de mort stylisées. Elles semblaient avoir été reproduites et sentaient la copie illicite. Le commissaire en prit un au hasard.

— Je garde celui-là.

L'autre tira la tronche.

— Tu me mets à l'amende ?

— Pièce à conviction. Tu peux passer au commissariat. On te signera un reçu. En attendant, je te recommande Mozart.

# 29

Hôtel d'Espagne.

Un trois étoiles de charme, rue Condorcet, à deux pas du quartier de la victime. Après la cité de la Villeneuve et le squat des Sablons, François avait besoin de retrouver un semblant de familiarité.

Minuit et des poussières. Lumières en berne et morne plaine. Malgré le standing de l'établissement, le restaurant était fermé depuis longtemps. Le réceptionniste leur avait proposé des sandwichs, une nourriture sous Cellophane qui avait au moins le mérite d'exister.

Les flics avaient pris deux chambres, mais s'étaient rejoints dans celle du commissaire. Assis sur le lit, sous les poutres apparentes d'un plafond mansardé, ils dévoraient leurs en-cas en buvant du Coca.

— Pas mauvais.

Julia avait la bouche pleine. Elle retrouvait des couleurs. Depuis qu'ils avaient quitté le Pitbull, elle paraissait flottante. La tension, le stress, dus aux situations qu'elle affrontait depuis quarante-huit heures. C'était sa première enquête criminelle. Marchand pouvait comprendre...

Il répondit d'un ton léger :

— Ça se mange.

— Demain, dix kilomètres de footing. Impératif.

Le commissaire se contenta de sourire. Le programme à suivre ne prévoyait pas ce genre de réjouissances. Il n'avait pour l'instant pas grand-chose et devrait mettre les bouchées doubles.

Le portable de François vibra. Il regarda l'écran : Hénon.

— Salut Roger. Pas encore couché ?

— Pas vraiment...

Le ton, l'heure : les nouvelles étaient sûrement mauvaises.

— Qu'est-ce qui t'arrive ?

— Je crois qu'il a remis le couvert.

— Un autre meurtre ?

— Une autre boucherie, tu veux dire. Le crâne de la victime est en bouillie. Et je te parle pas du reste. Plusieurs coups de couteau, si on peut parler de couteau vu la taille des perforations.

La tête du profileur avait dû se transformer. Assez pour que Julia l'interroge du regard.

Il resta concentré sur Hénon.

— Encore un ado ?

— Une fille. Seize ans. Ses parents étaient sortis dîner. Ils l'ont trouvée en rentrant.

— Ça s'est passé chez eux ?

— Dans la cuisine. Il y a une demi-heure.

Marchand regarda sa montre. 0 h 28. Toujours le même créneau horaire.

— À quel endroit ?

— Bagnolet. Un loft. Forestier m'a prévenu. Ses gars sont déjà sur place.

Guillaume Forestier. Le big boss de la Crime dans le 93. Une vieille connaissance. Et de mauvais souvenirs.

— Reviens immédiatement, conclut Hénon. Il faut qu'on fasse le point.

— OK. Mais dis-moi : on sait si la fille a été violée ?

— Pas encore. L'autopsie aura lieu demain matin.

François raccrocha, un peu sonné. Un nouveau crime, dans la banlieue parisienne à présent. Une gamine d'à peine seize ans. Massacrée dans sa propre maison.

— Trois meurtres... Maintenant on l'a, notre *serial killer*.

Julia avait énoncé cette vérité d'une voix lasse. Marchand lui donna les détails avant d'affirmer :

— C'est plutôt une sorte de... *cross killer*.

— De quoi ?

— Un tueur en série mobile. Le FBI en a décortiqué le psychisme. À la différence du premier, il ne tue jamais au même endroit. Et surtout pas dans le périmètre de son domicile. Il a sélectionné ses victimes en tenant compte de ce paramètre. Parce qu'il sait que ce sera plus compliqué pour nous.

— Un « génie » du crime ?

— Un prédateur sophistiqué. Fou à lier. Mais qui a conscience de sa folie, ce qui le rend encore plus dangereux.

Parenthèse de ténèbres. L'ombre du grand requin blanc traçait maintenant des cercles au-dessus de leurs têtes.

François rompit le silence.

— Je dois rentrer.

— Quand ?

— Demain matin.

— Je vous accompagne ?

— Pas cette fois.

Il resta silencieux. Une association imprévue montait à l'assaut de sa conscience. Charlotte. Elle était à peine plus âgée que la dernière victime. Elle aussi passait des soirées seule, à l'attendre dans leur appartement pendant qu'il battait le pavé. Il y avait de quoi devenir dingue.

— Ça va ?

Julia avait posé sa main sur la cuisse du commissaire. Il acquiesça faiblement.

— Vous êtes sûr ?

— Certain.

En fait, ça n'allait pas du tout. Une crise d'angoisse pointait son nez. L'idée – absurde – que Charlotte était peut-être en danger lui ravageait le cerveau. Il savait que sa culpabilité était en train de le manipuler, mais pas moyen de redresser la barre.

Il se leva et attrapa sa veste. Puis il se dirigea vers la salle de bains, avec la ferme intention de s'envoyer discrètement un Xanax.

— Je ne pense pas que soit une bonne idée.

Il se retourna.

— Pardon ?

— Je sais très bien ce que vous allez faire.

— Je vais me rafraîchir.

— Arrêtez... J'ai pris suffisamment de médocs pour reconnaître un type sous influence.

— Qu'est-ce que vous racontez ? Je n'ai aucune raison de...

— Franchement, vous mentez mal pour un flic.

Démasqué. Lui, le psy, le type censé se maîtriser, capable de gérer ses émotions pour conduire son patient vers la lumière. Il avait l'air d'un gosse pris la main dans le sac.

— D'accord... Je m'aide un peu de temps en temps. Où est le problème ?

— Vous devriez savoir que ça ne résout rien.

— Je fais comme je peux.

— C'est quoi le truc ? Trop de boulot ? Pas assez de fric ? Une femme, peut-être ?

— Laissez tomber.

— Allez... Lâchez-vous. Ça peut pas faire de mal.

— Je préférerais surtout que vous ne vous mêliez pas de mes affaires.

François était sur la défensive. Chaque réplique l'enfonçait un peu plus. Julia devait s'en rendre compte et ne le lâchait pas.

— Elles sont si glauques que ça, vos affaires ?
— Vous ne pourriez pas comprendre.
— Trop conne ?
— Juste un peu jeune, c'est tout.
Son visage se ferma brutalement.
— Un peu jeune ?
— C'est ça, oui.
Elle eut un sourire dur.
— Vous croyez que je vous ai attendu pour en prendre plein la gueule ? Moi aussi, j'ai dégusté. Les psys, les calmants, les antidépresseurs... J'ai donné. Seulement un jour, j'ai décidé que ça suffisait. Et à part moi, j'voyais personne pour me foutre le coup de pied au cul dont j'avais besoin.
François était cloué sur place. Elle se mettait à nu, confirmant ce qu'il avait déjà perçu chez elle. Épreuves, souffrances, combats... Elle en avait eu sa dose.
— Pourquoi vous me dites ça ?
— Pour vous faire réagir, bordel ! Je ne sais pas ce qui vous est arrivé, mais je suis au moins convaincue d'une chose. Vous êtes mal. Ça crève les yeux. Et le pire, dans votre histoire, c'est que personne n'a les couilles de vous le dire en face.
Touché. Il essaya malgré tout de botter en touche.
— On a tous nos fantômes. Les miens viennent me tirer par les pieds les nuits de pleine lune.
— Vous ne voulez pas me les présenter ?
Sa voix était douce, à présent. Une émotion brutale submergea le profileur. Une vague puissante, comme il n'en avait pas vu déferler depuis des lustres. Il laissa passer quelques secondes, incapable de prononcer un mot.
Elle vint à son secours :
— D'accord... Vous savez ce qu'on va faire ?
— Aucune idée.
— Détendez-vous et écoutez.

Elle prit une grande inspiration et se mit à parler. Son enfance de Ch'ti, à Mons-en-Barœul. Sa famille, modeste mais soudée autour d'une mère aimante. L'admiration sans bornes pour un père absent, un VRP spécialisé en papiers peints qui passait sa vie sur les routes. Elle évoqua aussi sa rencontre avec Dieu, aux alentours de l'adolescence. À cette époque, l'idée de lui consacrer une partie de son existence l'avait effleurée...

Puis le coup de tonnerre.

Julia avait appris l'immonde nouvelle en regardant le journal télévisé. La police avait interpellé Pascal Drouot après plusieurs mois de filature. Planquées dans le double fond de sa valise, les preuves accablantes de sa participation à un réseau pédophile. Cassettes VHS, revues, et surtout un carnet en cuir, dans lequel les flics avaient trouvé toute une série de contacts.

En moins d'une minute, l'univers de l'adolescente s'était carbonisé. Ce père qu'elle aimait tant, ce modèle masculin idéalisé par l'absence n'était qu'un monstre. Certes, il ne l'avait jamais touchée. Ni elle, ni sa petite sœur. Mais malgré ça, elle se sentait souillée.

Procès. Condamnation. Incarcération.

Elle n'avait jamais pu se rendre à la maison d'arrêt.

Après son bac, elle avait fui à Lille où elle s'était inscrite en fac de droit. Sa thérapie avait démarré à ce moment-là. Trois séances par semaine, en pure perte. Si elle tenait le coup, c'était grâce aux cachets. Son psy lui délivrait chaque mois une ordonnance longue comme le bras.

La véritable avancée était venue quatre ans plus tard. Quand elle avait passé le concours de la police pour devenir lieutenant. Elle avait eu le sentiment de pouvoir enfin marcher la tête haute. Mais dans son cœur, elle le savait, les cicatrices brûleraient toujours. Et Dieu lui-même ne pourrait éteindre ce feu.

Julia s'interrompit. Un silence flotta dans la pièce, dense, habité, de ceux qui suivent ce genre d'aveux. Enfin, elle murmura :

— Vous savez tout. Maintenant, à vous.

François avait la gorge nouée. Elle l'avait eu. Avec les armes de l'honnêteté, de la confiance, et de la compassion.

— Pourquoi pas ? Au point où j'en suis...

À son tour, il raconta l'indicible. Son patient pervers. L'assassinat de Diane. La dépression de Charlotte. Sa retraite en Sologne, pendant laquelle sa culpabilité avait flambé. Puis la police, le profilage, une solution fabriquée de toutes pièces dont les fruits avaient un goût d'amertume. Aujourd'hui, il avait le sentiment d'avoir fait le mauvais choix. De s'être planté.

Elle l'écouta avec attention. Ses gouffres l'attiraient. Un lien immatériel les unissait, comme un rayon de lumière emprisonné par des miroirs.

Quand il eut terminé, elle demanda seulement :

— Et maintenant ?

— Je tiens le coup. Enfin j'essaie.

— Vous savez ce qu'on dit ? Les cordonniers sont toujours les plus mal chaussés.

Sourire.

— Il y a au moins un avantage. Quand je craque, je peux me prescrire tous les anxiolytiques de la terre.

— Peut-être parce que vous n'aviez que ça sous la main.

Elle se rapprocha et colla ses lèvres sur les siennes. Surpris, François la laissa faire. Puis il sentit la langue de la jeune femme qui tentait de se frayer un chemin.

Alors, un désir fou monta en lui. Une coulée de lave qui le consuma jusqu'au vertige. Il l'attrapa par la taille et l'embrassa de toutes ses forces.

# 30

Julia se dégagea.

Elle le poussa sur le dos et tomba sur lui. Leurs bouches se cherchèrent, avides, comme affamées après des mois de jeûne. François la dévorait littéralement. Baisers maladroits, caresses fébriles...

Ils arrachèrent leurs vêtements. L'urgence les guidait, celle d'approcher l'intimité de l'autre, de la respirer, de s'y noyer. Leurs gestes n'avaient rien de romantique. Ils étaient violents, désespérés, comme ceux de survivants. Ils ressemblaient à deux gueules cassées dérivant sur une mer en furie. Chacun voyait en l'autre un radeau, une île sur laquelle il acceptait de faire une halte.

Peau contre peau. Enfin. Parfums des corps, sueur et sel. Elle l'enfourcha, biche aux allures de tigresse dont les crocs s'enfonçaient dans son cou. Sous les mains de François, le corps tendu de la jeune femme, ses fesses musclées, ses seins ronds dont les pointes saillaient comme un défi.

Il tenta de l'embrasser à nouveau mais elle le repoussa. Ce n'était plus le moment. Les doigts de Julia cherchèrent son sexe, gonflé jusqu'à lui faire mal. Quand elle l'empoigna, François crut qu'il allait exploser. Elle serra de toutes ses forces, lui arrachant un gémissement. La vague reflua. Un répit, un leurre, qu'elle mit à profit pour le faire glisser en elle.

Chaleur. Douceur humide d'un gant de soie. Le désir de François flamba de nouveau. Elle s'accrocha à ses épaules et commença à tanguer. Des mouvements lents d'abord, qui très vite devinrent plus amples, plus saccadés. Il la laissa le guider, adoptant son rythme. Elle était au-dessus de lui, tête légèrement penchée en arrière, yeux fermés. Dans l'abandon de cet instant volé, son visage lui paraissait plus beau encore. Il dévoilait sans pudeur sa fêlure, cette petite cicatrice que l'on ne voit qu'avec le cœur, la seule qui rend les gens attirants.

Il se laissa aller. Plus de repères. Plus de barrières. Seulement un long couloir tapissé de couleurs et constellé d'étoiles. Chaque mouvement de bassin lui arrachait un râle. Chaque pression de ses doigts l'électrisait.

Elle accéléra. Planté en elle jusqu'à la garde, François sentait son ventre frotter contre le sien. Deux silex polis, dont jaillissaient des étincelles. Ses mains agrippèrent ses reins. Il la plaqua un peu plus, jusqu'à ce que leurs corps ne fassent plus qu'un. Ils étaient soudés par la chair. Des siamois, qui cherchaient dans le plaisir de l'autre le carburant de leur propre désir. Leurs gémissements se confondaient. Ils écrivaient une partition hachée, abrupte, dont les notes s'envolaient dans la chambre.

Soudain, elle hurla. Point culminant de cette guerre délicieuse. Accord majeur d'une symphonie désespérée. François se libéra dans ses cris. Une parenthèse, hors du réel, hors du temps. Il n'était plus qu'un feu, une source, le vent...

Elle retomba sur lui. Instant de plénitude. Paix de l'esprit et des sens. L'éternité, condensée dans le seul souffle de leurs respirations.

Puis très vite, le malaise. Que lui était-il arrivé ? Une collègue de boulot... Il s'était pourtant imposé de ne jamais mélanger les genres.

Mais il y avait pire encore. Il venait de tromper Diane. Vraiment. Avec sa tête. Pour la première fois, ce que François avait ressenti dépassait le cadre d'un simple rapport physique. Julia l'avait emporté bien au-delà, jusqu'au point de fusion où les âmes se rejoignent. Elle venait de lui insuffler une étincelle de vie qu'il n'était pas prêt à accueillir.

— Pas mal pour un vieux...

Sa voix rauque n'était qu'un murmure. Chaud, enveloppant, comme une gorgée de lait au miel.

François ne répondit pas. Il était au septième ciel et ses pieds brûlaient en enfer. Elle se redressa et planta ses yeux dans les siens.

— Tu regrettes ?

— Non...

— Si.

Elle se colla à nouveau contre lui.

— Tant pis pour toi. Si tu veux vivre avec les morts, je ne peux rien y faire.

Le silence qui suivit l'écartela un peu plus. Il songeait à sa vie, au sacerdoce qu'elle était devenue. En clouant le cercueil de sa femme, François s'était enfermé avec elle. Il avait fait vœu de solitude et de malheur quand d'autres font vœu de partage et d'amour. Et lorsqu'il doutait, il lui suffisait de penser à Charlotte. Une gamine perdue à qui il avait enlevé sa mère, le cilice qui lui rappelait sa dette.

En quelques minutes, Julia avait tout chamboulé. Une tornade de vérité qu'il avait prise en pleine figure. Elle l'obligeait à regarder sa vie en face. À tout repenser.

Cette nuit était celle de sa résurrection.

Il lui faudrait du temps pour l'accepter.

# – III –
# JUSTINE

# 31

— Salut ma grande, c'est Papa.

— T'es où ?

— Sur l'autoroute. Tu as eu mes messages ?

— J'ai pas eu le temps de te rappeler.

François ne se sentait pas de réprimander sa fille. Il ne l'avait jamais fait. Sa stratégie éducative tenait plutôt dans le dialogue, l'explication. Et de toute façon, le seul son de sa voix le faisait fondre.

Il demanda d'un ton léger :

— Ça va, toi ?

— Super.

— C'est cool avec Mamie ?

— Comme d'hab'. Tu rentres, ce soir ?

François en rêvait. Une petite soirée en tête à tête avec Charlotte. Sushis, jus de fruits frais et série américaine.

— Je vais essayer.

Silence à l'autre bout de la ligne.

— Écoute, ma poupée... C'est un peu compliqué depuis trois jours.

— Si c'était que depuis trois jours...

— T'as raison... J'ai tout faux. Je te jure que je vais me rattraper.

— Laisse tomber. Mamie m'a préparé des hamburgers.

— Tu ne devrais pas avaler ces saloperies.

— J'adore ces saloperies.

— C'est bourré de cholestérol.

— T'as qu'à être là plus souvent. Ça m'évitera de faire des conneries.

— Chérie...

Une sonnerie lointaine enfla dans le combiné.

— Faut que je retourne en cours. Tu me tiens au courant ?

Pas le temps de répondre. Elle avait déjà raccroché.

François fit claquer son cellulaire. Envie brutale de le balancer par la fenêtre. Ces conversations téléphoniques lui laissaient chaque fois un goût amer. Rapides, insipides, frustrantes. Depuis quelque temps, c'était tout ce qu'ils partageaient.

Le visage de Julia vint se superposer à celui de Charlotte, lui remettant un peu de baume au cœur. La nature avait horreur du vide. Elle se débrouillait toujours pour combler les manques. Au moment où sa fille s'éloignait, une femme entrait dans sa vie.

Il l'avait quittée au petit matin, devant la gare, et sa peau lui manquait déjà. Cette nuit passée près d'elle était comme une révélation. Une alchimie inattendue dont le parfum flottait encore sur sa chemise. Julia lui évoquait un havre de paix, une terre familière où il avait enfin pu s'abandonner.

La jeune femme était rentrée à Avignon par le premier train. Leur relation naissante n'avait pas pour autant gommé les priorités.

Ils étaient flics. L'enquête continuait.

Avant de se séparer, ils s'étaient réparti les tâches. Julia creuserait la piste du rock Metal. Elle connaissait quelqu'un qui pouvait la rancarder sur Iron Beast, le groupe sur lequel Pierre avait flashé. Accessoirement, elle devait aussi faire le point avec son supérieur. Il n'était pas question de livrer à Devaux le fruit de leurs investigations. Seulement de lui soutirer de l'info, si par miracle le cow-boy avait progressé.

Quant à François, il allait disséquer le meurtre de Bagnolet. Une fille d'à peine seize ans. Massacrée à domicile. En trois jours, trois adolescents s'étaient fait assassiner. Chaque fois avec un luxe de barbarie. Ce crime s'inscrirait-il dans la continuité des deux premiers ? Allait-il confirmer la théorie du profileur quant au rituel suivi par le tueur ? Un rituel païen, lié à la nature, la renaissance, la transformation...

Il regarda l'horloge de bord.

Dix heures et quart.

Il venait de dépasser Lyon, le trafic était fluide. En continuant à ce rythme, il serait à Nanterre en tout début d'après-midi.

Quatre heures plus tard, François se faufilait sur le parking de la DCPJ. Pas mal de monde en ce milieu de semaine. Voitures de patrouille, véhicules banalisés et fourgons occupaient le moindre espace disponible. Il se gara où il put, laissa les clefs à un planton et courut vers les ascenseurs.

Septième étage. Retour au bercail et plongeon dans la mêlée. Dans l'open space de l'OCRVP, des flics en bras de chemise couraient dans tous les sens. Les imprimantes crachaient du papier au kilomètre pendant que les ordinateurs moulinaient. Le service était sur le pied de guerre.

François s'engagea dans le couloir desservant le quartier des gradés. Le saint des saints. Beaucoup plus calme, du moins en apparence. En approchant du bureau d'Hénon, il ralentit son allure. Il venait d'apercevoir une tête connue, celle d'un fantôme en blouson de cuir, tout droit sorti d'un cauchemar du passé.

Plus pourri qu'une pomme oubliée au soleil, Jouve en avait l'aspect flétri et le teint caramel. Il croquait à tous les râteliers, rackettait les dealers des cités de Bobigny et maquait des prostituées libériennes dans des Algeco de chantier. Sans son mentor, le commissaire principal Guillaume Forestier, il aurait été neutralisé depuis belle lurette.

Mais l'homme qui dirigeait la Crime en Seine-Saint-Denis l'avait à la bonne. Il lui offrait sa protection en échange de quelques basses besognes. Et probablement d'un pourcentage sur ses « affaires ».

Le salopard lui décocha un sourire mielleux. Marchand l'ignora, préférant se concentrer sur la suite. Si Jouve montait la garde devant le bureau d'Hénon, c'est que son maître était à l'intérieur.

— Ah, François ! Pas trop tôt...

— Salut, Roger.

— On a commencé sans toi.

Assis face au divisionnaire, Forestier ne se leva même pas. Grand, osseux, des cheveux poivre et sel. Malgré la maigreur, l'homme en imposait. Il faisait partie de ces rares flics à porter encore une cravate, un accessoire gris perle qui lui donnait l'allure d'un financier.

— Marchand... Ça fait un bail.

Il y eut une poignée de main virile et silencieuse. Les deux hommes se détestaient, il allait falloir composer.

— Un bail, ouais...

— On n'est plus fâchés ?

— Pourquoi, on l'était ?

Sourire acide de Forestier. Le différend qui les avait opposés n'était pas du genre à se régler avec le temps. Une Beurette retrouvée dans une cave à La Courneuve, défigurée à l'acide et battue à mort. C'était le genre d'image que François ne pouvait pas oublier.

Quand les soupçons s'étaient portés sur un des petits caïds de la cité, Forestier avait décidé de lui reprendre l'enquête. Privilège du rang... Le profileur aurait pu s'en accommoder s'il n'avait pas découvert la vraie raison de cette intervention. Le suspect dealait pour Jouve. Une pièce essentielle de son petit business, qu'il n'était pas question de mettre hors service. François avait commencé à ruer dans les brancards, on lui avait gentiment conseillé de laisser tomber.

— C'est bon, là ? On peut y aller ?

Hénon avait senti l'ambiance. Il était préférable d'écourter les préliminaires.

— Je te résume, lança-t-il pendant que François s'asseyait. La victime s'appelait Justine Crémant. Seize ans. Élève au lycée Henri-IV. Tiens, regarde. On a récupéré une photo.

François prit le portrait que lui tendait le divisionnaire. Une jeune fille souriait à l'objectif, visage de madone encadré par des cheveux noirs, coupés au carré. Elle avait de grands yeux, un peu étirés, dans lesquels l'ancien psy décela les stigmates du malheur. Une distance, un renoncement qui traversaient le papier pour vous appeler à l'aide.

Il reposa le cliché et demanda :

— Tu m'as pas dit qu'elle habitait à Bagnolet ?

— Ça change quoi ?

— Elle aurait dû être scolarisée là-bas, non ?

— Ses parents travaillent dans les médias. Ils avaient les moyens de s'offrir un loft à Bagnolet *et* un pied-à-terre dans le septième arrondissement. Bon, on avance ou tu veux connaître le montant de leur compte en banque ?

Le divisionnaire était à cran. La présence de Forestier ? L'enjeu d'une affaire qui devenait franchement très lourde ? François laissa courir.

— On avance.

— L'autopsie a eu lieu ce matin. La fille a été poignardée plusieurs fois avant que le type lui explose le crâne avec un tisonnier. Elle était déjà morte quand il l'a rouée de coups.

— Putain...

— On a relevé six entailles sur le thorax, d'une largeur de sept centimètres. Elles étaient suffisamment profondes pour atteindre la colonne vertébrale. La lame utilisée n'est pas courante. Une baïonnette, un poignard de combat, une lance peut-être... On a retrouvé le tisonnier sur place, mais aucune trace de l'arme blanche.

Un meurtre en deux tableaux. Comme pour Lucie. Comme pour Pierre.

— Elle a été violée ?

— Non.

Du point de vue de l'enquête, la nouvelle était raide. Elle contrecarrait toutes les prévisions de François et fragilisait sa théorie. Il laissa néanmoins Hénon poursuivre.

— Les équipes de Guillaume ont passé le loft au scanner. Pas une empreinte, pas un cheveu. Que dalle.

Toujours aucune trace. Comme les deux premières fois. Forestier récupéra la parole.

— Il n'y a pas eu d'effraction. J'te fais pas un dessin. Soit la porte n'était pas fermée, soit le tueur connaissait la victime. Dans les deux cas, il l'a poignardée par surprise. On n'a trouvé aucune marque de liens, ni sur les poignets, ni sur les chevilles.

François avait déjà la réponse.

— Il connaissait la victime.

Le flic en cravate haussa un sourcil.

— Ah oui ?

— Oui.

Silence. L'affirmation était trop péremptoire pour ne pas jeter le trouble. Hénon ordonna :

— On t'écoute.

Mouvement de tête du profileur, en direction de Forestier.

— Il est au courant pour le reste ?

— Au cas où tu ne l'aurais pas remarqué, on travaille en équipe. Alors dépêche. On n'a pas beaucoup de temps.

Marchand résuma ses déductions. La ritualisation des meurtres, l'ensemble qu'ils formaient, en relation avec la terre, la renaissance, la réincarnation. L'idée aussi d'un cycle qui n'était pas encore terminé. Il évoqua ensuite son hypothèse d'une perversion liée à l'interrogation identitaire, au transsexualisme.

Puis il expliqua comment le tueur avait approché les ados. Lucie et Pierre étaient des jeunes en souffrance. La première se prostituait, le second se sentait attiré par le mal. Ils constituaient tous les deux des proies faciles pour un homme plus âgé, un gourou en qui ils auraient pu voir un soutien. Leurs emplois du temps démontraient par ailleurs qu'ils avaient rejoint leur bourreau de leur plein gré. Ce dernier point ne pouvait s'expliquer que s'ils lui faisaient confiance.

— Tu es sûr de ce que tu avances ? demanda Hénon.

— Certain. Notre homme est un oiseau migrateur. Il ne bouge pas au hasard. Il a des rendez-vous, là où habitent ses victimes. Parce qu'il était déjà en relation avec elles. Qu'il les avait repérées.

Forestier glissa d'un ton fielleux :

— Sympa, ta théorie... Mais cette môme n'a pas été transpercée par un outil de jardinage.

— Pour l'instant, on n'en sait rien. La lame utilisée n'est peut-être pas un couteau.

— Quoi, alors ?

— Faut chercher.

Le flic en cravate soupira :

— Tu changes pas, Marchand... T'inventerais n'importe quoi. Du moment que ça apporte de l'eau à ton moulin.

— L'essentiel est de le faire tourner, Guillaume.

L'échange se raidissait. Hénon fit diversion.

— Y a quand même un truc qui coince. La gamine n'a pas été violée. Si je suis bien ton raisonnement, elle aurait dû. Après les labours, les semailles, non ?

François avait conscience de cette faiblesse. Il répondit, sur la défensive :

— Quelque chose a dû l'en empêcher.

— Ben voyons... ironisa Forestier. Il a peut-être pas pu bander ?

Mais oui, bon sang ! Sans le vouloir, le flic de la Crime venait de donner la réponse que François espérait. Le tueur était impuissant. Un symptôme fréquent chez les travestis et les transsexuels. Mieux que les perruques, les robes ou le maquillage, il signait de façon inconsciente une position fantasmatique passive.

François sourit. C'était tellement gros qu'il était passé à côté.

— Voilà comment je vois les choses, affirma-t-il. D'abord il poignarde sa victime. Ou plutôt, il creuse des trous profonds dans sa chair, comme s'il voulait atteindre l'écorce de son être. Les perforations précédentes, sur le corps retrouvé à Grenoble, ne devaient pas le satisfaire. Il lui fallait labourer encore. Forer des puits dans lesquels déposer sa semence.

Il marqua une pause et se tourna vers Forestier.

— Tu as au moins raison sur un point, Guillaume. Son seul problème est qu'il est impuissant. Mais il sait que cette impuissance est de nature purement psychique. De temps en temps, il lui arrive quand même d'avoir une érection. Surtout quand il ne l'a pas décidé. Pour lui, tout se joue dans la tête. Il en a conscience et c'est probablement ce qui l'a poussé à s'interroger sur son identité sexuelle, à envisager de devenir femme.

— Et ? lâcha Forestier peu convaincu.

— À l'instant crucial, au moment du rituel où doit s'opérer la transmutation, il sait qu'il lui faudra être un homme. Sexuellement. Il veut croire qu'il en est capable, que ça marchera. Son désir est tellement exacerbé que son esprit suivra. Mais rien ne vient. Pas la moindre tension entre ses jambes. Alors il disjoncte. Il attrape un objet, n'importe quoi, et il extériorise sa frustration. Il frappe. Il s'acharne. Il détruit cet idéal qui lui échappe une nouvelle fois.

Le profileur s'interrompit. Pendant quelques secondes, personne n'osa relancer. Enfin, Hénon se racla la gorge.

— Intéressant... Et concrètement, on va faire quoi ?

— Il faut étudier le profil de la dernière victime, répondit François. Je suis certain qu'elle a aussi de gros problèmes.

— C'est maigre, soupira Forestier.

— Tu as mieux ?

— Pas encore. Mais fais-moi confiance, je vais trouver.

Le profileur se leva sans répondre.

— Autre chose ?

Hénon n'était pas plus désireux que lui de poursuivre la réunion.

— C'est bon, barre-toi. Et tiens-moi au courant dès que tu en sais un peu plus.

François salua en inclinant la tête.

— Oui, *patwon*.

# 32

Une longue avenue morne.

Des immeubles couleur de muraille, écrasés par un ciel sans relief. La pluie, pulvérisée en fines gouttelettes sur des trottoirs aux airs de réglisse sombre. Dans ces ombres dessinées au fusain, le panneau rouge et blanc marquant l'entrée de Bagnolet luisait comme une balise.

François tourna à gauche, dans une petite rue qui montait vers une zone pavillonnaire. La déprime ambiante baissa d'un cran, remplacée par une sensation de confort étriqué. Depuis quelques années, les bobos colonisaient les quartiers ouvriers de la petite couronne. Ils acceptaient de se mélanger au prolétariat en échange de quelques mètres carrés supplémentaires. Jour après jour, la colonie grandissait. Les maisons se rénovaient, les prix grimpaient, et les agences immobilières se frottaient les mains.

Le policier suivit les indications du GPS. À droite, cent mètres. Puis une longue courbe qui le fit revenir sur ses pas. Une sorte de traverse, en sens unique. Il y était.

Il repéra le numéro et se gara devant. Le domicile des Crémant était en fait une maison de ville donnant directement sur le trottoir. Elle comportait un rez-de-chaussée aveugle, le long duquel courait un portail noir, un premier étage percé de baies vitrées et un toit mansardé. Pas de vis-à-vis, hormis une bicoque décatie dont les fenêtres étaient murées.

François sonna. Une voix aiguë fit crépiter l'Interphone.

— Oui ?

— Commissaire Marchand. J'ai appelé tout à l'heure.

La barrière de métal coulissa sur ses rails. Il tomba directement sur un garage dans lequel somnolait une Mini Cooper flambant neuve. À droite, une porte entrebâillée laissait apercevoir une pièce toute en longueur, aménagée en salle de projection. Au fond, un escalier abrupt s'accrochait au mur.

La voix descendit de la cage.

— Je suis en haut.

Une femme l'attendait à l'étage. Épaules voûtées, silhouette longiligne, la quarantaine. Elle portait un simple jean, une paire de Converse et un pull bleu à col en V. L'allure d'une étudiante, les rides en plus. Ses traits figés formaient un masque de porcelaine, donnant l'impression qu'elle venait de se shooter à l'héroïne.

— Madame Florence Crémant ?

Léger signe de tête, à la façon d'un automate. François tendit sa main.

— Merci de me recevoir.

L'intérieur aurait pu faire six pages dans un magazine de décoration. Tout l'espace avait été repensé, ne laissant de la bicoque de départ que les murs maîtres, en brique rouge, ainsi qu'une cheminée immense équipée d'une hotte en bronze. Plus une cloison, des verrières un peu partout, un escalier de fer menant probablement aux chambres. Le concepteur de cette œuvre avait créé une pièce à vivre démesurée, un vaste plateau meublé a minima et habillé de toiles contemporaines. Une seule porte dans ce désert, barrée par les scellés jaune fluo de la police.

Probablement la cuisine.

François dédaigna la scène de crime. Ce qui l'intéressait ne s'y trouvait certainement pas. Il laissa la femme prendre place dans un long canapé blanc et s'assit en face d'elle. Une fois encore, la situation qu'imposait son enquête le dérangeait en profondeur.

Il l'aborda à sa façon.

— Vous tenez le coup ?

— Je ne sais pas... C'est trop frais.

— Et votre époux ?

— Il s'agite. Heureusement, Hugo lui donne de quoi s'occuper.

— Qui est Hugo ?

— Notre petit garçon.

Un autre enfant. Forestier avait omis de mentionner ce détail.

— Quel âge a-t-il ?

Brève lueur dans les yeux délavés.

— Cinq ans.

— Il est au courant ?

— Non. Il dormait au moment où ça s'est passé.

François eut du mal à le croire.

— Il était ici quand...

— Justine le gardait. Je ne crois pas aux miracles, mais là je dois dire...

Elle entrecroisa ses doigts. Vu la blancheur des jointures, elle devait serrer de toutes ses forces.

Puis elle reprit :

— Hugo n'a pas encore réalisé. Michel... enfin mon mari, l'a immédiatement emmené chez sa mère, à Marne-la-Vallée.

Le tueur avait épargné le gosse. Pourquoi ? François reporta cette interrogation à plus tard.

— Je voudrais qu'on parle un peu de Justine. Vous croyez que vous pouvez ?

— Je... Je ne suis pas sûre.

— On va essayer. Si vous sentez que c'est trop difficile, on s'arrêtera.

L'empathie. Toujours. François la vivait plus qu'il ne l'utilisait. Il embraya sur ce registre.

— Vous étiez proche de votre fille ?

— Je crois, oui. Autant qu'on peut l'être d'une adolescente, en tout cas.

Le profileur resta neutre. Mentionner l'existence de Charlotte était la dernière chose à faire. Même si elles avaient le même âge, sa fille à lui était toujours vivante.

— Comment allait Justine ?

La femme ne parut pas comprendre.

— Que voulez-vous dire ?

— Pas d'états d'âme, d'idées noires, de comportements à risques ?

— Vous me demandez si elle était en crise ?

— En quelque sorte.

— Non. Elle était bien.

— Vous en êtes sûre ?

Florence Crémant baissa les yeux. Elle laissa s'évaporer plusieurs secondes avant de les relever.

— Vous êtes un drôle de flic.

— Pourquoi ?

— Vos collègues ne m'ont pas posé ce genre de questions.

— Je ne travaille pas de la même façon.

Nouveau silence. Elle semblait réfléchir à ce qu'elle allait dire. Puis elle reprit d'une voix tendue.

— En quoi l'état psychologique de ma fille peut-il vous intéresser à ce point ? C'est elle qui a été assassinée, non ?

Terrain miné. Interdiction d'aller plus loin. Le profileur sut qu'il était sur la bonne voie.

— Je vous l'ai dit. Mon approche est différente.

— J'ai du mal à en saisir la finalité.

François la fixa, droit dans les yeux.

— Vous voulez la vérité ?

— Quelle vérité ?

— Celle qui m'oblige à vous demander tout ça.

La mère de la victime hésita. La situation lui échappait et pas moyen de faire machine arrière.

— Dites toujours.

François raconta. Le meurtre de Roussillon, celui de Grenoble, le lien qui selon lui les soudait en un bloc cohérent. Un bloc dont l'assassinat de Justine faisait maintenant partie.

Florence Crémant sembla tomber des nues. Personne ne l'avait mise au courant du fait qu'il s'agissait d'un tueur en série.

Le policier insista ensuite sur la personnalité des victimes. Des adolescents issus de familles aisées, apparemment sans histoires ni problèmes d'aucune sorte.

Tout comme Justine.

Sauf qu'en creusant un peu, il avait découvert pas mal de fêlures chez ces jeunes. L'une se prostituait à cause d'un père absent, l'autre était en train de renier une foi qu'on lui avait imposée pour se tourner vers ses ténèbres. Il était donc possible que Justine ait le même profil. Celui d'une ado en souffrance, cherchant ailleurs des repères que sa famille ne pouvait lui fournir.

En l'occurrence, auprès de l'homme qui l'avait massacrée.

La femme resta interdite. Cette avalanche d'informations la projetait dans une réalité inattendue. Et pour le moins hallucinante. Après un long silence, elle finit par accepter l'impensable.

— Vous êtes en train de me dire qu'elle connaissait l'assassin ?

— C'est possible, oui.

— Comment aurait-elle pu le rencontrer ?

— En allant là où elle n'aurait pas dû.

— Mais où, enfin ? Elle ne sortait jamais la nuit et j'allais la chercher moi-même à l'école.

François encaissa la nouvelle sans broncher. Comme pour Pierre, Justine pouvait très bien avoir un jardin secret.

— Qui fréquentait-elle ?

— Des copains de son lycée.

— Vous pourrez me fournir des noms ?

— Oui... Bien sûr.

— J'imagine qu'elle avait un téléphone portable ?

— Naturellement.

— Je voudrais également le numéro de sa ligne.

Elle se massa le front.

— Vous ne pensez tout de même pas qu'il s'agit d'un gamin de son âge ?

— Non. Je cherche seulement à mieux cerner son environnement. Qui elle voyait, où elle allait, ce qu'elle faisait. Il est probable qu'elle vous ait caché certaines choses.

— Nous parlions beaucoup. J'étais très à l'écoute.

— Je n'en doute pas. Seulement parfois, ce n'est pas suffisant.

Florence Crémant se tassa dans les coussins. Des ombres se déployèrent dans son regard.

— Je sais...

Elle expira profondément, comme si l'air contenu dans ses poumons l'oppressait.

Le psy sentit une ouverture.

— Que voulez-vous dire ?

— Je pensais que c'était terminé. Que tout était rentré dans l'ordre. On dirait que je me suis plantée...

François laissa venir la confession. Elle arriva d'une voix éteinte.

— Il y a deux ans, Justine a traversé une période difficile. Elle était mal dans sa peau, irritable, elle pleurait pour un rien. Au début, nous ne nous sommes pas inquiétés. Elle entrait dans l'adolescence... Puis tout est allé très vite. Elle a d'abord prétendu qu'elle était grosse, qu'elle devait faire un régime. Elle a commencé à maigrir. Beaucoup. Trop. Une nuit nous avons entendu des hurlements dans la cuisine. Nous sommes descendus en catastrophe. Elle était sur le sol, pliée en deux, baignant dans son vomi. Sur la table, il y avait six grosses boîtes de raviolis. Vides.

Sa voix s'était éteinte. Des larmes mouillaient ses joues. François laissa filer quelques secondes avant de formuler le diagnostic.

— Justine était anorexique...

— C'est le terme, paraît-il.

— Elle a été soignée ?

— Oui. Et remarquablement.

— Alors pourquoi dites-vous que rien n'était terminé ?

Les mots sortirent avec une sorte de rage.

— Parce que vous venez de me l'apprendre. L'anorexie de Justine trouvait sa cause dans une souffrance. Et cette souffrance, c'était moi. Peu importe qu'on l'ait guérie de cette saloperie. Si vous pensez qu'elle allait mal, c'est que la racine n'avait pas été arrachée.

Elle éclata en sanglots. Sa confession la renvoyait à une faute dont elle portait le poids. Laquelle ? Peu importait. À la douleur de la perte, se rajoutait maintenant celle de la culpabilité.

François aurait voulu l'aider. Son chemin personnel lui en donnait la possibilité, la légitimité. Mais il n'était plus psy. Son job, à présent, consistait à coincer le fou qui avait massacré Justine. Pour ça, il devait se concentrer sur elle.

— Où a-t-elle été soignée ?

— À Garches.

— La clinique du Lac ?

— Vous connaissez ?

— J'en ai entendu parler.

Et pour cause. Cet établissement était la Rolls des centres de traitement de la dépression. Tous les psys de la région y avaient envoyé des patients.

— Comment s'appelait son médecin ?

— Docteur Giraud.

— Paul Giraud ?

— Oui... Mais comment...

— C'est une vieille histoire.

La femme le regarda fixement. Elle était perdue.

— Je peux vous poser une question ?

— Je vous en prie.

— Qui êtes-vous au juste, commissaire ?

François se leva et rajusta sa veste.

— Un flic. Rien de plus.

# 33

Une belle connerie.

Bon sang, qu'est-ce qui lui avait pris de se jeter sur ce type ? Il n'était pas seulement trop vieux pour elle, ça encore, elle aurait pu le gérer. Non, ce qui la mettait en rogne, c'était d'avoir mélangé les genres. Boulot et cul faisaient rarement bon ménage. Tout le monde était au courant.

Mais il ne s'agissait pas seulement de sexe. Elle avait ressenti quelque chose. Une attirance, un trouble, d'abord balayé d'un revers de main.

Jusqu'à cette discussion, dans la chambre de l'hôtel...

Là, plus possible de l'ignorer. François la touchait. Il était de cette race d'hommes à qui l'on pouvait se confier, sur qui l'on pouvait prendre appui. Non pas à cause de son ancien métier, elle ne croyait plus depuis longtemps au charabia des psys. Sa force, son empathie, prenait naissance dans la vraie vie. Il avait souffert dans sa chair, connaissait le prix de la douleur. Ses cicatrices en faisaient certainement un bon flic, mais surtout, elles lui donnaient une force capable de rendre une femme heureuse. À condition qu'il tienne ses démons à distance...

Elle chassa ces pensées et tourna dans la ruelle.

L'action. Avec le sport, la meilleure des méthodes pour reprendre le contrôle de soi-même. Devaux n'avait pas apprécié son escapade. Il le lui avait gueulé au visage avant de l'envoyer interroger les parents de Lucie. Une procédure de routine dont personne ne s'était soucié. Tout simplement parce qu'elle ne présentait aucun intérêt. L'adolescente vivait seule depuis bientôt six mois. Elle avait coupé les ponts avec le reste de sa famille.

Mais le patron du SRPJ d'Avignon avait les nerfs. Comme prévu, la perquisition au domicile de Galthier n'avait rien donné. Pas mieux pour l'enquête de voisinage. Quant aux infos crachées par les différents fichiers de la police, elles ne menaient nulle part. Les gendarmes continuaient à quadriller le département, pendant que les hommes du cow-boy se tapaient les grandes surfaces de jardinage et les revendeurs de matériel médical.

Tout ça en pure perte.

De plus, Devaux subodorait que François progressait. Le bobard servi par Julia ne l'avait pas convaincu. L'intimidation ne marchant pas, il s'était empressé de l'orienter sur une voie de garage.

La jeune enquêtrice s'arrêta devant une vitrine. Elle se vit d'abord, silhouette imprécise qui se découpait dans le reflet de la vitre. Jean, anorak, lunettes de surf et cheveux ébouriffés. Ce look un peu androgyne était le sien. Une preuve supplémentaire de son incapacité à assumer pleinement son statut de femme ?

Puis son regard traversa le miroir. Aussitôt, elle se sentit chez elle. La vitrine croulait sous les bandes dessinées, les figurines de plastique et les masques de carnaval. Elle aimait cet univers imaginaire où se croisaient les héros de son enfance : Han Solo, XIII, Largo Winch, Spiderman... Des personnages pour petit garçon dont son père lui avait communiqué le goût. La seule chose qu'elle conservait de lui.

Elle poussa la porte en souriant. Au diable Devaux et ses plans à la con. L'audition des parents de Lucie attendrait.

Pour l'instant, elle avait mieux à faire.

Le magasin était un vrai foutoir. Il s'organisait approximativement le long d'un couloir sombre, coincé entre deux rangées de rayonnages. Les BD, plus ou moins classées par ordre alphabétique, montaient en rangs serrés jusqu'au plafond. Des vaisseaux intergalactiques suspendus à des fils de pêche semblaient attendre en vol géostationnaire. Au fond, montant la garde, une peluche à taille humaine, sorte de rongeur aux yeux vicieux enveloppé dans un imperméable style Columbo. Dans un sourire, Julia songea à une marmotte exhibitionniste.

Hormis cette créature à la Bilal, personne.

Elle appela.

— Roland ? T'es là ?

— Une minute ! J'arrive !

Un lutin sortit de l'arrière-boutique, les bras chargés d'albums. Il mesurait à peine un mètre soixante, le crâne rasé, à l'exception d'une houppette rousse plantée sur le haut du front. Malgré les lunettes rondes, le pull en Lycra moulant et les Doc Martens, on pensait tout de suite à Tintin. Pour la jeune femme, il évoquait plutôt Frodon, le hobbit du *Seigneur des anneaux*. Une créature improbable, asexuée et adorable. Elle l'avait rencontré l'année précédente, quand elle était tombée par hasard sur la boutique de la rue Rouge, en plein cœur de la cité historique. Depuis, ils avaient sympathisé.

— Julia ! Ça fait plaisir.

Il posa sa pile sur une autre, en équilibre instable, et embrassa la jeune femme sur la joue.

— T'es en congé ?

— Pas vraiment.

— Oh, oh ! T'es venue enquêter dans la troisième dimension ?

Il s'était déjà attelé au classement de ses trésors.

— La douzième. T'as entendu parler du meurtre de dimanche, j'imagine ?

— La gamine à Roussillon ?

— Oui.

— C'est moche. On t'a filé l'affaire ?

— Disons que j'y travaille.

Le lutin attrapa un escabeau et grimpa dessus. Tout en insérant les BD sur les étagères, il demanda :

— En quoi je peux t'aider ?

— Tu m'avais bien dit que t'étais branché rock Metal ?

— Un peu, ouais.

Julia sourit intérieurement. Roland était raide dingue de cette musique. Il aurait pu écrire un guide sur le sujet.

— Fais pas le modeste. T'es une vraie bible et j'ai besoin que tu m'éclaires.

— Tu devrais aller à la Fnac. Y a des spécialistes.

— Je préfère pas.

Il redescendit de son perchoir et se planta face à elle.

— *Qué pasa ?* On dirait que quelque chose te tracasse.

— Je peux rien te dire.

Roland leva un sourcil, sceptique. Il fit volte-face et se dirigea vers un bac, rempli de vieux numéros de *comics* américains. Il commença à les ranger.

— D'accord... Tu veux savoir quoi ?

Julia sortit le CD que lui avait confié François, celui confisqué au Hell's dans le squat de Grenoble.

— Tu connais ?

Le lutin prit l'objet. Il détailla la jaquette avec intérêt.

— Iron Beast... Comment tu l'as eu ?

— Peu importe. Qu'est-ce que tu peux m'apprendre sur eux ?

— Déjà, je peux te dire que c'est pas ma came. Des dingos. Ultraviolents. Va faire un tour sur Internet, tu verras.

Julia l'avait déjà fait. Le matin même, en passant chez elle se changer. Elle n'avait rien trouvé. Seulement des pages inaccessibles, interdites par la censure.

— J'ai essayé. Y a rien.

Tintin ne parut pas vraiment surpris.

— Remarque, ça leur pendait au nez. Les *providers* ont dû se faire taper sur les doigts et couper le robinet.

— Pourquoi ?

— Appels au meurtre. Ça le fait pas trop.

— Sérieux ?

— Des furieux, je te dis.

Julia eut l'impression que la boutique se resserrait.

— D'où ils viennent ?

— Tchétchénie.

La femme flic percuta dans la seconde.

— En quelle langue s'expriment-ils ?

— Russe, pourquoi ?

Pierre suivait des cours de russe au lycée Saint-Joseph. Il était même suffisamment bon pour aider les autres. Il avait dû saisir le message que diffusaient ces dingues.

— Pourquoi ont-ils pris un nom anglo-saxon ?

— Pour impressionner le public. Dans ce milieu, tu peux pas t'appeler Vodka Smirnoff ou Perestroïka. Ça ferait pas sérieux.

— Ils se sont déjà produits en France ?

— Une fois ou deux, à la fin des années quatre-vingt-dix. Fallait voir le spectacle. J'y suis jamais allé, mais paraît que ça déménageait. Simulacre d'égorgement, litres d'hémoglobine balancés sur le public, que du lourd.

— Et maintenant ?

— Ils ont été interdits partout. Même dans leur propre pays.

— Comment font-ils ?

Roland attrapa une figurine, sorte d'elfe aux cheveux verts et au corps de bombe atomique. Il la cala sur le haut d'un présentoir et répondit :

— D'après ce que je sais, ils enregistrent dans la banlieue de Grozny. Ils tournent aussi des vidéos. Genre snuff moovie, avec viols en série et mises à mort. Ensuite, ils balancent tout sur la toile. Jusqu'à ce qu'on intercepte leur « production ».

Julia était fixée. Iron Beast donnait dans ce qu'il y avait de pire. Ultraviolence et perversions en tout genre sur fond de musique agressive. Cerise sur le gâteau, on les écoutait sous le manteau. Cette censure avait dû encore renforcer la volonté de Pierre de transgresser un interdit.

— On ne les a jamais arrêtés ?

— Leur tête est mise à prix. Officiellement...

— Et en réalité ?

— Cet enfoiré de Poutine laisse faire. Ça lui permet de dire que les Tchétchènes sont des démons et de justifier sa politique d'occupation.

Julia frémit. La stratégie du Premier ministre russe importait peu, mais le terme utilisé pour qualifier les opposants l'interpellait. « Démons »...

Elle demanda :

— Le groupe a une connotation sataniste ?

Roland haussa les épaules, comme si la réponse tombait sous le sens.

— Évidemment...

Le cercle se refermait. Quand on crachait sur Dieu, qui d'autre que le diable pouvait vous accueillir ?

Julia remercia son copain d'une bise enthousiaste sur la joue.

— T'es royal.

Il lui rendit un sourire sincère.

— Tu vas aller chatouiller les suppôts de Satan ?

— C'est mon boulot.

— Fais gaffe. Tu risques d'avoir de drôles de surprises.

Elle écarta les pans de son anorak, dévoilant son arme accrochée sous l'aisselle.

— T'inquiète. Je suis équipée.

# 34

Une information en or.

Si la victime de Grenoble donnait dans le satanisme, des perspectives intéressantes s'ouvraient enfin.

Julia était tentée d'exploiter cette piste en solo, sans en rendre compte à François. Après l'impasse « Meetic » et la mise hors de cause de Galthier, le dernier « client » de Lucie, elle voulait lui prouver qu'elle était aussi capable du meilleur. Un péché d'orgueil certes, mais elle n'aimait pas l'idée d'une relation dominant-dominé. Depuis leur rencontre, François était celui qui savait, qui dirigeait, et probablement qui jugeait. Si leur histoire devait se développer, il fallait tout de suite rééquilibrer la balance.

Problème : elle était à Avignon et Devaux l'avait dans le collimateur. Avant de faire quoi que ce soit, elle devait d'abord l'endormir.

Elle grimpa dans la 306 banalisée, quitta les remparts par la porte sud et emprunta la rocade.

Dix-sept heures trente. Nuit noire et froid de gueux. Les réverbères plantés le long des berges peinaient à éclairer des péniches aux airs de camping-cars. Une brume épaisse dérivait sur les eaux, donnant l'impression qu'une source d'eau chaude coulait dans leurs entrailles.

Julia programma le GPS. Éric et Jennifer Barmont habitaient une villa au-dessus de Villeneuve-lès-Avignon, un village médiéval niché sur la colline, de l'autre côté du fleuve. Le couple avait proposé à l'enquêtrice de se retrouver directement chez eux.

Elle traversa l'immense pont qui enjambait le Rhône. Chaque fois qu'elle l'empruntait, les premières notes du célèbre quatrain lui revenaient aux oreilles : « Sur le pont d'Avignon, on y danse, on y danse... » Ce soir, personne n'avait envie de danser. Seulement de fuir à toute allure vers son refuge, calfeutré dans l'anonymat de sa voiture.

La jeune femme alluma la radio. Des jingles débiles embouteillaient les ondes, odes éphémères glorifiant la société de consommation. Elle coupa le son et se concentra sur la route. La nationale grimpait maintenant en pente douce entre une série de maisons en construction. Au bout d'une longue ligne droite, les murailles du fort Saint-André se dressèrent. Hautes, inaccessibles, faites de pierre lourde et percées de meurtrières. Elles avaient longtemps protégé l'abbaye de la Chartreuse des invasions barbares.

Julia longea les murs sur un bon kilomètre. À la sortie du village, elle emprunta un chemin qui descendait vers un lotissement. Troisième maison sur la gauche, portail blanc. Impossible de se tromper, avait promis le père de Lucie.

Elle trouva sans problème et se gara le long de la clôture. Un coup d'œil à sa montre. Dix-huit heures. Elle était pile dans les temps.

Un coup de sonnette. Pas de réponse. Elle réitéra deux ou trois fois, sans plus de succès. Au bout de cinq minutes, elle regagna la Peugeot, transie de froid. Elle allait composer le numéro d'Éric Barmont quand des phares se découpèrent dans le rétroviseur. Une BMW s'immobilisa à sa hauteur pendant que le portail coulissait sur ses rails. D'un signe de la main, le conducteur l'invita à la suivre.

Elle roula sur une allée de cailloux et se gara à côté de la berline, sur une sorte d'esplanade où sommeillait une Mercedes décapotable.

Julia sortit de sa voiture. Elle entendit le claquement étouffé des portières de l'allemande. Dans la semi-obscurité, elle vit deux silhouettes longilignes venir à sa rencontre.

— Vous avez trouvé facilement ?

La voix d'Éric Barmont était chaude, un peu trop peut-être, comme s'il la forçait.

— Sans problème, répondit Julia.

Ils se serrèrent la main. La policière se tourna vers la femme, restée un peu en retrait. Instinctivement, elle sut qu'il n'y aurait pas le même contact. L'autre se contenta de lancer un « bonsoir » réservé, sans s'approcher.

— Venez, proposa Barmont. On sera mieux à l'intérieur.

Le couple avait visiblement bien réussi. Les véhicules haut de gamme n'étaient que l'entrée en matière, le signe extérieur d'une fortune dont leur domicile criait l'évidence. Vaste, clinquante, la villa sentait l'argent récent. Le salon dans lequel Julia fut conduite avait été taillé dans le marbre. Un sol parcouru de veines bleutées, des murs rose pâle, une table massive encadrée par deux statues grandeur nature. Des tapis persans couleur caramel remontaient un peu la température de cet iceberg de mauvais goût.

Les quelques infos fournies par Devaux avaient appris à l'enquêtrice que les Barmont étaient coiffeurs. Comme leur fille, mais sur une autre échelle. Ils possédaient trois salons dans la région, franchisés sous l'enseigne Jacques Dessange. L'entreprise marchait du feu de Dieu et employait quarante personnes.

La femme posa son blouson de daim sur le rebord du canapé et s'adressa à Julia :

— Je suis sur les rotules... Je peux vous laisser avec mon époux ?

Elle avait parlé d'une voix condescendante. Un ton qui s'accordait à la perfection avec le personnage. Grande, encore belle, distante. Le lifting qui tendait ses traits figeait son expression en une moue boudeuse.

Son mari n'attendit pas la réponse de l'enquêtrice.

— Vas-y, bébé. Je m'occupe de tout.

Il déposa un baiser sur ses lèvres et la regarda s'éloigner avec un air énamouré. Une courte seconde, Julia se sentit de trop. Une voyeuse, violant l'intimité d'un couple fusionnel. Barmont revint vers elle.

— Je vous sers quelque chose ?

La jeune enquêtrice n'en revenait pas. Cet homme venait de perdre sa fille. Et dans des conditions effroyables. Il affichait malgré ça un sourire de séducteur et lui proposait de prendre un verre ! Elle déclina, un peu sèchement.

— Merci. Sans façon.

Il sourit à nouveau et s'assit dans un fauteuil de métal. En prenant place en face de lui, Julia l'observa. La belle cinquantaine, bronzé aux UV, les tempes grisonnantes et la coupe impeccable. Le prototype du vieux play-boy, fringué dans le coup et adepte du fitness.

Il demanda en croisant les bras :

— Alors ? On commence par quoi ?

Julia était pressée d'en finir. Non seulement elle perdait son temps, mais en plus le comportement de ce type la gênait. N'ayant rien préparé, elle essaya de se rappeler les axes dégagés par François : la souffrance intérieure, liée à un rapport malsain au père ; la réponse à cette angoisse, au travers de la prostitution. Un détail du dossier lui revint en mémoire. Un détail qui à présent faisait sens et pouvait ouvrir la discussion.

— Lucie avait été émancipée l'année dernière, n'est-ce pas ?

— Sur le papier, oui...

— Que voulez-vous dire ?

— Je continuais à lui donner de l'argent.

François lui avait déjà fourni l'info. Lucie ne se prostituait pas pour arrondir ses fins de mois. L'enjeu était plus personnel.

Julia s'étonna quand même.

— Pourquoi cette démarche, alors ?

— Elle nous l'avait demandé.

— Et vous avez accepté ?

— Elle approchait de sa majorité. On a juste accéléré le mouvement.

Seule émotion palpable : l'agacement. Barmont n'avait pas l'air peiné, mais contrarié.

— Ce genre de souhait n'est pas neutre, insista Julia. Il y a toujours une bonne raison derrière.

— Des raisons, il y en avait dix mille. Pour résumer, on a considéré que c'était mieux pour tout le monde.

— Lucie vous posait des problèmes ?

Il soupira.

— C'est le moins qu'on puisse dire.

— Lesquels ?

— Elle était jalouse.

— De quoi exactement ?

— De Jennifer. C'est une très belle femme. Extrêmement féminine. Lucie était en compétition avec elle.

La façon dont Barmont avait parlé de son épouse confirmait la nature fusionnelle du couple. Julia minimisa le jugement du play-boy.

— Ce sont des choses qui arrivent, non ? Surtout à l'adolescence.

— Sauf que ça durait depuis beaucoup plus longtemps. Lucie n'a jamais supporté de nous voir ensemble. Je sais que c'est dingue, mais si elle avait pu, je crois qu'elle se serait volontiers débarrassée de ma femme.

Quelque chose détonnait dans le discours. Julia eut comme un doute.

— Je ne suis pas sûre de comprendre. Votre épouse n'est pas la mère de Lucie ?

— Non. Je me suis remarié peu de temps après sa naissance.

La jalousie de l'adolescente s'expliquait à présent. Une marâtre imposée, un père qui ne la voyait pas. Elle avait dû se sentir bien seule au milieu de ce couple égocentrique.

Julia prit la défense de Lucie.

— Ça n'a rien de dingue. Elle devait seulement être un peu amoureuse de vous. Toutes les petites filles sont amoureuses de leur papa.

— Peut-être. Mais là, ce n'était pas gérable.

— Pourquoi ?

— Parce qu'elle menaçait Jennifer.

— Menaçait comment ?

Le visage du roi de la coiffure se durcit.

— Physiquement. J'ai dû intervenir à plusieurs reprises pour les séparer.

La violence à présent. Après les passes via Internet, une nouvelle façon d'exprimer sa souffrance. La femme flic essaya de creuser cet axe.

— Plus généralement, comment se comportait-elle ?

— Des accès de colère, des fugues. Elle n'en foutait pas une en classe et se faisait servir à la maison.

Des réponses attendues, la description d'une gamine en rébellion. On tournait en rond.

— Elle est quand même devenue coiffeuse, essaya Julia. Le même métier que vous...

— Ça ? C'était pour me faire chier. Comme le fait d'avoir arrêté l'école à quatorze ans et de fréquenter ce minable.

Rancœur à fleur de peau. Le vernis du discours s'écaillait, laissant la place à un langage plus cru. Celui, sans doute, que Barmont s'évertuait à gommer depuis qu'il avait réussi.

Julia tira le fil.

— Elle avait un copain ?

— Un petit connard, oui. Tout le temps fourré avec elle.

— Je croyais qu'elle était solitaire ?

— Ben vous êtes mal renseignée.

— C'était quand ?

— Il y a six mois. Juste avant qu'elle fasse ses valises.

— Il s'appelait comment ?

— Aucune idée.

Julia insista.

— Stephen ? Maxime ? Ces noms ne vous rappellent rien ?

— Rien.

— Il ressemblait à quoi, alors ?

— À un branleur.

— Ça ne m'éclaire pas.

Il haussa les épaules.

— Qu'est-ce que vous voulez que je vous dise ? Ces merdeux, ils sont coulés dans le même moule. Des fringues trop larges, des coupes débiles, un air de veau.

— Aucun détail ne vous a accroché ?

— Non. À part qu'il avait cinq ou six ans de plus que Lucie.

Exit le garçon coiffeur et le fils de Galthier. Trop jeunes. Mais la colère de Barmont était palpable. Julia appuya sur la plaie, pour voir où ça la conduirait.

— Cette différence d'âge vous gênait ?

— Je connais ce genre d'enfoiré. Il s'imaginait sûrement pouvoir se taper ma fille.

— C'est pas un crime.

— Elle était encore très immature. Elle n'était pas prête.

Julia songea aux passes de la gamine. Une seconde, elle hésita à mettre les pieds dans le plat, histoire de donner une leçon à cet égoïste. Elle réussit à se contrôler et revint sur le copain de la victime. Cette source d'information pourrait sans doute étoffer son profil psychologique.

— Elle l'a amené ici ?

— Un paquet de fois. Au début j'ai laissé faire. Après je l'ai foutu dehors.

— Votre maison est très excentrée. Il venait comment ?

— En voiture. Enfin... une caisse avec des roues.

Dans le mille.

— Quelle marque ?

— Volkswagen, Golf... Un des premiers modèles décapotables. La carrosserie était bugnée de partout.

— La couleur ?

— Grise, je crois. Le seul truc qui m'a frappé, c'est la sono. Un vrai matos de fou. Quand il arrivait, tout le quartier en profitait.

Pour la première fois, Julia sourit.

Elle tenait l'aspérité qui allait lui permettre de s'accrocher à la paroi.

# 35

La clinique du Lac était une belle demeure bourgeoise datant des années trente. Un gros bloc de trois étages, dans le pur style Riviera, dont la façade blanche ressemblait à une pièce montée.

Installée dans un parc de cinq hectares, à proximité de Saint-Cloud, elle avait été fondée par des élèves de Freud pour accueillir des patients atteints de dépression. François y avait souvent envoyé des cas désespérés, les souches résistantes qu'aucun travail sur le divan ne parvenait à soigner.

Il franchit le portail et s'engagea sur l'allée. Pelouses tondues de frais, arbres centenaires, sous-bois et bosquets. Une pellicule de givre brillait sur cette végétation, comme une délicate couche de sucre glace. L'endroit lui fit penser à un Relais et Château, un paradis très privé et très cher réservé à quelques *happy few*.

Il s'arrêta sur le terre-plein central et entra dans le bâtiment. À l'intérieur, une douce chaleur l'accueillit. Elle provenait du système de chauffage, mais également du cadre. Des couleurs crème, une moquette de velours rouge, des chandeliers électriques rappelaient le faste suranné de l'avant-guerre.

Le policier se dirigea vers l'ascenseur. Dans cette alcôve ouatée, il eut la sensation que le temps s'était recroquevillé. Il se voyait dix ans plus tôt, jeune psy encore gonflé de ses idéaux, partant à l'assaut des monstres imaginaires qui torturaient ses malades. Son reflet dans le miroir le rappela au présent. Il n'était plus qu'un homme brisé courant après lui-même. Une coquille vide dont l'âme s'était enfuie.

La porte s'ouvrit sur un couloir feutré. Des tableaux s'alignaient sur les murs, emprisonnés dans des cadres dorés à l'or fin. Une lumière douce filtrait d'appliques en demi-lune.

François entra sans frapper. Le docteur Paul Giraud, médecin chef et actionnaire principal de la clinique du Lac, l'attendait, assis derrière un bureau en bois cérusé.

Imposant, la quarantaine fatiguée, il avait le teint pâle de ceux qui ne voient jamais le soleil. Il ne portait pas la blouse traditionnelle mais une tenue décontractée : jeans, chemise, veste, le tout griffé Armani. Le nouveau look des psys, songea François. Moins austère, plus rassurant. De petites lunettes d'écaille lui conféraient la légitimité intellectuelle qui faisait défaut à ses traits. Grossiers, taillés à la hache, surmontés d'une mer de cheveux noirs. Il aurait pu sans peine jouer le rôle d'un chef barbare dans une reconstitution historique.

— T'as pas changé.

— Toi non plus, répondit François.

Ils mentaient tous les deux. Depuis leurs années d'internat, à l'hôpital Sainte-Anne, de l'eau avait coulé sous les ponts et ridé les visages.

Ils se serrèrent la main avec chaleur. François s'assit face à lui, dans un fauteuil de cuir fauve. La pièce ressemblait à un salon anglais, moquette épaisse et meubles d'époque. Pas le moindre papier, et encore moins d'ordinateur.

— Flic... s'étonna Giraud. J'arrive pas à le croire.

— Moi non plus, je te rassure.

— Qu'est-ce qui t'a pris ?

— Compliqué. Je t'expliquerai ça un autre jour.

Le médecin-chef de la clinique du Lac saisit le message. Il sourit avec bienveillance et croisa les bras sur son torse de bûcheron.

— En quoi puis-je t'aider ?

— Tu as soigné une anorexique, il y a deux ans. Justine Crémant. Tu t'en souviens ?

— Les anas, c'est pas ce qui manque ici.

— Elle a été assassinée la nuit dernière, à Bagnolet.

— Merde... Et c'est toi qui t'occupes de l'enquête ?

— En partie, oui. J'ai besoin que tu m'aides à y voir clair.

— Comment ?

— En me parlant d'elle.

Giraud parut embarrassé.

— C'est une démarche officielle ?

— Tout ce qu'il y a de plus officiel.

— Alors...

Le psychiatre décrocha un téléphone. Pendant cet interlude, le regard de François dériva vers la fenêtre. Il aperçut, dans une trouée d'arbres, les miroitements bleutés d'un lac immense. Le temps, dans ce lieu, semblait s'être arrêté, comme pour laisser à l'esprit une chance de se reconstruire.

Une minute plus tard, une brune aux allures de fantasme pointa son nez. Elle posa une chemise en carton sur le bureau, décocha un sourire à Giraud et s'éclipsa. Les deux hommes eurent un regard complice. Aucun ne fit de commentaire.

— Justine Crémant, fit le médecin chef en ouvrant le dossier. Effectivement... c'est moi qui l'ai suivie. Elle avait quatorze ans au moment de son hospitalisation. Elle est arrivée le 6 mars 2007 et a séjourné ici pendant trois mois. Envoyée par un généraliste de Bagnolet pour TCA.

Le sigle signifiait : troubles de la conduite alimentaire. Sans être un spécialiste du sujet, François savait que ce terme recouvrait pudiquement des maladies très lourdes : anorexie et boulimie pour les plus connues, mais aussi pica, mérycisme ou hyperphagie.

Giraud feuilleta rapidement les quelques pages qui résumaient le séjour de Justine dans son établissement. Le profileur attendait, sans impatience. Enfin, son ex-confrère leva les yeux.

— Elle était très amaigrie. Trente-six kilos pour un mètre soixante-cinq. Tension artérielle faible, carences multiples, un début de décalcification. Aménorrhée constatée depuis quatre mois. On l'a perfusée dès son arrivée et on l'a placée en observation.

— Pourquoi ? Tu avais un doute sur le diagnostic ?

Giraud sourit :

— T'as oublié comment ça marche ?

— Un peu, oui. Rafraîchis-moi la mémoire.

— Du point de vue strictement médical, l'anorexie est un symptôme de perte d'appétit qu'on observe dans pas mal de maladies organiques ou psychiatriques. Le terme est utilisé à tort et à travers, notamment pour parler de l'anorexie mentale qui n'est qu'une forme particulière d'anorexie. Sans doute la plus vicieuse et la plus complexe, je le reconnais. Cette pathologie doit être validée sur la base de plusieurs critères et les TCA n'en sont qu'un. Le signal d'alarme. Ou l'arbre qui cache la forêt, comme tu préfères. Leur cause est d'origine psychopathologique, de type addictif ou psychotique. Donc, avant toute conclusion, il est impératif de procéder à un état des lieux complet du fonctionnement mental du sujet.

François approuva l'explication d'un hochement de tête. On arrivait peu à peu dans le champ de ses investigations.

— Je l'ai isolée de sa famille, poursuivait Giraud, et de tout ce qui pouvait lui rappeler de près ou de loin son existence à l'extérieur. On a commencé les entretiens au bout d'une semaine, quand son état physique s'est stabilisé. Je la voyais deux fois par jour, pendant une heure.

— Et tu en as conclu quoi ?

Giraud se replongea dans ses notes.

— Dans le désordre : rapport compliqué à la mère ; atteinte du narcissisme fondamental ; mauvaise intégration de l'image du corps en lien avec les caractères sexuels secondaires ; sentiment obsessionnel de culpabilité...

— Passe-moi les détails. Il s'agissait d'une anorexie mentale ou pas ?

— Un cas d'école. De type non restrictif, avec crise de boulimie, suivies de vomissements et de prise de laxatifs. Les montagnes russes...

— Tu l'as traitée comment ?

— J'ai suivi le protocole. Prise en charge tripartite : médicale, nutritionnelle et psychothérapeutique.

— J'ai vu sa mère. D'après elle, tu as fait des miracles.

Le psychiatre reposa le dossier. Il paraissait désabusé.

— Le terme est un peu fort. Je l'ai remise en selle, c'est tout.

— En tout cas, c'était assez concluant pour qu'elle reprenne une vie normale.

— Peut-être... C'est vrai qu'on ne l'a pas revue depuis deux ans.

François ne le sentait pas convaincu. Une attitude qui allait dans le sens de sa propre analyse. Il prêcha le faux pour savoir le vrai, une façon de ne pas influencer le spécialiste :

— T'es pas content ?

— On n'est jamais content avec une ana. Les rechutes sont systématiques. Question de temps.

— Tu l'aurais su, si elle avait rechuté.

— Pas forcément. Tout au moins tant que son état ne justifie pas une hospitalisation.

— À mon avis, ses parents t'auraient appelé s'ils avaient eu un doute.

— Encore aurait-il fallu qu'ils se rendent compte d'une récidive.

— Tu veux dire que Justine aurait pu le leur cacher ?

— Le seul signe détectable est la perte de poids. Si le malade reste stable en dosant jeûne et boulimie, il peut tromper son monde. La pathologie n'est pas pour autant maîtrisée.

Le profileur hocha la tête. Il avait maintenant la confirmation de ses propres intuitions.

— Tu peux entrer dans les détails ?

— C'est toujours la même histoire. On s'attaque d'abord au symptôme avant de traiter la cause. Pour ça, il faut penser à long terme, entreprendre une psychothérapie de fond, et prier pour que ça marche.

— Jusque-là, je m'en souviens. Ce que je voudrais savoir, c'est quel type d'angoisses prédominait chez Justine.

Giraud répondit sans hésiter.

— Dépressives.

— Pas de suspicion psychotique ?

— Non. Les tendances suicidaires étaient trop affirmées.

François possédait à présent une vue d'ensemble. Justine appartenait à cette catégorie d'anorexiques dont la problématique pouvait conduire au pire. Une mort souhaitée, planifiée, le plus souvent par défenestration ou absorption de médicaments. Mais dans son cas, le choix lui avait échappé. Quelqu'un s'était chargé de prendre la décision à sa place. Un dingue qui connaissait son histoire, ses problèmes, et s'en était servi. Il lui avait probablement offert son aide avant de la poignarder et de lui exploser le crâne.

Comment était-il entré en contact avec elle ? À quel moment de sa maladie ?

François demanda :

— Justine est restée trois mois ici, c'est ça ?

— À peu près, oui.

— Elle a créé des liens avec le personnel soignant ?

— Peu probable. Nos infirmières sont formées pour éviter les transferts.

— Tu peux quand même me fournir la liste des gens qui se sont occupés d'elle ?

— Si tu veux. Mais il faudra interroger toute l'équipe. Les postes tournent. Toujours pour la même raison. Le seul référent stable est le médecin traitant. Moi, en l'occurrence.

Impasse. François chercha ailleurs.

— Et les autres patients ?

— Franchement, c'est loin. Je ne m'en souviens plus.

— Qui pourrait le savoir ?

Giraud se massa les tempes, comme s'il cherchait à stimuler ses neurones :

— On pourrait demander à...

Il s'interrompit.

— Attends.... J'ai une meilleure idée.

Il reprit le dossier et le feuilleta à nouveau. Ses grosses mains tournaient les pages avec une délicatesse étonnante. Enfin il se leva et invita François à le suivre. Ils se retrouvèrent dans le couloir. Giraud poussa une porte, en face de celle donnant sur son bureau.

— Anaïs... Vous pouvez consulter le fichier d'occupation des lits à partir de votre ordinateur ?

La bombe de tout à l'heure, moulée dans une blouse blanche aux armes de la clinique. Elle détailla rapidement François et répondit en souriant :

— Vous cherchez quoi ?

— Chambres 7 et 54. Pour la période courant de mars à juin 2007.

La belle brune martela le clavier. Elle se tenait très droite, une position qui faisait ressortir sa poitrine gonflée comme un airbag.

— La 7 est une chambre simple. Occupée par Justine Crémant du 6 mars au 22 avril.

— Et la 54 ?

Mouvement de la souris. Clic.

— C'est une chambre double. Il y a eu plusieurs patients.

— Donnez-moi les noms, s'il vous plaît.

— Jacques Robin, Fanny Thonon, Léa Richcœur et... encore Justine Crémant.

Giraud regarda François, par-dessus ses lunettes. Puis il revint vers l'infirmière.

— Avec qui a-t-on placé Justine Crémant ?

Recherche rapide. Son sec des ongles sur les touches. Marchand avait l'impression qu'un chronomètre égrenait un compte à rebours.

Enfin, la réponse tomba.

— Léa Richcœur. Elles sont restées ensemble pendant plus d'un mois.

# 36

— Je ne sais pas si...

— Je vous promets. Il n'y en aura que pour une minute.

François était sur le palier, sa carte tricolore dans la main droite. Barrant l'entrée, une femme aux allures de baleine dont la djellaba jaune et or masquait à peine le volume. Elle avait de longues nattes blondes, des taches de rousseur et des yeux bleu turquoise. Avec un casque sur la tête, elle aurait pu ressembler à une Walkyrie.

Il répéta, plus fermement.

— Une minute...

Patricia Richcœur baissa la garde.

— D'accord. Mais je dois vous prévenir. Léa est très affaiblie en ce moment. Allez-y doucement...

Le commissaire pénétra dans un appartement cossu. Un décor des *Mille et une nuits*, fait de tapis aux motifs compliqués, de meubles bas en bois sculpté et de lourdes tentures pourpres. Des plateaux en cuivre débordaient de fruits secs : dattes, amandes, abricots, raisins. Il songea à un riad en plein cœur du Marais.

La mère de Léa le conduisit jusqu'à une porte, située au fond de l'appartement. Pendant le court trajet, le policier repéra plusieurs odeurs, aussi alléchantes les unes que les autres : parfum de cookies chauds, fragrance plus forte de la viande qui mijote, bouquet d'oignons et d'ail revenant dans du beurre...

La grosse femme gratta le bois.

— Léa ?

Pas de réponse.

— Il y a quelqu'un pour toi.

Elle fit tourner doucement la poignée.

— Chérie...

François entra derrière elle. La pièce était plongée dans la pénombre, comme un tombeau, une crypte. Une odeur de cataplasme le prit à la gorge.

— C'est moi, Léa... Tu dors ?

La Walkyrie avait parlé d'une voix très douce. Elle approcha sa main d'une lampe halogène et monta à peine la luminosité. François vit d'abord les reflets qui scintillaient dans le clair-obscur. Des dizaines de pupilles qui le scrutaient, impassibles, mortes.

La pièce croulait sous les poupées.

Alignées contre les murs, debout sur l'armoire, entassées sur le bureau, couchées sur le fauteuil... Une armée silencieuse semblant monter la garde.

Il détourna le regard, mal à l'aise. Ses yeux se posèrent sur le lit. La mère de Léa s'était assise sur le rebord. Elle chuchotait. Son dos monstrueux empêchait le commissaire de voir à qui elle s'adressait.

Enfin, elle se leva.

— Allez-y. Mais pas longtemps.

François s'approcha. Il vit d'abord deux bras aux allures d'os, posés sagement sur une couverture matelassée. Ils étaient soudés à un torse étroit, sans forme, flottant dans une chemise de nuit bleu ciel. Le reste du corps, masqué à la vue, ne devait pas être plus brillant. On distinguait à peine la bosse formée par les genoux, comme deux balles de tennis oubliées sous les draps.

Il crispa les mâchoires en remontant vers le visage. Des traits encore adolescents – seize, dix-sept ans à tout casser – ravagés par l'anorexie. Maxillaires saillants, arête nasale plus effilée qu'un bec d'oiseau, orbites creuses, cheveux filasse et dents déchaussées. Le masque de la mort.

Il se tourna vers la mère.

— Pourquoi n'est-elle pas hospitalisée ?

— Ça ne sert plus à rien.

— Vous ne pouvez pas dire ça...

Elle posa sa main boudinée sur l'avant-bras du commissaire.

— Je vous assure. On a tout essayé. Maintenant, on préfère s'en occuper nous-mêmes.

François sentit qu'il n'y avait rien à ajouter. Ni jugement, ni conseil, ni même un mot de réconfort. Cette femme était au-delà des paroles toutes faites. Elle avait fait son chemin. Accepté l'inéluctable.

Il hocha la tête et promit :

— Je serai bref.

Elle eut un sourire lointain. Il la regarda s'éclipser et s'assit à son tour sur le rebord du lit.

— Léa ? Tu m'entends ?

Une petite voix monta vers lui. Des relents d'œuf pourri également, produits par un appareil digestif trop longtemps malmené.

— Qui êtes-vous ?

— Ne t'inquiète pas. Je veux juste discuter un peu avec toi.

Le corps chétif se cabra faiblement.

— Vous êtes un docteur ?

Que répondre ?

— Non. Je suis policier.

— J'ai fait quelque chose de mal ?

Elle s'exprimait comme une enfant de cinq ans. Son psychisme devait être encore plus abîmé que son corps.

— Pas du tout, répondit le profileur.

Léa se détendit. Des larmes roulèrent sur ses joues. François accrocha son regard. Deux billes immenses, couleur mers du Sud.

— Écoute-moi bien, Léa. Tu te souviens de la clinique, près du lac ?

La panique déboula de plus belle.

— Je veux plus y aller ! Je veux plus !

— Tu n'iras pas. Je te le promets.

Elle remonta la couverture et l'observa comme un moineau apeuré. François reprit d'une voix très douce :

— Je veux seulement savoir si tu te souviens de Justine.

— Justine ?

— Elle était dans ta chambre à la clinique. Je sais que c'était il y a longtemps. Mais j'ai besoin que tu me parles d'elle.

— Elle est morte, c'est ça ?

L'affirmation surprit le commissaire. Vu l'état de la petite, il y avait peu de chances qu'elle ait regardé les infos.

— Qu'est-ce qui te le fait penser ?

— C'est ce qu'elle voulait.

— Elle te l'a dit ?

— Elle le disait tout le temps.

— Pourquoi voulait-elle mourir ?

— Comme ça... Pour rien.

Réponse absurde, derrière laquelle sourdaient le désespoir, le mal de vivre. François recadra sur le concret.

— Le docteur m'a dit qu'elle allait mieux en partant. Qu'est-ce que tu en penses, toi ?

Les yeux de Léa s'agrandirent.

— Mieux ?

— Justine est retournée chez elle, non ?

Le regard de lagon se voila.

— Oui... Moi aussi...

Le profileur perçut une détresse qui le fit frissonner. Il n'y avait pas d'issue sur cette route. À part la mort. Attendue, appelée.

Il prit sur lui pour poursuivre.

— Parle-moi de la clinique. Qu'est-ce que vous faisiez tous les jours ?

— Je m'en rappelle plus...

— Vous alliez vous promener dans le parc ?

— Un peu...

— Vous aviez des activités ?

— Je crois...

Elle répondait mécaniquement. La maladie semblait avoir rongé ses souvenirs.

— À part toi, elle avait d'autres amis ?

L'anorexique déglutit. On aurait presque pu entendre le raclement de sa glotte sur les parois de sa gorge.

— Je sais pas....

— Des gens qui venaient la voir ?

— Peut-être...

Les mots sortaient de plus en plus difficilement. Léa était exténuée. Marchand caressa son front. Elle soupira, comme si le geste l'apaisait.

Puis elle ferma les yeux.

Le policier attendit. Un silence effrayant planait dans la chambre. Autour, partout, les poupées le scrutaient d'un œil fixe, comme prêtes à lui bondir dessus.

Enfin, l'adolescente refit surface. Dans un filet de voix, elle demanda :

— Justine... Elle s'est libérée ?

François était glacé. En une fraction de seconde, il venait de saisir la structure profonde de cette gamine. Léa ne vivait que pour la mort. Le reste n'avait aucune importance.

Il garda la vérité pour lui et murmura :

— Oui...

Un sourire illumina les traits cadavériques.

— Elle nous l'avait promis... Elle au moins, elle a tenu sa parole.

Le policier tiqua.

— À qui a-t-elle fait cette promesse ?

— À toutes les sœurs...

— De quoi parles-tu ?

— Du blog.

— Quel blog ?

Elle avait refermé les yeux. Des tics agitaient ses paupières. Elle repartait déjà vers ses contrées peuplées de cauchemars. François se pencha vers elle.

— Léa ?

— Hum...

— C'est quoi ce blog ?

— Le... Le sien.

— Tu as l'adresse ?

— Dans... mon... ordi....

Puis elle sombra.

François s'approcha du bureau et alluma le PC. Une fenêtre de clarté illumina la chambre, comme un passage vers l'au-delà. Il se connecta sur Internet. Pas de mot de passe. La mère de Léa devait vouloir superviser les incursions de sa fille sur le Web. Quand la petite avait la force de se lever...

Il commença par les favoris. Néant. Puis les dernières connexions. Pas mieux. Rien, de près ou de loin, qui puisse ressembler à un blog. Léa devait effacer ses traces après chaque utilisation.

Il essaya d'appliquer la méthode de Julia. Léa dissimulait forcément à ses parents qu'elle était en relation avec une ana. Et de la même façon, Justine ne devait pas crier sur les toits qu'elle développait ce type d'instrument de communication. Surtout si elle s'y épanchait sur sa volonté de mettre fin à ses jours. Pourtant, Léa venait d'affirmer que l'info était dans son ordinateur. Il fallait donc chercher à l'intérieur, un code, une analogie, une anagramme peut-être, qui ne soit pas explicite en cas de contrôle inopiné.

Il quitta Internet et entra dans les dossiers persos de l'ado. Il y avait des photos de top models, de starlettes, toutes d'une maigreur maladive. Il tomba également sur un texte, des dizaines de pages qui devaient être l'ébauche d'un livre. En parcourant les premières lignes, François découvrit une prose mélodramatique, centrée sur les angoisses existentielles de Léa. Puis, rapidement, une expression retint son attention. L'anorexique parlait de la « Divine Marquise », une sœur à qui elle devait tout, qui lui donnait la force d'espérer.

Le rapprochement fut immédiat.

Une sœur.

La Divine Marquise.

Au masculin, cela donnait le « Divin Marquis ». Le nom de guerre de Sade. L'auteur controversé de *Justine*.

François se connecta sur Google. Il tapa les mots « sœurs », « Divine » et « Marquise ».

Une série de réponse s'afficha, toutes liées à l'écrivain. Il déroula la recherche, fébrile. Enfin, en bas d'une page, un site dont les lettres étaient grisées, signe que l'adolescente s'y était connectée récemment.

Son nom : « blogdivinemarquise.com ».

Trois coups tapés contre la porte le firent sursauter. Il se retourna. La mère de Léa s'encadrait dans le chambranle.

— Je suis désolée. Il va falloir la laisser se reposer maintenant.

Le policier hocha la tête. Il photographia mentalement l'adresse du blog et éteignit l'ordinateur.

En quittant la chambre, il précisa :

— Je me suis permis d'utiliser le PC de Léa. Une urgence.

La grosse femme le regarda d'un air étonné. Puis elle le raccompagna sans faire de commentaire.

# 37

Une Volkswagen.

Modèle Golf. Couleur gris métal. Mise en circulation datant de Mathusalem.

Julia n'imaginait même pas fouiller le fichier des cartes grises. Les renseignements fournis par le père de Lucie étaient trop vagues. Ils auraient donné des centaines de réponses.

Elle préféra se concentrer sur le seul détail original : la sono.

Les Pages jaunes consultées à partir de son cellulaire proposaient huit centres d'installation de matériel radio, tous situés dans la zone industrielle d'Avignon. Elle les appela un par un. Coup de bol, un concessionnaire Blaupunkt se souvenait d'avoir posé une chaîne haut de gamme sur une vieille Golf pourrie, l'année dernière. Il avait fallu bidouiller le système électrique pendant trois heures pour augmenter l'ampérage. Sans cette manip, pas moyen d'utiliser le matériel. Tous les circuits auraient grillé.

Le propriétaire de la voiture s'appelait Gérald Leconte. Adresse mentionnée sur la facture : « Les Genêts », 12, avenue Eisenhower à Avignon. Le nom rappelait à l'enquêtrice de vagues souvenirs, une intervention pour querelle de voisinage dans une résidence bas de gamme située à l'ouest de la ville.

Julia enclencha la première. Elle laissa derrière elle les remparts de la Chartreuse et rejoignit la nationale, direction la nuit noire.

En moins d'une heure, la circulation avait encore baissé d'un cran. Plus personne ou presque, impression d'une ville abandonnée.

Elle parcourut la distance pied au plancher. Une nouvelle branche venait de pousser sur l'arbre de vie de Lucie. Un type plus âgé qu'elle, qui se déplaçait dans une décapotable en faisant un raffut de tous les diables. Un individu voyant, soucieux de se faire remarquer mais possédant des moyens limités. Dans le cas contraire, il aurait frimé dans une voiture plus récente.

Qui était-il ? Que fabriquait-il avec une fille aussi jeune ? Le seul espoir de la sauter, comme le pensait son père, paraissait être une motivation bien faiblarde. Non. Il y avait autre chose. La policière en était convaincue.

Le petit groupe d'immeubles surplombait la voie ferrée. Des cubes sombres, quatre étages à vue de nez, entourés par une clôture végétale.

Julia franchit plusieurs ralentisseurs de vitesse, regard rivé sur les panneaux aux lettres stylisées : « Les Lavandes » ; « Les Oliviers » ; « Les Pins » ; « Les Romarins »... Un concentré de la flore provençale censé faire oublier la réalité. Dans ce quartier, on respirait les rejets toxiques de l'usine d'incinération implantée de l'autre côté des rails.

Elle tourna plusieurs minutes, sans trop savoir où elle allait, avant de tomber sur « Les Genêts ». Les petits balcons surchargés de géraniums et les façades proprettes lui rappelèrent son enfance. Un bonheur bon marché, factice, qui lui faisait maintenant froid dans le dos. En découvrant le vrai visage de son père, Julia avait déchiré l'image d'Épinal.

Elle chercha le nom sur l'Interphone. Leconte, appartement 32. Une pression sur le bouton. Une voix d'homme répondit aussitôt.

— Oui ?

— Police. Vous pouvez ouvrir s'il vous plaît ?

Une hésitation. Ce genre de visite secrétait toujours sa dose de crainte.

— Troisième.

Le panneau de verre bascula dans un claquement. Julia dédaigna l'ascenseur et grimpa les marches au pas de course. Elle atterrit sur un palier défraîchi, sentant vaguement le moisi. Une porte entrebâillée, sur sa droite. Un grand brun l'attendait, d'une beauté à couper le souffle. Épaules carrées, taille étroite et jambes interminables moulées dans un survêtement blanc. Son visage avait la pureté d'un profil grec, ses yeux s'étiraient comme ceux d'un chat.

— Gérald Leconte ?

— Oui.

Julia présenta sa carte.

— Lieutenant Drouot. SRPJ d'Avignon. Je peux entrer ?

— Qu'est-ce qui se passe ?

L'enquêtrice sentit une forme de réticence. Son instinct lui commanda de se méfier.

— Vous êtes seul ?

— Oui. Mais...

— Ce ne sera pas long.

Le beau gosse n'avait pas bougé d'un pouce. Il demanda d'un ton de défiance :

— Vous avez un mandat ?

Pour toute réponse, Julia sortit son arme.

— Ça suffira ?

Il leva les mains aussitôt.

— Je voulais juste savoir...

— Tu sais maintenant. Allez, bouge.

Il recula, libérant le passage. Tout de suite, Julia comprit les raisons de l'obstruction. Une odeur de cannabis embaumait la pièce, plus forte qu'un feu de camp.

— Tu fumes ?

— Moi ? Non.

— Ça pue le shit chez toi.

— C'est un parfum d'intérieur.

— Ben voyons...

Leconte ne faisait pas le fier. Julia sentit qu'elle n'avait plus rien à craindre. Elle rengaina son Sig Sauer et ordonna :

— Va t'asseoir.

Il marcha d'un pas lent vers un canapé à damier, le modèle de base vendu chez But ou Ikea. Le reste de son intérieur provenait des mêmes fournisseurs. Du fonctionnel, dépareillé, sans cachet ni valeur. Un point pourtant détonnait dans ce décor minable : les murs étaient recouverts de photos. On y voyait exclusivement Leconte, mitraillé sous toutes les coutures. En pied, en gros plan, habillé ou à moitié nu...

L'enquêtrice attrapa un tabouret de bar. Elle se posa devant le jeune homme et lança les hostilités.

— Je fais pas partie des stups. Je suis là pour Lucie. Lucie Barmont, tu te souviens ?

Le visage du garçon se décomposa.

— Oui.

— Tu sais ce qui s'est passé ?

— Je sais.

— J'arrive de chez son père. Il m'a dit que vous étiez copains. Tu peux m'en dire un peu plus ?

— Vous voulez savoir quoi ?

— Tout.

Il attrapa un paquet de cigarettes sur la table et en alluma une. Gestes lents, encore ralentis par la drogue.

— Je la connaissais comme ça.

— Sois plus précis. Qu'est-ce que vous foutiez ensemble ?

— Rien. On se voyait. On tapait la discute.

— Arrête de me prendre pour une bille. Tu voulais te l'envoyer ?

— Non. Enfin...

— T'aurais pas craché dessus.

Gérald ébaucha un sourire.

— Ma foi... Elle était pas repoussante.

Jusque-là, pas de surprise. Julia creusa.

— Elle fumait avec toi ?

— J'vous ai dit que je fumais pas.

L'enquêtrice leva les yeux au ciel.

— Écoute-moi bien, Gérald. T'as quel âge ?

— Vingt-cinq.

— OK. On cherche un type entre vingt-cinq et cinquante ans. Un enfoiré qui la connaissait assez pour la faire sortir en pleine nuit. T'es pile dans le créneau et le shit était un bon prétexte. Alors t'as intérêt à tout me dire.

Une vague de panique submergea l'Adonis.

— Vous croyez que...

— Je ne crois rien. Pour l'instant, tout le monde est suspect. Jusqu'à preuve du contraire.

Il écrasa sa clope et en ralluma une. Ses mains tremblaient légèrement.

— D'accord... Je me défonce un peu... C'est pas l'affaire du siècle.

— T'as raison. Seulement je veux savoir si Lucie touchait aussi à ça.

Il laissa retomber ses épaules, comme s'il relâchait la pression.

— Elle faisait pas qu'y toucher. Elle me fournissait.

Encore un virage. La route de Lucie était plus que sinueuse. Elle ouvrait à présent sur un nouveau paysage.

— Tu sais qui la servait ?

— J'ai pas demandé.
— Elle dealait beaucoup ?
— Je pense pas. Elle dépannait des potes, à l'occasion.
— Comment tu le sais ?
— Elle me l'a dit.
— Tu les connais, ces « potes » ?
— Non. Elle cloisonnait à mort.
Voie de garage. Sentiment de frustration. Chaque lumière s'éteignait avant d'avoir éclairé le chemin.
— Où vous êtes-vous rencontrés ?
— À l'agence.
— Quelle agence ?
— Class Mode. Je suis mannequin.
La débauche de photos. Tout ce narcissisme à gerber. Julia comprenait mieux.
— Lucie donnait dans le mannequinat ?
— Elle débutait. C'était pas évident avec sa taille.
— Trop petite ?
— Oui.... Mais elle avait la niaque. Elle arrêtait pas de harceler Jean-Louis.
— Qui est Jean-Louis ?
— Dieu le Père. C'est lui qui décide si tu bosses.
Julia enregistra le nom. Une pièce supplémentaire se rajoutait au puzzle. Elle regarda sa montre. Vingt et une heures. Il valait mieux attendre demain pour aller taper à sa porte. Et de toute façon, elle était crevée.

Ses yeux se posèrent sur l'Apollon. Lui, en tout cas, ne ferait pas de mal à une mouche. Elle se dit qu'en d'autres circonstances, il aurait bien fait l'affaire. Un toy-boy, juste pour une nuit.

Elle se leva rapidement.

Le visage de François venait de lui sourire, lui rappelant qu'elle avait mieux en magasin.

## 38

François poussa la porte de son appartement.

Chaque fois qu'il ôtait son manteau, déposait son arme et dégrafait son holster, il avait le sentiment de retirer une armure. Et depuis quelque temps, une panoplie.

Il l'avait pourtant voulue, cette reconversion ! Il s'était battu pour accéder à ce poste et avait attendu longtemps avant qu'Hénon lui donne ce qu'il espérait : un véritable face à face avec la folie. Ou pour être honnête, une occasion de se racheter.

Mais le prix à payer lui semblait de plus en plus lourd. Il côtoyait l'horreur depuis bientôt deux ans, passait son temps avec des types sans intérêt et perdait le contact avec sa fille. Julia avait vu juste. Il vivait avec une morte. Toute son existence s'était organisée autour du souvenir de Diane. De ce lien qu'il ne parvenait pas à dénouer. De cette dette dont il se sentait redevable.

Une voix enjouée le tira de ces pensées sinistres.

— Papa ? C'est toi ?

— Bonsoir, chérie ! Tu es dans ta chambre ?

— Je termine un truc sur mon ordi. J'arrive.

François passa dans la cuisine. Il ouvrit le frigo, sans trop savoir ce dont il avait réellement envie. La carte du jour ne l'aida pas à se décider : restes de poulet, légumes crus, batterie de laitages et pain Poilâne.

Il demanda à travers la cloison :

— T'as dîné ?

— Je me suis fait livrer une pizza.

— Tu ne devais pas manger chez ta grand-mère ?

— J'ai changé d'avis.

Le profileur soupira. Charlotte changeait *tout le temps* d'avis. C'était même un de ses principaux traits de caractère depuis qu'elle s'installait dans l'adolescence.

— Salut.

François se retourna.

— Salut...

Elle se tenait sur le pas de la porte, appuyée contre le chambranle, bras croisés dans une posture d'attente. Elle avait aujourd'hui un corps de femme, mis en valeur par un jean taille basse et un débardeur moulant, mais François voyait toujours la petite fille qu'il avait tenue jadis dans ses bras. Son visage, si proche de celui de Diane, était encore teinté d'enfance. Une beauté pure, blonde, dont, malgré des expressions parfois très dures, la fragilité perçait dans le regard.

Il savait qu'elle ne bougerait pas. Elle lui en voulait de son absence, de ce quotidien bancal qu'il lui imposait depuis trop longtemps. C'était à lui de faire le premier pas.

Il s'approcha et l'embrassa sur le front.

— Ça va ?

— On fait aller.

— Je crois que je vais me faire livrer des sushis. Tu me tiens compagnie ?

— J'ai une interro de maths demain matin. Faut pas que je me couche trop tard.

François jeta un coup d'œil sur sa montre.

— Vingt-deux heures douze. Tu me donnes jusqu'à la demie ?

— J'ai pas fini de réviser...

— Un petit quart d'heure. Pas plus.

Elle se trémoussa un peu, embarrassée. Puis elle régla l'alarme de son portable.

— Le compte à rebours est commencé.

François sourit. Il se servit un jus de pamplemousse, commanda son dîner et l'accompagna dans le salon.

Ils s'assirent côte à côte, dans le canapé en cuir blanc placé devant la baie vitrée. De ce point de vue, le tableau était féerique. La Seine s'étirait à leurs pieds, long ruban noir parcouru de miroitements, pendant qu'en arrière-plan les immeubles de la rive droite dressaient leurs façades de pierre dans la nuit électrique.

Charlotte ne disait rien. Elle était un peu en retrait, comme ailleurs. Malgré cette ambiance tiède, le policier profitait de l'instant. La seule proximité de sa fille le comblait. Il la prenait comme un cadeau.

Il se décida à engager la conversation.

— Quelles sont les news ?

— Pas grand-chose.

— L'école, ça marche ?

— Beaucoup de travail.

— Normal. Tu passes le bac à la fin de l'année.

Elle opina, sans conviction. Un silence s'installa. Il portait dans ses limbes tous les non-dits de la terre. Incapable de l'assumer, François mit les pieds dans le plat.

— Tu m'en veux ?

— Non.

— Si. Et tu as raison.

Il marqua une pause. Ce qu'il allait confesser n'était pas facile à sortir mais il devait crever l'abcès.

— Je comprends que tu sois en colère. On ne se voit plus. Tu dois avoir l'impression que je te laisse tomber.

— J'ai l'habitude.

— Ne dis pas ça. Je t'aime plus que tout. Je te jure que j'aimerais pouvoir être plus présent.

— T'as ton boulot... C'est la vie.

— Tu veux que j'arrête ?

Elle ricana.

— N'importe quoi.

— Je peux le faire. Il suffit juste de le demander.

— Et après ?

— Après quoi ?

— Rien...

François sentit le malaise. Il insista :

— Qu'est-ce qui se passe, ma grande ?

Charlotte prit une grande inspiration. Elle parla d'une traite, sans regarder son père.

— Tu te vois pas... Depuis que maman est morte, t'as pété les plombs. T'as laissé ton job parce que soi-disant il te rappelait trop le passé. Pour faire quoi ? La même chose. À part que maintenant, tu bosses chez les flics et que tu passes ta vie dans la rue. C'est n'importe quoi. En fait, tu penses tout le temps à elle. Ce sera toujours comme ça. Et moi...

Elle se tut. Aucune larme sur ses joues, pas le moindre frémissement de paupières. Elle était murée dans sa peine, comme une princesse égyptienne embaumée au creux d'un sarcophage.

François fixa sa fille, sonné. Une poignée de secondes, il chercha une réponse qui ne venait pas. La souffrance de Charlotte le désemparait. Froide, fossilisée, comme un cœur de métal palpitant sous une couche de glace vive.

Mais ce qui le perturbait le plus s'ancrait ailleurs. Dans le mensonge entretenu depuis toutes ces années. Charlotte n'avait jamais su ce qui s'était passé. Pour elle, sa mère avait eu un accident. Sa vision du présent découlait de là et il ne se sentait toujours pas le courage de lui révéler la vérité.

Il botta en touche.

— Je ne sais pas quoi dire... Tu as l'air si...

— Penses-y. Ce sera déjà pas mal.

Elle se leva et quitta le salon. François la regarda disparaître dans le couloir, incapable de la retenir, incapable de la rassurer. Il sursauta en entendant claquer la porte de sa chambre, comme si on le tirait brutalement d'un cauchemar.

Presque en même temps, une sonnerie stridente retentit. Il s'approcha du visiophone dans un état second. Un Asiatique casqué et boutonneux fixait la caméra, un sachet en carton de la marque Sushis Express dans la main droite.

# 39

Blog.

Un mot sorti tout droit de la pratique du web et longtemps ignoré du dictionnaire. En gros : sorte de journal intime et quotidien, permettant aux internautes de raconter leur vie en ligne ou de donner leur avis sur des sujets d'actualité.

Au début, ces confessions provenaient surtout d'ados en mal d'amour. Aujourd'hui tout le monde s'y mettait. Artistes, journalistes, hommes politiques... Le blog devenait un véritable outil de communication, aussi efficace qu'une campagne de pub.

François était assis sur son lit, l'ordinateur portable entre les jambes, le plateau de sushis à portée de main. Il s'était plongé dans son enquête comme on s'immerge dans un bain chaud. Entièrement. Totalement. Pour oublier que sa vie partait en lambeaux.

Il entra l'adresse.

Blogdivinemarquise.com

Aussitôt une page s'afficha. En plein milieu, une photo de Justine, en gros plan. Joues pleines, regard volontaire, rouge à lèvres noir et khôl sur les paupières. Une image à la Marilyn Manson, très éloignée de ce qu'avait vu François en découvrant la petite Léa. L'iconographie allait avec le personnage, plutôt gothique : lettres rouges, dégoulinantes de sang ;

fond sombre barré par des éclairs ; illustrations à base de pierres tombales, de chauves-souris et de crânes.

Le profileur avala un sushi au saumon. Le blog de Justine n'avait rien d'un blog de pro-ana, ces vitrines de la folie où la maigreur extrême était revendiquée comme un choix, une façon d'exister. Et pour cause. Ces sites avaient été interdits depuis peu, à la suite du décès de plusieurs top models se revendiquant de ce mouvement. Si on voulait passer entre les mailles de la censure, mieux valait la jouer fine.

Il déroula la page. Structure simple, du travail d'amateur. Alignées sur la droite, une série d'icônes ouvrant sur d'autres pages. Au centre, une succession d'encarts classés par date. Justine y exposait sa vie sans pudeur, dans un langage très cru. Le dernier, venant en tête de liste, remontait à l'avant-veille. Il commença à lire.

*16 janvier 2009.*

« Ça y est. C'est pour ce soir. Je suis prête. J'hésite encore sur la méthode. Pas évident. Surtout que j'aurai pas une deuxième chance. Si je rate mon coup, l'autre folle me fera passer une camisole. J'espère qu'elle va flipper. C'est pas l'essentiel, mais j'aime bien l'idée. Elle me fait chier depuis trop longtemps. Elle aura que ce qu'elle mérite. Et le connard aussi. Ils se sont bien trouvés tous les deux. Vous au moins, vous comprenez. Vous savez. Il n'y a pas d'autre issue. »

Le policier leva les yeux. La date correspondait à celle du meurtre mais Justine évoquait son suicide. Pas le moindre doute. Elle se méfiait et le faisait à mots couverts, un discours crypté à l'attention de ses « sœurs », qui, elles, sauraient le décoder. D'une façon ou d'une autre, le tueur avait également intercepté l'information. La correspondance des événements était trop criante pour être fortuite.

François remonta le temps.

*12 janvier 2009.*

« J'en peux plus. C'est trop dur. Ce soir, je me couche avec le ventre en feu. J'ai gerbé vingt-six fois à cause du vomitif. Ma gorge est à vif. J'ai plus de langue. Faut que ça s'arrête. »

*10 janvier 2009.*

« La folle croit que je vais bien. Elle en a profité pour me raconter sa vie. Je la connais par cœur sa putain de vie. C'est à cause d'elle que j'en suis là. Ana de mère en fille. Tu parles d'un destin. Si j'avais encore quelque chose dans le ventre, je le gerberais dans la seconde. En fait, je crois que c'est moi que je gerbe. Je voudrais trouver le courage de refermer le livre. Un jour ou l'autre, j'y arriverai. J'ai plus le choix. »

*9 janvier 2009.*

« Faut que je fasse gaffe. J'ai laissé traîner les emballages McDo dans la poubelle. Huit Big Mac. Elle aurait pu se douter. Heureusement qu'elle était défoncée. Elle a rien vu. La prochaine fois, je me gaverai directement sur place. »

François attrapa machinalement un autre sushi. Il le porta à sa bouche et le reposa aussitôt. Plus faim. Estomac noué. Il se redressa un peu et poursuivit la lecture en diagonale.

*2 janvier 2009.*

« Pourquoi ils m'ont appelée Justine ? Ils auraient pu me trouver un autre nom, c'est pas ce qui manque. Une maso et un sadique. Ils étaient faits pour s'entendre. Et moi dans tout ça ? J'suis quoi ? Le résultat de cette horreur ? »

*1er janvier 2009.*

« Nouvelle année depuis une heure. Meilleurs vœux à toutes. Le couple infernal s'est barré. Le nain dort déjà à côté et je suis seule comme d'habitude. Pas envie d'aller faire semblant de m'éclater. J'ai juste besoin de bouffer. D'ailleurs, j'me suis pas gênée. Un paquet de pâtes entier, et quatre pots de bolognaise. Quand je vais gerber, faudra planquer les meubles. Putain, c'est la lose. J'peux pas continuer comme ça... »

Le policier arrivait en bas de page. Un rectangle s'allongeait sur la droite, contenant les archives. Elles étaient classées par mois et remontaient jusqu'à juin 2008, probablement la date de création du blog.

Il commença par le début.

*5 juin 2008.*

« Salut à toutes et bienvenue sur mon nouveau blog. J'espère que vous aimez le nom. Perso, je trouve ça marrant. De toute façon, j'avais pas le choix. Pareil que pour l'ancien. Mes vieux me fliquent à donf. Je suis obligée d'effacer mes connexions à chaque fois. Mais pour nous ça change rien. On va pouvoir se parler tranquille, comme on le faisait sur "ana-conda." Leurs lois à la con nous empêcheront pas d'exister. On les emmerde. Je vous aime. »

François avait la bouche en carton-pâte. Il avala une gorgée de jus de fruit et en profita pour faire le point.

Giraud, son ex-confrère de la clinique du Lac, avait vu juste. Justine n'était pas guérie, loin de là. Elle jouait la comédie à des parents qu'elle haïssait, tout en continuant à se détruire. Mais surtout, elle avait entretenu des contacts avec la communauté pro-ana. D'abord avec un premier blog, sans doute plus explicite et maintenant censuré. Puis avec un deuxième, qui sans se revendiquer officiellement du mouvement parlait pourtant de la même chose : la souffrance psychique, la maltraitance du corps, la mort comme seule porte de sortie.

Il parcourut rapidement les archives, à la recherche d'un détail. Rien. Justine déversait sa bile, pleurait sur son sort et fantasmait sur le suicide. Parmi cette foule de phrases violentes, un message le toucha plus particulièrement.

*6 septembre 2008.*

« Vivre. Aller au lycée, au cinoche, avoir un copain. Ça paraît tellement simple... Mais il y a cette bête en moi. Elle me ronge tous les jours, elle m'empêche de respirer. Je dois la nourrir et j'ai aussi envie de la détruire. J'ai l'impression qu'elle est soudée à mes entrailles. Comme un alien. Si je l'arrache, c'est mon corps que je mutile. Si je la laisse respirer, c'est elle qui me dévore. Il n'y a aucune solution. Aucune. »

Une série de smileys, bouche arrondie vers le bas, illustrait par une image le désespoir qui submergeait l'adolescente. François en avait le cœur serré. Il avait écouté des patients au bord du gouffre, accompagné des douleurs jusqu'à leurs plus extrêmes limites.

Mais il s'agissait toujours d'adultes.

En survolant le blog de Justine, il découvrait bien pire encore. Pour ces enfants, l'avenir aurait dû être porteur d'espoir. Au lieu de cela, ils n'envisageaient que le néant.

François ferma les archives et revint sur la page d'accueil. À nouveau, il scruta chaque icône. Il y avait des conseils de lecture, des articles de presse, des vidéos, des témoignages, des liens et même un livre d'or....

Il cliqua sur ce dernier. Une phrase d'accroche apparut, écrite en rose bonbon : « Mon livre d'or. Si vous avez envie de me laisser un 'ti message sympa !!!! Bisous ». Le policier déroula les posts en commençant par les plus anciens. Des textes courts, d'une naïveté touchante, qui démontraient à quel point les pro-ana étaient encore enracinées dans l'enfance.

Au fil de la lecture, un correspondant retint l'attention du profileur. Une certaine Natacha avait écrit à plusieurs reprises depuis le mois de novembre. Au ton employé, elle paraissait entretenir une relation personnelle avec Justine. Elle lui rappelait leur rencontre, leurs longues discussions sur la maladie, le soutien et le réconfort que Justine avait trouvés en elle. Elle lui disait aussi qu'il fallait espérer, que rien n'était définitif tant qu'on était vivant.

François leva les yeux. Qui était cette Natacha ? Pas une pro-ana en tout cas. Son discours était plus structuré, celui d'une femme mûre. Il ressemblait à la parole d'un psy, tout en nuances, en empathie. Il encourageait la jeune fille à espérer, à se battre, sans jamais la juger.

Une demi-seconde, le policier imagina qu'il pouvait s'agir du tueur. Le profil esquissé l'orientait vers un individu charismatique, sorte de gourou qui aurait pu manipuler les victimes en jouant sur leurs fragilités.

Il abandonna aussitôt cette voie. Le boucher était un homme. Non seulement parce que ce type de tueur en série était majoritairement de sexe masculin, mais aussi à cause du caractère très particulier de sa perversion. Le rituel des crimes, le chemin vers le transsexualisme ne signait pas la culpabilité d'une femme. C'était tout le contraire. De plus, il avait fallu une sacrée force pour sauter par-dessus la clôture de l'usine d'incinération, à Grenoble, en trimballant la deuxième victime sur son dos.

François se massa les paupières. La fatigue le gagnait et il progressait peu. Il se motiva pour un dernier effort, afin de venir à bout du livre d'or.

Les messages de soutien, de remerciement, parfois d'insultes des anti-pro-ana se succédèrent. L'une des dernières missives l'électrisa. Natacha, encore. Il fronça les sourcils et la relut lentement.

*15 janvier 2009.*

« C'est moi. Natacha. J'ai lu tes derniers posts. Tu as l'air très mal. Appelle-moi. Parlons-en. »

Suivait un numéro de téléphone portable.

Cette fois, c'était trop. Ce mystérieux ange gardien lui proposait son aide le 15, alors que Justine hésitait encore à se foutre en l'air. Le lendemain, l'adolescente se sentait prête. Que s'était-il passé ? Avaient-elles pris contact ? Pour se dire quoi ?

François pressentait que les réponses seraient déterminantes. L'assassin n'avait pas choisi son moment au hasard. Il avait tué Justine le soir même, précisément. Comment ne pas en déduire qu'il s'était servi de Natacha ?

Le profileur attrapa un crayon et nota les chiffres sur un morceau de papier. Il prit ensuite son mobile et envoya l'appel.

Aussitôt, la voix d'une opératrice :

« Votre correspondant n'est pas joignable. Veuillez rappeler ultérieurement... »

# 40

Trop excitée pour s'endormir.

Après avoir laissé Gérald à sa fumette, Julia était retournée chez elle. Son appartement n'avait rien d'un palace, mais elle s'y sentait bien. Quand elle rentrait, elle éprouvait la sensation de se retirer du monde, de gagner une île inaccessible où rien ni personne ne pouvait plus l'atteindre.

La jeune femme occupait le premier étage d'une petite maison particulière, une construction édifiée dans les années cinquante à quelques encablures des remparts. En signant le bail, elle avait étouffé un fou rire : elle emménageait avenue de la Folie. Aujourd'hui, elle se demandait si elle n'aurait pas dû y voir un signe.

Une douche brûlante, un bol de soupe et au lit. Tout de suite, des images hachées l'assaillirent. Le corps de Lucie, à la morgue ; le visage trop bronzé de son père, roi de la coiffure et empereur des salauds ; celui de Galthier, cet enfoiré qui avait profité de la situation pour se taper une jeunette.

Puis, sans qu'elle s'y attende, d'autres pensées se matérialisèrent. Son père à elle, la prenant dans ses bras et la couvrant de baisers. Les photos d'enfants nus, attachés sur des lits, sodomisés par des adultes aux allures d'ogres. Les gyrophares de la police devant sa chambre, quand ils étaient venus perquisitionner chez le pédophile.

Elle se redressa comme un ressort, le cœur battant à tout rompre. Cette enquête ravivait ses blessures, qui se remettaient à saigner. Probablement parce que les victimes étaient toutes adolescentes. Leurs souffrances, leurs déchirures la renvoyaient aux siennes. Lorsque le monde avait basculé dans l'horreur absolue, la faisant entrer aux forceps dans l'âge adulte.

Elle avait eu plus de chance qu'eux. Elle était toujours vivante. Mais le prix à payer lui arrachait parfois des larmes acides.

La sonnerie de son portable la fit sursauter. Elle attrapa l'appareil posé sur sa table de nuit. Le nom « MARCHAND » clignotait sur fond de bleu turquoise. L'horloge indiquait 23 h 56.

Elle décrocha, sans allumer la lumière.

— Salut...

— Je te réveille ?

Malgré l'heure tardive, elle était contente d'entendre François.

— Non. Je gambergeais.

— Sur quoi ?

— Des trucs sans importance. Qu'est-ce qui se passe ?

— Je voulais juste faire le point.

— À minuit ?

— Désolé. Je viens à peine de me poser.

Elle ferma les yeux, réalisant qu'elle avait espéré autre chose. François dut sentir le flottement.

— Tout va bien ?

Elle alluma la lumière

— Oui. J'ai eu une journée de dingue moi aussi.

— Tu me racontes ?

Julia commença par le groupe Iron Beast. Des Tchétchènes ultraviolents, tendance sataniste, dont le discours avait probablement fasciné Pierre, le jeune catho de Grenoble. Puis elle parla de son entretien avec Barmont, le père de la première victime, et de ce qu'elle avait découvert sur la petite coiffeuse. Non seulement Lucie se prostituait, mais elle dealait aussi du shit. Alice au pays du bonheur... Au titre de ses activités annexes, l'ado était inscrite dans une agence de mannequins. Julia avait prévu d'aller y faire un tour le lendemain matin.

Devant l'absence de réaction, la jeune femme se sentit bête. François lui donnait l'impression d'avoir bossé pour rien. Ses découvertes ne confirmaient qu'une chose : le malaise qui caractérisait ces ados en chute libre.

Ce fut ensuite au tour du profileur. Le briefing à l'OCRVP, avec Hénon et Forestier. L'hypothèse que Justine Crémant – la victime de Bagnolet – ait ouvert la porte au tueur. L'absence de viol, laissant penser que l'assassin était impuissant. La mise au jour d'une nouvelle piste, liée à l'anorexie. Enfin, l'intervention d'une femme appelée Natacha.

Pour le commissaire, ce dernier point était le plus troublant. D'après les messages envoyés sur le blog de Justine, cette Natacha connaissait déjà la jeune fille. Elle l'avait soutenue pendant sa maladie, d'une façon rappelant étrangement celle d'un thérapeute, et lui avait sans doute parlé peu de temps avant le meurtre. À la suite de cet entretien, Justine s'était brutalement décidée. Elle avait projeté de se suicider dès le lendemain, soit le 16 janvier, le jour même où elle avait été assassinée. Dernier fait dérangeant : la ligne téléphonique de Natacha basculait systématiquement sur une messagerie.

Julia se redressa un peu.

— Je ne te suis plus. Tu crois que le tueur est une femme, maintenant ?

Le profileur répondit avec assurance.

— Non. Je n'ai pas changé d'avis. Mais je pense que Natacha a joué un rôle dans ce qui s'est passé.

— Une complice ?

— Peut-être... Elle a au moins trente-cinq ans, un bon niveau intellectuel, beaucoup d'empathie. Et Justine lui faisait confiance. Elle a très bien pu permettre à notre homme de l'approcher.

— Le couple infernal...

— Quelque chose comme ça, oui.

La théorie se tenait. Chaque fois, les gosses s'étaient jetés tête baissée entre les mâchoires du loup. Compte tenu de leur état mental, une psy aurait eu le bon profil pour les manipuler. Pour organiser le piège.

Julia changea le combiné d'oreille.

— Chercher, ou plutôt trouver la femme...

— Je vais déjà vérifier auprès de l'opérateur téléphonique et du fournisseur d'accès Internet. On ne sait jamais.

— Perds pas ton temps. Elle a sûrement pris les précautions d'usage. Si on veut la choper, va falloir aller au contact.

— Il y a plusieurs milliers de praticiens assermentés sur toute la France. Sans compter les gourous autoproclamés qui gravitent en périphérie du système. On va y passer des années.

— Pas sûr...

Elle marqua une pause et exposa sa théorie.

— Ça vaut ce que ça vaut mais voilà ce que j'en pense. Si on suit ta thèse, Natacha est une sorte de poisson-pilote. Elle a ferré Justine et a donc très bien pu ferrer aussi les autres. Ce serait cohérent en tout cas.

— Continue.

— Elle est entrée en contact avec des jeunes qui habitaient des endroits très éloignés. Ce qui implique une activité itinérante. Il faut se concentrer là-dessus.

Un silence, à l'autre bout de la ligne. François était intéressé. Julia développa, tout en réfléchissant au fur et à mesure :

— Quel est le dénominateur commun entre les victimes ? Celui qui aurait pu les amener à croiser son chemin ?

— À part leur âge et leur souffrance, il n'y en a pas.

— C'est déjà un début. À un moment ou à un autre, elles ont eu besoin d'aide. Elles ne pouvaient pas, ou ne pensaient pas en chercher dans le circuit traditionnel.

— Tu privilégies les charlatans ?

— En tout cas, j'élimine tous ceux qui ont une plaque en cuivre vissée en bas de l'immeuble.

— Ça simplifie pas.

— Oui et non. Si on enlève les psys, les coachs, et tout ce qui se termine par « pathe », y reste quoi ?

— Les chamans, les marabouts, les sectes... Tu nous amènes où, là ?

La jeune femme ne savait pas encore. Elle sortit du lit et arpenta la pièce en petite culotte.

— Je cherche. Et on ne peut pas dire que tu m'aides.

— Désolé. Mais avec un spectre aussi large, il faudrait avoir des dons de divination.

La réponse de François la percuta comme un boulet de canon. Elle s'immobilisa en plein milieu de la chambre et lança :

— Une voyante.

— Pardon ?

— Natacha est une voyante.

— Tu es sérieuse ?

— Quelqu'un capable de prédire le futur, de trouver des justifications au passé. En d'autres termes, de te rassurer. Et tout ça en une ou deux séances. C'est encore mieux qu'un psy !

— Les voyantes ont des « cabinets », maintenant. Elles ont pignon sur rue et payent des impôts.

— Pas toutes. Beaucoup travaillent uniquement sur les salons, les foires. À commencer par les gitanes. Et Natacha est un prénom d'origine tzigane.

— Comment tu sais tout ça ?

— J'en ai fréquenté une dans mes années de galère. Elle s'appelait Mariska.

Nouveau silence. Julia sentit qu'elle venait de marquer un point. Elle exposa son plan :

— Il faut qu'on vérifie s'il y a eu des salons de la voyance dans les villes où les meurtres ont été commis. Natacha y a peut-être participé.

— Remonte au moins jusqu'à l'année dernière. La petite Justine avait l'air de la connaître depuis pas mal de temps.

Gagné. François validait sa thèse et lui laissait le champ libre. Elle demanda :

— Tu vas faire quoi en attendant ?

— Ce que je t'ai dit. Je vais vérifier le numéro de portable fourni par Natacha et essayer de la tracer via Internet.

Julia sourit.

— T'es une vraie tête de mule, hein ?

— C'est une piste. On ne néglige pas une piste.

— Surtout quand c'est la tienne.

— De toute façon, j'avais prévu de contrôler les appels passés par Lucie et Justine. Comme ça, je verrai si Natacha les a contactées.

— D'une pierre deux coups... Chapeau, maestro !

— J'avance, c'est tout.

— Et moi ? Tu avances avec moi ?

Elle se mordit les lèvres, regrettant déjà de s'être lâchée. Mais son cœur l'avait devancée. Il fallait qu'elle sache.

François resta silencieux. Trois longues secondes pendant lesquelles Julia se sentit rétrécir. Enfin, il se racla la gorge et lâcha au compte-gouttes :

— Écoute... Je...

— Tu quoi ?

— En fait...

Elle serra les dents.

— Putain, accouche ! C'est pas si compliqué de me dire que tu t'es planté !

Il y eut un blanc. Puis François avoua :

— Non... C'est tout le contraire...

# 41

La recherche prendrait une petite heure.

Julia l'avait déléguée à Claudine, la seule enquêtrice qui ne s'écrasait pas devant Devaux. Et pour cause. Elle bossait dans la maison depuis la nuit des temps, avait vu passer trois générations de commissaires, et se moquait pas mal de faire carrière. Aux portes de la retraite, elle végétait encore au grade de simple gardien de la paix.

Pour le boulot de fourmi, en revanche, personne ne lui arrivait à la cheville. Elle obtiendrait sans difficulté la liste des salons de la voyance tenus en France au cours des deux dernières années. Et bien sûr, celle de leurs participants...

En attendant, Julia continuait à avancer ses pions.

Elle bifurqua dans la ruelle et s'arrêta devant le 31. À vol d'oiseau, l'adresse fournie par le mannequin était à trois cents mètres du domicile de la victime. À peine plus loin que la boutique où officiait Lucie...

Chêne patiné par les années. Heurtoir en bronze. Rivets de cuivre. Elle poussa le battant et entra dans l'immeuble. Aussitôt, l'odeur familière de salpêtre et de cire. Dans la vieille ville, les bâtiments semblaient coulés dans un moule identique. Leurs entrailles exhalaient un parfum de passé digne du grenier d'un antiquaire.

Volée de marches. Premier palier. Une seule porte. Une carte de visite punaisée à hauteur de visage en guise de plaque. L'agence Class Mode la jouait discret.

Julia sonna. Une voix de femme transperça le bois.

— C'est ouvert !

La policière abaissa la poignée. Elle découvrit une pièce étroite, éclairée par la lumière artificielle de plusieurs halogènes. Des piles de prospectus traînaient un peu partout, certaines encore sous film plastique. Julia crut reconnaître la marque d'enseignes connues, opérant dans la grande distribution. Aux murs, des photos de filles se serraient bord contre bord. Elles prenaient la pose, souriaient à l'objectif, affichaient une expression éthérée. L'ensemble dégageait une impression d'amateurisme.

— Si c'est pour le casting, faut revenir à dix heures.

Ton de sergent-chef. Cordes vocales passées au goudron. Le cerbère avait dépassé l'âge de la retraite, osant des cheveux blond platine et des lunettes en plastique rose. Pour couronner le tout, elle portait un tailleur vert pomme sur un tee-shirt rouge vif. Penchée sur une table débordant de planches contact, elle passait des clichés en revue à l'aide d'une loupe énorme.

Le personnage hérissa Julia. Elle s'approcha et lui colla sa carte tricolore sous le nez.

— Je ne viens pas pour le casting. Lieutenant Drouot. SRPJ d'Avignon.

La harpie se redressa aussitôt, l'air mauvais.

— Quoi ?

— PO-LICE. Vous comprenez ou je dois traduire ?

Regard suspicieux. Puis un virage à cent quatre-vingts degrés.

— Que se passe-t-il ?

— Vous avez un Jean-Louis ici ?
— Heu... Oui...
— Dites-lui qu'il a de la visite.
— C'est que...
Julia leva les yeux au ciel.
— Grouillez. J'ai pas toute la matinée.
La vieille se leva. Elle traversa son bazar et alla frapper à l'unique porte qui se découpait à l'autre bout de la pièce.
— Loulou, c'est pour toi. Les flics.
— Hein ?
— Les flics, j'te dis. Ramène-toi.
Bruit d'une chaise tirée nerveusement. Pas précipités. Un type à l'andropause consommée pointa son nez.
En découvrant Julia, sa trogne s'illumina. Un vieux babouin, nez pointu et favoris gris-blanc galopant sur ses joues. Il aurait repéré une femelle dans un rayon de cent kilomètres.
Il tendit une main moite.
— Jean-Louis Berthon. Que puis-je pour vous ?
Manières surfaites. Langage en bois. L'homme se donnait des allures de grand-duc avec son costume en velours noir et sa cravate bleu roi. Mais la rue suintait par tous ses pores, comme une transpiration mal nettoyée.
— Lucie Barmont. Je viens pour elle.
Il creusa les joues d'une façon théâtrale.
— Venez dans mon bureau.
L'antre du trafiquant de chair fraîche ressemblait à son occupant. Factice, clinquant. Une grande table en bois rouge agressait le regard, des statuettes de nus en plâtre peint donnaient des envies de fou rire. Et toujours les clichés de ses protégées. Une forêt de corps couvrait les murs, à la façon d'une tapisserie libertine.
— Lucie travaillait pour vous, amorça Julia.

— Pauvre petite, répondit l'autre aussitôt. J'ai appris la nouvelle. C'est... J'ai pas de mots.

— Où étiez-vous dimanche dernier, entre vingt heures et deux heures du matin ?

Les yeux se plissèrent. Puis un sourire faussement outré.

— Je suis suspect ?

— Répondez à ma question, monsieur Berthon.

— J'étais avec ma femme. Chez moi. Vous pouvez lui demander, elle est à côté.

Julia hocha la tête, neutre. Elle n'imaginait pas une seconde que le vieux bouc soit le tueur. Elle avait posé sa question dans un seul but : lui montrer qui tenait les rênes.

Elle enchaîna :

— Parlez-moi de Lucie.

— Que dire ? Notre relation était strictement professionnelle.

— Alors parlez-moi du boulot.

— Elle débutait. Le problème, c'était sa taille.

— Trop petite, je sais. Elle a quand même travaillé ?

— Pas vraiment. Je n'ai jamais réussi à la caser sur un défilé.

— Des photos ?

— À peine un book.

Julia n'était pas au fait des nuances de la profession. Elle fit préciser.

— Quelle différence ?

— Le book, c'est l'étape préliminaire, la carte de visite du mannequin. Un recueil de photos qu'on présente aux clients. Vous voulez voir le sien ?

— Pourquoi pas ?

Le septuagénaire se leva. Pendant qu'il farfouillait dans une armoire décorée d'angelots, Julia lui demanda à brûle-pourpoint :

— Vous saviez que Lucie vendait du shit ?

— Ah oui ?

— C'est tout ce que ça vous fait ?

— Dans ce milieu, tout le monde se drogue. Vous me parlez de cannabis ? La belle affaire. D'habitude, j'entends alcool, cocaïne, héroïne même...

Il poursuivit sa fouille, comme si de rien n'était. La femme flic se demanda où elle avait posé les pieds. Sur les podiums des grandes capitales ou dans une obscure agence de province, les dérives étaient les mêmes. La viande humaine marchait au pas en se défonçant sous les sunlights.

Le vieux revint s'asseoir. Il tendit à Julia une sorte de livret cartonné, dont la page de garde représentait Lucie photographiée en pied. Son prénom était inscrit au-dessus, en lettres stylisées. En bas de page, le logo de l'agence.

— En début de carrière, il n'y a que ce type de clichés. On étoffe progressivement avec les réalisations professionnelles.

Julia parcourut le recueil. Quatre pages, repliées sur elles-mêmes, comme un livret. Des prises de vue de l'ado, soigneusement choisies pour suggérer une ambiance, une personnalité. L'ensemble était censé renvoyer l'image d'une Lolita.

— On s'est plantés avec ce book. Avec toutes ces histoires de pédophiles, les annonceurs ont eu les jetons. Faut dire qu'on n'est pas à Paris... Ici, les gens sont carrément coincés.

Julia n'écoutait qu'à moitié. Elle regardait Lucie. Maquillée à outrance, poses lascives, air ingénu. Elle retrouvait dans cette pantomime une impression de déjà-vu. Celle que lui avait inspirée Jennifer, la marâtre que l'ado haïssait parce qu'elle lui avait ravi son père.

— Qui a pris ces clichés ?

— Lorenzo. On travaille pas mal avec lui. D'ailleurs, Lucie devait le voir le week-end dernier.

— Pour un « shooting » ?

— On avait un gros casting Carrefour lundi. Elle voulait à tout prix y participer. Avec son ancien book, c'était pas gagné.

— Du coup, vous lui en avez demandé un nouveau.

— Le délai était un peu court. On avait été prévenus samedi matin. Elle m'avait garanti qu'elle aurait au moins les planches contact. Elle m'a même laissé un message sur mon répondeur pour me le confirmer.

— Quand, le message ?

— Dimanche, en début de soirée. Le film venait de commencer, j'ai pas répondu.

Des photos. Une poignée d'heures avant le meurtre. Le type qui l'avait mitraillée savait peut-être quelque chose.

Julia se leva :

— On le trouve où, ce Lorenzo ?

— Vous comptez l'interroger ?

— À votre avis ?

— C'est un type bien, vous savez. Faut pas écouter toutes les conneries qui circulent...

L'enquêtrice frémit.

— Quelles conneries ?

— Bringueur, drogué, séducteur... Il marche fort. Les gens sont jaloux...

Julia ne cherchait pas un Don Juan de province. Elle pistait un tueur. Elle redemanda, plus sèchement :

— L'adresse.

Les mots sortirent à reculons.

— Rue Rouge. Numéro 38.

# 42

Le crâne en feu.

Une armée de cafards trottant en rangs serrés sur ses synapses. Et pas mieux côté langue. Une masse rigide, épaisse, comme un morceau de carton saturé d'eau croupie.

François ouvrit un œil. Puis l'autre. Le radio-réveil indiquait 9 h 42. Merde... Les trois Xanax avalés en se couchant l'avaient vissé dans un cercueil plombé. C'était ça ou la nuit blanche. Charlotte d'abord, puis Julia. Deux discussions à la con qui l'avaient retourné jusqu'à la moelle. Résultat : une insomnie carabinée.

Il se leva difficilement. Appartement plongé dans le silence. Lumière blafarde provenant du séjour. Un coup d'œil dans le couloir lui indiqua que sa fille avait déjà levé le camp.

Il se traîna jusqu'à la cuisine. Café. En urgence. La journée s'annonçait rude. Programme d'enfer et les batteries déjà à plat. Le parfum des grains d'arabica le stimula un peu. La coulée noire, dans sa gorge, le fit lentement revenir à la vie.

Il s'habilla en vitesse, descendit au garage et grimpa dans le Touareg. Natacha. Une voyante. Il n'aurait jamais fait une telle association. Julia avait des idées étonnantes. Mais pourquoi pas ? Le raisonnement tenait la rampe. Il avait le mérite de résoudre un des aspects les plus embarrassants de l'enquête. Comment le meurtrier avait-il pu ferrer les trois adolescents ? Ils ne se connaissaient pas. Ils n'habitaient pas au même endroit. Un tel tour de force impliquait une passerelle inattendue.

Décalée...

Le trajet jusqu'à Nanterre passa comme dans un rêve. Ambiance tiède de l'habitacle, ficelles de pluie et Vivaldi en fond sonore. Artères saturées d'anxiolytiques, François flottait dans une ouate confortable dont les fibres atténuaient ses perceptions.

Ce matin, le bâtiment de la DCPJ ressemblait à un cargo échoué sur une langue de terre grise. Activité réduite en fin de semaine, sentiment d'un colosse assoupi. RTT obligent, les services de la Direction centrale de la police judiciaire tournaient au ralenti.

Marchand fit d'abord un crochet par le bureau d'Hénon. Le divisionnaire planchait sur des problèmes d'intendance et n'avait pas beaucoup de temps à lui consacrer. Ils firent un point rapide au cours duquel François synthétisa ses nouvelles avancées : la piste de l'anorexie, le blog de Justine, Natacha. Il passa sous silence l'hypothèse liée à la voyance. Intuitivement, il pressentait qu'il valait mieux ne pas parler de Julia.

Puis le profileur gagna son territoire. Il posa son manteau sur la patère et se faufila derrière la table en bois plastifié. Soupir en s'asseyant. L'endroit le déprimait. Un placard terne, digne d'une cellule de maison d'arrêt. Au contraire de ses collègues, il n'avait même pas essayé de l'égayer. Pour quoi faire ? Même en y accrochant des toiles de maître, il ne retrouverait jamais le cadre raffiné de son ancien cabinet de psy.

Il alluma l'ordinateur. L'enquête. La traque. Il était là pour ça. Le reste, au fond, importait peu.

La première étape concernait le numéro de téléphone portable fourni par Natacha. François se connecta sur la base de données centralisant l'ensemble des lignes gérées par les opérateurs. Il entra les chiffres. Réseau utilisé : Bouygues Télécom. Client : café de la Mairie à Châtillon dans le 92. Ligne ouverte depuis le 28 août 2008. Toujours en service.

Il s'agissait donc d'une carte prépayée, vendue par un buraliste et délivrant un crédit de temps à son utilisateur. Avantages : pas de nom et pas d'adresse à fournir.

François sourit. Encore une fois, Julia avait vu juste. Il passa un appel interne. Messagerie. Élodie, la spécialiste des traçages téléphoniques à la SDLCODF – Sous-Direction de la lutte contre la criminalité organisée et la délinquance financière – n'était pas à son poste.

Le profileur expliqua rapidement ce qu'il voulait : les dates et heures auxquelles la ligne vendue à Châtillon avait fonctionné. Et bien sûr les coordonnées des correspondants. Il donna également les noms et numéros de Lucie et de Justine, en soumettant la même requête.

François raccrocha et passa à la seconde étape. Nouvel appel interne. Cette fois, il était certain de trouver son interlocuteur. De jour comme de nuit, il était soudé à ses écrans.

Une voix à l'accent des cités répondit aussitôt :

— Yo, Marchand ! Tu t'emmerdes autant que ça dans ta piaule ?

— T'as une minute ?

— Pour toi, j'en ai même deux.

Karim Hallaoui. Vingt ans. Dégaine de rappeur et cerveau de prix Nobel. Quand il avait piraté les fichiers confidentiels ultra verrouillés du ministère de l'Intérieur, on lui avait laissé le choix. Un passage par la case prison, pour une durée qui s'annonçait longue compte tenu du délit, ou une collaboration avec les forces de police. Le hacker n'avait pas hésité. Après avoir éclairé ses victimes sur les faiblesses de leur système informatique, il avait accepté de rejoindre l'OCLCTIC, un office central dépendant de la DCPJ et luttant contre la criminalité liée aux technologies de l'information et de la communication. François l'aimait bien. Et c'était réciproque.

— Tu notes ? demanda le commissaire.

— Envoie.

— Blogdivinemarquise.com. Je veux que tu te branches dessus et que tu le désosses.

— C'est quoi c'te farce ? Un site de bouffe ? Genre Comtesse Dubarry de mes couilles ?

Léger sourire du commissaire. Il fallait vraiment que les flics aient besoin de lui pour tolérer un tel ovni.

— Il s'agit d'un blog pro-ana.

— Pro-ana ? Faut te réveiller, papy ! T'es pas au courant qu'on les a tous cramés ?

— Pas tous, mon biquet. La gamine qui s'est fait poignarder à Bagnolet a été plus maligne.

— Quelle gamine ?

Même pas au courant. Karim vivait dans une bulle dont il ne s'extrayait que pour manger, boire, ou dormir. Quand il y pensait...

— Laisse tomber... Retrouve-moi une internaute qui se fait appeler Natacha. Plusieurs connexions depuis le mois de juin 2008. Dernière en date, le 15 janvier 2009.

— T'attends ou je te livre ?

— J'attends.

François posa le combiné et brancha le haut-parleur. Des claquements secs titillaient ses oreilles, qu'il retranscrivait en images précises. Karim, vautré sur son fauteuil, sa casquette à l'envers et un bâton de réglisse entre les dents. La batterie d'ordinateurs alignée sur l'immense table en fer, tous branchés en réseau. Les lignes de données défilant à la vitesse du son sur les écrans seize pouces. Les doigts du hacker, courant sur le clavier comme s'ils jouaient une symphonie.

Cinq minutes. Il n'en fallut pas plus au jeune Beur pour percer le mystère.

— Yo, man. Je l'ai.

François reprit le combiné.

— Je t'écoute.

— Il y a plusieurs adresses IP. Elles viennent toutes du même cybercafé.

— T'as les coordonnées ?

— Natürlich ! WeBabar. 108 rue Berger, dans le premier.

— Le premier à Paris ?

— Aux Halles, gros naze. En plein devant le Forum.

Châtillon, Bagnolet, et maintenant Paris intra-muros. Le territoire de Natacha commençait à se dessiner. Le profileur nota nom et adresse sur un Post-it.

— Tu peux me mailer la liste des connexions ?

— Elle est en train de partir.

Avant de raccrocher, François lança d'un ton enjoué :

— Tu sais que je t'aime, toi.

— Que de la bouche... On t'a jamais dit que l'amour c'était aussi des actes ?

François saisit l'appel du pied.

— T'as besoin de quoi ?

— Tercian. Trois... non, quatre flacons.

— Karim...

— Sérieux. Y me les faut. Depuis que j'ai arrêté le shit, je ressemble à un hibou.

— Fais du sport, ça calme.

— Allez, sois cool. Y te filent tout ce que tu veux. Tu me l'as dit.

L'ancien psy soupira. Il avait soutenu le Beur quand il avait décidé de se sevrer. Difficile de le laisser tomber en plein milieu du gué.

— D'accord. Un flacon. Mais c'est la dernière fois.

Un cri de bonheur. Puis le mensonge habituel.

— La dernière. Juré. Sur la vie de ma mère.

# 43

— T'es sûre ?

La voix de Julia tremblait.

— Certaine. J'ai vérifié auprès des municipalités. Elles donnent les autorisations.

Claudine était catégorique. Aucune manifestation liée à la voyance n'avait eu lieu dans la région ces deux dernières années. Aucune non plus à Grenoble, et encore moins à Bagnolet... Paris, bien sûr, en avait accueilli plusieurs. Il était facile de s'y rendre depuis la proche banlieue. Problème de taille : sans les deux autres villes, toute la théorie s'écroulait.

La jeune femme demanda, en désespoir de cause :

— Tu as une Natacha sur les salons de Paris ?

— Conserve. Je vérifie.

Les secondes qui s'enroulent. Des passants qui la frôlent. Son cœur qui bat trop vite.

— J'ai rien, finit par annoncer Claudine. Navrée...

Julia referma son cellulaire. Les informations glanées par sa collègue la crucifiaient sur place. Natacha ne lisait pas l'avenir dans une boule de cristal. François allait doucement se marrer. Il n'avait rien affirmé en avançant sa théorie, se gardant bien de conclure que cette femme était intervenue sur tous les meurtres. C'est elle qui avait renchéri. Toujours ce même orgueil, ce besoin de lui prouver sa compétence. Une fois encore, elle devrait assumer de s'être plantée.

Elle resta un instant immobile, en plein milieu du trottoir. Rebondir. Vite. Trouver un moyen de redresser la barre. Pour ça, il lui fallait une solution à elle, issue de ses propres investigations.

Deux ouvertures possibles : le satanisme, le photographe. La première était la plus solide mais il faudrait retourner à Grenoble. Trop compliqué. La seconde offrait l'avantage de n'être qu'à quelques rues.

Dans son imaginaire, un studio de photo avait l'éclat d'un diamant brut. On y croisait des créatures irréelles, les murs étaient recouverts de feuilles d'aluminium et des batteries de projecteurs incendiaient les pupilles.

En poussant la porte, Julia dut déchanter. Lorenzo officiait dans un local sinistre, bas de plafond, dont les tapisseries élimées évoquaient un appartement de vieillard. Coincé au fond d'une cour étroite, il ne laissait pénétrer la lumière qu'à l'état de traces. Un canapé défoncé, une table en plastique sur laquelle traînaient des restes de petit déjeuner, des piles de revues professionnelles : tel était le tableau féerique qui accueillait le visiteur.

Personne.

L'enquêtrice s'avança, repérant au passage les moutons de poussière accrochés aux plinthes. Elle traversa une deuxième pièce, aussi étriquée que la première, entièrement vide cette fois. Puis une troisième, en enfilade. Au fond, comme une invite, une porte entrebâillée. De la musique techno filtrait par l'interstice, émaillée d'éclats de voix.

« C'est ça, ma puce ! » « Vas-y ! » « Lâche-toi ! »

Julia suivit les sons.

« T'es belle, t'es merveilleuse... » « Ouaiiiis... »

Elle arriva sur une sorte de plateau, à peine plus vaste que le reste. Pas un meuble, à peine quelques chaises pliées contre le mur. Des fleuves de câbles serpentaient sur le sol, convergeant vers une estrade suréclairée. Trois radiateurs électriques avaient été installés sur les côtés, muraille de filaments rougis tentant de combattre le froid polaire.

Sur ce podium de fortune, une fille entièrement nue prenait des poses lascives au rythme des synthés. Cuisses écartées, jambes relevées, elle exposait sa vulve en souriant d'un air idiot. Un type papillonnait autour, un appareil photo collé à l'œil. Il portait les cheveux mi-longs, retenus par un serre-tête.

En voyant Julia, le mannequin changea de tête. Son Pygmalion hurla, sans s'interrompre :

— Putain, z'avez pas vu la pancarte ? On bosse, là !

Voix méchante, speedée. Coke, pensa l'enquêtrice. Le vieux singe, à l'agence de mannequins, avait parlé de la mauvaise réputation du photographe. Elle n'était peut-être pas aussi surfaite.

L'autre s'adressait de nouveau à son modèle.

— Allez, chérie, t'arrête pas. T'es magique.

Julia se dirigea vers la minichaîne hi-fi posée sur un tabouret en métal. Elle se pencha et arracha la prise.

Silence brutal, saisissant. Instant suspendu, entre l'éclair et le coup de tonnerre.

— Non mais vous êtes pas bien ! beugla le photographe.

Il avait sauté de l'estrade et fonçait vers l'intruse, furieux. Sans ce regard mauvais, il aurait pu avoir du charme. Grand, bien balancé, jean branché et blouson de cuir. Le visage avait du caractère, taillé au burin comme ceux des empereurs romains. Un baroudeur, qui aurait pu opérer en free-lance sur des zones de conflit.

La policière le laissa approcher, impassible. Elle le cloua sur place avec sa carte tricolore.

— On se calme. D'accord ?

L'homme se figea. Il fixa Julia un instant, comme un fauve hésitant à traverser un pont en flammes.

— Vous êtes Lorenzo ? demanda la policière.

— Et vous, vous êtes qui ?

— Lieutenant Drouot. SRPJ d'Avignon.

— Vous voulez quoi ?

Pas de crainte. Pas de soumission. La présence virile d'un macho bourré de testostérone. Il ne voyait pas un flic en face de lui. Seulement une femme.

— Je viens pour Lucie. Lucie Barmont.

Il soupira, comme si le nom était synonyme de galère. Puis il se tourna vers la fille qui patientait toujours le cul en l'air.

— Va t'habiller. On reprendra plus tard.

Il revint vers Julia, parlant un ton en dessous.

— C'est quoi le problème ? Elle est majeure, non ?

Il avait dû la sauter. Les choses s'étaient mal passées. Il craignait à présent un coup fourré de l'adolescente.

— Émancipée. De toute façon, maintenant on s'en tape.

Légère détente. Lorenzo n'était visiblement pas au courant de ce qui s'était passé.

— Lucie a été assassinée dans la nuit de dimanche à lundi, balança l'enquêtrice. Vous deviez faire des photos avec elle peu de temps avant sa mort. Donc, je viens vous entendre.

Moment à vide.

— Assassinée ?

— Massacrée. On a retrouvé que des morceaux. Son visage a été arraché.

Les traits du baroudeur se crispèrent.

— C'est une blague ?

— Pas exactement. Quand deviez-vous la voir ?

— Dimanche après-midi.

— Racontez-moi.

Lorenzo passa une main nerveuse dans ses cheveux.

— Lucie est... enfin, était... une emmerdeuse. Il lui fallait tout dans la seconde. Comme si j'avais que ça à foutre de la shooter...

— Venez-en au fait.

— Elle m'a appelé samedi matin. Elle avait besoin d'un nouveau book.

— Pour un casting lundi matin. Je suis déjà au courant. Vous avez accepté de la photographier ?

Hochement de tête. Julia y décela une pointe de tendresse.

— Je l'aimais bien cette petite garce. J'ai annulé une partie de cartes avec des potes et je lui ai proposé de venir le lendemain, à quatorze heures.

— Seulement pour être sympa ? J'ai du mal à le croire.

Le Don Juan eut un sourire de connivence.

— Bon... je la sautais un peu. Y a pas mort d'homme.

— Jusque-là, non. Poursuivez.

— Elle a rappliqué avec trois quarts d'heure de retard. Comme une fleur. J'étais furax. On a commencé à discuter des conditions mais ça a vite bloqué.

— Quelles conditions ?

— Mes tarifs...

— Ce n'est pas l'agence qui prend les frais en charge ?

— Pas pour les books. Les apprentis mannequins doivent mettre la main à la poche.

Ben voyons... Une agence, un photographe, et au milieu, des proies crédules. Julia comprenait mieux pourquoi l'agence avait demandé de nouvelles photos.

— Que s'est-il passé ensuite ?

— Elle avait pas de thune. Elle a proposé de me payer en nature. J'ai refusé. J'voyais pas pourquoi j'aurais eu à raquer alors que d'habitude je me la tapais gratis.

Logique. Un raisonnement frappé au coin du bon sens. Lorenzo poursuivait :

— La sauce est montée. J'ai pas cédé. Au bout du compte, elle a claqué la porte.

Julia s'étonna :

— C'est tout ?

— Ben ouais.

Retour à la case départ. La policière se frictionna les bras. La température hivernale la glaçait jusqu'aux os. Son esprit, en revanche, bouillonnait.

Lucie avait appelé Jean-Louis Berthon dimanche soir. Elle lui avait confirmé qu'elle aurait son book pour lundi, comme prévu. Elle avait dû chercher ailleurs. Pas évident au pied levé. D'autant que le rendez-vous avec Galthier était fixé à dix-sept heures. En comptant trente minutes pour rejoindre Châteaurenard, il était impensable d'improviser une séance de photo entre les deux.

Le cœur de l'enquêtrice s'emballa.

Après. C'est après que l'adolescente avait calé son shooting. Une prise de vue nocturne, dans le courant de la soirée. La justification du trou de trois heures dans son emploi du temps. Lucie était ressortie pour ça. Rien d'autre. Sûrement pas pour rejoindre une voyante qui n'avait jamais existé.

Ensuite, et ensuite seulement, le tueur l'avait coincée.

Il fallait retrouver le photographe. La dernière personne à avoir vu Lucie vivante. Et il fallait le retrouver vite. Avant François en tout cas, qui ne tarderait pas à voir son nom apparaître sur la liste des appels passés par la jeune fille.

Puis il faudrait prier. Prier pour que ce témoin se souvienne d'un détail. Un coup de téléphone, une voiture attendant la jeune fille au coin d'une rue, une ombre rôdant dans la nuit noire.

À moins, mais Julia avait du mal à y croire, que photographe et tueur ne fassent qu'un...

Elle sursauta. La main de Lorenzo était posée sur son bras.

— Qu'est-ce que vous faites ?

— Tout va bien ? s'inquiéta le photographe.

— Oui, pourquoi ?

— Je ne sais pas. Vous êtes toute pâle.

# 44

WeBabar.

Où allaient-ils chercher des noms pareils ? La référence au dessin animé prouvait au moins une chose. Le business d'Internet attirait des ados attardés, consommateurs de bonbons Haribo et nostalgiques des cocons de l'enfance.

La déco du cybercafé illustrait encore mieux cette réalité. Les effigies de Capitaine Flam, Goldorak ou Albator faisaient face à celles de Candy, Casimir ou des Maîtres de l'Univers. Toutes ces stars de papier avaient leur cadre, sagement accroché sur de la toile de jute rose fluo. Effet recherché : la texture rappelait les filaments arachnéens de la barbe à papa.

François referma la porte derrière lui. Odeurs de citron et de miel. Température agréable. Après la rue, le froid, et les groupes de marginaux ratatinés autour du Forum, la boutique avait des airs d'Éden en carton-pâte.

Trois clients courbaient leur dos sur des écrans. Les autres postes, au moins une trentaine répartis sur deux travées, étaient inoccupés. Au fond, vautré dans une guérite translucide, un jeune type jouait à la console.

Le commissaire traversa la pièce et cogna de l'index contre la vitre. L'occupant du bocal leva des yeux éteints. Visage inexpressif sous tresses rastas, il paraissait sortir du lit. Vague sourire. D'un large mouvement de main, il fit comprendre au visiteur que la plupart des machines étaient libres. Avant qu'il ne s'échappe à nouveau dans son monde, François plaqua sa carte contre le verre.

Les pupilles du mollusque se dilatèrent, sa bouche s'arrondit. Il articula quelque chose d'inaudible. François désigna son oreille en haussant les sourcils. L'autre réalisa l'évidence. Cinq centimètres de Securit les séparaient.

Tel un insecte sortant de sa chrysalide, le garçon déplia son squelette. Grand, maigre, lunaire. Il fouilla dans sa poche, en sortit une clef plate et libéra la serrure. Démarche de mort vivant, il rejoignit François.

— Salut.

Tonicité verbale d'un aphasique. Le commissaire se renseigna.

— Vous êtes le responsable ?

— Ah non...

— Il y a un responsable quelque part ?

— Ah non...

— Personne ne s'occupe de la boutique ?

— Si, moi.

François sourit. Un sourire crispé pour contenir son agacement.

— On reprend tout de zéro. Vous servez à quoi, ici ?

— Maintenance.

— De quoi ?

— Bugs.

— C'est tout ?

— Ben ouais...

— Vous ne tenez même pas la caisse ?

— Y a pas de caisse. Les paiements sont faits en ligne sur les bécanes.

— Pourquoi vous êtes enfermé, alors ?

— Z'avez pas vu la zone, dehors ?

Dialogue de fous. François recentra :

— Une femme, entre trente-cinq et soixante ans, qui serait venue régulièrement depuis le mois de novembre. Toujours très tôt le matin. Sa dernière visite remonte à la semaine dernière. Le 15 janvier à sept heures seize précisément. Ça vous inspire ?

Regard de planche à repasser.

— Je fais que la nuit. La journée, c'est pas moi.

— Vous êtes pourtant là, non ?

— Ouais... D'une certaine façon...

François se demanda si le pseudo rasta se foutait de sa gueule. Mais non. Il était juste à l'ouest. Complètement vrillé.

— Qui fait la journée ?

— Ludo.

— Où il est ?

— Fatigué.

Le policier ne put s'empêcher de balancer :

— C'est le même genre que vous ?

Sourire benêt.

— Ah non... Ludo, y parle pas autant...

De mieux en mieux. François allait laisser tomber quand l'incroyable se produisit.

— Demandez à Manu, là-bas. Il est scotché à la bécane 24-24. À mon avis, y doit pas avoir de maison.

Le profileur pointa le menton dans la direction indiquée. Planté devant un écran, un peu à l'écart, un obèse s'en donnait à cœur joie sur le clavier.

François s'approcha.

— Manu ?

— Qu'est-ce vous voulez ? grommela-t-il sans s'interrompre.

L'homme avait la trentaine. Pas gros. Énorme. La graisse formait des paquets ondoyant sous le tee-shirt, comme de la gélatine tressautant à chacun de ses mouvements. Une paire de lunettes à triple foyer mangeait ses traits, encore dissimulés par un début de barbe. Il avait des cheveux noirs, crépus, noués en queue-de-cheval. Posé à ses pieds, un sac de sport entrouvert, rempli à ras bord de barres chocolatées.

— Je suis de la police. J'ai deux ou trois questions à vous poser.

— Ça peut attendre trois minutes ? Faut que je termine.

François opina. Il n'en était plus à ça près. Sur l'écran, une créature improbable, mélange de gorille et de Robocop, arrosait une armée d'hommes à tête de corbeau avec des boules de feu. Les projectiles jaillissaient de ses pattes, tantôt rouges, tantôt bleus. Ils décapitaient, déchiraient, démembraient... Le glaive de l'apocalypse, version jeu vidéo.

Enfin, Manu leva les mains en signe de victoire.

— Yéééé !!! Faut pas faire chier Mumra.

— Qui ? hasarda François.

L'autre se retourna, sourire de gosse aux lèvres et traits broyés de fatigue.

— Mumra. Mon avatar. Je suis sur ce putain de MMORPG depuis soixante-douze heures et...

Il s'interrompit.

— Vous voulez quoi ?

— Je cherche des infos.

— Sur les jeux en réseau ?

— Sur un meurtre.

Le cachalot inclina la tête sur le côté.

— Réel ou virtuel ?

— Tout ce qu'il y a de plus réel.

— Et vous venez me voir moi ?

Le commissaire tira une chaise et s'assit près de Manu.

— Vous avez l'air de passer pas mal de temps ici. Je me trompe ?

— Correct. J'ai même prévu de résilier le bail de mon appart.

— Vous étiez là mardi matin ?

Le joueur se gratta le crâne.

— Ouais. Je tournais en boucle depuis la veille. On a bloqué sur un artworks de DMC5 avec ce geek d'Hellgore. Deux jours de crise. Une tuerie.

— Je cherche une femme. Elle est venue très tôt. Sept heures et quart. Elle a au moins trente-cinq ans. Peut-être plus.

— C'est la killeuse ?

— Répondez-moi, s'il vous plaît.

— Pas vu. Faut dire que j'étais à donf.

François se massa les paupières. Il fixa le gros et articula d'une voix lasse :

— Essayez de faire un effort. C'est très, très important.

Manu sentit que le policier était exaspéré. Il prit un air sérieux, tentant de connecter les *drives* qui lui tenaient lieu de cerveau.

Enfin, il se lança au prix d'un effort surhumain :

— J'étais seul... Y faisait encore nuit... Ludo dormait dans sa boîte... J'avais la bécane numéro six, près de la porte...

François était scotché à ses paroles.

— Et ?

— Attendez ! Je me concentre.

Une brassée de secondes. Quitte ou double. Puis un filin d'espoir.

— Ouais... Je me souviens d'un truc. Y a eu un courant d'air, juste derrière moi. Et une odeur de parfum, vachement forte.

— Quelqu'un est entré ?

— C'est ça...

— Vous ne l'avez pas regardé ?

— Je pouvais pas. À cause du jeu. J'ai juste percuté sur le parfum. Diesel. Comme les jeans. J'ai offert le même à ma sœur.

Une fragrance. Aussi volatile que la femme qui la portait. On était loin de la pêche miraculeuse. François insista :

— Vous avez bien dû apercevoir quelque chose. Une silhouette, une couleur de cheveux, une façon de s'habiller ?

— Rien, je vous jure. J'étais dans mon délire. Je l'ai même pas vue se barrer.

*Game over*. Natacha avait dû choisir son moment pour venir envoyer son message. L'instant creux pendant lequel la boutique était déserte ou presque. Elle devait connaître les habitudes de la taule et avait limité les risques d'être identifiée.

François retrouva le parvis des Halles. Sentiment d'impuissance et cœur au bord des lèvres. Rien dans l'estomac depuis la veille, à part des comprimés de Xanax et du café trop fort.

Il acheta un croissant et l'avala en marchant. Autour de lui, la foule des badauds prenait le quartier d'assaut. Des visages anonymes, pressés, frigorifiés. Natacha était peut-être parmi eux. La compagne du diable. Aussi intelligente que lui. Aussi perverse.

Elle ne lui avait permis d'identifier que son parfum. Moderne, branché, probablement à son image.

Un leurre, pour mieux masquer l'odeur de soufre qu'elle dégageait...

# 45

Philippe Rieux.
45, rue de la République.
Rien.

Georges Netty.
12, rue des Lices.
Toujours rien.

Raoul Duverger.
57, rue du Roi-René.
Moins que rien.

Après avoir brûlé trois quarts d'heure en pure perte, Julia attaquait la quatrième adresse fournie par Lorenzo.

Jean Buffet.
23, rue du Râteau.

Si elle faisait encore chou blanc, il lui faudrait récupérer sa voiture et sortir des remparts. Six autres professionnels attendaient leur tour. Parmi eux, peut-être, des réponses.

En poussant la porte du studio, Julia eut un pressentiment. Lucie était venue ici. Elle avait foulé l'épaisse moquette grise, s'était assise sur les chaises en bois peint, avait probablement bu un verre à la fontaine d'eau minérale placée près de la fenêtre.

L'homme la reçut dans un petit bureau. Veste en tweed, col roulé beige et belle moustache en prime. Pas vraiment l'allure d'un tueur. Plutôt celle d'un gentleman-farmer entre deux âges.

L'enquêtrice exposa la situation. Le type n'attendit pas la fin de l'histoire pour réagir.

— Cette jeune fille est venue me solliciter dimanche dernier. Aux alentours de seize heures.

Bon début. Sur ce point au moins, son intuition ne l'avait pas trompée.

— Elle était très agressive, continua le photographe. Je pense qu'elle se droguait. De toute façon, je ne pouvais pas donner suite à sa demande.

Trois pas en arrière. Qui avait shooté Lucie, alors ? Qui ? La jeune femme continua à creuser.

— Pour quelle raison ?

— J'étais déjà en retard. Le dimanche, je développe les mariages du samedi. Les gens sont très pressés de nos jours...

Réponses précises, vocabulaire désuet. Un artisan à l'ancienne, honnête et droit, le modèle périmé du bon père de famille.

Julia s'étonna néanmoins.

— Des mariages ? Je croyais que vous étiez photographe de mode ?

Sourire amusé.

— Qui vous a dit ça ?

— Pourquoi ? Ce n'est pas le cas ?

— Je fais des portraits. Ce n'est pas exactement la même chose.

Lorenzo avait enjolivé la vérité. Il était dans le même cas que les autres et préférait se la raconter. Surtout devant une femme.

Elle enchaîna :

— Vous l'avez adressée à quelqu'un d'autre ?

— Je ne pouvais pas. Je suis le seul à être ouvert sept jours sur sept.

Nouvelle impasse. Les tempes de la jeune femme battaient de rage. Elle s'arrachait à son siège quand le photographe la relança :

— Je crois qu'elle s'est rabattue sur une de ses relations...

Julia s'arrêta net.

— Comment...

— Elle était très en colère. Elle m'a d'abord insulté. Comme je ne réagissais pas, elle a essayé de me blesser.

— De quelle façon ?

— En dévalorisant mon travail. Selon ses propres termes, j'étais un « arnaqueur ». Comme tous mes confrères, au demeurant. N'importe quel amateur était soi-disant capable de lui faire un bon book.

— Qui ? Elle a parlé de quelqu'un ?

— Elle n'a cité personne. Elle a juste prétendu qu'elle y allait de ce pas. Elle a aussi rajouté qu'elle ne se gênerait pas pour me dénigrer.

Un amateur. Pioché dans un recoin de la galaxie Lucie Barmont. Une personne assez proche pour être sollicitée à la dernière minute.

Pourquoi n'y avait-elle pas pensé plus tôt ?

Julia quitta le photographe, la tête striée d'éclairs. La distance qui la séparait du tueur venait de se réduire encore.

# 46

— Tu notes ?

— Une seconde.

François repéra une terrasse ouverte, de l'autre côté de la place. Il contourna la fontaine des Innocents et s'affala sur une chaise vide.

— C'est bon.

— 13 janvier. L'Arrêt. 12, allée Albert-Camus à Avignon.

La voix d'Élodie, haut perchée, aurait pu briser du cristal. La spécialiste des traçages téléphoniques de la SDLCODF avait raté sa vocation. Elle aurait dû se consacrer à l'art lyrique.

— Ensuite ?

— 14 janvier. Le Clou, 98, boulevard Jean-Pain, à Grenoble.

Le profileur nota. Ses doigts, engourdis par le froid, traçaient sur le papier des écorchures indéchiffrables.

— Et le dernier ?

— 15 janvier. Le café de France, 8, rue de la Font-Pinot à Limoges.

François se fit confirmer :

— Il s'agit bien de cartes prépayées ?

— Oui. Comme celle de ta Natacha. Elles ont toujours été utilisées selon le même schéma.

— C'est-à-dire ?

— Les communications ne sont établies qu'avec la première carte, celle acquise à Châtillon. Les autres n'ont jamais été connectées entre elles.

— Tu as les jours, les heures ?

— C'est assez variable. Mais il y en a toujours un avant, et un après le meurtre. Très court. Entre cinq et sept secondes.

— Tu as ciblé les bornes relais ?

— Tu me prends pour qui ? Chaque appel a été émis dans le périmètre d'acquisition de la carte auquel il est lié.

— D'accord. Reste en ligne, je te reprends.

Le commissaire acheva de retranscrire les informations. Son esprit en tirait déjà les conséquences.

Un : deux des cartes avaient été achetées à moins de vingt kilomètres des scènes de crime. Probablement par le tueur. Un moyen simple et discret pour communiquer avec Natacha.

Deux : La brièveté des appels précédant les meurtres, et leur succédant, faisait penser à l'envoi d'un signal. Sans doute celui qui les déclenchait et confirmait leur exécution.

Trois : Le dernier crime avait été commis dans la nuit du 16 au 17, à Bagnolet. Et pas d'appel ce jour-là. Ni même de carte achetée à proximité. Il était facile d'en déduire que Natacha était déjà sur place. Avec lui.

Quatre : une dernière carte avait été acquise à Limoges, le 15 janvier. Le seul jour, dans cette folle série, où l'on n'avait pas retrouvé de cadavre. Allait-on en découvrir un quatrième ?

Il reprit la communication.

— Je veux des écoutes sur toutes ces lignes. Qu'est-ce que tu as sur les autres numéros ?

— Je t'ai sorti la liste des appels entrant et sortant sur les deux derniers mois. Tu feras le tri. Je peux déjà te donner les recoupements si tu veux.

— Vas-y.

— Justine Crémant a contacté la ligne de Châtillon le 15 janvier à vingt-trois heures quinze. Durée de l'appel : 56 minutes et 47 secondes.

Plus long qu'une séance d'analyse. Assez en tout cas pour manipuler une adolescente en perdition.

— Ensuite ?

— Le 13 janvier à vingt-deux heures cinquante-sept, Lucie Barmont a été appelée par la carte vendue à Avignon. Durée de la communication : 48 secondes.

Cette fois, on y était. Le tueur avait joint Lucie en fin de soirée, directement sur son portable. Il connaissait donc personnellement sa proie et avait pu la convaincre de le retrouver. Sans passer par Natacha.

— Beau boulot. Tu peux m'envoyer le détail des appels par mail ?

— Redonne-moi ton adresse. Ça part tout de suite.

Le commissaire énonça ses coordonnées Internet et raccrocha. La nasse se resserrait. Les cailloux blancs laissés par l'assassin ébauchaient un début de sentier.

— Je vous sers quelque chose ?

François leva la tête. Une fille claquant des dents le dévisageait, un plateau dans la main.

— Non merci. Je ne reste pas.

Il s'éjecta de son siège. Traversée de la place au pas de charge. Fourmillement d'idées. Sensation de puissance.

Tout en marchant, il attrapa son cellulaire.

— Roger ? François. J'te dérange ?

— Je suis place Beauvau. J'ai exactement quarante-cinq secondes avant de rentrer dans le bureau du dircab.

— On a peut-être laissé passer un meurtre.

— Rien que ça ?

— Je viens d'avoir les éléments.

Silence assourdissant.

— Raconte.

Le profileur énuméra les découvertes d'Élodie. Il n'y avait pour l'instant aucune certitude, mais la carte achetée à Limoges constituait une présomption sérieuse. Si tel était le cas, il se pouvait aussi que cette victime fantôme ait été violée. Compte tenu de la chronologie, ce meurtre s'intercalant entre celui de Grenoble et celui de Bagnolet, l'hypothèse d'une symbolique de la renaissance animant le tueur se renforcerait alors. Après les labours, les semailles, conclut François.

Hénon n'avait pas l'air convaincu.

— Donc, selon toi, il aurait réussi à surmonter son impuissance ?

— Peut-être, oui.

— J'ai du mal à te suivre. Si son schéma était bouclé, pourquoi aurait-il tué une nouvelle fois ?

— Toujours pour la même raison. L'insatisfaction. Sa toile imaginaire n'était probablement pas assez parfaite. Il a voulu la refaire.

— Et comme il s'est encore planté, il a fracassé le crâne de la gamine sur un coup de nerfs, c'est ça ?

— Possible. Nous n'avons peut-être devant les yeux que ses brouillons. Ce qui pourrait laisser penser qu'il va recommencer.

Le divisionnaire grommela.

— Tout ça, c'est des suppositions. On ne peut pas raisonner sur des suppositions.

— Il faut se pencher sur les disparitions récentes survenues dans la région de Limoges, insista François. Tu peux contacter quelqu'un sur place ?

Hénon maugréa.

— Je m'en occupe. Je te tiens au courant.

Le patron de l'OCRVP avait déjà raccroché. Sa crispation, comme l'endroit où il se trouvait, ne présageaient rien de bon. L'enquête se traînait, les pontes du ministère devaient commencer à s'impatienter.

François aspira une grande goulée d'air frais et passa un autre appel.

— Julia, c'est moi.

— Salut.

Le flic sentit une tension.

— Tout va bien ?

— Je suis pas mal à la bourre. Qu'est-ce qui se passe ?

— J'ai du nouveau.

— Natacha ?

— Entre autres.

Le profileur régurgita une nouvelle fois sa conversation avec Élodie. Puis il exposa ses conclusions. La multiplicité des cartes prépayées, leur lieu d'acquisition, les dates des communications : la thèse d'un couple prenait de l'épaisseur. Avant, et après chaque meurtre, l'assassin avait contacté Natacha. Sauf à Bagnolet, ce qui laissait penser qu'ils y étaient ensemble.

François expliqua aussi comment le tueur avait coincé Lucie. Cette fois, Natacha n'y était pour rien. Il s'en était chargé lui-même, peut-être comme pour Pierre. Il parla également de l'acquisition d'une carte, à Limoges, qui faisait craindre l'hypothèse d'une boucherie supplémentaire. Enfin il évoqua sa théorie des brouillons, laissant penser à une insatisfaction de l'assassin et à une possible récidive.

Julia ne réagit pas tout de suite. François l'entendait respirer. Il imaginait qu'elle ordonnait les éléments à sa façon. Après quelques secondes, la voix de la jeune femme monta dans l'écouteur :

— Bien joué...

Elle semblait mal à l'aise. Le commissaire la poussa dans ses retranchements.

— Je te sens pas. Y a un problème ?

— Ouais... Moi.

— Toi ou nous ?

— C'est lié.

Un vide brutal au creux du ventre. François s'entendit demander :

— Tu veux qu'on arrête tout ?

— Non...

— Alors quoi ?

Il avait haussé le ton. Des passants le regardaient d'un œil inquiet. Ils devaient voir un fou, parlant tout seul en plein milieu de la rue.

— Notre relation n'est pas assez équilibrée, laissa tomber Julia.

— C'est quoi le problème ? Tu me trouves trop vieux ?

— Arrête tes conneries...

— Qu'est-ce qui te gêne ? Je comprends pas.

— Tu as plus d'expérience que moi. Tu es un meilleur flic. Je sais que c'est con mais je le vis mal.

Respiration. Trouver les mots. La rassurer.

— Pourquoi tu dis ça ?

— T'as toujours le bon réflexe, la bonne vista. Moi, j'arrête pas de me planter.

Les dernières heures avaient dû être difficiles. François s'adossa contre une porte cochère et tenta de la faire parler.

— Allez, raconte. Et je t'en supplie, n'oublie pas que je suis avec toi.

Une brume de secondes creuses. Encore. Puis la jeune femme se décida.

— Il n'y a pas eu de salons de la voyance. Ni à Avignon, ni à Grenoble. Natacha n'y a jamais foutu les pieds. Il t'a suffi de trois coups de fil pour le comprendre.

— Excuse-moi, mais... J'ai l'impression que tu l'avais compris aussi.

— Tu captes pas... C'était mon idée. Mon raisonnement. Et j'ai tout faux.

— Tu as essayé, lui opposa François. C'est ça être un bon flic. Envisager toutes les possibilités, même les plus absurdes. Et vérifier ensuite. Tu ne t'es pas plantée. Tu as évacué une option.

— C'est facile pour toi. Tu...

— Julia, merde... On n'est pas là pour faire la course. Sans toi, on n'aurait pas autant avancé.

L'argument parut porter.

— Tu le penses vraiment ?

— Bien sûr que non. Je voulais qu'on bosse ensemble parce que tu es une attardée mentale.

Marchand entendit presque le sourire de Julia. Elle revenait vers lui. C'était le moment de la valoriser.

— T'avais pas prévu de faire un tour dans une agence de mannequins ?

— J'y suis allée.

— Alors ?

— Lucie devait faire des photos le soir du meurtre. Une histoire de casting, de book... Paraît que c'était hyper urgent.

En soi, l'info n'apportait rien de fondamental. Elle expliquait seulement ce que l'adolescente avait fabriqué jusqu'à minuit.

— T'as pu entendre le photographe ?

— Il aurait fallu que je le trouve.

— L'agence t'a pas filé ses coordonnées ?

— Si. C'était pas le bon.

Le profileur s'était remis à marcher.

— C'est quoi ce plan ?

— Ils se sont pris la tête. Elle est allée en voir un autre mais il avait pas le temps. Elle l'a envoyé chier en lui disant qu'elle irait se faire shooter ailleurs. Elle connaissait quelqu'un. Un amateur qui lui emballerait ça aussi bien, et pour pas un rond.

— Et tu sais pas qui c'est ?

— Non...

Elle se braquait de nouveau. François réalisa qu'il avait repris un ton directif. Il devait faire machine arrière.

— T'as bien bossé. On va le retrouver.

— Comment ? Cette ado, c'est un vrai millefeuille.

Là, elle n'avait pas tort. Depuis qu'ils enquêtaient sur Lucie, elle avait changé dix fois de visage. Mais le commissaire tenait maintenant un joker.

— À quelle heure a-t-elle quitté le dernier photographe ?

— Pas plus tard que seize heures.

— Elle a donc essayé de contacter son pote dans ces eaux-là.

— Probablement, oui...

Un silence. Puis Julia cria presque :

— Putain, la conne ! La liste des appels.

— Croise les doigts et donne-moi cinq minutes.

François raccrocha. Il fit défiler les icônes sur l'écran de son portable et se connecta sur Internet. Messagerie. Un mail en attente. Un petit mot d'Élodie et deux documents joints. Il ouvrit celui intitulé Lucie Barmont. Une longue colonne de dates, suivies de chiffres.

13 janvier 2009. À peine cinq communications dans la journée. Une seule dans le créneau horaire. À seize heures douze. Ensuite rien, jusqu'à l'appel du tueur.

François composa immédiatement le numéro, celui d'une ligne fixe. Une boîte vocale s'enclencha aussitôt.

« Bonjour, vous êtes bien chez Gérald et Maxime Galthier. Nous ne sommes pas là pour le moment. Merci de laisser un message. »

Une apnée. Galthier. Encore.

Puis aussitôt, le retour de bâton de la logique. À ce moment-là, elle n'avait aucune raison de l'appeler. Elle ignorait qu'il était le Léo de Meetic, le micheton qu'elle devait retrouver une heure plus tard dans un café de Châteaurenard.

Des fragments de souvenirs apparurent peu à peu. Des 4 × 4 saisis en pleine vitesse par l'objectif. Un appareil photo posé sur un coin de table. Deux phrases anodines, pour amorcer une conversation.

« — *Tu fais de la photo ?*

— *Comme ça...*

— *C'est toi qui as pris les 4 × 4 ?*

— *Ouais...*

— *J'ai un Touareg.*

— *Cool.* »

Maxime.

Le fils de Galthier.

L'ado qui avait failli partager une colocation avec Lucie pendant que son père la sautait.

C'est lui qu'elle avait appelé. Lui qui avait répondu présent et qui était sorti en pleine nuit, un dimanche soir, pour photographier l'apprenti mannequin.

Pourquoi n'en avait-il rien dit ?

# 47

François remonta sa tablette et rassembla ses pensées.

Maxime. Incroyable. Le gamin l'avait baladé. Il s'était éclipsé en douce pendant que son père ronflait. En soi, cette minifugue pouvait se justifier. Une jeune fille attirante, sachant s'y prendre... Un ado en pleine poussée d'hormones ne pouvait pas y résister longtemps.

Mais pourquoi ce mensonge ? Le profileur ne trouvait aucune explication.

Les roues de l'Airbus accrochèrent le bitume. Hurlement des réacteurs. Vibrations de la carlingue. Fin de la réflexion.

Dix minutes plus tard, François retrouvait Julia dans le hall de l'aéroport de Marseille-Marignane. Elle se jeta dans ses bras, plaquant ses lèvres contre les siennes. Chaleur de son souffle. Contact électrisant de sa langue. Parenthèse ouatée.

Elle se décolla un peu pour murmurer dans son oreille :

— C'est bon...

Il la serra contre lui, réalisant à peine ce qu'il faisait. Seule l'impression d'euphorie dominait, mêlée à une sensation d'étrangeté.

Enfin elle recula.

— Bon voyage ?

— J'ai dormi tout le long.

— T'es crevé. Fais gaffe, ça commence à se voir.

— Faut que tu t'occupes de moi.

Sourire approbateur.

— La voiture est devant. Elle n'est pas aussi confort que le Touareg mais tu pourras finir ta sieste.

Ils rejoignirent la 306 banalisée, garée en travers sur l'emplacement des cars. Julia prit le volant. Elle démarra pendant que François bouclait sa ceinture.

— On va chez lui ? demanda le commissaire.

— Vaut mieux le choper au lycée. J'ai déjà appelé. Les cours se terminent à dix-sept heures.

Marchand regarda sa montre. 16 h 15.

— On y sera ?

— Fais confiance à Shumacher. Maintenant tu débranches et tu pionces.

Il la regarda avec tendresse. Elle avait l'air de tenir à lui. Malgré son casier sentimental chargé, ses valses-hésitations, et ce boulot de tarés qui compliquait encore la donne. Cette prise de conscience le détendit complètement. Il s'endormit en s'imaginant avec elle, regardant la Seine depuis son salon, dans une vie qui pourrait devenir la leur.

Sonnerie stridente. Forêt de têtes courant dans tous les sens. Trottoirs bondés et rue bloquée. La sortie des classes, dans le centre d'Avignon, avait des airs de foire d'empoigne.

François scannait les élèves. Ils déboulaient de la cour comme une armée en furie. Téléphones portables, baladeurs, clopes, tout ce qui patientait dans les poches retrouvait l'air libre. Une cacophonie de piaillements saturait les tympans, couvrant le bruit de la circulation.

Le profileur repéra le jeune homme. Il s'éloignait de l'agitation, sac à l'épaule, démarche tranquille. Très vite, il s'arrêta devant un scooter et défit le cadenas.

François se planta devant lui.

— Salut Maxime. On peut te parler une seconde ?

Une bouffée d'inquiétude en reconnaissant le commissaire.

— C'est encore pour mon père ?

— Non, répondit le policier d'une voix calme.

— Qu'est-ce qui se passe ?

— Suis-nous. On aura moins froid dans la voiture.

François s'installa avec lui, à l'arrière. Julia était devant, tournée vers eux. L'ambiance confinée procurait une sensation d'intimité curieuse.

Le commissaire attaqua sans détour :

— Pourquoi tu m'as menti ?

— De quoi vous parlez ?

— Tu le sais très bien.

— Non... Je vous assure...

Marchand passa un bras autour de son épaule.

— Le soir où Lucie a été assassinée, tu m'as affirmé que tu étais resté chez toi. Avec ton père.

— Oui...

— Le problème, c'est que Lucie t'a appelé dans l'après-midi et que vous vous êtes filé un rancard après le dîner.

Expression de surprise. Parfaitement jouée.

— Première nouvelle...

Le profileur sortit la liste des communications.

— Regarde. C'est bien le numéro de chez toi, non ?

Maxime posa ses yeux sur les chiffres surlignés. Un filet d'angoisse crispa ses traits.

— Ah oui... Je me souviens maintenant. Elle m'avait appelé sur le fixe parce qu'elle avait perdu mon numéro de portable.

— Ton portable, je m'en fous. Je veux juste que tu me dises pourquoi elle voulait te voir.

— J'sais plus. Prendre des nouvelles...

Soupir du commissaire.

— OK... On va gagner du temps. Il lui fallait un nouveau book et tu étais la seule personne susceptible de le lui fournir. Ça te va ?

— Quoi ?

L'ado résistait. Le policier tenta un coup de bluff.

— Avant de t'appeler au secours, elle a sollicité plusieurs photographes. Aucun n'était disponible. Elle les a envoyés au diable en leur disant qu'elle se passerait d'eux. Et tu sais pourquoi ? Parce qu'elle avait un pote capable de prendre des super photos.

— Moi ?

— Toi.

— J'suis pas le seul à avoir ce genre de hobby.

— Peut-être. Mais elle a donné ton nom.

Le coup de grâce. Maxime se tassa sur la banquette.

— J'ai... J'ai rien fait...

— Personne ne t'accuse de quoi que ce soit. J'ai seulement besoin que tu m'expliques.

L'ado chercha le regard de Julia. Un soutien féminin, maternel, comme un abri contre l'orage. Elle lui rendit un sourire rassurant.

— Lucie voulait qu'on se retrouve chez elle, déballa Maxime. Mon père m'aurait jamais laissé sortir un dimanche soir. J'ai dû attendre qu'il s'endorme.

— Quelle heure c'était ?

— Vingt-deux heures trente. On a fait une centaine de prises. Jusqu'à minuit.

— Et après ?

— Je l'ai pas sautée, si c'est à ça que vous pensez. D'ailleurs je l'avais mauvaise. Quand elle m'a appelé, elle m'avait laissé entendre que... Enfin bref. J'ai remballé mon matos et je suis rentré chez moi.

— C'est tout ?

— Oui...

— Pourquoi tu l'as pas dit plus tôt ?

— J'ai trop flippé.

— À cause de quoi ?

— Ben, du meurtre... Je venais juste de la voir. Vous auriez pu penser que c'était moi.

François observa l'ado. Terrorisé. Son explication pouvait tenir la rampe. À cet âge, l'esprit s'emballait vite.

Le policier aborda le point crucial :

— Lucie a reçu un coup de fil pendant que t'étais chez elle ?

— Je crois pas.

— Réfléchis bien, mon grand. C'est capital.

Le jeune homme se concentra. Sous l'effet de la tension, son visage de fouine était parcouru de tics.

— Ça me revient... On avait pas encore commencé. Je réglais les éclairages. Son portable a sonné.

— Elle a décroché ?

— Oui.

— Raconte.

— J'ai rien entendu. Elle s'était tournée.

Impasse. Encore. Le tueur était là, à portée de souffle, et pas moyen de l'accrocher.

Julia prit la parole. Elle n'avait pas ouvert la bouche depuis le début de l'interrogatoire, se contentant d'observer Maxime.

— Tu peux me parler un peu de tes photos ?

Un blanc. Comme si l'adolescent se méfiait.

— Vous voulez savoir quoi ?

— Numérique ou pellicule ?

— Numérique.

— Tu devais faire des tirages ?

François la regarda avec insistance. Où voulait-elle en venir ?

— Non, répondit le garçon. Lucie avait prévu de les adresser directement à l'agence. Par mail.

— Donc, tu les lui as transférées sur son ordinateur.

Un silence. Puis une réponse hésitante.

— Je me souviens plus... Je crois que j'avais pas de câble USB. J'ai dû lui filer la carte.

Elle changea de position, sans le quitter des yeux.

— Elle avait de quoi la lire ?

— J'imagine, oui. J'ai pas vérifié.

La jeune femme sourit à nouveau.

— Merci Maxime. T'as été parfait.

Elle se tourna vers François.

— Je peux te dire un mot ?

Le commissaire opina. Il ouvrit la portière et sortit en même temps qu'elle.

— Il nous balade, affirma Julia.

— Tu crois ?

— Il est pas net. D'abord il ment à propos de ce rendez-vous. Ensuite il dit qu'il n'a pas de câble pour transférer les photos. Pour un type compétent, c'est curieux. Et comment se fait-il qu'on n'ait pas vu la carte mémoire quand on est allés chez Lucie ?

— Elle l'avait peut-être avec elle.

— On l'a pas trouvée dans ses poches quand on a récupéré les morceaux. Et puis réfléchis. Pourquoi l'aurait-elle prise ? Pour montrer son book au tueur ?

François s'appuya sur la carrosserie. Les éléments avancés par Julia étaient troublants. Mais de là à constituer des preuves... Quant à l'implication de Maxime dans la boucherie, elle n'avait aucun sens.

Une onde passa dans son dos. Comme un changement de densité dans le métal de la voiture. Au même instant, le visage de Julia se déforma.

— Putain ! Y se barre !

Le commissaire fit volte-face.

Maxime courait vers son scooter.

# 48

— Prends la voiture ! Branche le GPS ! Il va essayer de sortir porte de la Ligne !

Sans attendre la réponse, Julia hurla :

— Maxime ! Arrête-toi !

Aucun effet. L'ado avait déjà coiffé son casque et démarrait en trombe.

La policière se jeta dans la course. Chaussée de baskets, pétant la forme, elle était plus efficace qu'un quadra fatigué. Et elle possédait sur François un autre avantage : la connaissance du terrain.

Évaluation rapide de la situation.

Point négatif : trente mètres la séparaient du fuyard. A priori, aucune paire de jambes ne faisait le poids contre un deux-roues.

Point positif : pas mal de monde en ville. Le scooter aurait du mal à se faufiler au milieu des passants.

Enjeu majeur : ne pas le perdre de vue.

Maxime tourna à droite. Cinq, six secondes, à l'aveugle. Seul fil rouge, le bruit de casserole du pot d'échappement. Julia déboula dans la rue de l'Amelier. Commerces, étals, noire de peuple. Elle fouilla la foule des yeux. Rien. Puis un point jaune, à cinquante mètres. Le casque.

Elle repartit comme une fusée. Froissements d'épaules. Chocs. Évitements. La poursuite s'apparentait à une course d'obstacles. En point de mire, la tache de couleur qui zigzaguait dans la tourmente.

Puis soudain, plus rien. Une marée de regards anonymes qui la fixaient d'un air inquiet. Elle continua à courir. Son cœur était monté dans les tours, sa respiration s'accélérait. Progressivement, la chaleur de l'effort se répandait dans ses membres.

Carrefour. Trois possibilités. Merde ! Elle tendit l'oreille. Devant. Oui. Il suivait le seul chemin possible. Il traçait vers le nord, vers la porte de la Ligne.

La jeune femme redémarra. Longues foulées, dos droit, contrôle de la respiration. La situation commençait à l'exciter. Elle sentait battre dans ses tempes le grand frisson de la traque.

Nouvelle rue. Sourire. Un attroupement, à moins de dix mètres. Un type était par terre. Maxime relevait son scooter avec difficulté.

Julia brandit sa carte en criant :

— Police ! Retenez-le !

Deux hommes se précipitèrent. Pas assez rapides. Le fuyard leur avait déjà filé entre les doigts.

Elle se remit à courir. Lancé à fond, le deux-roues creusait l'écart. Rue Vieneuve. Rue de la Forêt. Rue Saint-Joseph. Devant, de moins en moins audible, la pétarade du moteur.

Sentiment d'impuissance. Colère. Dans moins de deux minutes, il atteindrait la sortie.

Pas de panique. Maxime fonçait droit vers le piège. La policière sortit à nouveau son portable.

— François ! T'es où ?

— Je sais pas. Une grande avenue.

— T'as pas branché le GPS ?

— Il m'a promené.

— Tu vois le fleuve ?

— Non. J'ai les remparts sur ma gauche.

Putain de machine. Le satellite avait dû l'envoyer à l'extérieur, sur le circulaire.

— Continue tout droit. Tu vas tomber sur la porte de la Ligne. Entre à l'intérieur des remparts. Je le pousse vers toi.

Fermeture du boîtier. Loin, très loin devant, le souffle aigu du scooter.

Accélération. Julia se sentait pousser des ailes.

Dernier carrefour. Dernière ligne droite. Une belle rue bordée d'immeubles massifs, avec, à l'horizon, une arche de pierre datant de l'époque gallo-romaine. Dans l'alignement, la silhouette de l'adolescent courbée sur sa machine.

Maxime roulait à contresens. Il slalomait au milieu des voitures à la façon d'un acrobate. Plus que vingt mètres avant la liberté. Et toujours pas de gyrophare en vue.

Dans un sursaut de rage, Julia poussa un sprint. Ses muscles étaient en feu. Elle avait la sensation que ses poumons allaient se décrocher.

Dix mètres. Le deux-roues allait lui échapper. Tout ça pour rien...

À l'instant où il atteignait la porte, des éclairs bleus hachèrent le paysage. Comme en écho, un hululement de sirène ricocha sur les voûtes. Surgie de nulle part, la 306 freinait dans un crissement de pneus.

Les pupilles de Julia accrochèrent plusieurs images. Le scooter, penché selon un angle improbable, guidon à quelques centimètres du bitume. François, jaillissant de la voiture, arme au poing. Autour, des passants stupéfaits.

Une seconde, hors du temps.

Maxime allait tomber. Ils le tenaient.

Puis tout s'accéléra.

Un pied au sol, un coup de reins. L'adolescent redressa son engin. Il se déporta sur la gauche, dans le parterre de fleurs. Une embardée. Une pluie de pétales.

Moteur à fond, il contourna la 306 et franchit les remparts.

# 49

Changement d'angle.

Avis de recherche, barrages routiers, surveillance des gares et des aéroports.

La chasse à l'homme commençait.

François avait laissé ces réjouissances à Devaux. Coup de gueule du cow-boy, aussitôt muselé par un appel de Paris. Dans la foulée, Hénon en avait profité pour mettre les choses au point. Il s'agissait d'une affaire complexe, trois meurtres commis par un tueur en série dans trois villes différentes. Le divisionnaire comptait non seulement sur la discrétion des équipes locales, mais également sur leur coopération. À partir de maintenant, Marchand prenait officiellement le contrôle des opérations.

Le profileur s'était gardé la part du lion. Analyse des appels passés par Maxime, mise sur écoute de sa ligne et perquisition à son domicile. Après avoir sous-traité le traçage téléphonique à la DCPJ, à Nanterre, il avait foncé chez l'adolescent. Julia l'accompagnait, la question ne s'était même pas posée.

Ils se garèrent devant le pavillon. Pas de Mégane en vue. Et encore moins de scooter. François sonna, à tout hasard. Personne. Remis en liberté après sa garde à vue, Galthier avait certainement repris son travail.

Ils pénétrèrent dans la maison. Sensation désagréable, celle d'un cauchemar qui tourne en boucle. Trois jours plus tôt, François foulait le même parquet, s'asseyait dans le même canapé en cuir fauve et respirait la même odeur de bois trop neuf. À ce moment-là, il traquait le père. Un suspect cohérent, dont le profil aurait pu correspondre à celui du tueur.

Maintenant, plus rien n'avait de sens.

La piste conduisait vers un adolescent dont la culpabilité semblait invraisemblable. Trop de paramètres contredisaient cette hypothèse. Son âge tout d'abord. La construction perverse élaborée par l'assassin ne pouvait concerner qu'un adulte. Son lieu de résidence ensuite. Les *cross killers* ne tuaient jamais près de chez eux et une victime au moins habitait la même ville. De plus, il n'avait pas pu relier Avignon, Grenoble, Bagnolet, et peut-être Limoges, au guidon d'un scooter. Le tout en moins de quatre jours ! Et même s'il avait pris le train... Comment aurait-il transporté son matériel ?

Enfin, il y avait cet appel adressé à Lucie, aux environs de vingt-trois heures. Une communication établie à partir de la carte prépayée, celle probablement acquise par le tueur.

Et pourtant...

Tout dans l'attitude de Maxime l'accusait. Sa présence au côté de la jeune fille, une heure à peine avant le meurtre, les mensonges à répétition, sa fuite...

Pour François, une hypothèse seulement permettait de faire tenir l'ensemble. Une hypothèse à laquelle Julia ne croyait pas mais qui semblait pourtant solide. Celle de la complicité. De la même façon que Natacha à Paris, Maxime n'était peut-être qu'un rabatteur.

Ils montèrent à l'étage. François marchait d'un pas lent, se pénétrant de l'atmosphère du lieu.

Calme, propre, sain. À droite, au bout du palier, la chambre de Maxime. Lors de leur visite, ses collègues du SRPJ ne s'en étaient pas occupés. Ou de façon superficielle. Aucun motif rationnel ne l'imposait encore.

Ils pénétrèrent dans l'antre de l'ado. Toujours la même odeur de tabac froid. Les modèles réduits s'alignaient sur les étagères, plastiques brillants, chromes argentés. Le profileur détailla les posters de voitures. Des photos magnifiques, presque vivantes. Maxime possédait un talent certain. Rien d'étonnant à ce que Lucie lui ait fait confiance.

— On attaque par quoi ?

Julia le regardait droit dans les yeux. Les dernières heures lui avaient redonné confiance. Avec ses cheveux décoiffés, son visage anguleux, elle était belle.

— La chambre, répondit le commissaire. On s'occupera de l'ordinateur après.

Ils se mirent au travail. Ne sachant pas ce qu'ils cherchaient, ils progressèrent de façon systématique. Julia prit les placards pendant que François s'attelait au bureau. Entassés de façon anarchique, des livres de classe, des cours, des revues de photos. Le policier feuilleta l'agenda du jeune homme, sans rien trouver.

Julia n'avait pas l'air d'être mieux lotie. Elle ouvrait les penderies, explorait chaque recoin, examinait les murs. Puis elle regarda sous le lit, souleva le matelas, inspecta le sommier. Sans plus de résultat. En quinze minutes à peine, ils avaient fait le tour des planques potentielles.

Le doute submergea le policier. Et s'ils faisaient fausse route ? Si Maxime n'avait rien à se reprocher ?

— Il ne nous facilite pas les choses, laissa tomber Julia.

— C'est pas un scoop.

— Tu explores la bécane ou tu préfères que je m'en charge ?

François était déjà devant l'écran. Il brûlait d'aller au bout.

— Je m'en occupe.

Pas de mot de passe. Page d'accueil étrange. Un personnage de manga mangeait l'espace, une jeune fille aux yeux de biche moulée dans une combinaison de métal. Elle tenait dans la main une tête humaine dont s'échappait un flot de sang. Rien dans son regard n'exprimait l'atrocité de la situation. Il semblait neutre, vide, indifférent. Seule la légende était explicite. Un mot en lettres rouges, baveuses, qui clignotait comme une provocation : FUCK.

— Sympa, la mise en bouche, ironisa la jeune femme.

Le policier chassa son malaise et s'immergea dans le disque dur. Beaucoup de photos. Des albums entiers, classés par thème : voiture, moto, monuments... Les passions sages d'un adolescent équilibré. Fait marquant néanmoins, aucun cliché d'êtres vivants. Pas d'animaux, pas d'insectes, pas d'êtres humains. Maxime semblait n'être passionné que par les natures mortes.

Soudain, au détour d'une série sur la statuaire grecque, un court-circuit. L'image que François regardait n'avait aucun rapport avec les précédentes. Du genre : « cherchez l'intrus ». La photo représentait une femme attachée sur une croix, entièrement nue. Des entailles monstrueuses cinglaient ses cuisses, ses bras, son torse. Par endroits, la chair avait été prélevée en profondeur, créant des puits jaunâtres cerclés d'auréoles sombres. Placé sur le côté, de façon à ce qu'on ne perde rien du spectacle, un type déguisé en bourreau moyenâgeux officiait. Il tenait dans les mains une pince énorme, avec laquelle il arrachait un sein entier.

Pendant plusieurs secondes, le policier fut incapable de détourner ses yeux. Julia fixait aussi l'écran, pétrifiée. Ce qu'ils regardaient avait quelque chose d'irréel. Comme un trucage, dans un film d'horreur.

Il fit défiler la suite. Des images léchées, presque des cartes postales : l'Aurige de Delphes, l'Aphrodite de Praxitèle, la Victoire de Samothrace...

Puis à nouveau l'innommable. Un homme cette fois, en partie égorgé, tentant de retenir le sang qui pulsait de sa gorge. La tête était légèrement inclinée vers l'arrière, découvrant une entaille profonde, comme un distributeur de bonbons Fizz.

Le profileur s'accrocha au clavier. Les photos se succédaient, alternance de chaud et de froid, de normalité et de folie. Quand il reposa la souris, il constata que sa main tremblait.

— T'es convaincu, maintenant ?

Julia avait posé la question d'une voix blanche. François ne répondit pas tout de suite. L'électrochoc l'avait vidé de sa substance. Puis, lentement, ses pensées s'ordonnèrent.

— Pas sûr que ce soit réel.

— Quelle différence ? Faut être taré pour collectionner ces horreurs.

Le profileur n'écoutait qu'à moitié. Son esprit ruait dans les brancards, cherchant une explication rationnelle. Maxime avait des goûts morbides. Pas de doute. Avait-il passé un deal avec le tueur ? Pris des photos de la scène pendant que l'autre s'en donnait à cœur joie ?

Suite de la fouille. Creuser. Encore et encore. Trouver l'explication.

Bascule sur Internet. Toujours le même parcours. Messagerie. Rien ou presque. Favoris. Bingo ! Un site au nom parlant : « horreur.com ».

François cliqua. Fond gris. Taches rouges. Encarts. Bandes-annonces. L'encyclopédie du cinéma de genre selon les créateurs. Toutes les productions, des plus célèbres au plus confidentielles, y étaient répertoriées. Avec en prime des critiques, des extraits, des avis, et une documentation impressionnante.

Julia commenta :

— Ce gosse est fasciné par le gore. Il a pété les plombs.

— Jusqu'à quel point ? Il nous faut plus d'éléments.

Le commissaire scruta l'écran. Que contenait encore l'ordinateur ? Des connexions effacées ? Des pistes maquillées ? Un lien vers l'assassin ?

Inutile de perdre du temps à essayer de faire parler la machine. Les spécialistes de la DCPJ s'en chargeraient. En attendant, il allait faire ce qu'il pouvait, avec les moyens dont il disposait.

Il se leva.

— On bouge. Et on embarque le disque dur.

# – IV –
# Natacha

# 50

Retour à Grenoble.

En point de mire, la seule piste encore vierge.

Le satanisme.

Si la deuxième victime avait fréquenté les messes noires, il se pouvait qu'un des adeptes l'ait piégée dans ce contexte. Vu la vie monacale que menait Pierre Jacquet, il n'y avait pas trente-six endroits où il aurait pu faire d'aussi mauvaises rencontres.

François avait déjà contacté Kellermann pour annoncer son arrivée. Mis au courant par un coup de fil d'Hénon, le Grenoblois savait maintenant que l'affaire dépassait le cadre d'un simple meurtre. Pour le petit mensonge dont il avait été victime, il n'avait fait aucun commentaire.

Marchand s'était quand même excusé. Il avait renouvelé les instructions de discrétion, demandé de dégoter d'urgence un technicien en informatique et sollicité une recherche sur les adorateurs du diable fichés dans la région. De son côté, le patron du SRPJ de Grenoble en avait profité pour lui faire part de ses progrès. Nuls du côté des magasins de jardinage et de l'enquête de voisinage. Significatifs du côté de la scène de crime.

Les experts de la PTS avaient analysé l'empreinte trouvée près de la clôture. En fait, il y en avait deux. Des mocassins et des bottes. Superposées. Comme des cambrioleurs ayant volontairement sauté au même endroit.

L'étude des sillons avait permis d'identifier les mocassins : il s'agissait de ceux de la victime. Les bottes devaient appartenir au tueur. Ou, comme François le subodorait à présent, à un autre rabatteur. Cette découverte signait tout au moins l'existence d'une action concertée. Elle démontrait que Pierre Jacquet avait volontairement suivi son guide jusqu'au lieu de son supplice.

Seconde avancée, on avait trouvé des résidus de pneumatiques de l'autre côté du grillage. Une moto. Impossible d'identifier le modèle, mais un gros cube vu la largeur de la trace. On savait à présent comment Pierre avait été conduit jusqu'à l'usine d'incinération.

François monta le chauffage. Il était gelé et n'arrivait pas à se réchauffer. Il contracta ses muscles, un mouvement réflexe, et laissa ses yeux dériver sur la nuit. Flash des bandes blanches. Ronde incessante des phares. Intimité d'un habitacle plongé dans la pénombre. Julia conduisait. Ils avaient peu parlé depuis leur départ. Un silence plein, de ceux que seuls peuvent supporter les couples en harmonie. Chacun en profitait, tourné vers ses rêveries.

À cet instant, le profileur ne pensait plus à l'enquête. À cet amoncellement de folie qui semblait ne jamais vouloir s'arrêter. Il pensait à Charlotte, à leur discussion de la veille. Sa fille avait grandi. Du haut de ses dix-sept ans, elle l'observait, le jugeait. Il n'était plus ce père idéalisé, capable de la rassurer d'un simple mot. Seulement un homme, avec son lot de contradictions, ses lâchetés et ses failles.

Comment prendrait-elle l'arrivée de Julia ? Une trahison supplémentaire ? Un abandon de plus ?

Il se tourna vers la jeune femme. Sa silhouette se découpait dans la lumière bleutée du tableau de bord. Fine, racée, porteuse de promesses et d'espoir. Que se passerait-il ensuite ? Quand tout serait terminé ?

Vibration dans sa poche. François attrapa son téléphone. Hénon.

— Oui, Roger.

— T'es où, là ?

— Sur l'autoroute. Pas loin de Grenoble.

— Tu devais pas aller à Avignon ?

— J'en viens.

— T'as déjà interrogé le môme ?

— En partie...

— Comment ça, en partie ?

— Il s'est tiré.

Silence. Puis la voix d'Hénon, comme sortie d'outre-tombe.

— Il est impliqué ?

— J'en sais rien. On le recherche.

Nouveau blanc. Un bruit de briquet. Le divisionnaire devait être en train d'allumer une cigarette.

— Tu penses le trouver à Grenoble ?

— Non. Je suis avec Julia Drouot. Elle a levé un autre lièvre.

— Ne me dis pas que t'es encore fourré avec ta petite enquêtrice ?

François ne releva pas.

— La deuxième victime a peut-être fréquenté un cercle sataniste. On va...

— Peut-être ? l'interrompit sèchement le divisionnaire. Parce que tu crois qu'on a le temps et les moyens de s'offrir ce genre de stratégie ?

Hénon lui balançait son stress en pleine figure. L'ancien psy comprenait le mécanisme. Il lui manquait juste l'énergie pour passer outre.

La réponse fusa comme un trait d'arbalète.

— Je fais au mieux. Avec ce que j'ai.

Hénon avait été trop loin. Il dut le sentir et changea de sujet.

— J'ai besoin de toi. On auditionne Hugo Crémant demain matin.

— Hugo ? Le petit frère de Justine ?

— Ses parents lui ont tout expliqué.

— Il a cinq ans et il dormait. Tu espères quoi ?

— On verra bien.

— Et ma piste ?

— Tu la laisses à ta copine. C'est une grande fille, non ?

L'ironie, maintenant. Hénon devait se douter de quelque chose et ne cautionnait pas.

— Je dois y aller, conclut le divisionnaire. Sois là à huit heures trente.

François ravala sa colère. Vingt et une heures. À peine le temps de sauter dans un avion.

— Des problèmes ? demanda Julia.

— Un nouveau témoin dans l'affaire de Bagnolet. Hénon veut que j'assiste à l'interrogatoire.

— J'en déduis qu'il faut te déposer à l'aéroport...

Un court silence, puis Julia ajouta :

— Décidément... Je vais commencer à croire que tu me fuis.

— Arrête, tu sais très bien que...

— Hé ! Je plaisantais...

Soupir. François était fatigué, tendu. L'idée d'une pilule rose le traversa. Il résista.

— Et moi ? demanda-t-elle. C'est quoi mon programme ?

— Tu continues.

— Qu'est-ce que je dirai à Kellermann ?

— Rien. Je le préviens.

Le profileur envoya l'appel.

— Bonsoir. C'est encore Marchand.

— Vous êtes déjà arrivé ?

— Changement de programme. Je ne peux pas venir. Le lieutenant Drouot me remplacera.

— Rien de grave, j'espère.

— Une urgence. Je vous rejoindrai dès que possible.

François allait refermer son boîtier quand la voix de Kellermann le cueillit au vol.

— J'ai eu le retour des RG. Je vous le communique ou je vois ça directement avec Drouot ?

— Je vous écoute.

— Il y a toute une petite communauté qui flirte avec le satanisme. Pas très dangereuse, d'après ce que j'ai compris.

— Vous avez des noms ?

— Des noms, des adresses... Et même la discothèque où ils se réunissent.

Le commissaire chercha un stylo dans sa poche.

— Allez-y. Je note.

Silence embarrassé.

— Qu'est-ce qu'il y a ? demanda François.

— Le dossier est au commissariat. Il est tard... Je suis déjà rentré chez moi.

Nouvel aller-retour en direction de sa montre. 21 h 15. Les gens normaux étaient en train de dîner.

— Excusez-moi, je n'avais pas réalisé.

— Je peux déjà vous donner les coordonnées de la discothèque. Je les ai en tête.

— Allez-y.

— Le Barbelé. 3, quai Stéphane-Jay. Le gérant est connu de nos services. Antoine Théopoulos, dit Tony le Grec. Quarante-deux ans, condamné pour proxénétisme.

— Il est lié au milieu ?

— Une petite main. Il vient de Marseille. Il a tenu plusieurs...

— Merci. Je vous tiens au courant.

Il raccrocha et se tourna vers Julia.

— Une virée en boîte. T'es preneuse ?

— Sans toi, je risque de m'emmerder.

— Pas sûr... De toute façon, c'est plus de mon âge.

— T'as raison. On pourrait croire que je sors mon père.

François se surprit à sourire. Un panneau vert venait de passer, annonçant l'aéroport Grenoble-Isère. Julia enclencha son clignotant et s'engagea sur la bretelle.

# 51

Le Barbelé.

Une simple porte, fondue dans une longue barre d'immeubles gris. Autour, rien. Pas un restaurant, pas un commerce. Personne. À cet endroit, les quais s'apparentaient à une zone morte. De rares voitures filaient le long des berges, comme impatientes de fuir ce lieu d'angoisse.

Julia avait décidé d'attaquer bille en tête. Pas envie de dormir, et de toute façon le timing l'imposait. Jusqu'à preuve du contraire, les boîtes fonctionnaient la nuit, pas le jour.

Elle sonna. Une petite grille coulissa, à hauteur de visage. Elle discerna deux yeux fixes, rapprochés, et un bouc jaunâtre.

— C'est privé.

Voix grave. Ton agressif. Elle colla sa carte contre le métal.

— Pas pour moi.

Le regard du cerbère se plissa, un serpent prêt à mordre. Un bruit de verrou. Le panneau s'ouvrit.

Le sas d'entrée tenait dans un mouchoir de poche. Pas plus grand qu'une cabine de douche, il donnait sur un escalier dont on ne discernait que les premières marches. Une petite table était collée contre le mur, sur laquelle traînait un carnet de tickets, une boîte en fer et un tampon encreur. Des sons étouffés montaient du sous-sol, évoquant vaguement une mélodie.

— Tony est là ?

Le portier la jaugea. Grand, sec, cheveux coupés à ras, de la même couleur de vieille pisse que son bouc. Sans prononcer un mot, il désigna le puits qui plongeait dans le noir.

Julia descendit. Pente raide, peu d'espace, lumière minimum. Elle dégrafa la patte de son holster. Dix mètres plus bas, elle buta sur une tenture de velours sombre. La musique s'était intensifiée, elle discernait maintenant des riffs de guitare électrique. D'un mouvement de main, elle écarta le rideau.

Première sensation : le bruit. Une vague de décibels qui déferlent comme un tsunami. Des notes suraiguës déchiraient les tympans, pendant que les basses s'occupaient d'affoler le cœur.

Julia se contracta. Un réflexe face à l'agression. Dans le même temps, ses yeux disséquèrent l'environnement.

La discothèque s'apparentait à une caverne. Une grande salle, au plafond voûté, qui semblait avoir été taillée à même la roche. La pierre avait une teinte noire, scintillante, comme une nuit étoilée. Des bougies brûlaient dans des niches, compagnie d'elfes dansant la sarabande au rythme des guitares.

Le vacarme provenait d'une estrade, sur la droite. Trois démons musculeux, harnachés dans des combinaisons de latex, se démenaient sous une batterie de projecteurs. Impossible de voir leurs visages. Ils disparaissaient sous des crinières blondes, dont la masse frémissait à chacun de leurs déhanchements.

Hurlant avec ces lions, un public conquis d'avance ondulait devant la scène. Julia eut l'image d'une secte. Les fidèles du dieu Metal, adorant leur idole... Au fond, derrière ce parterre de sueur et de fièvre, elle devina une zone plus calme, organisée autour d'un bar.

Julia prit son courage à deux mains et plongea dans la mêlée. Frôlements des corps. Odeur de transpiration et de bière. Coudes enfoncés dans le ventre. Elle n'avait jamais aimé ce genre de trip. Plus jeune, elle avait assisté à un ou deux concerts. Histoire d'être dans le coup. Chaque fois, elle avait dû sortir.

Un chauve aux yeux vitreux accrocha son bras. Elle l'entendit hurler par-dessus cette folie :

— Tu veux me sucer, salope ?

La jeune femme se dégagea d'un coup d'épaule.

— Va te faire mettre, connard.

Le type éclata de rire et se remit à danser. Julia s'éloigna, aussi rapidement qu'elle le pouvait. La salle, chauffée à blanc, lui donnait le sentiment d'une entité vivante qui allait la broyer, la digérer.

Enfin, elle atteignit le bar. Des spectateurs se pressaient contre le comptoir, canette en main et regards allumés. Des jeunes pour la plupart, vêtus de tee-shirts sans manches, constellés de piercings. L'ambiance, franchement *destroy*, rappelait les concentrations punks du début des années quatre-vingt. Pour l'instant, pas l'ombre d'un sataniste...

Tranchant dans ce tableau ringard, un homme en chemise blanche observait le cirque depuis sa caisse enregistreuse. Un profil d'aigle, la boule à zéro, une tête d'Indien tatouée dans le cou.

La policière se faufila au milieu des chairs moites. Elle éjecta un blouson de cuir et se planta devant lui.

— Antoine Théopoulos ?

Le gérant la détailla d'un œil méfiant.

— C'est pour quoi ?

— Police.

À l'énoncé de sa qualité, les voisins de Julia se retournèrent. Œillades inquiètes, malaise. L'espace se creusa naturellement.

— Je cherche une personne, annonça la jeune femme.

— Si je peux vous rendre service...

Accent méridional, ton affable pour un proxo. Un cocktail étrange, décalé dans ce zoo. Julia sortit la photo de Pierre Jacquet.

— Ce visage vous dit quelque chose ?

Le Grec observa le cliché. Son visage s'allongea.

— C'est pas...

— Si... C'est l'adolescent qu'on a retrouvé dans l'usine d'incinération.

— Ben vous savez où il est, alors...

— Lui, je sais. Je recherche des gens qui auraient pu l'accompagner ici.

— Pourquoi ? Il est venu chez moi ?

— Possible...

Théopoulos prit un air dépité.

— Je m'en souviens pas.

— Prenez le temps. Réfléchissez.

Il se passa la main sur le crâne, forçant sa mémoire. Sa volonté de coopérer ne faisait aucun doute.

— Non vraiment. Désolé...

Fin de la transmission. À l'abri de son comptoir, le gérant n'avait qu'une vision partielle de son établissement. Quelques têtes aux regards explosés, une forêt de silhouettes, le groupe qui oscillait sous les lasers.

Julia changea d'angle.

— On m'a dit que vous aviez des clients un peu... spéciaux.

— Ça...

Illustrant le propos, une crête rouge essaya de s'incruster à côté de la jeune femme. Elle banda ses muscles pour lui barrer le passage. Le néo-punk marmonna un juron et tailla la route.

— Je ne parlais pas de ceux-là, reprit Julia. Ceux auxquels je pense s'habillent en noir, se fardent le visage en blanc et se prennent pour des vampires.

Expression de lassitude.

— On a quelques Goths qui viennent de temps en temps. Ils se mettent au fond, dans la petite salle. Un Coca, six pailles. Vous voyez le genre ?

Julia se fendit d'un sourire.

— Ils sont là, ce soir ?

— J'sais pas. Y a trop de monde. Vous pouvez aller jeter un coup d'œil. C'est juste à droite.

La policière ne se fit pas prier. Elle replongea dans le bouillon, tendue à bloc. Trois mètres à jouer des épaules. Une éternité. En perspective, une ouverture en arc de cercle taillée à même la roche.

Elle se propulsa à l'intérieur. Changement d'ambiance. Calme relatif. Quelques tables, occupées par des groupes de quatre ou cinq personnes. Deux ordinateurs dans le fond, avec pour fond d'écran la page d'accueil de Google. Ici aussi, la lumière provenait de bougies incrustées dans des niches. Elles projetaient des ombres déchiquetées, comme une présence supplémentaire rampant au creux des murs.

Parmi ces spectres, d'autres spectres. Visages blafards, rouge à lèvres noir, cheveux couleur corbeau et fringues de carnaval. Pas besoin d'être branché pour comprendre qu'il s'agissait de Gothiques. Assis au fond de la pièce comme des vampires au fond d'une crypte, ils tenaient conciliabule.

Julia s'approcha.

— Salut les jeunes. Ça gaze ?

Mouvement de recul. Regards hostiles. La femme flic tira un tabouret et s'imposa dans le cénacle. D'un mouvement circulaire, elle montra sa carte aux trois adolescents.

— Je vous la fais courte. J'enquête sur le meurtre de l'usine d'incinération, à Jarrie. Tout le monde est au courant ?

Pas de réponses. Julia fit circuler la photo de Pierre.

— Quelqu'un le connaît ?

Les têtes nièrent en chœur.

— D'accord... On va la jouer autrement. Faites-moi voir un peu vos papiers.

Cette fois, les regards se crispèrent.

— Allez ! reprit Julia un ton plus haut. J'ai pas que ça à foutre.

Une à une les cartes plastifiées apparurent. L'enquêtrice fit semblant de les détailler. Elle n'avait pas encore la liste établie par les RG. Les noms ne lui disaient rien.

Elle attaqua au bluff.

— Vous savez que vous êtes tous fichés ?

Une onde d'inquiétude parcourut les Gothiques. Une fille aux longs cheveux de goudron prit la parole.

— Fichés ? Qu'est-ce qu'on a fait ?

— Appartenance à un mouvement sectaire. Pour nous, c'est suffisant.

— Parce qu'on s'habille en noir ?

— Non, ma jolie. Parce que vous adorez le diable.

Flottement. Tentative de justification.

— Et alors ? On n'a pas le droit ?

— Vous avez tous les droits. Tant qu'on retrouve pas des cadavres carbonisés et perforés comme des passoires.

L'enjeu était monté. La petite bande se regardait, affolée. Julia appuya sur l'accélérateur.

— On pense que la victime a fréquenté votre petit milieu, il y a deux ou trois mois. Regardez-le encore et essayez d'activer vos neurones. C'est dans votre intérêt.

Second tour de table. Là, pas la peine de motiver les troupes. Les Gothiques se concentraient au maximum. Enfin, la fille parla au nom du groupe.

— Non. Jamais vu. Il était peut-être en attente.

— En attente de quoi ?

— D'être initié. Tant qu'on est pas initié, on peut pas assister aux messes.

— Tu veux parler des messes noires ?

— Nous, on dit : inversées.

Julia se moquait pas mal de la nuance. Elle tenait un fil...

— Parle-moi des initiations. Comment ça se passe ?

Réticence. Une menace invisible semblait planer sur les vampires.

— Vous voulez qu'on aille finir la discussion au poste ? menaça Julia.

— Non ! paniqua la jeune fille. Mes parents...

— Quoi tes parents ? Ils savent pas que t'es là ?

Un silence prévisible pour toute réponse. Les deux autres n'en menaient pas large. Probable qu'ils soient dans la même situation. L'enquêtrice s'approcha et radoucit sa voix.

— T'inquiète pas. Ils sauront rien. En échange, tu me fais un petit topo.

Miss Dark sortit une chaînette de son pull. Une croix y était accrochée, branche horizontale inversée. Elle se mit à la tripoter d'une main nerveuse.

— J'ai juré de garder le secret. Je... Je ne peux pas trahir mon serment. Je risquerais d'offenser Baphomet et sa colère serait grande. Vous... Vous comprenez ?

La fille était terrorisée. Elle louvoyait, prise entre le marteau de ses croyances et l'enclume de sa famille. Julia lui offrit une porte de sortie.

— Qui a le droit de me parler ? Donne-moi un nom et je disparais dans la seconde.

Elle hésita encore. Puis les mots sortirent dans un filet de voix.

— Bafamal. Il faut voir Bafamal.

— Qui est-ce ?

— Le Grand Maître. C'est lui qui nous guide. Lui qui décide.

— Bafamal... C'est son vrai nom ?

— Celui qu'il s'est choisi. Personne ne sait comment il s'appelle vraiment.

— Tu sais au moins à quoi il ressemble ?

— On ne peut pas contempler son visage.

On nageait dans le délire. Julia était partagée entre une envie de fou rire et une sensation de grosse fatigue. Elle se passa une main sur le visage et conclut d'un ton ironique :

— Et j'imagine qu'on ne sait pas non plus où il habite...

— Non. On ne le rencontre qu'à l'Église.

Bien sûr... Là où Bafamal devait célébrer ses messes. Le seul endroit que ces gamins connaissaient forcément.

— Où est-elle ?

— Au cimetière Saint-Roch.

— Tu te fous de moi ?

— Je vous jure. Un mausolée. Famille Cleyel. Il y a une petite salle sous la stèle.

— Quand est-ce qu'il y va ?

— Pratiquement toutes les nuits.

# 52

Le cimetière Saint-Roch alignait ses caveaux au sud de l'Île Verte, à deux rues du squat des Sablons. En quarante-huit heures, c'était la deuxième fois que Julia venait rôder dans ce quartier de Grenoble. La première, elle s'était contentée de suivre François quand il avait interrogé le Pitbull.

Ce soir, elle était seule.

À près de minuit, la grille centrale était fermée depuis longtemps. Personne dans la guérite de surveillance. Les gardiens devaient être en train de faire leur ronde.

Julia longea le mur jusqu'à repérer une faille dans le dispositif de sécurité. Un arbre, planté sur le trottoir, dont les branches enjambaient la clôture. Elle grimpa facilement, progressa à califourchon sur ce pont improvisé, et se laissa tomber de l'autre côté.

Tout de suite, le silence s'intensifia. Plus lourd, plus dense, comme si les tombes aspiraient les sons. Partout, à perte de vue sous la nuit claire, les surfaces miroitantes des stèles de marbre noir.

Pas âme qui vive.

Aucun vigile en vue.

Rassurée, Julia essaya de se repérer. Famille Cleyel, avait dit la Gothique. Puis elle avait précisé : Carré V, rang 12, case 107. Pas évident. Tout se ressemblait et le cimetière s'étendait à perte de vue.

Elle distingua un panneau, à une vingtaine de mètres. Le début du jeu de piste. Elle marcha jusqu'à lui, essayant de juguler l'oppression qui commençait à la saisir. Julia n'aimait pas ce genre d'endroit. Une crainte irraisonnée, absurde même. Les morts ne posaient pas de problèmes. Ils pourrissaient dans des cercueils plombés. Point barre. À part dans les films de zombies, personne n'avait jamais vu un cadavre se relever.

La plaque lui indiqua qu'elle se trouvait dans le carré III. À droite ou à gauche ? Elle se décida pour la droite. Cette fois, cent mètres à parcourir jusqu'au prochain croisement. De part et d'autre de l'allée, des blocs de granit, des croix de pierre, des photos de défunts emprisonnés dans des cadres rouillés. Et toujours ce silence étouffant.

Elle contracta ses épaules et accéléra le pas. Carré IV. La tension baissa d'un cran. Elle avait fait le bon choix.

Elle continua droit devant, enchaînant les travées, longeant les sépultures. La Cité des morts. Paisible et angoissante. Par mimétisme, la jeune femme eut soudain la sensation de sa propre fin. Seule la buée qui s'échappait de sa bouche la reliait à la réalité. Une brume fragile, éphémère, lui rappelant que pour l'instant, elle était vivante.

Carré V, enfin. Julia remonta jusqu'au rang 12. À cet endroit, le cimetière respirait l'opulence. Les concessions s'étendaient sur des surfaces respectables où se dressaient de véritables constructions. Dans la pénombre, on pouvait croire à une banlieue résidentielle alignant ses pavillons.

La policière alluma sa lampe torche. Le premier édifice ne portait pas de numéro. Il s'agissait d'une imitation de temple antique, au faîte soutenu par une paire de colonnes ioniques. Un nom était gravé dans le marbre : SAUVAT. En dessous, une épitaphe : « TU NE NOUS AS PAS QUITTÉS, TU NOUS AS PRÉCÉDÉS ».

Elle passa au suivant. Toujours pas de numéro. Le nom ne correspondait pas non plus. Un à un, elle inspecta les mausolées : gisant sous un baldaquin en forme de chapelle à claire-voie ; monolithe gigantesque orné de frises, de bas-reliefs ; reproduction en miniature de la basilique Saint-Pierre de Rome...

Toujours rien.

Seul constat : les habitants de ce carré VIP donnaient dans la démesure. Un ultime sursaut d'orgueil face aux vertiges du néant.

Après dix minutes de tâtonnement, elle trouva finalement ce qu'elle cherchait. Le sésame était inscrit sur le fronton d'une chapelle imposante, ornée de flèches acérées et ployant sous des gorgones aux airs de chauve-souris.

FAMILLE CLEYEL
POUR L'ÉTERNITÉ

Julia enjamba la clôture, traversa le parterre de pelouse et s'arrêta devant l'entrée. Une porte en métal plein interdisait l'accès, verrouillée. Elle tendit l'oreille. Pas un bruit. Ce soir, Bafamal n'était peut-être pas de service...

Elle s'assura que personne n'arrivait. Elle crocheta la serrure en faisant le minimum de bruit et se glissa à l'intérieur.

Une pièce spacieuse se découpa dans le pinceau de sa torche. Des vases chargés de fleurs en plastique la décoraient, posés à même le sol. Les niches incrustées dans les murs contenaient des statuettes en plâtre peint, à l'effigie de la Vierge Marie. Au centre, un catafalque représentant une jeune fille, drapée dans une tunique froncée. Un prénom et une date étaient inscrits dans la pierre : Louise. 1972-1993.

Julia s'attarda quelques secondes sur son visage. Des traits fins, délicats, saisis dans la pureté de la jeunesse. Qui était-elle ? Quelle drame l'avait frappée ?

Un raclement lui fit lever la tête. Lointain, diffus, il était sorti de nulle part. Aussitôt, l'image d'un squelette grattant les parois de son cercueil accrocha sa conscience. Elle ferma les yeux et respira à fond. Garder toute sa lucidité. Ramener la situation à sa juste mesure. Une interpellation suivie d'une audition. Rien de plus.

Le temps qu'elle se reprenne, le raclement se fit de nouveau entendre. La lampe fouilla la nuit. Le cœur de la jeune femme faisait des sauts de cabri. Soudain, planquée dans un renfoncement de mur, une petite grille en fonte apparut.

Ouverte.

Le bruit se répéta encore. Il venait de là. Julia sortit son Sig Sauer et s'approcha.

Un escalier s'enfonçait dans la terre. Les marches étaient anciennes, usées, couvertes de mousse. Elle s'engagea, serrant son arme un peu plus fort.

Obscurité, relents de moisissure, présence invisible galopant sur les murs. À mesure que Julia descendait, l'impression d'enfermement s'accentuait. Emmurée vive, dans un caveau anonyme. Si les choses tournaient mal, personne ne viendrait la secourir.

Le raclement, à nouveau. Plus net. Elle imagina un couteau qu'on frottait contre une pierre. Un objet rituel, aiguisé en vue d'un sacrifice ?

Julia avait déjà parcouru une bonne dizaine de mètres quand elle distingua la lumière. Un miroitement fragile, dansant sur la paroi humide. Elle tendit ses bras vers l'avant, en position d'assaut, et continua d'avancer.

Peu à peu, la pénombre recula. Julia éteignit sa lampe. Encore cinq marches et elle atteindrait ce qui devait être une crypte. Pour l'heure, l'angle de vue l'empêchait d'appréhender autre chose que le plafond du corridor.

Elle entendit encore le raclement. Celui qui produisait ces bruits était tout près, là, en bas.

Bafamal ?

Sur la pointe des pieds, Julia franchit le peu de distance qui la séparait de la pièce secrète. En découvrant ce qu'elle contenait, elle se figea.

Des bougies allumées par dizaines cernaient un espace clos, circulaire, de la dimension d'un petit théâtre. À l'intérieur du cercle, des bancs de bois formaient une demi-lune parfaite, positionnée devant un autel de pierre. Surplombant l'autel et accrochée au plafond par des câbles, une immense croix d'acier flottait dans l'air. Branches inversées, tête pointée vers le sol : la marque du satanisme.

Mais le plus inquiétant n'était pas là. Ce qui glaça le sang de l'enquêtrice, ce fut le personnage qui lui tournait le dos. Une sorte de mage, vêtu d'une tunique de soie rouge dont la capuche recouvrait les épaules. Ses cheveux, très lisses et d'un noir tirant sur le bleu, formaient une rivière sombre qui serpentait jusqu'à ses reins. Le rouge et le noir, songea Julia. Le désir et la mort...

L'homme était légèrement courbé vers l'avant. Le bruit des raclements montait devant lui, comme s'ils provenaient de ses entrailles.

Elle hurla :

— Police ! Tu bouges plus !

La silhouette fantomatique se raidit. Très lentement, elle se redressa en écartant les bras, paumes vers le bas. Elle se tint ainsi quelques secondes, immobile, comme un phénix prêt à prendre son envol.

Puis, semblant flotter sur un tapis d'hélium, elle se tourna pour affronter l'intrus.

# 53

L'Ange du Mal.

Aussi attirant que le péché, plus dangereux que la damnation.

Son visage possédait une grâce noire, puisée aux sources mêmes de la perversité. Il s'étirait en longueur, comme la lame d'un scalpel capable d'entailler les âmes. La peau, d'un blanc de porcelaine, semblait plus fine que du papier de riz. Un pli malsain ourlait les lèvres, dont la pulpe peinte en gris traçait un trait de cendres.

Julia hallucinait. C'était quoi ce malade ? Elle fit un pas vers lui, sans cesser de le braquer.

— Bafamal ?

Pas de réponse. Les yeux bordés de khôl la fixaient sans ciller. Elle eut soudain la sensation désagréable d'être une proie, une biche sur laquelle il allait fondre. Elle se dit aussi que ce type pouvait très bien être le tueur. La quarantaine bien sonnée, allumé jusqu'à la gauche, charismatique. Pour l'instant, on n'avait rien trouvé reliant Maxime, Natacha, et le satanisme. Mais pourquoi pas ?

Elle prit sur elle pour avancer encore :

— Dis, Dingo ? T'es sourd ?

— Qui vous a permis d'entrer ici ?

La voix, profonde et envoûtante, la cloua sur place. Une voix de gourou, dans laquelle on avait envie de se fondre.

Elle réprima un frisson et arma le chien.

— Réponds à ma question. C'est toi Bafamal ?

Le vampire avait toujours les bras en croix. Une étincelle de rage passa dans son regard.

— Comment connaissez-vous ce nom ?

Un coriace. Il allait falloir manœuvrer. Mais d'abord, sécuriser la situation.

— Avance. Et garde les mains bien écartées.

Le Grand Maître s'exécuta. Canon pointé vers lui, la policière le contourna et s'approcha de l'autel. La pierre était recouverte d'un drap noir sur lequel reposaient un grimoire, un calice en argent, une cloche et une épée. Un crâne décalotté complétait ce dispositif symbolique. À côté, un rabot, une râpe et des copeaux d'os. L'origine des raclements sans doute.

Julia confisqua la lame. Puis elle passa derrière Bafamal et effectua une palpation rapide. Pas d'arme. Elle rengaina son Sig et revint lui faire face. La partie pouvait commencer.

— C'est bon... Baisse les bras.

Il s'exécuta, faisant disparaître ses mains à l'intérieur de ses manches. Dans cette posture, il ressemblait à un cardinal rouge de la Sainte Inquisition.

Julia enchaîna :

— Vous êtes le serviteur d'Astharoth, n'est-ce pas ?

Elle avait joué sur deux tableaux. Le voussoiement d'abord, comme une preuve de respect. Puis la référence à un prince des ténèbres, afin de l'intéresser. Pour ça, elle avait fait appel à ses souvenirs. Des bribes de textes sacrés, parcourus à l'époque où elle envisageait encore de devenir l'épouse du Christ...

Bafamal parut surpris.

— Qui êtes-vous, au juste ? Que voulez-vous ?

— Je m'appelle Julia Drouot. Je vous l'ai dit, je suis lieutenant de police. Et j'ai besoin que vous m'aidiez.

— En me menaçant ?

— Je ne vous menace plus.

L'air contrit de Julia l'amadoua un peu. Elle en profita pour avancer ses pions.

— J'enquête sur le meurtre de Pierre Jacquet. L'adolescent qui...

— Je sais...

— Comment ?

— Je le connaissais.

Aucune hésitation. Il avouait son lien avec la victime de façon naturelle. Comme s'il n'avait rien à craindre. Julia poursuivit :

— Il est venu ici ?

— Non. Personne ne peut franchir les neuf cercles s'il n'est pas initié.

— Et il ne l'était pas ?

— Pas encore. La cérémonie devait avoir lieu le mois prochain...

Une expression nouvelle flottait dans le regard de Bafamal : la déception. Et à moins qu'il ne fût un comédien hors pair, il paraissait sincère.

Julia voulut en avoir le cœur net.

— Où étiez-vous les nuits de dimanche, lundi et mercredi derniers ?

— Ici.

— Quelqu'un peut le confirmer ?

Un sourire incrédule se dessina sur la bouche du Grand Maître.

— Vous m'accusez ?

Arrière toute.

— C'est une simple question. Répondez et on passe à la suite.

— Il y a eu une messe mercredi. Trente fidèles y ont assisté.

— Et les autres soirs ?

— J'étais seul. Comme la plupart du temps...

Julia perçut un voile de peine. Bafamal portait un fardeau dont le poids l'écrasait. Sur une intuition, elle demanda :

— Qui est Louise ?

Les traits d'albâtre se refermèrent d'un coup, hostiles à présent.

— Ce ne sont pas vos affaires.

— Vous la connaissiez, n'est-ce pas ? C'est pour ça que vous avez choisi cette tombe ? Pour ça aussi que vous y passez toutes les nuits ?

— N'insistez pas. De toute façon... vous ne pourriez pas comprendre.

Ce n'était plus nécessaire. Le ton étranglé de Bafamal venait de fournir plusieurs informations à l'enquêtrice. La jeune fille représentée sur le gisant comptait pour lui. Épouse ? Sœur ? Peu importait. Sa mort lui avait fait perdre la boule. Il s'était enfermé avec elle dans ce caveau et célébrait le diable pour apaiser sa colère. Cleyel... Son nom probablement. Celui d'une famille aisée, capable de se payer une concession de luxe dans laquelle il avait pu bricoler en toute tranquillité son temple de pacotille.

Julia savait aussi qu'elle n'interrogeait pas le tueur. Seulement un homme brisé, dont l'esprit avait volé en éclats de souffrance. Son crime le plus grave avait été d'entraîner avec lui des gamins influençables. Elle laissa passer quelques secondes avant de reprendre :

— Parlons de Pierre. Vous saviez qu'il était catholique pratiquant ?

— Il me l'avait dit.

— Et ça ne vous a pas gêné ?

Sourire.

— Satan était l'ange préféré de Dieu.

— Un ange déchu, corrompu.

Regard appuyé.

— Vous êtes pleine de certitudes... Savez-vous exactement ce qu'est la corruption ?

Julia se sentit sur la sellette. Elle se justifia malgré elle.

— Je la croise tous les jours. Je sais au moins la reconnaître.

— Vous ne voyez que l'écume des choses. La corruption est le premier stade de l'évolution. Ce n'est qu'une phase transitoire qui précède la renaissance. La chair se putréfie avant de se transformer en poussière et de nourrir la nature. Tel est le sens de notre Foi.

La tirade fit tilter l'enquêtrice. Renaissance. Transformation. Nature. Un triptyque que François avait mis en lumière par son interprétation de la symbolique des crimes. Il l'avait rapproché de la réincarnation, d'un rite païen auquel le satanisme renvoyait également.

Il fallait poursuivre dans ce sens.

— Expliquez-moi. Comment se passe l'initiation ?

— Vous n'avez pas à le savoir.

— Des profanations ? Des sacrifices ? Des viols peut-être ? Racontez-moi. J'en ai vu d'autres.

Le vampire avait baissé la tête. Un mur, à présent. Julia tourna autour de lui, l'épée dans la main. Elle eut soudain l'image de l'archange Gabriel s'apprêtant à terrasser le démon. Puis elle reprit sa place.

— Très bien... Je ne peux pas vous forcer. Par contre, vous allez me dire comment Pierre est entré en contact avec vous. J'imagine qu'il n'est pas venu parce qu'il avait vu de la lumière ?

— Pourquoi le ferais-je ?

— Parce que sinon, je vous embarque.

— Ce caveau est ma propriété. J'y fais ce que bon me semble.

La policière avait déjà prévu cet argument.

— Pas tout à fait. Vos petits rituels ne sont pas très nets. Ils pourraient intéresser un juge d'instruction.

L'autre ricana.

— Il m'a déjà convoqué. Et j'ai d'excellents avocats.

— Ils auront du mal à vous éviter une mise en examen pour dissimulation d'information en relation avec un crime.

Bafamal s'affaissa légèrement. Julia porta l'estocade.

— En poussant un peu, on pourra vous coller une complicité sur le dos. Et là, ce seront les assises. Autrement dit, la roulette russe.

— Vous bluffez.

— On prend les paris ?

Les regards s'affrontèrent. Deux joueurs, assis à une table de poker. Puis le vampire céda.

— Il est venu, il y a deux mois. Un de nos adeptes me l'a présenté.

— Son nom ?

— Mabakiel.

— Son *vrai* nom !

— Il ne me l'a jamais donné.

— Allez...

— Je ne vous mens pas. Nos règles nous permettent de garder l'anonymat.

— Vous connaissiez pourtant celui de Pierre Jacquet.

— J'ai fait le rapprochement en voyant sa photo dans le journal.

— Alors décrivez-moi son parrain.

Bafamal soupira.

— Jeune. Pas plus de vingt ans. Assez grand. Brun. Toujours mal rasé. Il a un physique plutôt agréable, dans le genre ténébreux.

La description provoqua une sensation de familiarité. Vague pour l'instant.

— Essayez d'être un peu plus précis. Portait-il des tatouages ? Une bague ? Une chaîne ?

— Non. Rien de tout ça. C'est le genre voyou de luxe. Blouson en cuir et jeans. Mais de marque.

— Quelle marque ?

— Je l'ignore. Il y avait un écusson sur le devant. Une tête de mort, avec des ailes.

Le Perfecto.

Le sigle des Hell's.

Le prénom s'imposa brutalement. Comme une gifle reçue à la volée.

Rémi.

Le parrain de Pierre n'était autre que Rémi Cazenove, le blouson doré à qui le jeune catho donnait des cours du soir.

Il avait prétendu ne pas le fréquenter en dehors du lycée.

Un mensonge, long comme le bras.

# 54

Marchand regardait l'enfant à travers une glace sans tain. Une adorable tête brune, bouclée, vêtu d'un jean minuscule et d'un pull en laine blanc. Il ne paraissait pas se rendre compte de ce qui lui arrivait. Son attention était focalisée sur une montagne de cubes multicolores qu'il manipulait d'un air concentré.

Pour l'occasion, la salle d'interrogatoire de l'OCRVP avait été aménagée. Exit la table noire, les chaises austères et les posters glorifiant la police. À la place, un tapis à motifs Mickey, une caisse de jouets, et tout un nécessaire de coloriage.

Le profileur jeta un regard noir à Hénon. Il n'approuvait pas cette initiative. D'autant plus qu'il ne se sentait pas qualifié pour la mener à bien. Certes, il était psy. Mais le travail sur les enfants nécessitait des compétences particulières, une expérience. Et quoi qu'en pense son supérieur, il ne possédait ni l'une ni les autres. Pour lui, l'audition d'Hugo Crémant était une perte de temps. Elle risquait simplement de traumatiser un peu plus le gamin.

Il se tourna vers les parents.

— Ne vous inquiétez pas. Tout se passera bien.

Michel et Florence Crémant hochèrent la tête en chœur. François avait au moins réussi à gagner leur confiance. Dans leur état, c'était déjà un exploit.

Il ouvrit la porte et entra dans la pièce.

— Bonjour, Hugo.

Concentré sur sa tâche, l'enfant ne répondit pas. François s'approcha. Il s'assit en tailleur face à lui et le regarda faire. Les petites mains empilaient les cubes, des gestes précis, méticuleux, comme s'il s'était agi de la chose la plus importante du monde. Lorsque l'édifice atteignit une taille significative, il le détruisit d'un mouvement brusque. Il observa le désastre d'un air dubitatif, puis se remit aussitôt à l'ouvrage.

Marchand attendit encore. Il fallait qu'Hugo intègre sa présence. Enfin, il amorça la discussion.

— Moi, c'est François. Tu fais quoi, là ?

Toujours aucune réponse.

— Ça a l'air bien, reprit le policier. Je peux jouer avec toi ?

Sans s'interrompre, le gosse acquiesça.

— D'accord....

Le profileur prit un cube et le posa sur le tas. Il en saisit un autre, recommença, alternant ses initiatives avec celles de l'enfant. Pendant plus d'une minute, ils s'affairèrent en silence. Puis, au moment où François s'y attendait le moins, Hugo demanda :

— Elle est où, maman ?

— À côté.

— À côté, où ?

— Derrière la vitre.

— C'est pas une vitre, c'est une glace.

— Tu as raison. C'est une glace. Mais on peut quand même voir à travers.

Hugo parut satisfait de la réponse. Il délaissa les cubes et attrapa un pistolet en plastique. Il le braqua sur François, plissant les yeux comme s'il voulait tirer.

Le policier mima un air inquiet.

— Tu veux me tuer ?

— C'est pour rire. J'te connais pas.

— Pourquoi ? Tu voudrais me tuer si tu me connaissais ?

Le gamin hésita. Il reposa l'arme factice, trouva une figurine de plastique représentant un dinosaure et se remit à jouer.

François prit encore un peu de temps pour observer l'enfant. Il était détendu, confiant. La première phase se passait bien. Enfin, le profileur se pencha et demanda d'une voix douce :

— J'aimerais qu'on parle de ce qui s'est passé dans ta maison. Tu es d'accord ?

La mine d'Hugo s'assombrit.

— Si tu veux...

— Ta maman est fière de toi, tu sais. Il paraît que tu as été très courageux.

Pas de réaction. Puis le gamin demanda :

— Dis... C'est vrai qu'elle est morte, Justine ?

Le cœur de François se serra.

— Oui. C'est vrai.

— Elle est au ciel ?

— En quelque sorte.

— Ça veut dire quoi : « En que sorte » ?

Le profileur était désemparé. Malgré tous ses efforts, il avait du mal. Il bricola une réponse, à l'instinct.

— Ça veut dire oui. Et je suis sûr qu'elle pense à toi.

Hugo sourit, rassuré. François en profita pour recadrer.

— Comment ça se passe quand c'est Justine qui te garde ?

— Ben... j'vais au lit.

— C'est elle qui te couche ?

— Non. C'est maman.

— Ta chambre, elle est en haut, c'est ça ?

— Oui.

— Elle vient te voir, Justine ?

— Pourquoi ?

— Pour savoir si tu dors bien.
— Je sais pas, si je dors.
François sourit.
— Et le soir où elle est allée au ciel, tu dormais ?
— Oui.
— Tu n'as rien entendu ?
Hugo semblait soudain ailleurs. Il reposa le dinosaure, attrapa les crayons, et se mit à dessiner.

L'alarme interne de François s'alluma. Les silences cachaient parfois des gouffres. Il ne lâcha pas l'affaire.

— Il s'est passé quelque chose ?
— J'ai fait un cauchemar.
— Tu veux me le raconter ?
— Ça fait peur.
— Tu n'as plus rien à craindre. Je suis là.
L'enfant continuait à dessiner. Des éclairs noirs, des zébrures rouges. Pour l'instant, rien de figuratif.

— Y avait un monstre.
— Un monstre ?
— Oui. Il voulait me tuer.
— Qu'est-ce que tu faisais ?
— Je me cachais sous les draps.
— Et après ?
— Il venait quand même me chercher. Il avait un grand couteau. Avec plein de sang dessus.

L'arme du crime. Tout au moins celle utilisée par le tueur avant qu'il ne décide de massacrer Justine à grands coups de tisonnier. François poursuivit, sans rien laisser transparaître.

— Qu'est-ce qui se passait ensuite ?
— Il me regardait.
— C'est tout ?
— Après, je me suis réveillé.
— Et c'est là que tu es descendu.
— Oui...

Le profileur opina. Le rêve d'Hugo renvoyait directement au scénario du meurtre. Il était donc fort probable qu'il ait vu l'assassin. Son esprit avait seulement manipulé la réalité afin de la rendre supportable. Dans son esprit de cinq ans, ce qu'il avait vécu ne pouvait être qu'un cauchemar.

— À quoi il ressemblait, ce monstre ?

— À un ogre.

— Tu as déjà vu des ogres ?

— Oui.

— Où ça ?

— Dans mes livres. Y a des images.

On était bien avancé. François essaya autre chose.

— Il était grand ou petit ?

Hugo leva les yeux de son coloriage.

— T'es bête ou quoi ? Les ogres, c'est toujours grand !

— C'est juste. Excuse-moi, j'avais oublié...

L'enfant haussa les épaules.

— Lui, il était en plastique.

— En plastique ?

— Oui. Comme le papier où on met les restes. On aurait dit un « cosmogaute ».

Le cerveau du profileur traduisit. Une combinaison stérile. Type médical ou bactériologique. Ça expliquait qu'on n'ait retrouvé aucune trace d'ADN sur les scènes de crime.

— Il avait aussi des cheveux noirs, poursuivait Jules. Mais c'était pas des vrais cheveux.

Le profileur fronça les sourcils.

— Comment tu le sais ?

— Y z'étaient collés.

— Sur la tête ?

— Non. Sur le masque.

Imagination d'enfant ou nouvel embranchement ? François fit préciser.

— Tu es sûr que c'était un masque ?

— Ben oui. J'suis pas débile.

Plus la peine d'espérer identifier le meurtrier à présent. Il ne restait plus qu'à essayer de savoir à quoi ressemblaient les traits de latex.

— Tu peux me le décrire ?

Hugo se remit à dessiner.

— Il était tout blanc. Il avait l'air d'être pas content. Et sa bouche... elle était toute fine.

L'enfant s'était mis à tracer les contours d'un visage. Une ébauche, très approximative, mais qui laissait peu à peu apparaître une ossature carrée, un front haut, un nez droit, surmonté d'une masse de cheveux noire et lisse.

Quand il eut terminé, François demanda :

— Je peux le prendre ?

— J'l'ai fait pour toi.

Le policier empocha le dessin. Il se leva et caressa la tignasse de l'enfant.

— C'est bien mon grand. T'es un champion.

Hugo était déjà concentré sur sa nouvelle œuvre. Il ignorait que son avenir serait à tout jamais marqué par ce qu'il venait de vivre.

Pour lui, seul comptait l'instant.

# 55

Un masque.

Ce salopard avait porté un masque.

François regardait le dessin depuis dix minutes, sans parvenir à le relier à quoi que ce soit. Un visage vaguement humain, une expression inquiétante, des traits taillés à la serpe... Les boutiques de farces et attrapes regorgeaient de ce genre de monstres.

Il quitta son siège et alla se faire un café. Pas moyen d'en prendre un depuis son réveil. Trop à la bourre. Heureusement, Charlotte avait dormi chez sa grand-mère. Et cette fois, François préférait ça. Il ne se sentait plus la force de lui parler, d'argumenter. Pas dans ces conditions. Il leur fallait une vraie coupure. Une semaine de vacances, rien que tous les deux, pour recoller les morceaux.

L'odeur du Nespresso le fit saliver. Il le sucra à mort, pour compenser l'absence de nourriture solide. Depuis quelques jours, son hygiène alimentaire avait du plomb dans l'aile. Sur un terrain déjà nerveux, ce type de comportement avait tout du suicide.

La porte s'ouvrit à la volée.

— Yo, man. Paraît que tu fais des heures sup ?

Karim Hallaoui. Casquette à l'envers, survêtement gris foncé et baladeur sur les oreilles. Le Mozart du disque dur affichait un sourire tout en dents. Ses yeux, en revanche, étaient hallucinés.

— Salut Karim. Ça roule ?

— Pas mal. Et toi ?

— On fait aller.

Salamalecs d'usage. La vraie raison de sa présence tenait en un seul mot : Tercian. Le neuroleptique promis la veille afin d'accompagner son sevrage. François désamorça sans attendre.

— J'ai pas eu le temps de m'occuper de toi.

— Sérieux ?

— Je me suis pas arrêté. Tu veux un café ?

Le sourire s'évapora.

— Qu'est-ce que j'en ai à branler de ton kawa ? J'suis en manque, putain ! Y me faut des médocs.

— T'es pas en manque. C'est dans ta tête.

— Comment tu le sais ? T'y es, dans ma tête ?

Désespoir. Sincère. Le profileur se sentit un peu coupable. Quand il avait besoin de Karim, il était là. En retour, il ne lui donnait rien. Il le remit quand même à sa place.

— D'abord, tu te calmes.

— J'me calme ! T'as vu ma chetron ?

— Et la mienne ? Tu crois que je m'amuse en ce moment ?

François avait haussé le ton. Tel un jeune chiot pris en faute, Karim baissa la tête. Il marmonna deux ou trois jurons avant de remettre le couvert.

— Tu t'en occuperas quand ?

— Dès que mon affaire est bouclée.

— C'est ça... J'fais quoi en attendant ? J'prends de la verveine ?

— Tu serres les dents. Comme tout le monde.

L'informaticien se tassa dans ses baskets. Le challenge devait lui paraître insurmontable.

François mit une nouvelle capsule de Nespresso dans la machine. Il fit couler le jus et tendit la tasse à Karim.

— Déca. Zéro stress. Tu veux un sucre ?

Hallaoui la prit de mauvaise grâce.

— Trois.

Le profileur esquissa un sourire en lui tendant les sachets.

— Fais pas cette tronche. T'as déjà fait le plus dur.

— Putain... J'suis trop dégoûté...

— Allez... Assieds-toi cinq minutes. On va parler un peu.

Hallaoui tira une chaise en maugréant. Il remarqua le dessin qui traînait sur le bureau.

— Pas terrible... C'est qui l'artiste ? Ta fille ?

— Non. Ça concerne mon enquête.

— T'enquêtes sur Michael Myers ?

— Qui ?

— J'le crois pas. Tu connais pas *Halloween* ?

Le profileur sentit son cœur s'accélérer.

— C'est pas un film d'horreur ?

Karim prit un air navré.

— Une légende, pauv' naze. Neuf films depuis 1978. Le dernier est sorti y a deux ans.

Maxime. Le site « horreur.com » trouvé sur son ordinateur. Un lien inattendu pointait son nez. François contourna le bureau et retrouva son fauteuil.

— Vas-y. Raconte.

— Myers est un psychopathe. Un vrai boucher. Maintenant, ça fait plutôt marrer vu ce qu'ils sortent. Mais à l'époque, c'était du lourd. Surtout que le premier a été réalisé par John Carpenter. Tu vois le genre...

— Non.

— *La Chose, Vampires, Ghosts of Mars*...

Le Beur avait l'air de s'y connaître. Pas comme François. Cet univers lui était aussi étranger que la peinture sur soie.

— C'est sûrement passionnant. Mais parle-moi de Myers.

— Il a débuté sa carrière pendant la nuit d'Halloween. D'où le nom de la série... Quand ça commence, il a dix ans. Et j'peux te dire qu'il est déjà bien barré. Il se fout un masque en latex sur la gueule, un peu dans le genre de ton dessin, et il défonce la moitié de sa famille au couteau de cuisine ou à la batte de base-ball. La seule qu'il éclate pas, c'est sa petite sœur.

Un masque. Une arme blanche. Une rescapée. Tout correspondait. Le tueur avait juste échangé la batte contre un tisonnier.

Karim continuait sur sa lancée.

— Mais c'est que le début. On l'arrête, on le fout dans un asile, et dix-sept ans plus tard, il s'évade. Là, j'te raconte pas le délire. Il revient dans son quartier et il perfore tout ce qui bouge. Même le psy qui essayait de le soigner.

François n'écoutait plus. Sans s'en rendre compte, Karim venait de jeter un parpaing dans la mare. Cette fois, il n'était plus question de transsexualisme, de renaissance ou de rites païens liés à la nature. En tuant Justine de cette façon, le tueur était sorti de cette logique pour reproduire le scénario d'un film gore...

Le profileur avala la couleuvre avec difficulté. À force de tout ramener à la sphère psy, il avait dérapé. Même Forestier s'en était rendu compte. Pour justifier l'absence de viol, François avait d'abord construit une théorie à la va-vite. Cohérente certes, mais dans le seul but de retomber sur ses pieds. Dans ce scénario, l'impuissance du tueur justifiait qu'il se soit acharné sur le corps de Justine.

Puis il était revenu sur cette thèse en découvrant qu'un meurtre était peut-être passé inaperçu. Un meurtre peut-être précédé d'un viol, cette fois. Là encore, il avait réussi à faire tenir l'ensemble, imaginant une insatisfaction du tueur au regard de son « œuvre ». La théorie des brouillons...

Tout ça parce qu'il avait voulu y croire. Parce qu'il n'imaginait pas une seconde se remettre en cause. Et surtout, parce que son ancien métier lui en fournissait la légitimité.

Conneries...

Le discours de Karim bourdonna à nouveau dans ses oreilles.

— Le premier opus est le meilleur. Après, ils ont vraiment fait n'importe quoi.

François l'interrompit. Maintenant que le ver était dans le fruit, il fallait l'en extirper.

— Si je te dis : victime assassinée à la tronçonneuse avec prélèvement du visage, tu penses à quoi ?

— Tu me fais un quiz sur les sagas d'horreurs ou quoi ?

— C'est ça, oui... Un quiz.

— *Massacre à la tronçonneuse*. Six épisodes. Le premier en 1974, réalisé par Tobe Hooper. Le dégénéré qui charcute les touristes s'appelle Leatherface. À cause de son masque en peau humaine.

— Maintenant : victime brûlée au quatrième degré, puis lardée de blessures à l'arme blanche.

— Quel genre les blessures ?

— Symétriques, par groupe de quatre. Comme avec une fourche, par exemple.

Le Beur réfléchit. Puis son visage s'éclaira.

— *Les Griffes de la nuit*. Wes Craven. Huit volets depuis 1985. Neuf si on compte la série télé. Le tueur s'appelle Freddy Krueger. Il s'est fait cramer par des gosses et il revient les buter dans leur sommeil. Pour ça, il se sert d'une sorte de gant, bricolé avec des lames de rasoir. Une à chaque doigt, sauf le pouce.

À chaque réponse, le clou s'enfonçait un peu plus. Ce n'était plus seulement le meurtre de Justine qui détonnait, mais toute la trame de l'enquête qui partait en fumée.

Le tueur n'était pas un pervers sexuel. Loin de là. Son moteur s'apparentait plutôt à celui des *copycats*, ces tueurs s'appliquant à reproduire des crimes commis par d'autres.

Là, il s'agissait de crimes virtuels. Des boucheries de cinéma, bien plus spectaculaires que la mort ordinaire. Dans sa folie, l'assassin avait choisi de s'inspirer des croquemitaines les plus célèbres du septième art. Chaque fois, il avait assemblé plusieurs détails caractérisant le personnage, ou sa façon de tuer. La tronçonneuse et la cagoule de chair ; le feu et les blessures symétriques ; le couteau de cuisine, le tisonnier et le masque d'Halloween.

Que fallait-il y voir ? Un mégalo ? Certainement. Mais de façon paradoxale, un homme également peu sûr de lui, sans imagination, sans fantasme propre.

Le pire cauchemar d'un profileur.

— T'enquêtes dans le milieu du gore ?

— Pardon ?

Absorbé par ses réflexions, François en avait oublié Hallaoui.

— Tes questions, là. C'est pas pour ta culture perso !

Plus le temps de s'étendre. Seulement un sentiment d'urgence. Celui de tout remettre à plat.

— Merci pour tes lumières, Karim. Faut que je m'y remette.

— Tu me fous dehors ?

— Repasse lundi. J'aurai ce qu'il te faut.

— Sûr ?

— Tu veux que je te signe un papier ?

Le Beur se fendit d'un sourire et salua à l'arabe, mains jointes et dos courbé. Tout en le regardant partir, François trempa ses lèvres dans le café.

Froid. Il retourna s'en faire un autre, sans cesser de réfléchir.

Sous ce nouvel éclairage, un point devenait incohérent. Le tueur n'avait laissé aucun message. Il ne revendiquait rien, ne cherchait pas le contact. Or, les *copycats* avaient le plus souvent besoin de reconnaissance. Pour compenser un sentiment de dévalorisation lié à leur manque de personnalité. Pourquoi était-il si discret ?

François laissa aller sa tête en arrière et regarda le plafond. Il se sentait minable, nul. En dépit de sa science, de son intuition, son adversaire venait de le rouler dans la farine. Il le manipulait comme un pantin, ne lui laissant pas la moindre chance de pénétrer son esprit.

« Un ogre », avait dit le petit Hugo. Comme les monstres que ce fou avait pris pour modèle. Il avait surgi du néant pour dévorer les enfants. Pas de visage, aucune trace, rien. Il s'était approché de ses victimes sur la pointe des pieds, utilisant des leurres afin de rester dans l'ombre.

François essaya de se raccrocher à cette aspérité.

Les rabatteurs. Au contraire du tueur, ils pouvaient commettre des erreurs.

Maxime était déjà dans ce cas. On le recherchait. Natacha finirait aussi par prendre la mauvaise route. Et il y en avait probablement deux autres...

Les rabatteurs.

Là était son seul point faible.

# 56

Un coup de Klaxon.

Julia se réveilla en sursaut. Derrière la vitre, une trogne mauvaise la fixait avec insistance. Elle fit descendre la glace, les yeux encore embués de sommeil.

— C'est quoi, le problème ?

— Livraisons ! Savez pas lire ?

Elle sortit sa carte de police et la tendit mollement.

— Et toi, tu sais ?

Le type recula, comme un démon devant un crucifix. Il tourna les talons et partit sans demander son reste.

La jeune femme referma l'écoutille. Un froid de gueux régnait dans l'habitacle, accentué par l'effet de serre. Elle s'étira, bâilla à s'en décrocher la mâchoire et regarda sa montre. 9 h 30. Bon sang ! Elle avait dormi jusqu'à plus soif.

En un battement de cils, son cerveau se mit en marche. Grenoble. La crypte. Bafamal... Le pseudo-vampire l'avait conduite jusqu'à Rémi Cazenove, le blouson doré que Pierre aidait après les cours.

Cinq heures plus tôt, en quittant le cimetière, elle envisageait de coincer le jeune homme au saut du lit. Après avoir obtenu son adresse par les renseignements, elle s'était garée devant chez lui et avait attendu l'heure légale. Le sommeil s'était chargé de déjouer ses plans.

Julia sortit de la 306. Avant toute chose, un café. Elle repéra une brasserie, de l'autre côté de la rue. Elle s'accouda au comptoir, commanda un expresso et attrapa le canard local. Le meurtre ne faisait plus la une. Il était cantonné en page sept, quelques lignes à peine résumant les avancées de l'enquête. Nulles, d'après les informations communiquées par le parquet de Grenoble. Par ailleurs, aucun rapprochement ne semblait pour l'instant avoir été envisagé avec les crimes de Roussillon et de Bagnolet.

Julia replia le journal et avala son café d'une traite. Les consignes d'Hénon avaient été respectées. Dans le contexte, c'était déjà pas mal.

Elle quitta la brasserie et traversa la rue. Immeuble cossu, comme tous ses clones du centre-ville. Le concierge lavait le hall à grande eau, il ne la regarda même pas entrer.

Deuxième étage. Une femme élégante lui ouvrit. Avec sa coiffure impeccable et sa robe haute couture, Julia l'aurait bien vu poser dans un magazine people. À quarante ans passés, elle avait encore une silhouette de top model.

L'enquêtrice tendit sa carte.

— Madame Françoise Cazenove ?

— Oui...

— Lieutenant Drouot. Police judiciaire. Votre fils est ici ?

— Non... Que se passe-t-il ?

La virée démarrait mal. Julia demanda :

— Je peux entrer ?

— Faites.

Comme attendu, Rémi vivait dans l'opulence. Plafonds hauts, moulures, meubles contemporains et tapis persans. Une Black faisait la poussière sur une immense bibliothèque, chargée de statuettes en bronze. D'un simple geste, la maîtresse de maison la congédia.

Les deux femmes se retrouvèrent seules.

— Où est Rémi ? demanda Julia d'une voix sèche.

— Je ne sais pas.

— Votre mari a peut-être une idée ?

— Je vis seule avec mon fils. Mais enfin... Vous pouvez me dire ce que vous lui voulez ?

Julia n'avait pas l'intention de lui expliquer.

— Ne vous inquiétez pas, improvisa-t-elle. Il y a eu un accident devant le lycée. Nous avons seulement besoin de son témoignage.

Les craintes de la louve montèrent en flèche.

— Un accident ? Mon Dieu, il n'a rien ?

— Non. Ce n'est pas lui qui était impliqué.

Soulagement.

— Cette moto va me rendre folle.

Julia tiqua :

— Rémi a une moto ?

— Une Harley-Davidson.

Encore un élément. Les traces de pneus, devant l'usine d'incinération, correspondaient à un gros cube. Avec les bottes dont on avait retrouvé les empreintes, le blouson en cuir et l'écusson, la panoplie du Hell's Angel était complète.

— À quelle heure est-il parti ?

— Je ne l'ai pas vu depuis hier matin. Mais il a dû repasser ici en fin d'après-midi. L'Audi n'est plus dans le garage.

Signal d'alarme.

— Ça lui arrive souvent de découcher ?

— Régulièrement. Surtout quand il prend la voiture.

— Vous avez une idée de l'endroit où il pourrait être ?

— Aucune. Mais je peux l'appeler si vous voulez.

Surtout pas. Julia sortit un stylo de sa poche.

— Donnez-moi son numéro de téléphone portable. On le contactera.

Françoise Cazenove s'exécuta. La policière nota les chiffres puis demanda d'un air détaché :

— Je peux voir sa chambre ?

— Pour quelle raison ?

Bricoler un nouveau bobard. Vite. Et le balancer avec assurance.

— Je dois vérifier qu'il n'est pas là.

— Vous ne me croyez pas ?

— C'est la procédure. Il n'y en aura que pour une minute.

La mère hésita. Puis, comme la plupart du temps, le pouvoir de la fonction l'emporta.

— Très bien. Je vous accompagne.

Elles suivirent un couloir, éclairé par des lampes halogènes serties dans le faux plafond. De part et d'autre, des portes. Fermées, à l'exception de l'une d'entre elles. Julia aperçut une grande pièce claire, lambrissée. Des panneaux de bois étaient fixés aux murs, sur lesquels on distinguait des dessins colorés. Un plan de travail monté sur des tréteaux mangeait la moitié de l'espace. Il débordait de tissus, d'étoffes, empilés comme sur l'étal d'un fripier.

— Vous êtes dans quelle branche ? demanda Julia pour parler.

— La mode. Je suis styliste.

La policière ne relança pas. Avec son jean usé, ses baskets et son anorak de haute montagne, elle était l'antithèse de ce monde de frou-frou.

Un coude. Une nouvelle porte.

Changement de décor.

Il s'agissait d'une vaste pièce, entièrement peinte en noir. Volets fermés, rideaux tirés, ambiance veillée funèbre garantie. La lumière provenait d'ampoules rouge sang, agglutinées telles des pommes mûres sur un arbre en plastique. Elles éclairaient des posters inquiétants, dessins néo-gothiques sortis d'un cerveau perturbé : crânes casqués, allégorie de l'Enfer, créature à tête de bouc, crucifixion...

Rémi assumait. Sa mère laissait faire, probablement parce qu'elle n'avait que lui. Le petit salaud en profitait.

— Ça lui passera..., fit-elle, gênée.

Elle se dirigea aussitôt vers la fenêtre. Un bruit de stores mécaniques. Peu à peu, le jour pénétra dans la crypte.

— C'est mieux, non ?

Julia opina. Sans les artifices, le décor perdait en intensité. Draps en tire-bouchon, vêtements éparpillés, piles de BD entassées dans un coin. Pas de bureau. Pas un livre. Juste un écran plasma et un lecteur DVD, posés à même le sol à côté d'un minuscule ordinateur portable, un Sony dernier cri.

Le seul objet qui intéressait l'enquêtrice.

Elle fit d'abord le tour du propriétaire, afin d'endormir la méfiance de la styliste. Elle regarda sous le lit, comme si elle cherchait une éventuelle présence. Puis elle ouvrit les placards, dans lesquels s'alignait une collection impressionnante de bottes : santiags, texanes, rangers, il y en avait pour tous les goûts. Elle inspecta ensuite la salle de bains attenante avant de revenir dans la chambre.

Enfin, elle sortit son cellulaire de sa poche et fit semblant de recevoir un appel. Deux monosyllabes, puis elle se tourna vers la femme.

— Vous pouvez me laisser un instant ?

Françoise Cazenove obéit aussitôt. Dès qu'elle fut seule, Julia débrancha l'ordinateur. Elle défit sa ceinture et le glissa en partie dans son jean. Après avoir serré le tout, elle referma son anorak.

Elle attendit encore quelques secondes avant de quitter la pièce. La styliste patientait dans le couloir, une cigarette aux lèvres.

— Tout est en règle, lança Julia. Je vais vous laisser.

— Je dirai à Rémi de passer vous voir.

— Ce ne sera pas nécessaire. Nous l'aurons sûrement joint avant.

La policière s'éclipsa.

Une fois dans sa voiture, elle extirpa le Sony de sa cachette et le mit aussitôt sous tension. Cette fois, une demande de mot de passe s'afficha. Elle cogna son poing sur le volant. Que faire ? Percer la clef lui prendrait trop de temps. Si elle y arrivait. Elle referma la machine et regarda sa montre. 10 h 15. François avait dû terminer l'audition du petit Hugo. Elle l'appela.

— C'est moi. Je peux te parler ?

— Vas-y. Je suis dans mon bureau.

Le ton était distant, un peu cassant. Julia imagina la tension qui devait régner au siège de l'OCRVP et passa outre.

— T'avais raison pour les rabatteurs. Je sors de chez Rémi Cazenove. C'est lui qui a conduit Pierre jusqu'à l'usine.

— Tu es sûre ?

— Certaine. Il l'a piégé en lui faisant miroiter une initiation dans un groupuscule sataniste.

— Il était sataniste ?

Julia résuma rapidement son début de nuit. Le Barbelé, le cimetière Saint-Roch, la crypte et l'interrogatoire de Bafamal. Une plongée sans bouteille dans les eaux glauques des adorateurs de Satan.

— Les traces de pneus doivent être celles de sa bécane, conclut-elle. Pareil pour les bottes. Il en a toute une collection. Ce petit con nous a menés en bateau. Et dans les grandes largeurs.

Un silence. Puis le profileur demanda :

— Tu l'as serré ?

— Non. Sa mère ne l'a pas vu depuis hier.

— Tu penses qu'il s'est barré ?

— En tout cas, ça y ressemble.

Nouveau temps mort. Julia serrait son portable, une contraction involontaire provoquée par le froid.

— On a dû le prévenir, reprit François. Et comme c'est le black-out total, je ne vois que Maxime.

— Facile à vérifier, non ?

— On verra. Les écoutes n'ont rien donné. Il n'a pas utilisé son téléphone depuis hier.

— Bon, je fais quoi ? Je lance un avis de recherche ?

— Laisse ça à Kellermann. Tu as trouvé quelque chose chez Cazenove ?

— J'ai son numéro de mobile et son ordinateur. Le disque dur est verrouillé par un mot de passe.

— Pas grave. Tu as toujours celui de Maxime ?

— Dans la malle.

— Parfait. On va faire d'une pierre deux coups. Tu fonces chez Kellermann. Tu réquisitionnes un spécialiste à la BR de Grenoble et tu te concentres sur les ordis. Il faut qu'on sache ce qu'ils ont dans le ventre.

L'idée de poireauter au milieu des montagnes n'enchantait pas Julia. Elle aurait préféré aller à Paris, continuer l'enquête avec François. Elle tenta de se défausser :

— Ça peut prendre du temps. Et on ne trouvera pas forcément.

— Je sais. Faut essayer.

Rien à faire. François était directif, un général en campagne. Elle ravala sa frustration et demanda, pour changer de sujet :

— Et toi ? Comment ça s'est passé ce matin ?

Une légère réticence, comme un cheval hésitant devant l'obstacle.

— Bien... et mal... annonça finalement le commissaire.

— Mais encore ?

— Je me suis planté sur le profil. Le tueur n'a rien d'un transsexuel. Il reproduit des scénarios de films gore. *Massacre à la tronçonneuse, Les Griffes de la nuit, Halloween*... Tu connais, j'imagine ?

La jeune femme n'en croyait pas ses oreilles. Bien sûr qu'elle connaissait ! Elle avait tremblé toute son adolescence devant ces monstres plus vrais que nature.

— Comment tu as...

— Je te raconterai. Notre dingue est un *copycat*. Un imitateur. On ne peut plus se baser sur le mode opératoire. Il ne signifie rien.

— Merde...

— Comme tu dis... Il ne nous reste que les rabatteurs. On va serrer la vis et voir ce qu'on peut en tirer. C'est quoi le téléphone de Cazenove ?

Julia tira son calepin de sa poche et donna le numéro.

— Parfait, claironna le profileur un poil trop fort. Je fais analyser ses appels et je le mets sur écoute. On se tient au courant.

Fin de la transmission. Julia resta quelques secondes sans bouger, son cellulaire dans la main, une boule au creux du ventre. Pas un mot tendre. Pas un signe d'affection. François avait mené la conversation de façon purement professionnelle. Comme il l'aurait fait avec n'importe lequel de ses enquêteurs.

Elle essaya de se rassurer. Il était focalisé sur cette affaire. Il venait de réaliser que ses théories ne valaient pas un centime. Il était déstabilisé, vexé peut-être...

Elle referma le boîtier d'un claquement sec. Ce n'était pas une raison pour la traiter de cette façon.

Ce type était vraiment trop compliqué, trop perturbé.

Il fallait prendre du recul.

Vite.

Ou accepter de souffrir.

# 57

— On a une piste.

Crevant le haut-parleur, la voix d'Hénon vibrait d'excitation. Marchand quitta le mode mains libres et décrocha son téléphone.

— Magnifique...

Le ton, traînant, alerta le divisionnaire.

— Qu'est-ce qui t'arrive ? T'as l'air mourant.

— Je viens d'avoir la réponse pour le dessin d'Hugo.

— C'est plutôt une bonne nouvelle, non ?

— Je me suis planté. Le type est un imitateur.

— Quoi ?

François résuma sa discussion avec Hallaoui. Le masque de Michael Myers, les films d'horreur, le chamboulement complet de l'enquête... Mais surtout, son sentiment d'échec.

— On s'en fout, répliqua Hénon. Tu es sur les bons rails, maintenant. Y a que ça qui compte.

— Facile à dire...

— Merde, François ! Grandis un peu ! Tout le monde se plante dans la vie. Y a pas de quoi en faire un drame.

Le profileur ne répondit pas. Vingt-quatre heures plus tôt, c'est lui qui tenait ce discours à Julia. Il s'en souvenait. Mais quand il s'agissait de ses propres failles, pas moyen de se raisonner.

Hénon le rattrapa par la manche.

— Ho ! T'es là ?

— Oui...

— Bon. Tu tires un trait sur le passé et tu te secoues. Guillaume vient de m'appeler. Ils ont peut-être mis la main sur un témoin direct.

François l'avait oublié, celui-là. Forestier allait se régaler en apprenant que sa théorie sur le jardinage ne valait plus un clou.

— Il l'a interrogé ?

— Justement...

— Justement quoi ?

— Le type est complètement barré. Guillaume le cuisine depuis quatre heures. Pas moyen de lui faire cracher le morceau.

— Et il appelle au secours...

— Les frappadingues, c'est ton rayon, non ?

Petit plaisir. Forestier devait l'avoir mauvaise d'être obligé de passer la main. Il avait dû tout essayer avant de laisser tomber.

— Comment il l'a trouvé ?

— Ça s'est passé cette nuit. Une patrouille de la BAC a surpris un SDF en train de rôder devant la baraque des Crémant. Quand ils l'ont interpellé, le clodo s'est mis à délirer. Il citait l'Apocalypse, le Jugement dernier... Tu vois le genre. Puis il a sorti un truc qui collait pas avec le reste.

François se redressa.

— Quoi ?

— Attends une seconde, je l'ai noté.

Froissement d'une feuille de papier. Secondes interminables.

— Voilà... Il a montré le loft et il a dit : « Elle était là. Je l'ai vue. Elle a conduit l'agneau au sacrifice. »

Un coup au cœur. Natacha ? François n'osa pas y croire.

— Il parlait peut-être de la « Bête ».

— Non. Il a ajouté : « Et dans son ombre, j'ai vu l'Antéchrist. »

Cette fois le rapprochement s'imposa. L'allégorie biblique mettait en scène trois personnages. Une prêtresse, l'agneau de Dieu, le diable. Traduction : Natacha, Justine, le tueur. Le clochard avait été témoin du meurtre et le retranscrivait à sa façon. Comment était-ce possible ? Le crime avait eu lieu dans la cuisine, à l'étage. Même si le loft donnait sur la rue, l'angle ne permettait pas d'apercevoir quoi que ce soit.

Le divisionnaire déroulait :

— Les collègues l'ont conduit au commissariat de Bagnolet pour un contrôle d'identité. Ils ont tout de suite appelé Guillaume qui s'est rendu sur place.

Forestier avait aussi fait le lien. Il devait connaître l'existence de Natacha par Hénon et imaginait pouvoir jouer le coup en solo.

Dommage...

— OK, lança François d'une voix plus ferme. J'y vais.

— Guillaume a fait transférer le clodo chez lui, à Bobigny.

— Ben voyons...

Soupir, à l'autre bout de la ligne.

— Sois cool. C'est toi qui tiens les rênes.

Le profileur esquissa un sourire.

— Tout juste. Et cette fois, je te garantis que je ne vais pas les lâcher.

# 58

Les nouveaux locaux du SDPJ, rue de Carency, sentaient le plastique et la javel. François n'y faisait plus attention. Il avait traîné ses guêtres ici tant de fois, à l'époque où il démarrait sa nouvelle vie de flic dans les bas-fonds de La Courneuve...

Il traversa le patio central au pas de charge. Les architectes avaient imaginé un lieu « ouvert », sorte d'immense verrière déversant des tombereaux de lumière grise sur un jardin paysager. Autour, répartis dans deux ailes, on avait regroupé plusieurs services de police autrefois disséminés dans différents bâtiments : commissariat central, sûreté, centre de rétention, RG, et le fin du fin, le Service départemental de la police judiciaire. En tout, plus de quatre cents fonctionnaires chargés de faire respecter la loi et l'ordre dans un des départements les plus criminogènes de France.

Marchand monta les quelques marches qui conduisaient au territoire de Forestier. En franchissant la porte vitrée, il eut le sentiment de pénétrer dans une contrée hostile. Dans cette place fortifiée, il n'était pas le bienvenu.

Le commissaire principal l'attendait dans son bureau. Un vrai champ de bataille, qui contrastait avec le style rigoureux du personnage. Aujourd'hui, le patron de la Crime dans le 93 portait un costume gris, une chemise blanche et une cravate bleu marine. Un haut fonctionnaire sorti tout droit d'un cabinet ministériel. L'habit ne fait pas le moine, songea François en lui serrant la main.

— Il est où ?

— Au frais, répondit le principal.

— Tu l'as placé en cellule ?

— Te bile pas. On l'a dorloté bien comme il faut.

Forestier s'enfonça dans le cuir de son fauteuil.

— Au fait, François...

Ton mielleux. Le profileur se méfia d'instinct.

— Oui, *Guillaume* ?

— Je voulais te dire... Je suis désolé pour cette vieille histoire.

Il remettait le couvert. D'une façon ou d'une autre, le meurtre de la Beurette lui restait en travers.

François n'avait pas envie de remuer la merde. Ce n'était ni le lieu ni le moment.

— Laisse tomber. L'eau a coulé sous les ponts.

— J'avais pas le choix. Jouve me rend pas mal de services. Le type était un de ses indics. Enfin, tu sais ce que c'est...

Pas vraiment. François n'avait jamais protégé un caïd pour renvoyer l'ascenseur.

L'autre insista, de plus en plus doucereux :

— Faisons la paix. On doit bosser ensemble. Ce serait plus confortable pour tout le monde

Le profileur n'en croyait pas ses oreilles. Ce numéro de repentance lui donnait encore plus envie de gerber. Il appuya ses paumes sur le bureau et se pencha vers l'avant.

— Tu m'excuses, mais là, j'ai pas le temps de t'aider. Si tu veux l'adresse d'un psy, je peux éventuellement t'en donner une. On peut y aller maintenant ?

Le principal se referma. Son visage avait repris l'expression inquiétante qu'il affichait habituellement : celle d'un enfoiré sur le point de faire un coup tordu.

— Comme tu voudras.

Ils descendirent au sous-sol sans prononcer mot. Dédale de couloirs, éclairages au néon. Au cœur du dispositif policier, l'ambiance glaciale des univers répressifs revenait en force. Tête rentrée dans les épaules, François suivait son ennemi. Les deux flics marchaient d'un pas vif, pressés d'en finir.

Ils arrivèrent enfin devant une porte. « Salle d'interrogatoire n° 7 », indiquait le panneau plastifié. Le planton se mit au garde-à-vous.

— Il est à toi, laissa tomber Forestier.

— On a son identité ?

Réponse mécanique, contrainte et forcée.

— Bernard Laugier. Trente-sept ans. Sans adresse connue. On a fouillé un peu autour du domicile de la victime et on a fini par trouver son merdier. Il squattait juste en face, au premier étage d'une baraque désaffectée.

La maison à l'abandon. L'unique vis-à-vis. François s'en souvenait maintenant. Lorsqu'il était allé chez Justine interroger sa mère, il l'avait à peine remarquée.

Forestier confirma.

— Les fenêtres sont murées. Enfin, à peu près... Il y a pas mal de brèches dans les parpaings. En collant son œil, on a une vue imprenable sur le loft.

Le grain de sable. Ni Natacha ni le tueur n'avaient pu le prévoir. Comment auraient-ils pu se douter que des yeux les observaient derrière ces murs aveugles ?

Le principal fit jouer la poignée.

— Quand t'as fini, n'oublie pas de refermer la porte.

François esquissa une grimace et entra dans l'arène. Une odeur de poisson pourri planait dans l'air. Assis derrière une table, tête baissée, le SDF semblait dormir. Il était emmitouflé dans une couverture rouge et portait un bonnet de ski élimé sur le crâne.

Le profileur se racla la gorge.

— Monsieur Laugier ?

L'homme leva le menton. Traits osseux, barbe miteuse, teint brouillé : un visage de martyr. En voyant la flamme qui brûlait dans ses yeux, François identifia immédiatement la psychose : schizophrénie paranoïde accompagnée de délires mystiques.

Une véritable bombe à retardement.

Avec les restrictions de budget, les hôpitaux avaient pour instruction de ne plus prendre en charge ce type de patients. Ou le moins possible. On les stabilisait grâce aux antipsychotiques, on leur donnait une ordonnance, et direction la sortie.

De toute évidence, celui-là n'avait pas l'air de suivre son traitement. De plus, les bouffées délirantes flambaient quand le malade était stressé. Là non plus, les méthodes de Forestier n'avaient pas dû arranger les choses.

Le profileur tira une chaise et s'assit face à Laugier. D'abord, le rassurer.

— Je m'appelle François Marchand. Je sais que vous avez peur mais je voudrais que vous m'écoutiez. Je suis votre ami. Je ne suis pas ici pour vous faire du mal.

L'homme ne réagit pas. Il continuait à fixer le policier de ses yeux noirs, deux petites billes qui semblaient vouloir lui percer le crâne.

François remarqua la bouteille d'eau minérale encore cachetée, posée sur la table à côté d'un gobelet en plastique.

– Vous n'avez pas soif ?

Toujours pas de réponse.

Le profileur dévissa le bouchon. Il remplit le verre et le poussa doucement vers le clochard.

— Vous devriez boire un peu. Vous allez vous déshydrater.

Le SDF eut un petit rire nerveux. Il marmonna, sans lâcher le flic du regard :

— Il tendit la coupe à ses disciples et dit : « Buvez, car ceci est mon sang. » Judas trempa ses lèvres. Puis il quitta la Cène et alla dénoncer Jésus aux Romains.

— Je ne veux pas vous vendre. Je souhaite seulement vous aider.

— Aide-toi et le Ciel t'aidera.

Il partit d'un fou rire halluciné, découvrant des dents en noir et blanc.

François sourit à son tour. Il avait établi un contact, mais il devait maintenant recadrer le schizophrène, le faire revenir progressivement à la réalité.

— Depuis quand n'avez-vous pas pris vos médicaments ?

— Quels médicaments ?

— Ceux qu'on vous a prescrits.

L'homme se recroquevilla brutalement.

— Ils voulaient m'empoisonner.

— Qui voulait vous empoisonner ?

— Les Romains.

— Vous voulez parler des médecins ?

Absence. Comme si des bribes de conscience tentaient de se frayer un chemin dans les décombres de son esprit.

— Ils s'étaient déguisés... Mais je les ai reconnus. Je suis plus malin qu'eux. Oui... Beaucoup plus malin...

Pas moyen de percer la carapace. Laugier avait franchi le point de non-retour et la prochaine étape serait l'internement d'office.

François n'avait plus le choix. Il se résigna à le manipuler.

— Malin... Comme le « Malin » ?

Le fou se redressa, piqué au vif.

— Seul le Seigneur est mon Berger.

— Vous êtes « l'Agneau de Dieu » ?

— Oui... L'Agneau de Dieu...

— Celui que l'on conduit au sacrifice ? Comme la jeune fille que vous avez vue mourir l'autre nuit ?

La terreur déferla dans le regard du dingue. François sentit qu'il avait mis dans le mille.

— Vous l'avez vu, n'est-ce pas ?

Pas de réponse. Surtout, ne pas le lâcher. Éviter à tout prix que l'angoisse ne le verrouille à nouveau.

— Parlez-moi. Je vous aiderai. Je vous protégerai de l'Antéchrist.

— Il est trop tard. Son règne arrive.

— Non. On peut encore faire quelque chose. Dites-moi seulement ce qui s'est passé.

Le clochard se raidit. Il semblait habité par une présence surnaturelle.

— La Bête avance masquée. Nul ne pourra l'arrêter. Cette fois, elle s'est cachée derrière un ange pour abuser l'Agneau.

Natacha. Il allait falloir jouer serré.

— Le diable dissimulait son visage. Mais cet ange, il ressemblait à quoi ?

— Il tenait dans sa main les ténèbres.

Laugier parlait en se tordant les doigts. La peur potentialisait son délire. François tenta de conserver le cap, coûte que coûte.

— C'était une femme, non ?

— Ni homme, ni femme. La Bête a mille visages.

Le discours s'enfonçait dans les méandres de la folie. François essaya une dernière fois de remettre le schizophrène sur les rails.

— Je vous en prie. Essayez de vous concentrer. Il y avait deux « entités » ce soir-là. Le... diable, et un ange. J'ai besoin que vous vous souveniez de cet « ange », que vous me le décriviez.

Le psychotique fronça les sourcils, comme si la question lui paraissait absurde. Puis, il lâcha dans un souffle :

— Vous voyez... Il vous a eu vous aussi.

— De quoi parlez-vous ?

— De l'Antéchrist. Il était seul.

— Comment ça ?

— L'ange... c'était Lui.

# 59

Natacha.

Un prénom de danseuse des Ballets russes.

Celui d'une beauté slave, mystérieuse, donné à une poupée de porcelaine. François l'imaginait en train de sourire, cheveux de paille sertis dans une toque en fourrure, avec dans le regard une sorte de soumission. La musique du mot évoquait un idéal de pureté, de fraîcheur, à l'image d'une steppe de coton préservée par le gel.

Il serra ses mains sur le volant.

Natacha. Une tueuse. Froide, organisée, déjantée. L'auteur de trois, ou peut-être quatre, crimes barbares. Des meurtres dont la folie dépassait l'entendement. Malgré le discours surréaliste du clodo, le profileur avait relié les points.

Il passa la première et avança d'un mètre. Les panneaux d'information surplombant le périph donnaient la porte Maillot à quarante-cinq minutes. Un répit. Une occasion de mettre les choses à plat.

Après la thèse d'un psychopathe solitaire, François avait envisagé celle d'un couple. Puis, de découverte en découverte, il avait encore dû modifier son schéma. Natacha était devenue une complice parmi d'autres. Un rabatteur, comme Maxime et Rémi. Au bout du compte, ces théories s'envolaient en fumée. Si incroyable que cela puisse paraître, il venait de découvrir que Natacha *était* le tueur.

Le profileur avait du mal à accepter ce changement d'axe. Il soulignait encore une fois toute la fragilité de ses projections et le renvoyait dans les cordes.

Une femme...

Il avait tout envisagé, sauf ça.

Il se rassura à bon compte en se disant qu'on avait peu de recul avec ces profils. Des cas rares. Exceptionnels. D'après les statistiques, seulement deux pour cent des crimes recensés. Comment en était-elle arrivée là ? Que s'était-il passé ?

Il balaya ces questions d'un soupir. Prématurées. Il valait mieux se concentrer sur les éléments objectifs, ceux que cette ultime révélation mettait en lumière.

D'abord, les cartes prépayées. La théorie selon laquelle l'assassin s'en servait pour communiquer avec Natacha s'effondrait. C'étaient les rabatteurs qui les avaient achetées. Tels de bons petits soldats, ils informaient leur chef au fur et à mesure de l'avancée du plan. Un chef aux allures de prêtresse, qui attendait le signal et n'avait plus qu'à se rendre sur place au moment opportun. Sauf à Bagnolet, chez Justine, puisqu'elle y était déjà.

L'appel reçu par Lucie, au moment où Maxime la shootait, suivait la même logique. Il provenait de la carte acquise à Avignon par le photographe en herbe. Une précaution supplémentaire prise par l'adolescent, un leurre à l'intention des policiers si d'aventure on était venu lui demander des comptes. Et il avait failli réussir.

Ensuite, l'approche de la dernière victime. Là, l'utilisation de ces filtres que constituaient les rabatteurs n'avait pas été nécessaire. Natacha savait donc qu'elle ne courait aucun risque. Comment avait-elle pu en être aussi certaine ?

Le commissaire se frotta les yeux. Le sommeil le gagnait et toutes ces réflexions ne le menaient nulle part. Il s'était contenté de remettre en ligne des détails. La seule question qui importait maintenant, était : qui est Natacha ?

Un coup de Klaxon le ramena à la réalité. Coup d'œil dans le rétroviseur. À moins d'un mètre, une moto tentait de forcer le passage. François se déporta un peu pour la laisser passer.

Dopé par l'interlude, il brancha le haut-parleur et envoya la communication. Deux heures qu'il avait quitté l'OCRVP, Élodie devait avoir glané des éléments sur la ligne de Cazenove.

— Marchand. Tu as du neuf ?

— Les grands esprits se rencontrent. J'allais t'appeler.

La voix de la spécialiste des traçages téléphoniques vibrait dans les aigus.

— On n'a toujours rien sur le numéro perso de Maxime Galthier. Par contre, je viens de recevoir le listing d'écoutes de la journée d'hier. La carte prépayée achetée à Avignon a été réactivée. Et devine qui a été contacté ?

— Rémi Cazenove ?

— Tout faux. Sa ligne est muette également. L'appel était destiné à la carte de Châtillon.

Celle acquise par Natacha. Une seule explication : Maxime était sorti du bois.

— Tu as la retranscription ?

— Ça ne t'avancera pas beaucoup.

— Pourquoi ?

— Ils ont utilisé un brouilleur.

François serra les dents.

— Pas moyen de filtrer ?

— J'ai déjà mis quelqu'un sur le coup.

— Tu es parfaite.

— Attends... C'est pas gagné.

— On verra bien. Tu as autre chose ?

— L'heure de la communication : dix-huit heures sept. Dix minutes plus tard, le numéro de Châtillon a joint ceux de Grenoble et de Limoges. Même type de brouillage. On bosse aussi dessus.

Maxime avait mis les voiles aux environs de dix-sept heures trente. Suite à son cri d'alarme, Natacha avait dû battre le rappel. Seule instruction probable : disparaître. D'où la fuite de Cazenove.

— Tiens-moi tout ça au chaud, reprit François. Je mange un morceau vite fait et j'arrive.

Il raccrocha. L'embouteillage avait repris de plus belle. Le commissaire n'était plus d'humeur à patienter. Il ouvrit la boîte à gants et saisit le gyrophare.

# 60

Depuis trois heures, Julia s'usait les yeux sur son portable.

Elle s'escrimait à piloter une voiture improbable, dans le décor encore plus improbable d'un jeu vidéo téléchargé sur Internet. Assise dans le fauteuil de Kellermann, elle attendait que les gendarmes de la BR de Grenoble aient avancé. Deux spécialistes en technologie de l'informatique, réquisitionnés pour sonder les disques durs de Maxime et Rémi.

Elle poussa un juron. Son bolide venait de percuter un mur à plus de deux cent trente kilomètres-heure. Elle referma le boîtier. 13 h 10. À ce rythme, elle y serait encore l'année prochaine.

Elle attrapa le sandwich posé sur le bureau, à côté d'une canette de Coca et d'un brownie sous Cellophane. Pas très excitant mais elle crevait la dalle. Consistance caoutchouteuse, goût de plastique. Julia fit la grimace. Pour oublier ce qu'elle avalait, elle envoya une salve de SMS. Depuis sa mutation à Avignon, ses amis se faisaient rares. Ils s'apparentaient de plus en plus à des ombres, des colonnes de fumée s'effaçant peu à peu du paysage.

Une fois le pavé englouti, elle regarda encore sa montre. 13 h 25. Et toujours rien. L'envie d'appeler François la démangeait. Mais elle voulait tenir. Lui faire sentir qu'il avait merdé.

Son téléphone vibra, mettant un terme à ses hésitations.

— J'ai du nouveau, ma belle.

Le ton de François était plus calme, son entrée en matière affectueuse. Julia resta distante.

— Raconte.

— Tu es bien assise ?

— Complètement avachie.

— Natacha n'est pas un rabatteur. C'est elle qui tue.

— Une femme ? Ça n'a pas de sens.

— Malheureusement, si.

Il résuma l'interrogatoire du SDF. Un psychotique, mais dont le témoignage direct recoupait trop de points pour ne pas être pris au sérieux. À présent, Natacha était en première ligne. Elle l'ignorait encore. Il fallait profiter de l'avantage.

— Comment ? demanda Julia.

— Maxime l'a contactée. Elle a appelé les autres dans la foulée. On analyse les conversations.

— Vous analysez ?

— Ils ont utilisé des brouilleurs.

— Je le crois pas...

— Les ados sont affolés. Elle doit à tout prix les calmer si elle ne veut pas que ça dérape.

— Tu penses à quoi ?

— Ils ont tous disparu. Elle leur a peut-être demandé de la retrouver quelque part.

— Ce serait risqué.

— Oui. Mais il y a le feu. Et quand on veut rassurer, rien ne vaut le face à face.

La porte s'ouvrit à la volée.

— Ça y est ! On a quelque chose !

Julia fit un signe au gendarme, lui indiquant qu'elle arrivait. Puis elle revint vers François.

— Je dois te laisser.

— Ça bouge ?

— On dirait.

— OK. Rappelle dès que tu as avancé.

Elle bondit de son fauteuil. Couloir. Une porte. Dans un bureau mis à disposition par Kellermann, les deux informaticiens de la brigade de recherche l'attendaient. Coiffures strictes, moustaches, pulls bleu marine à liserés blancs. Les Dupont-Dupond de la maréchaussée.

Julia prit une chaise et s'installa près d'eux. Forêt de câbles, batteries d'écrans, mallettes bourrées de logiciels. Les militaires avaient mis les moyens. Difficile, dans cette débauche de technologie, de distinguer les machines des suspects.

Celui qui répondait au nom de Fayol prit la parole. Ton martial, descriptif, langage stéréotypé.

— Le PC numéro un, celui du dénommé Galthier, a été entièrement nettoyé. L'individu s'y connaissait. Pas moyen de récupérer quoi que ce soit.

Julia se contracta.

— Et le numéro deux ?

— Nous avons installé une dérivation pour contourner le mot de passe. Les données étaient effacées également, mais de façon superficielle.

— Ce qui signifie ?

Les duettistes s'adressèrent une œillade entendue. Fayol expliqua :

— Tous les ordinateurs possèdent un programme de suppression d'informations. Il permet de détruire des dossiers, et par la même occasion de libérer de l'espace. Les internautes l'utilisent aussi pour dissimuler leurs connexions douteuses. Les sites pornographiques essentiellement.

— Mais ?

— Nous possédons des outils adaptés. À condition que la manipulation faite en amont n'ait pas touché à la mémoire vive du disque dur, ce qui est le cas.

Julia rongeait son frein, pour ne pas froisser le gendarme.

— Je vois...

— Notre logiciel nous a permis de reconstituer la totalité de ce qui a été gommé. Je crois que ça devrait vous intéresser.

D'un signe de tête, il déclencha son collègue. Martèlement des touches, concentration et sérieux d'un militaire en pleine action. Les claviers crépitaient pendant que Julia retenait son souffle. Elle voyait défiler des lignes de textes, écrites dans une langue aux allures de rébus.

— La liste des connexions, claironna Fayol. Elles ont été effacées au fur et à mesure.

Julia plissa les yeux sur le charabia.

— Désolée, mais...

Le gendarme hocha la tête. Il pianota à son tour. Une série d'adresses web émergea du fatras, surlignée en jaune.

— On est allés jeter un œil. Il y a de tout, essentiellement le pire. Sites Metal, sites d'ultraviolence, blogs satanistes, j'en passe et des meilleurs.

Pas de réelle surprise. Julia espérait mieux.

— Rien d'autre ?

Petite raideur chez le gendarme.

— Si. Le plus intéressant est là.

Son doigt pointait une case. Des hiéroglyphes, encore.

— C'est une vidéo. Elle a été tournée le 13 janvier à une heure quarante-cinq.

L'heure à laquelle Pierre Jacquet avait été assassiné.

— On peut la visionner ? demanda Julia.

— Je préfère vous avertir. C'est spécial.

Le film démarra. Images de qualité médiocre, un seul plan fixe. Pas de son. Julia sentit la pièce se rétrécir en reconnaissant le décor. Un cylindre de béton, un sol de métal : le four, à l'usine d'incinération.

La caméra zooma sur un corps. Allongé sur le dos, pieds et poings liés. Il ne bougeait pas. Le cadre se resserra encore. Un gros plan du visage, à présent. Malgré le grain minable, Julia identifia sans mal la seconde victime. Pierre Jacquet remuait les lèvres, comme s'il priait.

La focale s'élargit. Le corps à nouveau. Quelques secondes à vide, comme une respiration. Dans la pièce, les trois enquêteurs étaient en apnée.

Deux mains gantées entrèrent dans le champ. Elles tenaient un jerrican. Lentement, elles déversèrent son contenu sur l'adolescent. Aussitôt, il s'agita. Des mouvements désordonnés, vains.

Nouveau répit. Puis la flamme d'un Zippo, directement devant l'objectif.

Le briquet s'envola. Presque aussitôt, le corps s'embrasa. Un feu nourri, des flammes furieuses. La victime se tordit une bonne minute avant de s'immobiliser. Le feu continuait à la ronger, moins virulent à présent.

Julia se forçait à ne pas détourner les yeux. Une couverture de laine apparut, tenue par les mêmes mains gantées. Elles l'étalèrent sur les restes, comme si elles voulaient étouffer le brasier. Quand elles la retirèrent, un pantin calciné occupait tout l'écran.

L'enquêtrice déglutit des lames de rasoir. Elle savait que ce n'était pas terminé et le silence des gendarmes le confirmait.

Une nouvelle hallucination, en gros plan, face caméra. Quatre lames de métal, fines, à peine courbées, comme des griffes. Elles étaient fixées par du chatterton sur une prothèse de main. À sa base, la maintenant dressée par le poignet, le gant.

La main en plastique s'agita, comme un signe amical à l'attention du caméraman. Puis elle s'approcha de la victime, sans qu'à aucun moment, celui qui la tenait n'apparaisse. Tel un poignard sacrificiel, l'arme s'abattit sur le torse carbonisé.

Le cœur au bord des lèvres, Julia compta neuf assauts. Avec quatre perforations à chaque fois, cela faisait trente-six. Le nombre exact relevé par le légiste.

Le film s'acheva enfin. Un silence lourd emmaillotait la pièce. Ce fut Fayol qui le rompit :

— Nous avons fait une recherche sur le Net. Cette vidéo a été postée sur le site YouTube le 13 janvier à trois heures huit.

Une heure après le meurtre. Tout collait.

— C'est Cazenove qui l'a envoyée ?

— Non. Elle a été expédiée depuis une boîte de nuit. Le Barbelé. C'est sur les quais, à côté de...

— Je connais.

Les pièces prenaient leur place. Après avoir conduit Pierre au supplice, Rémi avait filmé la scène. Puis, probablement sur instruction de Natacha, il était allé mettre son œuvre en ligne sur le plus gros site de vidéo amateur du web. En prenant toutefois la précaution de ne pas utiliser son propre ordinateur. Pour le lieu d'émission, pas de problème. Le blouson doré fréquentait probablement le Barbelé, comme les autres satanistes. Et l'établissement mettait quelques bécanes à la disposition des clients.

Il n'y avait qu'une seule justification à ce geste : la tueuse voulait que son crime soit vu par tous.

Julia s'étonna d'un détail :

— Comment se fait-il qu'on soit passé à côté ? Il n'y a pas une cellule de veille Internet chez vous ?

— Oui. À Rosny-sous-Bois. Les collègues l'ont probablement repérée. Sans faire le rapprochement.

— Et on n'enquête pas quand on tombe sur ce genre d'horreurs ?

— Pas forcément. Il peut s'agir de montage, d'effets spéciaux. La vidéo faisait référence à un film, ça allait dans ce sens. D'ailleurs, je vais vous montrer.

Fayol adressa un nouveau signe de tête à son alter ego. Sur le moniteur central, une page s'afficha. Titre de la rubrique : Ultraviolence. Titre de la vidéo proposée : *Les Griffes de la nuit*. Expéditeur : Krueger, comme le nom du personnage de la saga. Dessous, des icônes : vote ; commentaires ; liens... Et un nombre de hits impressionnant : 5 437.

— Qu'est-ce que je vous disais ? Pas évident de faire la part des choses.

Julia n'était pas du même avis. Fayol rebondit aussitôt, gêné par le silence de la femme flic.

— On a approfondi l'étude des connexions. Cazenove s'est branché sur YouTube plusieurs fois, la veille, et les jours suivant le meurtre.

— Pour y faire quoi ?

— Visionner des vidéos du même genre. On en a trouvé trois qui correspondent à des reproductions de films gore.

— Ceux qui nous intéressent ?

— Deux au moins. *Massacre à la tronçonneuse* et *Halloween*. Pour le troisième, il semblerait que ce soit une mise en scène évoquant la série des *Vendredi 13*. Le mode opératoire correspond en tout cas. La victime est un adolescent. Il a été littéralement découpé à la machette et le crime est mis en scène au bord d'un lac.

Jason. Encore un psychopathe du septième art. Aussi légendaire que Freddy, Michael Myers ou Leatherface. Il massacrait des ados, pour se venger de moniteurs inconséquents qui l'avaient laissé se noyer pendant un camp de vacances. Il y avait donc eu un quatrième meurtre. Filmé et répandu sur la toile, comme les autres. Et Julia savait maintenant pourquoi il était passé inaperçu. Natacha avait dû balancer le corps dans la flotte.

— Vous voulez jeter un œil ? demanda Fayol sur un ton entraînant.

— Pourquoi ? On voit le meurtrier ?

Sourire ambigu.

— Non. Mais les victimes, en revanche...

— Alors je m'en passerai. Vous avez les adresses IP des expéditeurs ?

— Un fast-food à Avignon, un revendeur Apple à Limoges et un cybercafé à Paris, dans le quartier des Halles.

Du sur mesure. Les villes correspondaient. Le système de mise en ligne était le même, et le cybercafé était probablement celui où François avait tenté d'identifier Natacha.

L'enquête venait de faire un pas de géant. Il fallait maintenant identifier la dernière victime et le lieu de son calvaire. De la même façon que pour Maxime et Rémi, on remonterait peut-être ainsi vers le troisième rabatteur.

Julia ouvrit son cellulaire. Plus question de jouer au chat et à la souris. François devait être informé sans attendre. Avant qu'elle passe l'appel, le gendarme Fayol toussota.

— Autre chose ? demanda la jeune femme.

— Peut-être, oui. On a repéré une série de connexions assez anciennes. Plus d'un an. Mais l'adresse nous a alertés.

— Dites.

— « Orangemecanique.com ». Ça ne s'invente pas.

Frémissement. On était en plein cœur du sujet. Dans les années soixante-dix, le réalisateur Stanley Kubrick avait imaginé une ode dédiée à l'ultraviolence. Des scènes chocs, des meurtres gratuits. Que du bonheur...

— Faites-moi profiter du spectacle, demanda la jeune femme en s'étirant.

— Impossible. Le site a été censuré.

— Trop hard ?

— On a vu pire.

— Où était le problème ?

— Le webmaster lançait des appels explicites à la violence.

— Du genre ?

— Sur un *chatt*. Il a même organisé des sortes de rencontres où il faisait venir des internautes. Cazenove a téléchargé les programmes. Il n'est pas exclu qu'il y ait participé.

Un éblouissement. Le lien qu'ils cherchaient depuis plusieurs jours se matérialisait enfin. Natacha n'était ni une voyante, ni une psy, ni quoi que ce soit d'approchant. Elle avait simplement croisé la route des rabatteurs pendant ces réunions de tarés. Plus âgée qu'eux, elle avait réussi à les manipuler. Elle leur avait vendu un projet dingue correspondant exactement à leurs attentes : assister en direct à des exécutions.

Fébrile, Julia posa l'ultime question.

— On sait qui est ce webmaster ?

— Donnez-moi une seconde. Rosny-sous-Bois nous a fait suivre son dossier.

Il fit glisser la souris. Un clic. La page de YouTube laissa la place à un écran chargé d'icônes. Deux autres clics. Une fiche apparut, avec photo en en-tête.

— Laurent Théron. Un employé de bureau. Il habite 27, boulevard de l'Europe à Évry. Dans le 91.

Julia s'approcha et détailla le visage. Mou, banal, avec de rares cheveux plaqués sur le crâne. La tête de Monsieur Tout-le-Monde. Ce qu'il y avait à l'intérieur, par contre, était singulier.

Une haine profonde, viscérale, absolue.

Elle suintait du regard comme une rivière de pus.

# 61

— Une seconde. J'entends rien, là.

François laissa un billet de vingt euros sur le comptoir. Il salua le patron et sortit de la brasserie. Après les bruits de vaisselle, le brouhaha des clients et les hurlements des serveurs, le ronflement de la circulation lui parut doux.

— Ça y est. Je suis dehors.

— Tu déjeunais ? demanda Julia.

— Si on peut dire... Alors ? Les nouvelles ?

Julia lui dressa un topo complet de ses découvertes. Les vidéos sur YouTube, le quatrième meurtre, le site d'ultraviolence « orangemecanique.com ».

Le profileur faisait les cent pas sur le trottoir. Portable à l'oreille, il écoutait le discours de la jeune femme et saisissait une nouvelle évidence.

Un seul et même concept présidait à tout ça.

L'image.

D'abord, les meurtres. Ils s'inspiraient de fictions truffées d'effets spéciaux. Ces scénarios étaient ensuite tournés, numérisés, puis projetés. Même le nom du site sur lequel s'était probablement rencontrée l'équipe infernale entrait en résonance. Il s'agissait de celui d'un film...

Après, la tueuse. Natacha était une imitatrice. Elle copiait les autres parce qu'elle ne se sentait pas capable d'originalité. La représentation qu'elle se faisait d'elle-même était malmenée, son image interne probablement éclatée. Cette souffrance impliquait un besoin de revalorisation, de reconnaissance. Si elle n'avait pas revendiqué ses crimes, c'est parce qu'elle avait déjà trouvé son public en les diffusant sur le Net.

Quant à Maxime, Rémi, et au troisième rabatteur s'il existait, l'explication était tout autre. Pour eux, il s'agissait de projections. L'image les fascinait. La réalité leur était étrangère et les actes n'avaient aucune signification. Pas plus, en tout cas, que dans le monde factice où ils vivaient. Internet participait de ce schéma. La violence y était peut-être plus « réelle » que dans les films, mais elle restait lointaine, immatérielle. Elle se banalisait pour devenir une abstraction.

Julia parlait toujours.

— Ho ! Tu m'écoutes ?

— Excuse-moi. Je réfléchissais.

— Super...

— Tu peux faire suivre la vidéo du lac à Nanterre ?

— Pourquoi ? Tu ne veux plus que je m'en occupe ?

— Le prends pas mal. On est mieux équipés, c'est tout.

Julia s'inclina de mauvaise grâce.

— À qui je l'adresse ?

François hésita puis lui communiqua les coordonnées d'Hallaoui.

— Tu lui dis que c'est de ma part. Insiste pour qu'il se grouille.

— Et Théron ? J'imagine aussi que tu vas l'interroger sans moi ?

Marchand sentit le dépit. Elle avait fait des étincelles et il la laissait sur la touche.

— T'as été parfaite. Mais là, on n'a plus le temps.

— C'est ça...

— Tu sais que j'ai raison. Cette piste est la plus chaude. Je dois y aller.

Elle grommela encore, avant de demander :

— Qu'est-ce que je fous en attendant ?

— Lance une recherche sur l'Audi de Cazenove. Dès que tu as l'immat', tu la communiques à Kellermann.

— Et après ?

— Tu rentres à Avignon.

— C'est une blague ?

— Il faut que tu te reposes un peu. De toute façon, le reste est au point mort.

— Enfoiré !

Elle avait balancé sa colère sans préavis. François avait conscience des véritables raisons de cette sortie. Il était mal. Elle en avait fait les frais et elle lui en voulait.

— D'accord... avoua-t-il. J'ai pas été au top avec toi depuis ce matin. Je m'excuse.

— Va te faire foutre.

— Je viens de te dire que je m'excusais.

— Non. Trop facile.

Un silence s'installa. Marchand hésitait à le rompre. Chaque mot pouvait lui exploser à la figure. Julia reprit enfin, avec une sorte de tristesse dans le ton :

— Écoute, François... Je ne peux pas vivre comme ça. Un coup le chaud, un coup le froid. J'ai pas la force.

Le profileur laissa passer quelques secondes. L'avenir de leur relation se jouait maintenant.

— OK... reprit-il. T'as pas choisi le plus simple avec moi. À ta place, je partirais en courant. Seulement je veux que tu saches. Tu es la meilleure chose qui me soit arrivée depuis très longtemps. La meilleure... Et j'ai pas envie que ça finisse comme ça.

Un soupir, à l'autre bout du réseau.

— Merde... Tu fais chier...

— Laisse-nous une chance. On met tout ça entre parenthèses, le temps de boucler l'enquête. Après, on verra...

— Franchement, je sais plus...

— Alors attends.

Elle hésita encore. Des secondes aux allures de minutes pendant lesquelles François se prépara au pire. Enfin, le verdict tomba.

— Je te rappelle.

Il referma le boîtier, à peine soulagé. Trois types sortaient de la brasserie, des civils en blouson de cuir qu'il connaissait de vue. Ils lui firent un vague signe de main et se dirigèrent vers les bâtiments de la DCPJ.

Seul, à nouveau. Avec ses fantômes pour toute compagnie. Il fouilla dans sa poche et attrapa sa bonbonnière. Il restait deux comprimés. Il les avala.

La pluie se remit à tomber. Des gouttes froides qui agaçaient sa peau comme des piqûres d'abeille. Il releva le col de son manteau. Le décor sinistre de la banlieue l'entourait, coulées de béton sans âme ni avenir.

Le sien lui apparut dans une bouffée de lucidité.

Sombre. Déprimant.

Il courut vers sa voiture.

En finir avec cette histoire. Et passer à autre chose avant qu'il ne soit trop tard.

## 62

Évry.

La ville nouvelle par excellence.

Moche, bétonnée, sinistre.

François l'apercevait au loin, depuis l'autoroute, dressée dans le néant comme un furoncle. Sous les ficelles de pluie, elle donnait la sensation d'une cité du futur. Un futur angoissant, contaminé, où les humains se serraient terrés dans des blockhaus plombés.

Il prit la bretelle de sortie et plongea dans ce purgatoire. Les avenues s'enchaînèrent. Le flic n'avait jamais mis les pieds ici, il suivait scrupuleusement les instructions du GPS. La voix électronique lui fit prendre une rocade, l'amena aux abords du centre commercial Évry 2, et, au bout d'une longue avenue hérissée de panneaux publicitaires, lui ordonna de tourner à droite.

« Vous êtes arrivé ».

Il observa le bâtiment. Un amas de cubes, empilés les uns sur les autres, avec des décrochés donnant la sensation de cavernes de troglodytes. Les couleurs se mélangeaient, allant du caca d'oie au bleu turquoise. Au-delà de l'horreur architecturale, une impression d'ennui suintait des blocs. Vivre dans ces niches devait favoriser les idées sombres. Pas étonnant que son témoin ait disjoncté.

Il se gara, vérifia son arme et marcha vers l'entrée. L'esplanade était vide, luisante de pluie. Deux sculptures se faisaient face, en pierre noire, ébauches de silhouettes humaines.

La porte donnant sur le hall d'entrée n'était pas fermée. François explora les boîtes aux lettres, priant pour que son oiseau n'ait pas changé d'adresse.

Théron. Troisième étage.

La chance lui souriait.

Il dédaigna l'ascenseur. Pas le moment de se faire coincer. L'escalier était à peu près propre. Aucun graffiti, pas d'odeur d'urine, ni d'ampoule arrachée. Seulement l'usure d'une mauvaise construction que les propriétaires n'avaient pas les moyens d'entretenir.

Il repéra le nom, inscrit au crayon dans un rectangle de plastique. Des bruits de télévision filtraient sous la porte. Vu le blindage, le type devait avoir poussé le volume à fond.

Le policier appuya sur la sonnette. Hors d'usage. Il frappa trois coups et attendit, sans se dissimuler.

Le ronron du poste diminua d'un coup. L'œilleton changea de couleur. François colla sa carte contre le globe et annonça d'une voix tranquille :

— Police ! Ouvrez !

Des bruits de verrou, comme s'il s'agissait d'un coffre-fort. Un petit bonhomme apparut. Quarante ans, une mèche huileuse partant de l'oreille et recouvrant maladroitement une calvitie, des lunettes en cul de bouteille. Il portait un pantalon de flanelle élimée, une chemise à manches longues, fermée jusqu'au dernier bouton, et une paire de charentaises. Son visage de mollusque aurait pu inspirer la pitié. Pourtant, sous les carreaux qui grossissaient les yeux, couvait une énergie, une fièvre, qui transformait l'ensemble en un bûcher de violence.

— Monsieur Théron ?

L'homme acquiesça, méfiant.

— C'est pour quoi ?

Sa voix était perchée dans les aigus. Une voix d'enfant.

— Votre site Internet. « orangemecanique.com ».

La méfiance redoubla.

— Il ne fonctionne plus depuis longtemps...

— Je suis au courant. Je voudrais qu'on parle des réunions d'internautes que vous avez organisées l'année dernière.

— Il n'y avait rien d'illégal.

— Je n'ai pas dit ça. Je veux seulement...

— Vous avez un mandat ?

Le ton était donné. François allait répondre quand un grincement le fit se retourner. La porte d'en face s'était entrouverte. Par l'interstice, un front ridé et une broussaille de cheveux blancs.

Théron jeta un regard inquiet en direction de l'intrus. Le flic profita de l'occasion.

— Je n'ai pas toute la paperasse sur moi. Mais je peux revenir dans une heure. Et là, je serai moins discret.

Derrière les loupes, les yeux s'affolèrent. Ils ne lâchaient pas le voisin, un vieillard qui s'était maintenant avancé sur le palier.

— Alors ? demanda le policier.

À contrecœur, Théron capitula.

— Entrez.

François franchit le seuil. L'appartement, de taille modeste, respirait le vieux garçon. Une place pour chaque chose et chaque chose à sa place. À la télé, un reportage animalier où des hyènes se disputaient une charogne.

Le commissaire s'installa dans un canapé en simili-cuir. Un buffet, une table et des chaises habillaient le séjour. Style rustique, lourd, briqué à la cire d'abeille. Un détail étonnant tranchait dans ce décor de beauf. Punaisé sur le mur, un immense poster représentant un A en capitale, entouré d'un cercle, le tout sur fond noir. Le symbole universel de l'anarchisme.

Théron prit place dans un fauteuil articulé, planté en position allongée devant un écran plat. Il actionna une télécommande. Le dossier se redressa, la base s'abaissa.

— Je vous préviens. Je n'ai plus rien. Les gendarmes ont saisi toutes mes archives.

— C'est sans importance, mentit François. On se contentera de votre mémoire.

Rictus de défi. L'homme vomissait la police et parvenait mal à le dissimuler. Il en dirait le moins possible. Le commissaire devait y aller en douceur s'il voulait obtenir du concret.

— Parlez-moi de ces rencontres. Quel en était le but ?

Pincement des lèvres.

– Il ne s'agissait pas de « rencontres ». J'organisais des séminaires de réflexion.

Un idéologue. Tendance anar. Il fallait le caresser dans le sens du poil.

— Des séminaires, bien sûr... Pendant lesquels vous abordiez le thème de l'ultraviolence, si j'ai bien compris.

— Oui. Comme un moyen de la lutte sociale. C'est ce que je me suis évertué à expliquer à vos collègues. Autant pisser dans un violon.

Une connexion inattendue pointait son nez. Les meurtres étaient-ils guidés par une symbolique politique ? Une vision sanglante de l'anarchisme ? Le groupe armé Action directe, dans les années quatre-vingt, avait suivi cette voie.

François tenta d'y voir plus clair.

— Le combat pour la liberté peut passer par les armes. Jusque-là, je vous suis. Mais pourquoi l'ultraviolence ?

Le visage de Théron se transforma. Pointu, à présent. Comme un pic à glace.

— Parce qu'il n'y a pas de meilleure réponse. La société est pourrie, gangrenée jusqu'à la moelle. Et plus personne ne s'en rend compte. Regardez-les, tous ces veaux. On les gave de programmes débiles et ils en redemandent. Ils sont juste bons à consommer la merde qu'on leur sert sur un plateau. Le jour où on leur demandera leurs papiers pour aller chier, ils trouveront ça normal.

L'homme essayait de se contrôler, mais la haine pulsait à chaque réplique. François le laissa s'épancher.

— La seule chose qui les fasse un peu réagir, c'est la violence. Elle fait appel à l'instinct. Elle nous renvoie à notre condition première, animale. Tuer ou être tué. Survivre. Si l'on veut réveiller le troupeau, il faut attiser cette flamme. Et plus elle est vive, mieux c'est.

Du pur délire. Les boucheries perpétrées sur les ados pouvaient s'inscrire dans cette ligne de pensée. Des meurtres barbares, choquants, qui interpellaient forcément les consciences. Mais malgré sa folie, Théron n'avait pas l'étoffe d'un tueur. Il fantasmait à voix haute, barricadé comme une huître au fond de son deux-pièces.

Le commissaire le ramena progressivement vers son enquête.

— Revenons à vos séminaires. Comment se déroulaient-ils ?

— Il n'y en a eu qu'un, en fait. Les internautes intéressés se sont inscrits en ligne.

— Vous pouvez me donner leurs noms ?

— Je n'avais que des pseudos.

— Dites toujours.

— Vous n'avez qu'à demander aux gendarmes. Je vous ai dit qu'ils ont tout saisi.

Pas moyen de passer par là. François chercha un autre accès.

— Les participants sont venus ici ?

— Je n'avais pas assez de place. Un ami m'a prêté une salle, dans son restaurant. Je pourrai vous fournir l'adresse.

— Plus tard. Vous vous souvenez de la date ?

Il fit mine de réfléchir.

— On m'a fermé mon site en avril. C'était juste avant. Donc février ou mars.

Des réponses approximatives. Le type noyait le poisson.

— Il y avait des thèmes ?

— Plus ou moins.

— Quoi, par exemple ?

Il ajusta sa mèche graisseuse, un geste automatique qu'il devait répéter au moins cent fois par jour.

— On a dû évoquer les gangs, les hooligans... Franchement, je ne me souviens plus.

— Les tueurs en série ?

— Sans doute, oui.

— Y compris ceux qu'on voit à l'écran ?

— Que voulez-vous dire ?

Une gêne, palpable. L'anarchiste dissimulait quelque chose. François précisa, comme si de rien n'était :

— *Orange mécanique*. C'est pas le titre d'un film ?

— Je ne vois pas le rapport.

L'autre le prenait pour une bille. Le policier se força à rester zen.

— C'est pas grave. Je faisais allusion aux croquemitaines de cinéma. Freddy Krueger, Michael

Myers, Jason... ou encore le dégénéré dont j'ai oublié le nom mais qui massacre des touristes à grands coups de tronçonneuse. Vous les situez, ou je dois encore préciser ?

Théron avait blêmi.

Plus aucun doute, maintenant. Il savait.

Le profileur reconstitua mentalement la trame des événements. Le quatuor était venu à son « séminaire ». Ils avaient évoqué ensemble cette forme très particulière de violence, qui consistait à abreuver les jeunes d'images sanglantes. En apprenant que des meurtres avaient été commis, en découvrant leur mode opératoire, le pseudo-anar avait forcément fait le rapprochement.

L'homme s'était recroquevillé. Une bête traquée, dont le silence parlait mieux qu'un aveu. François abattit ses cartes d'une voix douce.

— Écoutez-moi attentivement, monsieur Théron. Et je vous conseille de bien réfléchir avant d'envisager de me contredire. J'enquête sur la série d'assassinats qui a eu lieu ces derniers jours. Vous êtes forcément au courant puisque tout le monde en a parlé. Pour l'instant, personne n'a encore envisagé de lien entre ces crimes. À part moi. Et vous. Tout simplement parce que vous connaissez la personne qui les a commis, ainsi que celles qui l'ont aidée. Ces gens se sont rencontrés par votre intermédiaire. Ils ont écouté vos délires et sont passés à l'acte. Ce qui fait de vous un complice.

François marqua une pause. L'autre n'était plus qu'un bloc de peur.

— Votre choix est très simple, reprit le policier. Soit vous m'aidez, et nous apprécierons votre degré exact de responsabilité. Soit vous refusez mon offre et vous prenez pour les autres.

Théron s'était mis à suer. Une pellicule huileuse faisait briller sa peau.

— J'y suis pour rien. J'ai parlé avec eux, c'est tout.

Pitoyable. Après avoir allumé les mèches de la barbarie, le chantre de l'ultraviolence faisait dans son froc. François en profita.

— On verra ça. Pour l'instant, dites-moi ce que vous savez.

— Ils étaient quatre.

— Ils sont venus ensemble ?

— Non. Mais ils se sont bien trouvés. Cul et chemise au bout d'une heure. Il y en a un qui a lancé le sujet. Les films gore. J'y aurais pas pensé. Ils ont tous sauté dessus. Et je peux vous dire qu'ils en connaissaient un rayon.

Chaque mot confirmait les dernières avancées. François sentait maintenant se profiler la solution.

— Je répète ma question. Avez-vous leurs noms ?

Panique.

— J'ai pas menti. Ils m'ont donné des pseudos mais je les ai oubliés.

— Alors décrivez-les-moi.

— Il y avait trois garçons et une fille. Des jeunes. Dix-huit, vingt ans.

Le flic se demanda s'il avait bien entendu.

— La fille avait le même âge que les garçons ?

— Oui... Pourquoi ?

Heureusement qu'il était assis.

Natacha. Une ado... Soit ce cafard lui servait encore un bobard, soit l'enquête reculait de trois cases.

Comment savoir ?

François se leva.

— Je vais vous demander de me suivre.

— Mais...

— Vous mentez depuis le début. Nous savons que la femme a au moins trente-cinq ans.

— Non ! Pas celle qui est venue ! C'est la vérité...

La voix déraillait. Théron sentait s'ouvrir le gouffre et hurlait à la mort. Devant une telle réaction, difficile de ne pas le croire.

François se rassit, sonné. Plus rien n'avait de sens. L'autre continuait à se justifier :

— Elle était blonde. Grande. Très fine. Je ne peux pas vous décrire son visage, je ne m'en souviens plus. En revanche, un détail m'a frappé.

— Dites-moi.

— Elle avait les dents du bonheur. Vous savez, quand les incisives sont un peu écartées.

Le policier n'écoutait plus qu'à moitié. Malgré les deux Xanax gobés une heure plus tôt, une grosse montée d'angoisse venait de le submerger.

Théron ne s'arrêtait plus.

— Chez elle, c'était plutôt charmant. Surtout avec le grain de beauté au-dessus des lèvres.

Sueurs froides. Vision qui se brouille. Impression d'un trou noir l'aspirant vers la mort.

François se sentit partir.

Il ferma les yeux et essaya de juguler la vague qui déferlait sur lui. Cinq secondes. Peut-être dix. Le temps que met un corps à percuter le sol après une chute de quinze étages.

— Monsieur ? Tout va bien ?

Le commissaire revint à lui. Il se leva tant bien que mal et marcha vers la porte.

— Ne quittez pas le département. On aura besoin de votre témoignage.

Il se précipita sur le palier sans attendre la réponse. Cœur dans la gorge, il dévala l'escalier comme un fou et se propulsa sur l'esplanade.

La pluie le recouvrit comme une muqueuse glacée. Ses poumons se libérèrent. Il aspira une grande goulée d'air frais.

Alors, seulement, il comprit ce qui venait de se passer.

L'angoisse n'était pas venue pour rien.

Elle était liée à la description fournie par Théron. Une description dont il avait refusé la portée, nié l'évidence.

Parce qu'elle était inacceptable.

En quelques phrases banales, ce salopard venait de lui dresser le portrait de Charlotte.

# 63

Une tempête de feu.

Blotti dans le Touareg, François essayait de maîtriser le brasier qui ravageait son esprit. En vain. Les flammes du doute le dévoraient, mélangées aux vapeurs plus toxiques de ses craintes.

À cet instant, il ne raisonnait plus.

Il survivait.

Sa propre enfant. Impliquée dans cette histoire démente. Charlotte. Une tueuse. L'idée, à elle seule, provoquait un court-circuit.

Il tenta de se calmer. Théron venait de lui fournir une description qui lui avait fait penser à sa fille. Rien ne démontrait pour autant que ce soit elle. Grande, blonde, fine. Des dizaines de physiques pouvaient correspondre. Certes, les dents du bonheur et le grain de beauté au-dessus de la lèvre étaient moins courants. Surtout quand on les retrouvait sur la même personne. Mais ça ne prouvait rien non plus. D'autant que cette adolescente avait très bien pu se teindre les cheveux.

Il attrapa son cellulaire. Entendre le son de sa voix. Lui demander de le rassurer. Vite.

La messagerie s'enclencha. Et avec elle, une flambée de parano. Pourquoi avoir coupé son téléphone ? Qu'est-ce qu'elle foutait, bon sang ?

Il lui demanda de le rappeler et raccrocha. Réfléchir. Envisager toutes les options. On était samedi après-midi. Elle pouvait être au cinéma. À moins qu'elle ne fasse les boutiques. Certaines galeries commerciales situées en sous-sol ne captaient pas le réseau. Comme le Forum des Halles, par exemple.

Nouvelle bouffée d'angoisse. Malgré lui, son cerveau venait de le renvoyer sur un des éléments objectifs de l'enquête. Le WeBabar. Le cybercafé d'où Natacha avait contacté Justine. Il était à deux pas du Forum. À portée de voix d'un endroit que Charlotte aimait bien, où elle allait souvent...

Arrière, toute. Au jeu des coïncidences, tout devenait possible. Surtout le pire.

Une autre idée. En urgence. Sa mère. La grand-mère de Charlotte. Au fil des années, elles avaient noué une relation très forte, favorisée par les nombreuses absences de François. Hier soir encore, l'adolescente avait dormi chez elle. Elle saurait peut-être...

Appel sur le mobile. Pas de réponse. Il essaya la ligne fixe. Au bout d'une dizaine de sonneries, il se souvint que le samedi était le jour du bridge. Sa mère recevait chez elle. Des parties qui duraient jusqu'en début de soirée, pendant lesquelles la Terre pouvait s'effondrer. Son père en profitait pour aller prendre l'air.

François tourna la clef de contact et démarra sur les chapeaux de roues.

18, avenue de La Bourdonnais.

L'opulence discrète d'une façade de pierre brute. L'odeur de citronnelle planant dès le hall d'entrée. Et, telle une armée de fantômes, les souvenirs se pressant en rangs serrés sur le sol en mosaïque bleutée.

François emprunta l'escalier au pas de course. Chaque fois qu'il se rendait chez ses parents, les réflexes de l'enfance prenaient le dessus. Une époque où il se mesurait à l'ascenseur, grimpant les marches deux par deux pour arriver en haut avant sa mère.

Il atteignit le quatrième à peine essoufflé. Ses craintes le stimulaient, lui démontrant une fois de plus que le corps était au service de l'esprit, et non l'inverse.

Il dut sonner plusieurs fois avant que la porte s'ouvre. Gabrielle Marchand semblait l'attendre, impeccable dans son tailleur caramel et ses mocassins assortis, le tout probablement griffé Chanel.

— Tu sais où est Charlotte ?

— Entre.

Ton grave. Visage fermé. François pénétra dans le vestibule.

— Va dans le bureau de ton père. Je te rejoins.

Il la regarda s'éloigner. Démarche encore souple, déliée, pour une femme qui approchait les soixante-dix ans. De dos, la silhouette gracile et la blondeur des cheveux pouvaient laisser imaginer quelqu'un de beaucoup plus jeune.

Il longea le couloir. Craquement des lattes, toujours au même endroit. Le volume des livres, sur les rayonnages, semblait avoir encore grossi. Des polars, des thrillers, rien d'autre. Son père ne lisait que ça. Une littérature de gare d'après son épouse, dans laquelle le chirurgien à la retraite devait retrouver un peu de l'adrénaline qui avait stimulé son quotidien.

La pièce où s'isolait le vieux monsieur était tapissée de boiseries. François le revoyait, assis derrière l'immense bureau Napoléon III, rédigeant à la main les publications qui lui avaient offert son quart d'heure de célébrité. Il resta debout. Une sorte de superstition l'empêchait de s'asseoir dans le fauteuil d'époque. L'idée, sans doute, que son tour n'était pas venu...

Sa mère arriva rapidement.

— Je n'ai que quelques minutes. On joue une partie qui compte pour le tournoi interdépartemental.

Toujours cette même distance. Une façade, construite au départ pour se protéger du monde extérieur, mais qui avec le temps avait fini par prendre le pas sur tout le reste.

François reprécisa l'objet de sa visite.

— Il faut que je voie Charlotte. Tu sais où elle est ?

— Pas depuis hier soir.

— Elle ne devait pas dormir chez toi ?

— Elle a changé d'avis.

— Où...

Elle lui caressa la joue.

— Calme-toi. Elle avait juste besoin de prendre un peu de distance.

Le policier n'aimait pas ça. Il sentait confusément se resserrer les mailles d'un filet qui allait l'étouffer.

— Assieds-toi, ordonna-t-elle. J'ai deux ou trois choses à te dire.

Ils se posèrent dans un petit canapé de velours vert, dont les accoudoirs en acajou s'ornaient de franges. Elle prit le ton qui sert à gronder les enfants.

— Ta fille va mal. Tu es au courant ?

François en souffrait trop pour l'ignorer. Il se contenta d'acquiescer, assailli par une bouffée d'émotion.

— Elle ne te le dira pas, expliqua Gabrielle. Elle est comme toi. Une montagne de fierté. Mais à présent je dois te mettre en garde. C'est mon devoir de mère et de grand-mère.

Elle s'interrompit, comme en recherche d'une force qui lui manquait.

— Depuis la mort de Diane, tu t'es enfermé dans ta bulle. Je ne te jette pas la pierre. Je sais ce que tu as vécu et ce que tu vis encore. Seulement, il y a Charlotte. J'ai fait ce que j'ai pu. Mais c'est de toi qu'elle a besoin.

— Je sais...

— Savoir est une chose, agir en est une autre. Ce n'est pas à toi que je vais l'apprendre. Tu as une idée de ce qu'elle fait en classe ? Du prénom de son petit copain ? Ou même du parfum qu'elle porte ?

Arrêt sur image. Le WeBabar. Mumra, l'accro aux jeux vidéo qui avait détecté l'odeur de Natacha.

— Et c'est quoi, son parfum ?

— Diesel. Maintenant tu le sauras si tu veux lui offrir.

L'esprit qui se cabre, qui cherche à éviter l'obstacle. Des milliers de femmes pouvaient être concernées.

Gabrielle poursuivait son laïus.

— Il faut que tu t'occupes de ta fille, maintenant. Que tu la regardes. Sinon elle va finir par faire une connerie.

La gravité du ton fit frissonner François. Il voulut répondre, sa mère l'en empêcha.

— Écoute-moi. Et surtout, essaie de m'entendre. Quand Charlotte est sortie de la clinique, tu as pensé que les choses s'arrangeaient. Nous l'avons tous pensé, d'ailleurs. Elle allait mieux. Elle reprenait sa vie pendant que toi tu en démarrais une autre. Ton père et moi n'avons jamais approuvé ce choix. Je ne m'en suis pas cachée. Seulement tu es mon fils. Je me suis dit que je devais te soutenir.

La lumière du jour déclinait. Gabrielle alluma une petite lampe posée à côté d'elle.

— Je n'avais qu'un moyen de t'aider. M'occuper de Charlotte. C'est ce que j'ai fait. Et je te jure que je ne le regrette pas. Ta fille est belle, intelligente, sensible. Elle possède tout ce dont des parents peuvent rêver. Je peux te l'avouer aujourd'hui : il s'est créé entre nous une complicité que je n'ai jamais eue avec certaines de mes amies. C'est sûrement ce qui m'a poussée à la protéger.

François se sentit pris en défaut.

— La protéger de quoi ?

— De toi. De tes angoisses. De ta culpabilité. J'ai toujours pensé que tu réagirais mal si tu apprenais...

Elle s'interrompit. Le profileur avala une salive terreuse.

— Qu'est-ce que j'aurais dû savoir ?

La vieille dame regardait ses mains. Ridées, diaphanes, parcourues de veines noires.

— Il y a deux ans, Charlotte a rechuté. Une dépression brutale, inquiétante, assez sérieuse en tout cas pour que je la fasse hospitaliser.

Le plafond s'abaissa sur François.

— Et tu ne me l'as pas dit ?

— Ça s'est passé au moment où tu es parti aux États-Unis, pour faire ton stage au FBI. Ta fille vivait chez nous. Tu étais loin et tu n'appelais pas souvent. J'ai dû me décider vite.

— Rien ne t'empêchait de m'avertir. Je serais rentré.

— J'ai estimé que c'était mieux pour tout le monde.

— Tu as estimé ? Mais bordel, c'est moi son père !

Gabrielle ne releva pas, sûre de son fait.

— J'ai fait ce que j'ai cru bon. Comment aurais-tu pris la nouvelle ? Tu peux me le dire ? Que se serait-il passé si tu t'étais effondré ?

Elle posa sa main sur la cuisse de son fils et rajouta d'une voix compatissante :

— Tu es... Ou plutôt tu étais si fragile, mon pauvre chéri. Ta réaction n'aurait eu pour effet que d'enfoncer Charlotte.

La messe était dite. En dépit de la précision, François venait de comprendre de quelle façon le percevait sa propre mère. Un être sur lequel on ne pouvait pas, ou plus compter. Un homme dont la souffrance occultait tout, trop vulnérable pour s'occuper de sa propre fille. À sa façon, Charlotte le lui avait également signifié.

— C'est de la folie... parvint-il à murmurer.

— Peut-être. Mais les faits m'ont donné raison, rétorqua Gabrielle avec assurance. Elle est restée un mois dans cette clinique, elle a remonté la pente, et vous vous êtes retrouvés comme si de rien n'était.

— Et maintenant ? Tu me crois enfin capable de prendre ma fille en charge ?

Les mots étaient sortis avec violence. Nié dans son statut de parent, François n'acceptait plus celui du fils respectueux.

— Je n'en sais rien. Mais tu l'as dit : c'est toi son père, toi dont elle a besoin. Elle est comme une funambule. Elle marche sur un fil. Tu es le seul qui pourra l'empêcher de retomber.

Valse des émotions. Colère, douleur, culpabilité. Enfin, balayant tout, l'angoisse.

Ce que venait de lui raconter sa mère se superposait comme un calque à ses dernières découvertes. À la différence des rabatteurs, Charlotte était elle aussi une ado en souffrance. Comme toutes les victimes massacrées dans cette sinistre affaire. Là était peut-être l'explication ultime. La seule qui, au-delà des apparences, faisait sens. Cette interprétation, le profileur la refusait de toutes ses forces. Elle cognait pourtant à la porte sans qu'il arrive à la faire taire.

Il devait creuser par là.

— Où l'as-tu fait hospitaliser ?

— Tu comptes aller mener ta petite enquête ?

— Je dois connaître le diagnostic.

Gabrielle sourit.

— Toujours ce besoin de tout contrôler... Arrête de te comporter en psy pour une fois. Sois juste un père.

Touché. Encore. Il le dissimula et campa sur ses positions.

— Réponds-moi.

— La clinique du Lac. À Garches. Dans le service du docteur Giraud.

Justine, la victime de Bagnolet, avait séjourné là-bas. Et les dates correspondaient. François cherchait à comprendre où et comment Natacha avait pu la rencontrer. La réponse venait de lui exploser en pleine figure.

Groggy, il tenta d'élever un dernier rempart de logique contre le gouffre qui l'aspirait.

— C'est impossible. Giraud est un copain. Il m'en aurait parlé.

— Il n'avait aucune raison de le faire.

— Pourquoi ? Tu l'as manipulé, lui aussi ?

Une sorte de tristesse voilà le regard de Gabrielle.

— Je n'ai manipulé personne. J'ai juste protégé ma famille.

— Comment t'y es-tu prise ?

— Le plus simplement du monde. Beaucoup d'étrangers viennent se faire soigner dans cette clinique privée. Ils ne sont pas très regardants sur les identités, à partir du moment où l'on paye la note. Salée, au demeurant.

— Tu as fourni un faux nom ?

— Compte tenu de ton ancienne profession, c'était le plus sûr moyen de garder la chose secrète.

François redoutait la prochaine révélation. Il posa la question d'une voix blanche.

— Comment l'as-tu appelée ?

— J'ai choisi un nom russe. Beaucoup de familles aisées parlent le français et Charlotte a un peu le type. Natacha Sbirkoia. C'est passé comme une lettre à la poste.

Envie de hurler. Les doigts de François serraient l'accoudoir pour contenir le cri.

Il se leva. La pièce tanguait à la façon d'un bateau ivre.

— J'y vais.

Gabrielle se leva à son tour.

— Tu m'en veux ?

Plus la force de parler. Fuir. Faire en sorte qu'elle ne se rende compte de rien.

Il l'embrassa sur le front.

— Non.

La vieille dame eut un sourire timide. Elle ne croyait pas à ce mensonge.

— Au fait. Charlotte m'a laissé ça pour toi. Au cas où tu referais surface.

Elle sortit une enveloppe de sa poche et la tendit à François. Il déchira le cache d'une main fébrile. À l'intérieur, une feuille pliée en trois.

*Mon petit Papa,*

*Si tu lis cette lettre, c'est sans doute que tu es près du but. Mamie croit que j'ai besoin de toi. Elle se trompe. C'est toi qui as besoin de moi. Parce que tu veux comprendre. Je suis certaine que tu sauras où me trouver. Là où le ciel, l'eau et la terre ne font qu'un.*

# 64

Une image enfouie.

Celle du bonheur à l'état pur.

Elle le renvoyait à une époque révolue, un temps de plénitude et de joies simples où tout semblait encore possible.

François avait refoulé ces souvenirs au plus profond de son inconscient. Maintenant, tout revenait. La maison, les étangs, les forêts. Il se rappelait ces moments, assis sur le ponton recouvert de lichens, à regarder les eaux changer progressivement de couleur. Diane posait sa tête sur son épaule, Charlotte battait des mains, pendant que le vert des nénuphars tirait peu à peu sur le noir. Au-dessus de leurs têtes, un plafond de feuillage les isolait du monde. L'instant était très court. Quelques minutes à peine. Au creux de cette parenthèse, le crépuscule habillait la nature d'une même parure.

« Là où le ciel, l'eau et la terre ne font qu'un », avait écrit Charlotte. Un lieu physique, mais aussi symbolique, représentant de façon poétique la famille qu'ils formaient tous les trois.

Puis s'étaient levés les vents de la souffrance. L'assassinat de Diane, les dommages collatéraux sur Charlotte, sa propre errance. Le parcours du combattant avait duré huit ans. Huit longues années, pendant lesquelles François n'avait pas pu remettre les pieds dans ce havre de paix. Il lui rappelait trop ce qu'il avait perdu. Ce que son orgueil avait détruit. Pour obtenir l'absolution, l'ancien psy était devenu flic.

Maintenant, la vie lui présentait l'addition.

Il quitta l'A71 à l'échangeur de Lamotte-Beuvron et s'engagea sur la D923. Compteur bloqué, gyrophare tournant à plein régime, il lui avait fallu à peine deux heures pour parcourir la distance qui le séparait du centre de la France. Pas de musique, portable coupé pour éviter qu'on le localise, François s'était réfugié dans la vitesse.

Longue ligne droite, prémices de brouillard. Il décéléra à peine. Les rares voitures perdues dans ce désert se jetaient sur le bas-côté pendant que le commissaire multipliait les appels de phares. Un danger public, malade de douleur, lancé comme un obus dans une nuit de charbon.

Il parcourut cinquante kilomètres à ce rythme, évitant de justesse plusieurs véhicules venant en sens inverse. La traversée de Lamotte-Beuvron l'obligea à ralentir. Une portion de nationale, dans un décor anachronique, puis de nouveau la départementale, en direction de Vouzon. François roulait aux souvenirs. Un parcours accompli des centaines de fois, dont il connaissait chaque tronçon.

Misabran, Souvigny, La Gimonière. Les bleds se succédaient, morts, tronçonnés par la route de façon artificielle. Parfois, un lampadaire égaré éclairait une maison, une église, un commerce. Des flashes, qui réactivaient d'autres images. François se revoyait au volant de sa voiture, avec sa femme et sa fille, traversant tranquillement cette région où rien n'avait bougé. Plus il s'enfonçait dans cette contrée incertaine, plus les sensations revenaient. La solitude, l'isolement, la pureté aquatique d'une terre gorgée d'eau et de sève. La paix d'un lieu intemporel, préservé de la folie des hommes.

Soudain, au milieu de nulle part, un chemin vicinal. Un panneau indiquait simplement : « Les Marais noirs ». Le nom d'un domaine de plusieurs hectares, occupé aux trois quarts par la forêt, au beau milieu duquel se déployait un étang gigantesque.

La propriété familiale.

Le cœur de la Sologne.

Le lieu où sa fille lui avait donné rendez-vous.

À la mort de Diane, Charlotte en avait hérité. Elle s'y était accrochée de tout son désespoir, comme à l'ultime bouée la sauvant du naufrage. François n'avait pas eu le cœur de lui en imposer la vente. Il la laissait y aller, accompagnée par ses grands-parents, et continuait à payer les factures.

Il progressa encore vingt minutes sur le macadam, envahisseur insolite perçant le voile des ténèbres. Autour, partout, les ombres alanguies des hêtres et des sapins fonçaient l'obscurité comme une armée de goules.

Enfin arriva l'embranchement. Le policier s'arrêta devant la langue de terre qui fuyait sous les arbres. À cet endroit, pas de panneau indicateur. Seulement une grosse barrière en bois, surmontée d'une interdiction de passage.

Quelqu'un l'avait relevée.

François coupa le contact et respira à fond. Dans son esprit, tout se mélangeait. Les arrivées nocturnes, le vendredi soir. Les deux femmes de sa vie, bercées par les *Suites* de Bach et somnolant dans la voiture. La douce torpeur de ces instants, où la détente prenait le pas sur la fatigue et préfaçait deux ou trois jours de bonheur absolu.

Puis Charlotte. Cette horreur dont elle s'était rendue coupable. Une folie dont il n'arrivait pas à comprendre la raison et qui l'avait conduit devant ce chemin aux airs d'impasse.

La fin d'un cycle.

Le bout de la route...

Il passa une main sur son visage, comme si ce simple geste pouvait chasser la tension. Sa fille l'avait guidé jusqu'ici. Elle prétendait ne pas avoir besoin de lui. Il n'y croyait pas. Sa lettre était un appel au secours. Il y avait peut-être encore une chance de la sauver. Il était flic. Personne ne savait. Il avait les moyens de bidouiller l'enquête, de dissimuler les preuves, de faire rebondir ses collègues sur une autre piste. Ensuite, il s'occuperait d'elle. Il la ferait soigner. Ailleurs. N'importe où.

Mais d'abord, comprendre.

C'était tout ce qu'il désirait.

Il ralluma le moteur et s'enfonça sous les futaies. Le brouillard l'entourait, épais, dense, comme une haleine de sanglier. Il coupa les phares et laissa seulement les veilleuses. La visibilité se réduisit à moins de deux mètres. Il distinguait à peine les ornières dans lesquelles s'enfonçait le Touareg.

Pupilles dilatées, il serra ses mains sur le volant. De part et d'autre de la trouée, la forêt déployait ses mystères. Une masse noire, grouillante, peuplée de cavalcades, de frémissements.

Un léger dénivelé, un coude, toujours à l'aveuglette. Des cris d'oiseau s'élevèrent sur sa droite. Son pare-brise s'était couvert d'une pellicule mouillée. Il longeait l'étang. Encore une bonne centaine de mètres, puis une lueur transperça les ténèbres. La lampe d'accueil, sur le perron, entourée d'un halo orangé. Charlotte l'avait allumée, comme un signal, une invite.

Les contours de la demeure apparurent peu à peu, emmaillotés d'une peau laiteuse. Une ancienne ferme, vaste, charpentée, comme savaient les construire les compagnons du Moyen Âge. François frissonna en distinguant les colombages, le toit de tuiles en pente, les murs de briques vermiculées. Il lui sembla que le temps se repliait. Passé, présent, futur ne signifiaient plus rien. Il n'y avait qu'un cauchemar, pétrifié pour l'éternité.

En s'approchant encore, le policier devina deux voitures, garées devant l'entrée.

Il coupa le contact et pila aussitôt.

Charlotte n'était pas seule. Il se souvint des appels échangés avec les cartes prépayées. Du brouillage. Comme il le pressentait, elle avait dû faire venir les autres. Au moins, les choses seraient claires. Il aurait toute la bande, réunie au complet pour la grande scène finale.

Il dégaina son Glock. Il descendit du Touareg, referma la portière en douceur et s'avança. Marche tendue. Esprit en fusion et cœur en surrégime. Le froid l'accompagnait, main glacée dont les doigts serraient son cou et contractaient ses muscles.

Le profileur se glissa au plus près, s'immobilisa à couvert d'un vieux chêne et détailla les véhicules. Le premier, une Audi A3 flambant neuve, était immatriculé dans l'Isère. Cazenove, à tous les coups. Le second, une 205 pourrie, était collé devant. Pas moyen de distinguer la plaque, mais il savait à qui elle appartenait. Au troisième rabatteur, celui de Limoges. Manquait seulement le scooter de Maxime. L'Avignonnais n'aurait pas pu parcourir la distance en deux-roues. Il était sans doute venu en train, comme Charlotte, et avait rejoint les autres à la gare de Lamotte-Beuvron.

François scruta la façade. Tous les volets étaient fermés. Pas un bruit. Il fit le tour. Le brouillard l'enveloppait, un tapis d'herbe grasse amortissait ses pas et le rendait indétectable.

Dans ce silence sidéral, des clapotis effleurèrent ses tympans. L'eau. Elle était là. Toute proche. Elle cognait le ponton et agitait la barque.

L'arrière de la maison baignait dans une obscurité totale. De celle qui entoure les demeures claquemurées pour l'hiver. Aucun signe de vie, à peine un contraste dans les ombres, comme un trou noir crevant une galaxie.

Il longea le mur sur une dizaine de mètres. La nuit ne le gênait pas. Il voyait mieux qu'en plein jour, guidé par les seuls yeux de sa mémoire : le massif de roses planté par sa femme ; l'arrivée d'eau où on lavait les bottes après les promenades dans les marais ; la porte de la cuisine ; le four de briques dans lequel rôtissaient les chevreuils.

François compta encore trois pas et s'arrêta.

La trappe était à cet endroit. Deux battants métalliques, comme des volets fermés. L'accès extérieur de la cave. En passant par là, il pourrait pénétrer discrètement dans la maison.

Il s'agenouilla et tendit les mains. Sous ses doigts, le contact râpeux de la vieille chaîne rouillée. Le cadenas, par contre, paraissait neuf.

Retour vers le four. Palpation, bras tendu, de son bord supérieur. Un bric-à-brac d'objets hétéroclites s'y entassait pêle-mêle. François identifia des chenets, une paire de gants, un petit moteur électrique, un sécateur.

Pas l'ombre d'une clef.

Il réfléchit. Depuis toujours, le trousseau des dépendances était à cet endroit. Sa mère avait-elle décidé de le planquer ailleurs ? À moins que Charlotte ne l'ait déjà pris. Pour le forcer à passer par-devant. Lui tendre un piège...

Il chassa cette flambée de parano. Charlotte était sa fille. Quel que soit son degré de démence, elle ne pouvait s'en prendre à lui. Seuls les autres constituaient une menace.

Une petite lampe vint éclairer un recoin de sa mémoire. Les clefs n'étaient plus en hauteur mais à l'intérieur, sur le côté droit, dans une brique creuse. Sa mère le lui avait dit un jour, au cas où il envisagerait de revenir aux Marais noirs. Une proposition à laquelle il n'avait jamais donné suite...

Nouvelle palpation, centimètre par centimètre. Pas évident. François regretta de ne pas fumer. Au moins, il aurait eu un briquet.

Après cinq minutes d'exploration, il finit par trouver. Il revint vers la trappe et ouvrit le cadenas. La chaîne coulissa dans les anneaux de métal en produisant un raclement lourd.

Le policier tira les panneaux vers lui. Un escalier de bois plongeait dans les entrailles de la maison.

Arme au poing, il posa sa semelle sur la première marche.

# 65

L'odeur l'assaillit.

François l'aurait reconnue entre toutes. Un mélange de bois mort, de gas-oil, de tanin. Il en gardait la trace dans ses cellules, comme un tatouage olfactif gravé sur l'écorce tendre de son âme.

Il descendit. Grincements. Noir total. Aucun repère, hormis la veilleuse rouge de la chaudière. Un ronronnement diffus flottait dans l'air, signe qu'elle fonctionnait.

Six marches, à pas prudents. François devait être à mi-parcours. Il palpa le mur, sur sa gauche. La protubérance de l'interrupteur accrocha ses doigts.

Une lumière crue jaillit d'un plafonnier. Le policier plissa les paupières, tout en continuant à descendre. Rien n'avait bougé. Les bûches entassées dans le fond, le sol de tomettes ocre, les outils bien rangés sur l'établi. Il eut un petit pincement au cœur en voyant les casiers. Alignés avec soin, ils couvraient chaque pan de mur comme une ruche de métal. La cave comptait plus de mille bouteilles, parmi lesquelles nombre de grands crus millésimés. François les avait rassemblées une à une, écumant les ventes aux enchères afin de parfaire sa collection. Personne n'y avait touché...

Il traversa la pièce. En face, comme un reflet du premier, un deuxième escalier. Du béton cette fois, couvert d'une peinture grise que François avait passée lui-même. Il grimpait vers une porte donnant sur la cuisine.

Volée de marches. Le profileur repéra le va-et-vient et éteignit. Une lame de clarté subsista, à hauteur de ses pieds. Elle provenait de l'autre côté.

Trois, quatre secondes, immobile dans le noir, à essayer de détecter une éventuelle présence. Pas moyen. Des coups sourds, rythmés, rapides, parasitaient l'écoute : les battements de son cœur.

Il fit jouer la poignée, dégagea un espace minuscule et risqua un regard. L'angle était trop fermé pour obtenir une vue d'ensemble. Il sut pourtant que la pièce était vide. L'air n'avait pas cette densité particulière que seule distille la présence humaine.

François se faufila à l'intérieur. Il repéra aussitôt les emballages de fast-food et les canettes de soda traînant sur la grande table en hêtre. À côté de ces déchets, des paquets de chips éventrés et des sachets de bonbons vides.

Des gosses, songea le profileur. Irresponsables, bordéliques, inconscients. Ils n'avaient probablement pas pris la mesure de leurs actes.

Il passa dans le salon. Toujours personne. Une odeur de tabac froid à soulever les tripes. Une seule lampe allumée, un disque blanc pendu au bout d'un fil qui surplombait la table de billard. Les boules étaient éparpillées sur la feutrine. Les queues traînaient par terre. Des cendriers remplis de mégots dégueulaient un jus noir sur les bordures en acajou verni.

François se demanda comment les adolescents avaient pu se concentrer sur une partie. Avec ce qui venait de se passer, la tension qu'ils subissaient.

Il contourna ce chantier en songeant à sa mère. Elle en aurait fait une jaunisse. Puis il remarqua les aménagements. Un nouveau canapé, un écran plat, une ouverture dans le fond donnant sur une sorte de boudoir. Les murs semblaient avoir reculé, agrandissant la pièce. Un bel espace qui aujourd'hui lui était étranger. Diane était morte, Charlotte avait quitté l'enfance et il s'était enfui. Au-delà même du changement matériel, rien ne subsistait de son passé.

Son pied buta sur un objet. Une bouteille de whisky. Sifflée jusqu'au culot. Une autre était posée sur la table basse, vide également.

Il compta quatre verres.

François serra son arme. Une impression étrange le taraudait. Ce silence, cette paix. Ça ne cadrait pas. La bande avait peut-être changé de plan. Préféré disparaître avant son arrivée.

Des voix. Il tendit l'oreille. Elles provenaient de l'étage. Il s'avança vers l'escalier. Scènes de chasse, fusils, trophées. Souvenirs empaillés, plus vivants que nature. François enroulait les marches et remontait le temps.

Les voix se firent plus distinctes.

Une femme, un homme.

Charlotte ? Parlant à l'un de ses sbires ?

Il atteignit le palier. Pénombre. Une porte entrouverte, à l'autre bout du couloir, laissait filtrer des bribes de lumière. Les sons provenaient de là. Trois pièces en enfilade, une sorte de suite, les appartements qu'il occupait avec Diane quand ils venaient aux Marais noirs.

Noué jusqu'à la moelle, il avança. De part et d'autre, les chambres. Il les contrôla au passage. Désertes. Plus que deux ou trois enjambées. Impression de longer un précipice.

Il se figea au seuil du vide et écouta. Un rire. Des exclamations. Puis un timbre familier, à la fois doux et tranquille.

La violence du choc fit vaciller le policier. Il s'appuya au mur, le cerveau en miettes.

Ce ne pouvait pas être elle.

Il l'avait enterrée.

Pourtant, François ne rêvait pas.

Là, toute proche, Diane discutait avec quelqu'un.

Il entra dans la pièce. Pénombre. Surprise. Les cloisons avaient disparu, cédant la place à un espace unique. Un immense sofa occupait tout le fond, sur lequel trois formes étaient vautrées. Maxime Galthier, Rémi Cazenove, et un troisième larron, un blondinet aux traits poupins, inconnu au bataillon. À dix contre un, le dernier rabatteur.

Pas de Charlotte.

L'arrivée du profileur ne provoqua aucune réaction. Le petit groupe semblait dormir, probablement abruti par l'alcool. Devant leurs yeux éteints, la source des voix.

François sentit des larmes forcer le barrage de ses paupières. Projeté sur un immense mur blanc, le fantôme de Diane lui souriait.

Il se souvenait parfaitement du jour où il avait filmé cette scène, au caméscope. Le soir du réveillon de Noël, six mois avant le drame. La voix de l'homme était la sienne, plus jeune, plus gaie. Ils étaient dans la salle de bains. Il l'avait surprise pendant qu'elle se préparait. Elle portait une serviette enroulée sur la tête, un peignoir blanc, et essayait de masquer l'objectif de sa main.

Les secondes s'envolèrent. La scène passait en boucle. François était incapable de détacher ses yeux de l'écran. Toutes ces années, il avait choisi de fuir ce qui lui rappelait sa femme. Les photos en priorité. Il avait changé de métier, d'appartement, oublié les Marais noirs. Des cartons s'entassaient à la cave, remplis de ce que Diane avait été. Un remède de cheval contre une souffrance vertigineuse.

En une fraction de seconde, les vannes venaient de s'ouvrir. François avait toujours su à quel point Diane lui manquait. Mais il saisissait à présent tout le désespoir de sa situation. En cherchant à se racheter, il avait refusé le nécessaire travail de deuil. De cette façon, il avait continué à faire vivre sa femme. Une morte, dont les os avaient blanchi depuis longtemps. Plus que l'absence, ce combat le tuait à petit feu. Un combat contre lui-même, absurde et vain, dont il ne sortirait jamais vainqueur.

Un mouvement dans son dos le tira de sa rêverie. Il fit volte-face, braquant son automatique par réflexe.

Il le rebaissa aussitôt.

— Charlotte...

Sa fille ne répondit pas. Elle se tenait dans l'embrasure de la porte, raide, absente.

Le commissaire rengaina son arme. Il marcha, ou plutôt flotta jusqu'à elle, et la serra dans ses bras sans réfléchir. L'adolescente se laissa faire, aussi inerte qu'une poupée de chiffon.

— Ça va, ma grande ?

Toujours pas de réponse. Malgré le peu de lumière, François crut remarquer des traces noires qui barbouillaient son tee-shirt. Instinctivement, il sut que c'était du sang.

La panique l'agrippa.

— Tu t'es blessée ?

— Non...

Le ton glaça le policier. Détaché, lointain. Il en avait entendu des réponses de ce genre, à l'époque où il suivait des psychotiques à l'hôpital Sainte-Anne. Ce type de comportement succédait généralement aux grandes crises de délire. Souvent agressifs, les fous s'automutilaient.

Par précaution, il souleva le vêtement.

La peau, blanche, diaphane.

Ce sang n'était pas le sien.

Il se rua vers le sofa, s'agenouilla devant Maxime et prit son pouls.

Chairs froides. Pas de pulsation.

Même chose pour les autres.

La voix de Charlotte s'éleva derrière lui, ferme à présent :

— Attends. Je vais t'aider à y voir clair.

La lumière inonda la pièce et éclaira les corps.

Le policier recula, horrifié. Les lèvres des gamins étaient bleues. De minuscules hémorragies striaient leurs yeux de rouge. À la base du cou, une entaille peu profonde, régulière, laissant penser à la marque d'une corde à piano.

Charlotte les avait étranglés.

Pour son dernier tableau, elle ne s'était pas inspirée d'un film d'horreur.

Elle avait simplement reproduit le meurtre de sa mère.

# 66

François était à genoux, un pénitent au milieu d'un charnier. La tête lui tournait. Plus d'air dans les poumons et des fourmis au bout des doigts. Il avait l'impression d'avoir reçu un shoot de Penthotal.

Charlotte s'approcha. Ses mèches blondes, caressant d'habitude ses épaules, étaient tenues par un serre-tête. Ses yeux, toujours si clairs, si purs, semblaient voilés de fièvre. À cette seconde, elle paraissait dix ans de plus.

Elle se planta devant son père. Derrière ses frêles épaules, comme en abyme, le visage de sa mère souriait au néant.

— Tu vois. Je te l'avais dit.

— Qu'est-ce que tu m'avais dit ?

— Que tu voudrais comprendre.

François ferma les yeux. Une éclipse nécessaire pour reprendre ses esprits.

Lentement, il se leva.

— Tu savais ?

Sourire. Une courte seconde, la petite fille réapparut, avec ses dents légèrement écartées, sa candeur, son innocence. Elle se referma brutalement.

— Bien sûr que je savais. Comme je sais aussi que c'est à cause de toi.

François s'entendit répondre :

— Qui... Qui t'a raconté ça ?

— Quand l'assassin de maman t'a averti, tu ne l'as pas cru. Monsieur « je maîtrise tout ». Tu vois où ça nous a menés ?

Elle le fixait d'un œil éteint. Cœur dans la gorge, il se justifia maladroitement.

— C'était un provocateur. Je ne pouvais pas...

— Arrête... Je t'en prie.

François la sentait au bord des larmes. Il essaya d'aller vers elle.

— On est encore là tous les deux. On va s'en sortir, je te le promets.

— Ne promets pas ! Tu n'as jamais tenu tes promesses !

Elle avait reculé en criant. Une rage soudaine, jaillie du volcan de sa rancœur. Puis, comme un mime changeant de registre, elle demanda d'une voix très douce :

— Tu voulais comprendre, non ?

François opina, sans prononcer un mot. Sa fille alla s'allonger dans un canapé rouge. À sa tête, taillé dans le même bois précieux, un fauteuil confortable.

Le profileur eut un haut-le-cœur. Il avait stocké ces reliques au grenier, après le déménagement de son cabinet de psy. C'était dans ces cocons de cuir qu'il avait écouté, réconforté, passant sur les plaies de l'existence le baume de ses paroles.

D'un signe de main, elle l'invita à la rejoindre.

— Tu connais ta place.

— À quoi joues-tu ?

La flamme de la folie se raviva dans les yeux pâles.

— Assieds-toi !

Puis elle rajouta d'un ton mielleux :

— S'il te plaît...

François s'exécuta. Il devait gagner du temps. L'écouter. Ensuite, il aviserait.

L'adolescente croisa les bras derrière sa tête. Elle feignait une décontraction que son corps démentait. Tendu, nerveux, frémissant. Un composé instable, plus volatil qu'une solution de nitroglycérine.

— Tu es prêt à entendre la vérité ? l'apostropha Charlotte.

Marchand ne répondit pas. Ses yeux se raccrochaient à Diane, à son visage qui ondulait sur le mur.

La jeune fille soupira.

— Comme tu voudras. De toute façon, c'est moi qui parle.

D'une voix lointaine, presque désincarnée, elle se lança dans son histoire.

— Quand maman est morte, tu m'as dit qu'elle avait eu un accident. J'étais petite. J'ai voulu te croire. Mais au fond de moi, je savais que tu mentais. Je pressentais une chose horrible, une chose qui te concernait également et qui allait me faire souffrir encore plus. Du coup, j'ai disjoncté.

Le tableau était surréaliste. François, recroquevillé dans son fauteuil ; Charlotte, parlant d'une voix mûre, posée ; les trois cadavres, témoins muets de cette psychanalyse sauvage.

— Peu à peu, j'ai refait surface. Je me suis retrouvée dans un nouvel appartement, une nouvelle chambre, sans plus aucun repère. Maman n'était plus là. Et toi, tu allais mal. Alors j'ai voulu t'aider. J'ai appris à cuisiner, à faire mes devoirs, à devenir autonome. Et quand j'avais trop de peine, j'allais chez Mamie pour que tu ne t'en rendes pas compte. J'étais juste terrorisée à l'idée que tu me laisses tomber, toi aussi...

François était effondré. Il avait cru donner le change. Elle avait tout compris et souffert en silence.

— C'est à l'école que j'ai appris la vérité...

Les mots s'éteignirent dans sa gorge. Une sentence implacable, prononcée par le tribunal du malheur. François ne put s'empêcher de réagir.

— Qui te l'a racontée ?

— Une fille de ma classe. Sa mère allait à la gym avec maman.

Une inconnue. Un électron tournant autour de l'existence de Diane, dont il ne soupçonnait même pas l'existence. Un jour ou l'autre, la vérité trouvait toujours sa voie. Question de temps.

— Tout est remonté, continuait Charlotte. Mes doutes, mes angoisses, ce malaise que j'éprouvais parfois quand tu me parlais d'elle. Pourtant, je refusais toujours d'y croire. J'ai tout de suite appelé Mamie. Elle m'a donné tous les détails.

— Pourquoi ne m'en as-tu pas parlé ?

— Mamie ne voulait pas. Elle m'a fait jurer qu'on garderait ça pour nous. Elle te trouvait trop fragile.

Le même discours se répétait. Gabrielle Marchand avait préféré faire confiance à sa petite-fille. Elle la trouvait sans doute plus forte que son fils.

L'adolescente croisa les jambes.

— À partir de ce jour, j'ai compris comment tu fonctionnais. Ton mensonge n'était pas destiné à me protéger mais à t'épargner. Tu savais que c'était ta faute et tu ne l'assumais pas. Ta culpabilité, ton combat pour soi-disant te racheter... Il n'y avait que toi pour y croire.

Elle se racla la gorge, comme si la suite avait du mal à passer.

— Tu veux que je te dise ? C'est par orgueil que tu es devenu flic. Pour te prouver que tu pouvais encore assurer. Tu voulais avoir sous la main les pires tordus, te mesurer à eux. En fait, maman tu t'en fous... Comme tu te fous de moi. La seule chose qui compte, au fond, c'est toi.

Un direct en pleine face. Charlotte le voyait comme un égoïste, seulement guidé par ses ressorts narcissiques. Comment lui démontrer qu'elle se trompait ? Comment la convaincre qu'il l'aimait ?

Elle ne lui en laissa pas l'occasion.

— Je t'ai haï. J'aurais voulu que tu sois à sa place. Rongé par les vers plutôt que par tes pseudo-remords. Mais on ne refait pas l'histoire... Au bout du compte, c'est moi qui ai sombré.

François savait déjà pour la clinique du Lac. Il la laissa poursuivre, avide de connaître sa version.

— Ça s'est passé après ton départ aux États-Unis. Une crise de tétanie comme je n'en avais jamais connu. Heureusement que j'étais chez Mamie. Je ne pouvais plus bouger, plus parler, j'avais l'impression d'être enfermée dans un cercueil de plomb. Elle m'a fait hospitaliser dans une clinique privée. Sous un faux nom pour que tu ne te rendes compte de rien. J'y suis restée un mois. Trente jours avec des dépressifs, suicidaires pour la plupart. J'ai eu le temps de réfléchir. Et de faire des rencontres intéressantes.

— Justine ?

— Un être de douleur, tellement torturée qu'elle me faisait peur. Elle voulait mourir. C'était son obsession. J'ai d'abord essayé de l'aider. Je lisais tout ce que je pouvais sur sa maladie, je lui donnais des conseils à la noix. Puis j'ai compris que je ne pourrais rien y faire, seulement l'écouter. Et plus elle se confiait, plus je pensais à moi. Je regardais avec horreur ce qui m'attendait à plus ou moins brève échéance. Je n'étais pas anorexique mais ça revenait au même. Toute ma douleur se transformait progressivement en violence. Une violence que je retournais contre moi. Mes crises de tétanie en étaient la preuve. Un jour ou l'autre, je le savais, ça finirait par me péter à la gueule.

Elle changea de position, ramenant les bras sur sa poitrine. Le froissement du cuir rappela à François d'autres séances, d'autres silences. Pendant quelques secondes, il avait oublié qu'il écoutait sa fille.

— J'ai quitté la clinique et je suis rentrée à la maison. J'étais perdue. Comme d'habitude, tu n'étais pas là. Malgré ma déception, ma rancœur, je crois que je t'attendais encore...

Silence. Plus éloquent que des pleurs. François sentit ses yeux le picoter.

— Puis j'ai fini par accepter l'évidence, reprit Charlotte. Ma vie était foutue. Je me sentais en sursis. C'était ta faute et tu devais payer pour ça. Et pour tout le reste... J'ai cherché un moyen. Je voulais t'atteindre en profondeur. Briser tes certitudes. Un jour, j'ai trouvé. Ton nouveau métier. Un psy doublé d'un flic. Ou le contraire. Peu importait. Tu explorais toujours l'âme humaine. Mais les âmes les plus noires, à présent. Celles dont la folie allait jusqu'au meurtre, jusqu'à la barbarie. J'allais jouer sur ton terrain, devenir cette aberration, tuer à mon tour. Et te montrer qu'une fois de plus, ta science ne te servait à rien. Comme ça s'était déjà passé pour maman...

Charlotte sifflait maintenant sa haine. François la subissait sans dire un mot. Il savait que derrière ce souffle acide, les braises de la douleur alimentaient la forge.

— Je me suis d'abord documentée. Je devais savoir comment tu travaillais, quel type d'affaire pouvait te concerner. J'ai scruté ton monde à la loupe : le sang, la mort, l'horreur, il n'y avait qu'à choisir. J'ai découvert ce qu'étaient réellement les tueurs en série, de quelle façon ils fonctionnaient et quel rôle avait un profileur. J'ai aussi étudié les procédures d'enquêtes criminelles, le fonctionnement de la police scientifique, la recherche des preuves... Plus je lisais, plus je sentais se dessiner une direction. Il me fallait au moins trois crimes, à la fois cruels et organisés, commis dans des endroits éloignés. Le faisceau de circonstances à partir duquel on commence à parler de *serial killer*. De cette façon, j'avais neuf chances sur dix qu'on te confie l'enquête.

François songea aux scènes de crime. Aucun indice, pas une erreur. Charlotte avait vite appris.

— Problème : je n'étais pas une meurtrière. Pas encore. Je n'avais aucune expérience en la matière. Là aussi, il a fallu que je me renseigne.

— En regardant des films gore ?

— Quelle meilleure source d'inspiration ? J'en ai vu des dizaines. Ils sont d'un tel réalisme, d'une telle puissance. L'esprit de ces psychopathes défie la logique. Leur cruauté n'a aucune limite. Rien, dans la réalité, ne s'en est jamais approché.

Un frémissement avait percé dans sa voix. Comme une onde de plaisir. François réprima une nausée et murmura :

— Laisse-moi t'aider. Tu es malade. Je peux te faire soigner.

Elle se tourna vers lui et demanda d'un air ingénu :

— Tu n'as donc rien compris ?

— Qu'est-ce que je dois comprendre ?

Un silence. Celui de toutes les folies.

Puis Charlotte affirma :

— Mon psy, petit papa, c'est toi.

# 67

On atteignait le cœur de la catharsis.

Après avoir reproduit le meurtre de sa mère, Charlotte imposait à son père un simulacre d'analyse. Cette mise en scène n'avait qu'un objectif : faire revivre à François un passé qui le brûlait toujours.

L'adolescente reprit le fil de son récit.

— C'est en regardant ces films que l'idée a germé. J'en ai sélectionné quatre. Des classiques, hyper connus. Je sais que tu n'es pas amateur, mais je pensais bien qu'à un moment ou à un autre, tu ferais le rapprochement. Ce que je savourais d'avance, c'était l'impasse dans laquelle ça te conduirait. Quatre crimes abominables, la reproduction d'images fabriquées pour terrifier les enfants. Quel genre de dingue pouvait imaginer un truc pareil ? Comment fonctionnait-il ? Tu te l'es demandé, n'est-ce pas ?

François était allé plus loin. Il se souvenait des théories fumeuses auxquelles il s'était accroché. Le mythe de la nature, le rituel de la renaissance, le transsexualisme...

Il avoua :

— J'imaginais un homme. Un pervers, hésitant sur sa sexualité.

Charlotte eut un sourire narquois.

— Je me doutais bien que tu te fabriquerais une thèse. Quand on cherche une explication à tout prix, on finit généralement par la trouver. Et pour ça t'es le champion, même si tu dois tordre la réalité. Le problème, cette fois-ci, c'est qu'il n'y avait aucune logique qui te soit accessible.

Le profileur sentit qu'il décrochait.

— Qu'est-ce que tu racontes ?

— Tu n'as pas encore saisi l'essentiel. Le mécanisme que j'ai élaboré pour te manipuler. Je ne suis pas la seule à être passée à l'acte. Nous étions quatre, tu t'en souviens ? Et il y a eu quatre meurtres...

François était suspendu aux lèvres de Charlotte. Il la regarda quitter le divan et s'approcher des corps.

— Maxime, Rémi, tu les connais. Comme tu connais leurs victimes. Le troisième s'appelle Jean. Un lycéen, comme nous. Il habitait Limoges, près du lac de Saint-Pardoux. Il a tué un camé qu'il avait repéré en faisant du bénévolat aux Restos du cœur. Pas de famille, pas de boulot, personne pour se soucier de sa disparition. Le type doit être encore sous la vase, en train de se faire bouffer par les poissons.

Un junkie cette fois. Et une nouvelle erreur. La communauté de milieu social reliant les victimes n'avait jamais existé. Plus la peine d'analyser la vidéo à présent. Le flic savait où moisissait l'ultime cadavre.

— Je cherchais des « assistants », poursuivait la jeune fille. Des sujets, pour te paraphraser, susceptibles de m'aider. Au cours de mes pérégrinations sur le Net, j'ai découvert le site « orangemecanique.com ». Je suis allée à cette rencontre, organisée à Évry chez ce taré dont j'ai oublié le nom. J'imagine que tu dois être au courant. C'est lui qui a dû te fournir mon signalement.

François s'assit. Ses jambes étaient en plomb, des clous lui perforaient le crâne.

— Continue.

— Je n'ai eu aucun mal à les convaincre. Ils étaient mûrs depuis longtemps. Le Mal les fascinait. Ils fantasmaient dans leur coin sur des images de meurtre, de tortures, de génocides. Une violence sans limites, qui restait néanmoins pour eux une abstraction. Une représentation, vue à la télé, au cinéma ou sur Internet. Ils attendaient seulement une opportunité pour sauter le pas.

Le profileur avait saisi ce cheminement. Il n'imaginait pas qu'il ait pu aller aussi loin.

— Et toi ? Comment as-tu pu faire une chose aussi horrible ?

— Tu veux parler de Justine ?

— Elle, tes copains... Tu as tué quatre personnes.

— Il n'y a que le premier pas qui coûte. Et Justine m'a aidée. Elle souhaitait tellement mourir... Quand je lui ai dit que je pouvais arranger ça, elle a sauté sur l'occasion. Tu ne me croiras peut-être pas, mais elle m'a remerciée pendant que j'enfonçais le couteau dans son ventre.

Dégoût. Nausée. François nageait dans l'innommable. Il comprenait aussi pourquoi on n'avait pas trouvé de marques de liens sur le corps de Justine. D'une certaine façon, elle s'était bien suicidée.

Imperturbable, Charlotte déroulait son récit.

— Cette opportunité, je la leur ai offerte sur un plateau. Des crimes parfaits, dépourvus de mobile, sans cohérence hormis l'horreur. La certitude que les flics imagineraient un tueur en série et non une série de tueurs. L'assurance qu'ils chercheraient à tout prix à établir un profil alors que par définition, il n'y en aurait pas. Mon plan était parfait. J'avais pensé à tout, à chaque détail, jusqu'aux combinaisons de plastique permettant de ne laisser aucune trace. Ils m'ont fait confiance.

— C'est aussi toi qui as eu l'idée de filmer les meurtres ?

— Ça faisait partie du jeu.

— Du jeu ?

Elle prit un air amusé.

— Pour eux, rien n'est réel. Tuer un être de chair ou massacrer des monstres virtuels revient au même. Pour les aider à se décider, je leur ai emballé la chose de cette façon. Une sorte de concours. Celui de la meilleure imitation. Nous avons tous choisi un personnage parmi ceux que j'avais proposés. Freddy Krueger, Michael Myers, Leatherface ou Jason. Il fallait faire des images, les mettre en ligne sur un site grand public et laisser les autres en juger. Chaque meurtre déclenchait le suivant. Comme des dominos.

Un crime par jour. Une précision d'horloge dans laquelle la similitude des horaires n'avait pourtant rien à voir.

— Maxime a ouvert le bal. Pourquoi lui ?

— L'occasion. Nous avions identifié nos proies, préparé le matériel et repéré les lieux depuis plusieurs mois. Nous étions prêts à lui emboîter le pas.

— Et toi, tu coordonnais tout ça ?

— Par téléphone, oui. Avec les cartes prépayées et les brouilleurs achetés sur Internet, nous ne courions aucun risque.

Marchand dévisagea sa fille. Malgré les circonstances, son intelligence et sa maturité le surprenaient encore. Elle avait canalisé sa souffrance, s'en était servie pour grandir à la vitesse de la lumière. Elle avait même intégré les bases du discours psy, ainsi qu'une certaine forme de distance, propre aux thérapeutes. Ses posts, sur le blog de Justine, lui avaient fait penser à une femme plus âgée.

Il demanda :

— Comment étaient sélectionnées les victimes ?

— Il fallait que ce soit des ados. Et de préférence à problèmes. C'était le meilleur moyen de vous faire gamberger. Un pédophile ? Un éducateur ? Un prêtre ? Et pourquoi pas un psy ? Ne me dis pas que tu n'y as pas pensé !

François se sentait mis à nu. Charlotte était entrée dans sa tête. Elle avait utilisé ses propres armes, les retournant contre lui. Il était psychanalyste avant tout. Elle savait qu'il se focaliserait sur ce type d'indices. Et qu'il essaierait ensuite d'y faire coller le reste.

Une question le taraudait encore :

— Vous connaissiez personnellement vos cibles. C'était risqué, non ?

— Il suffisait de prendre quelques précautions. Ce que nous avons fait.

— Vous pouviez aussi choisir des gens au hasard.

— Non. Nous devions les contrôler, les faire venir de leur plein gré dans les décors que nous avions choisis.

— Comment avez-vous fait ?

— Le désir, mon petit papa. Un moteur incomparable, sans doute le plus puissant, comme tu me l'as toujours dit. Maxime a proposé à Lucie de faire des photos dans un endroit original. Ils s'y sont rendus en scooter. Rémi a prétexté une cérémonie sataniste à l'usine d'incinération. Il y a conduit Pierre. Jean affirmait connaître un dealer qui avait des plans de fou, près du lac. Son camé ne demandait que ça. Quant à moi... Je n'ai eu qu'à pousser la porte puisque Justine m'attendait.

Le policier baissa la tête, vaincu.

— Chapeau... Tu as failli réussir.

L'adolescente parut surprise.

— Mais j'ai réussi. Nous sommes là, non ? Et nous avons enfin crevé l'abcès. Ce n'est pas le plus important ?

Le cœur de François se serra. Elle paraissait si sincère, si vulnérable.

— Charlotte... Il faut que...

— Tu te souviens de ce que disait maman ?

— À quel propos ?

— Quand elle parlait de nous. Les trois petits lutins dans la forêt enchantée.

— Où veux-tu en venir ?

— Elle pensait que notre âme appartenait à cet endroit. Tu le crois, toi ?

Il répondit, gorge serrée :

— Je le crois, oui.

Elle parut rassurée.

— Moi aussi. La sienne y est déjà. Elle n'attend plus que les nôtres.

François comprit avec un temps de retard. Surgie de nulle part, la gueule froide d'un 45 le fixait d'un œil éteint. Comment se l'était-elle procuré ?

Il balbutia :

— Qu'est-ce que tu fais ?

— Donne-moi ton arme.

— Enfin, Charlotte...

— Grouille !

Geste de robot. Contact glacial du métal. François posa son Glock sur le sol.

L'adolescente le ramassa. Elle se redressa, le glissa dans sa ceinture et lança à son père un regard de défi.

— Je vais réparer ce que tu as détruit. La mort nous a séparés. Elle seule pourra nous réunir.

Pour la première fois, François sentit couler dans ses veines le jus acide de la peur. Charlotte n'avait jamais espéré une aide de sa part. Elle avait seulement prévu de le tuer avant de se foutre en l'air.

L'adolescente confirma ses craintes.

— Tu vas mourir, mon petit papa. Et moi aussi. En ce qui me concerne, ça n'a aucune importance. Je suis déjà morte depuis longtemps.

# 68

Instant de glace.

Un homme, fixant avec angoisse l'automatique braqué sur lui. À l'autre bout du canon, une jeune fille blonde, aux yeux hallucinés.

Sa fille.

Projetée sur le mur, le visage d'une femme leur sourit. Celui d'une absente dont la présence les écrase. Elle est leur lien. Leur trait d'union. Mais également le gouffre qui les sépare.

François leva les mains et fit mine d'avancer.

— Calme-toi. On va...

— Reste où tu es.

Il se figea.

— D'accord. Voilà... Je ne bouge plus.

Des secondes s'enroulèrent. Ils étaient face à face, silencieux, comme recueillis dans une dernière prière. François sentit qu'elle hésitait. Il tenta une ultime manœuvre.

— Pas évident, hein ?

— Quoi ?

— De presser la détente.

— Je veux juste savourer cet instant.

Elle mentait. Il la connaissait trop pour ne pas s'en apercevoir.

— Je ne comprends pas. Si tu voulais seulement me tuer, pourquoi avoir assassiné tous ces gens ? Il suffisait de me faire venir ici et le tour était joué.

Une gêne, comme une enfant prise sur le fait.

— Les plans sont comme la vie. Ils évoluent.

François tira sur la maille.

— Tu ne l'avais pas prévu. Tu voulais juste m'humilier, me faire toucher du doigt mes limites. Assassiner ton père n'était pas au programme.

Les lèvres de Charlotte se mirent à trembler.

— Détruire ton esprit me semblait la meilleure des vengeances. Te regarder douter, sentir que tu t'enlisais, voir tes certitudes voler en éclats. Ça, c'était le vrai pied.

— Tu ne pouvais pas imaginer qu'un grain de sable viendrait enrayer ta belle mécanique. Sans le père de Maxime et son penchant pour la chair fraîche, je ne serais jamais remonté jusqu'à toi.

Elle haussa les épaules et releva le chien.

— Disons que les choses ne se passent pas toujours comme on les a envisagées.

La faire parler. Ne pas perdre le contact.

— Qu'est-ce qui t'a fait changer d'avis ? À quel moment as-tu décidé que nous devions mourir tous les deux ?

— Quelle importance ? Il n'y a que le résultat qui compte, non ?

— Charlotte ! Tu es ma fille et tu vas m'abattre. C'est déjà assez fou comme ça, non ? Tu me dois au moins la vérité.

Les yeux de l'adolescente changèrent d'expression. Elle semblait perdue dans un songe de velours.

— Quand Maxime m'a appelée, j'ai compris que nous avions perdu la partie. Peu importait la raison. Tu allais encore t'en sortir et ça, je ne pouvais pas l'accepter.

— Tu ne réponds pas à ma question.

— Nous n'en avions plus pour longtemps. J'ai contacté les autres. Ils étaient paniqués. Ils pouvaient se faire coincer à tout moment, donner mon identité aux flics. Il fallait que je les mette hors circuit. Sans ça, on m'aurait probablement arrêtée et nous n'aurions pas pu avoir ce tête-à-tête.

— Ils t'ont fait confiance et tu les as piégés.

— Les garçons sont stupides. Ils croient tout ce que les filles leur racontent. Il m'a suffi de dissoudre quelques-unes de tes pilules dans le whisky et de trouver un câble à la cave. Et puis... Ça m'a permis de faire d'une pierre deux coups.

— En reproduisant le meurtre de ta mère ?

— J'étais certaine que tu apprécierais le clin d'œil.

La symbolique. Toujours. La langue vivante de l'inconscient. Charlotte avait réussi son coup. Les lèvres bleuies, les peaux cireuses, de même que les lignes rouges striant les gorges, avaient ramené François huit ans en arrière. Dans une salle blanche, glaciale, où reposait le corps de Diane.

La morgue où s'était scellé son destin.

L'enfer dont il n'était jamais sorti.

Dans une demi-conscience, il vit sa fille plisser les yeux. Il ferma les siens, presque soulagé.

Le coup partit. Son cœur explosa. Pourtant il continuait à entendre.

Des gémissements. Des pleurs.

Il battit plusieurs fois des paupières. La scène lui apparut par flashes. Charlotte, à terre, roulée en boule tel un fœtus. Sa main si fine, plaquée sur son épaule. Le sang, pulsant entre ses doigts.

Il se précipita.

— Ma poupée !

— Papa...

La tueuse avait disparu. Il n'y avait plus qu'une petite fille perdue, meurtrie dans son âme et dans sa chair.

Oubliant tout, François la serra contre lui. Il ne vit pas la silhouette qui s'approchait, ni l'arme encore fumante qu'elle tenait à bout de bras.

Une pression sur son épaule.

Il se retourna.

Cheveux ébouriffés et anorak détrempé, Julia se tenait derrière lui.

# 69

Le froid, la nuit, les marais.

La lune s'était levée. Elle éclairait la forêt d'une lumière de sépulcre. Un brouillard de talc flottait sur le ponton, enveloppant deux silhouettes recroquevillées dans le silence.

François fixait les eaux. Il semblait perdu dans un cauchemar dont les griffes s'étaient enfoncées dans sa chair. Un peu en retrait, Julia attendait. Un signe, un geste, n'importe quoi lui démontrant qu'il était toujours là.

Enfin, la voix du profileur monta dans la pénombre.

— Merci.

— De quoi ?

— De ne pas l'avoir tuée.

Julia ne répondit pas. Elle avait ajusté, visé l'épaule, et tiré en priant pour que tout se passe bien. La chance avait fait le reste. Quelques centimètres plus bas, et Charlotte ne serait plus de ce monde.

La voix de François s'éleva à nouveau, un murmure couvrant à peine le bruissement du vent.

— Tu n'es pas retournée à Avignon ?

— Je n'ai pas pu...

— Comment as-tu su ?

— Ton ami, Hallaoui. Il m'a donné l'info.

— Quelle info ?

— Les communications à partir des cartes prépayées. Ils avaient réussi à décoder certains mots. Il y avait « Sologne » parmi eux. Et « Charlotte »...

François se retourna lentement. Il croisa les bras sur sa poitrine, comme pour se réchauffer d'un froid qui le glaçait de l'intérieur.

— Et ça t'a suffi ?

— Tu m'avais parlé de ta propriété près de Lamotte-Beuvron. J'ai fait le rapprochement.

Hochement de tête, très faible. Julia eut l'impression de voir un automate dont les piles commençaient à mourir.

— Qui t'a donné l'itinéraire des Marais noirs ?

— J'ai appelé chez tes parents.

— Tu leur as...

— J'ai eu ta mère. Ne t'inquiète pas, elle ne sait rien. Je lui ai juste dit qu'on te cherchait, que ton portable était coupé.

— Et elle t'a cru ?

— Mieux que ça. C'est elle qui m'a suggéré d'aller y faire un tour.

François ferma les paupières. Il devait imaginer la suite. La nécessité d'avouer la vérité à sa famille. La douleur en cascade, les victimes collatérales...

Après quelques secondes, il quitta le ponton. Julia le suivit du regard, discrète et attentive. Il s'arrêta au bout de quelques mètres et s'abîma dans la contemplation de la bâtisse. Une vieille demeure, massive, inquiétante, drapée dans l'ombre et chargée de malheurs.

Par-dessus la ligne noire du toit, le ciel s'éclairait d'auréoles rouges et bleues. Les gyrophares de l'armada qui venait de débarquer. Gendarmes, Samu, pompiers. Un déploiement digne d'une catastrophe ferroviaire. François avait regardé s'éloigner l'ambulance qui emportait Charlotte vers son destin. Il la rejoindrait vite, dès qu'Hénon arriverait pour prendre le relais.

Elle attendit un peu avant de se décider à le rejoindre. Une pulsion de tendresse la guidait, l'envie de le prendre dans ses bras, de le rassurer, de lui dire qu'elle était là. Elle glissa sa main dans la sienne et murmura :

— On va la soigner. Elle est jeune. Il y a peut-être une chance pour qu'elle s'en sorte.

— L'épaule guérira vite. Le reste en revanche...

— Ne dis pas ça. Tu t'es battu pour elle. Tu vas continuer.

— Une partie de ce qu'elle était est morte avec sa mère. Et moi j'ai tué l'autre.

— C'est faux. Tu n'y es pour rien.

François laissa échapper un soupir. Il paraissait se situer bien au-delà de la culpabilité, de la douleur. Son esprit n'était plus qu'une plaine vide où s'alignaient des ruines.

— Peut-être.... Mais le résultat est là. Elle vit depuis longtemps dans les ténèbres. On ne revient pas de ce genre de voyage.

— Tu l'as fait, toi.

— Je n'en ai pas l'impression...

— Moi si. Tu n'en as pas encore conscience, c'est tout.

Il lui adressa un sourire triste. Puis, très doucement, il dégagea sa main.

— Je dois y aller.

— Tu veux que...

— Non. J'ai besoin d'être seul. Je t'appellerai.

Une muraille de cristal les séparait maintenant. La souffrance de François prenait toute la place. Julia ne pouvait que l'accepter. Elle le regarda s'éloigner, le cœur au bord des larmes, seulement réduite à l'impuissance.

Elle fit quelques pas. Elle avait besoin de bouger, de chasser dans le mouvement la peine qui menaçait de la submerger. Elle s'avança sur le ponton. Entourant l'étang, la crête des sapins formait une couronne d'épines. La jeune femme y vit le symbole de la Passion. Un chemin de croix, qui avait détruit François pendant toutes ces années, et au bout duquel sa fille l'avait crucifié.

Curieusement, elle n'en voulait pas à Charlotte. Elle la plaignait seulement. L'adolescente serait sans doute internée dans un hôpital psychiatrique et finirait ses jours sous perfusion de neuroleptiques. En espérant qu'elle ne se suicide pas avant.

Mais François ? Comment parviendrait-il à se reconstruire ? Quelle chance pouvait avoir leur histoire dans un contexte pareil ?

L'avenir la pétrifiait. Il ressemblait à un champ de bataille, une montagne à gravir, un océan à traverser. Elle savait que sa seule force serait dans son amour. Elle le sentait grandir, se déployer, balayer les obstacles que sa raison dressait. Cet homme avait touché son âme. Ses fragilités, ses doutes, ses erreurs même la bouleversaient. Elle voulait l'aider à remonter la pente et surtout être là, le jour où il pourrait enfin tourner la page.

Le vent siffla entre les arbres. Un souffle glacial et pur qui semblait vouloir tout laver. Julia aspira l'air à pleins poumons. Oui, elle allait se battre.

Aider François à inverser les rouages du destin.

À conjurer la malédiction.

**Retrouvez du même auteur aux Éditions J'ai lu :**

**La liste interdite**

Un homme carbonisé dans sa voiture, sur une route de campagne. Un autre qui chute du haut d'une tour dans le quartier chinois de Paris. Ces enquêtes parallèles vont explorer le passé des deux hommes disparus, de l'univers des junkies à celui des triades chinoises, du monde feutré de la grande bourgeoisie parisienne aux fights mortels des hordes de hooligans...

N°8888